성공광인(成功狂人)의 몽상

: 캔맨

김영권

지은이 **김영권**

진주에서 태어나 인하대 사범대학에서 교육학을 전공하고 한국문학예술학교에서 소설을 공부했다. 신춘문예에 단편소설 「소」가 당선되어 작품활동을 시작했으며 '작가와비평'의 원고모집에 장편소설 『성공광인의 몽상』이 채택되었다. 작품으로는 장편소설 『보리울의 달』이 있고, 1960~1970년대의 개발독재 시대에 사회에서 밀려나 외딴 선감도(仙甘島)에 강제수용된 부랑아들의 참혹상을 그린 장편소설 『청춘의 지옥』이 곧 출간될 예정이다.

성공광인의 몽상: 캔맨

© 김영권, 2013

1판 1쇄 인쇄__2013년 09월 01일
1판 1쇄 발행__2013년 09월 10일

지은이__김영권
펴낸이__양정섭
펴낸곳__작가와비평
　　　　등　록__제2010-000013호
　　　　주　소__경기도 광명시 하안로 180-14 우림필유 101-212
　　　　블로그__http://wekorea.tistory.com
　　　　이메일__mykorea01@naver.com

공급처__(주)글로벌콘텐츠출판그룹
　　　　대　표__홍정표
　　　　기획·마케팅__이용기
　　　　편　집__노경민 배소정 최민지
　　　　디자인__김미미
　　　　경영지원__안선영
　　　　주　소__서울특별시 강동구 천중로 196 정일빌딩 401호
　　　　전　화__02-488-3280
　　　　팩　스__02-488-3281
　　　　홈페이지__www.gcbook.co.kr

값 12,000원
ISBN 979-11-5592-047-3 03810

성공광인의 몽상

/ 캔맨 /

김영권 장편소설

작가와비평

성공해서 멋지게 한 세상 살아보는 것—이것은 한국사회에 사는 사람들의 꿈이자 지상명제이다. 날품팔이 국민부터 대통령까지 성공학(자기개발) 광풍으로부터 자유로운 사람은 별로 없는 듯하다. 상아탑의 지식인마저도 결코 예외는 아니다.

성공의욕도 성공도 범람하고 있다. 그러나 어떤 성공일까? 성공이 무엇인지 누구나 관념적으로 공상할 수는 있어도 현실에서 실제로 어떻게 살아야 될지 선택하는 문제에 봉착하면 결코 쉬운 노릇이 아니리라.

이 소설은 오래전부터 이 땅에 횡행하는 이른바 '성공학(자기개발학)'을 검토, 비판하고 인생에 있어 진정한 성취가 무엇인지 모색해 보려 한다. '성공학'이란 주로 미국의 저자들에 의해 서부개척적이고도 정신우월주의적인 삶의 방식을 설교하고 있는데, 이것이 과연 한국사회의 실정에 합당한지 문학적으로는 아직 아무도 제대로 검증하지 않은 상태이다. 그 방식이 인간의 타고난 심성을 훼손시키고 때로는 정신병자적인 현상을 일으키는 면도 있다. 이 소설은 특이한 한 작중인물을 설정하여 그의 우스꽝스럽고도 비극적인 삶을 통해서 '성공학 광풍'의 명암을 점검해 보려 한다.

물질적으로 성공하고 정신적으로 패배의 기를 든 '슬픈 성공'은 없는가? 한 사회가 어떤 것을 성공의 모습이라고 규정하게 되면 개인들은 자신의 내면에서 그것과 상반되는 요소들을 억압하거나 폐기하게 된다. 그러면 그건 잠재의식 속에 가라앉아 인격의 그림자로 변한다. 이 거대한 부분에 대한 관심은 방기되고 있다. 성공자들의 마음 깊숙이 묻혀 버린 그림자는 어디서 어떤 방식으로 표출되는지도 주목거리가 된다. 자신의 그림자를 책임질 수 없는 인간은 천박해질 수밖에 없지 않을까.

목   차

오동나무 하숙집

서울역은 조금쯤 겉늙은 사람처럼 낡아 버린 인상이다. 그러나 사실은 더 젊어졌는지 늙었는지 아무도 확언할 수 없다.

돔형 지붕의 석조 건물인 구舊역사는 세월의 풍상을 간직한 채, 이젠 역은 역이되 역이 아닌 영역에 존재한다. 오래전 경부선 열차를 타고 와 저 역에 첫발을 딛었을 때 나는 그리고 너는 무엇을 생각했던가? 기억도 풍화되었는지 제대로 떠오르지 않는다.

그 옆에 새로 건축한 민자 역사는 아무리 봐도 가건물인 것만 같다. 차가운 철제 골조에 통유리로만 구성되어 경망스럽고 천박한 느낌을 주며, 마치 한탕한 뒤엔 어디론가 옮겨가 버릴 사기꾼의 가설무대를 연상시킨다. 저런 곳을 통해서는 더 이상 여행을 떠나고 싶지가 않다. 비즈니스를 위한 여행이라면 모르지만 말이다.

그 하숙은 역 맞은편의 동자동에 있었다. 길목엔 큰 입시학원이 있어 용문龍門을 오르려는 잉어와 붕어새끼들이 우글거렸고, 바로 옆 동네인 양동은 음습한 기운을 풍겼으며, 멀리 우뚝 솟은 대왕빌딩의 유리창은 위성들을 거느린 태양처럼 번쩍거렸다. 그리고 갈월동을 지나 남영동 쪽으로 쭉 내려가면 미군부대가 위압적인 태도와 자세로 진을 치고 있었다. 거기서 조금만 더 가면 코리아 속의 아메리칸 할렘이라고도 불리는 이태원이었다. 한마디로 삭막하고도 소란스런 동네였다. 그 부근의 집들은 대개가 미감이나 정감이라곤 일부러라도 느끼지 않게 하겠다는 듯 칙칙하고 우람스럽기만 한 담으로 둘러막혀 있었으며 담 위엔 쇠창이나 유리조각을 촘촘하게 박아 놓았다.

그 하숙집도 잿빛 담에 둘러싸여 겉으로 보기엔 몰풍스럽기 그지없었다. 대문을 열고 들어서면 좀 기묘한 느낌이 들었다. 길에서 열 걸음쯤 떨어진 약간 높은 지대에 자리잡은 그 집은 잔뜩 낡아빠졌을지언정 겉보기엔 하숙 같지 않았다. 원래부터 일반 주택이 아니라 어떤 종교 단체가 소유해 사무적인 용도로 쓰다가 한때는 고아들을 수용하기도 했다는 풍문이 도는 번듯한 3층 건물이었다. 닳아빠진 머릿돌에 '소화昭和 12년 5월 9일 완공'이라고 각인된 것을 볼 수 있었다. 그 당시엔 무슨 용도였는지 모를 일이나 해방 후엔 미군정청에 접수됐다가 종교 단체에 불하된 모양이었다. 붉은 벽돌은 거무튀튀하게 퇴색했지만 색 바랜 담쟁이덩굴이 뒤덮고 키 큰 정원수들이 둘러서서 일견 고풍스런 정취마저 느껴졌다.

꽤 널찍한 마당은 흙땅 그대로인 채 둥그스름한 디딤돌이 몇 개 놓여 있을 뿐이었다. 잎이 진 오동나무가 한 그루 서 있는 마당 가 쪽은 화단 삼아 울을 얼기설기 쳐 놓았는데, 지난 봄여름엔 호박 넝쿨이 무성히 뻗어나고 들녘에서나 볼 수 있을 잡초와 꽃들이 제 본성대로 자유를 누렸었다.

하얀 강아지 한 마리가 노닐다가 사람을 보면 문득 뛰어와서 앞발을 들고 코를 옴죽거린다. 그런데 그것은 잘 보면 강아지가 아니라 토끼이다. 놓아먹이다 보니 성질이 변한 모양이었다. 약간 징그럽기도 하고 유머러스하기도 했다. 별 볼일이 없다는 듯 냉큼 돌아서서 다시금 깡충깡충 뛰노는 꼴은 여전히 강아지 같기만 했다.

집 내부는 목조 건축이었는데 기둥이며 창틀이 거무튀튀하게 변색하고 마룻장은 제대로 밟기도 전에 찌그득찌그득 신음소리를 내어 마치 망구의 노인네를 대하는 듯싶었다. 마루를 사이에 두고 양쪽으로 많은 방이 있었고 그곳에 각양각색의 사람들이 깃들어 살고 있었다. 새수생, 남대문 시상의 섬원, 막노동꾼, 세일즈맨, 사업에 실패하여 재기를 도모하는 중늙은이, 정체불명의 사내, 가수 지망생 등등…….

나무 계단을 통해 2층으로 올라가면 그곳은 한결 조용하고 정돈된 느낌이 들고, 때로 향긋한 내음이 감돌기도 했다. 그곳엔 증권회사 직원, 대학생, 영어 학원 강사, 여주인의 둘째와 막내딸들이 살았다. 1층과 2층의 인적 구성이 블루칼라와 화이트칼라로 마치 누가 일부러 나눠 놓은 것 같지만 그렇지는 않았다. 2층은 다들 독방을 썼고 1층은 거의 한 방에 두세 명씩 합숙을 했는데 숙식비가 꽤 차이났다. 블루칼라들은 대체로 독방을 쓰지 않았으며, 혹시 2층으로 올라가더라도 얼마 견디지 못하고 아래로 내려왔다. 화이트칼라 역시 1층에서 미간을 찌푸리고 구시렁거리면서 살다가 2층에 방이 나면 마치 토끼처럼 뛰어올라가 버리는 경향이 있다 보니 어느덧 유유상종의 꼴이 되었다고나 할까.

1층에서 2층으로 통하는 계단 밑에도 옹색하긴 한 대로 방이 하나 붙어 있었다. 계단 밑이지만 한옆으로 꽤 넓은 공간이 놀고 있던 것을 활용했는데, 높이가 맞지 않아 땅을 파내고 방을 들였기 때문에 반지하실이라고 할 수 있었다. 원래는 곳간으로 사용했으나, 어느 궁색한 사내가 독방으로 쓰게 해 달라고 사정사정해서 용도가 변경된 곳이었다. 그곳에 사는 사내는 스물 예닐곱 살쯤 되어 보였는데, 키가 작고 여위며 터부룩한 머리와 해쓱한 얼굴에 눈을 번들거리고 있었다. 사람들과 사귀지 않고 늘 외떨어져, 발걸음 소리조차 별로 내지 않고 조용조용히 지내었다. 사람들은 그를 별종으로 취급해 버렸으며, 사근사근한 둘째딸조차 그에게는 한마디 말도 걸지 않았다.

3층엔 어떤 출판 기획사가 들어 있었는데, 낯선 남녀들이 소리도 없이 들락거리고 이따금 늦은 시간에 풍물 소리가 아련히 들려오기도 했다. 그 기획사는 하숙의 주인이 아니라 건물주와 직접 계약을 맺고 세를 든 모양이었다. 이를테면 하숙 주인 또한 건물주인 종교단체 측으로부터 1층과 2층을 유료로 빌려서 운영하고 있는 터였다.

그 하숙에 한번 들어가게 되면, 결혼을 한다거나 직장을 멀리 옮겼다거나 하는 등의 특별한 일이 아니고는 나가는 경우가 많지 않았다. 자리가 날 때는 누군가가 즉시 아는 사람을 불러들이므로 '하숙인 구함'이란 쪽지를 써 붙일 필요도 없었다. 무엇이든 그렇겠지만, 번지레하게 광고를 자주 하는 건 하숙 따위의 경우 실속이 부족하다고 할 수 있을 것이다. 대수로운 일이 아니라고 말할 수도 있으리라. 그러나 서울역 주변 동네의 전봇대나 담벼락에 허옇게 나붙은 수많은 쪽지를 보고 욕지기를 느껴 본 사람이라면, 흙마당에 토끼가 뛰노는 그 집에 대해 조금쯤 신비감을 느끼기도 했으리라.

1월 중순, 폭설이 펄펄 내린 날이었다.

세상이 온통 순백으로 뒤덮인 듯한 느낌도 잠깐, 마당과 골목길은 곧 세상살이에 바쁜 사람들의 발길로 더럽혀져 버렸다. 그래도 정원의 측백나무와 잎이 진 나목들은 향기 없는 눈꽃을 가지 사이에 소담스레 피웠다.

해그름녘이 되자 눈발이 좀 옅어졌다. 찬바람에 휘말려 회오리치다가 가뭇없이 사라져 가는 눈송이는 마치 가난하게 떠돌다가 객사한 자의 영혼 같았다.

"순수하고 궁핍한 것이 좋은가, 추악해도 풍요로운 삶이 나을까?"

유리창을 응시하며 하릴없이 중얼거렸다. 그때였다. 어떤 기이한 목소리가 들려왔다.

"계십니까? 계시나요?"

마치 우는 듯한 목소리였다. 쉰 목청을 힘겹게 뽑아 올리다 보니 그렇게 되는지도 몰랐다.

"누구십니까?"

내가 대꾸했다. 그러자 눈을 밟는 뽀득뽀득하는 소리가 마당을 질러 점점 가까이 다가왔다. 그런데 왠지 예사로운 발짝 소리가 아니었다. 조금은 특이한 걸음 소리였다. 현관문을 열고 바라보았다. 한 사내가 검은 슈트케이스를 들고 절뚝거리며 걸어왔다.

"여기가 오동나무집입니까?"

대머리 사내가 조그마한 눈에 짐짓 힘을 넣어 속내를 꿰뚫을 듯이 쏘아보며 물었다. 호빵처럼 둥근 얼굴에 박힌 그 눈은 그러나 반발감을 일으키기보다는 어쩐지 슬픈 인상을 던지는 것이었다. 옅은 여덟 팔 자의 눈썹 때문인지도 몰랐다. 땅딸막한 체구도 여위고 부실한 느낌을 주는 한쪽 다리 탓인지 당차 보이기보다 오히려 피에로의 연민을 자아올렸다. 그러나 본인은 그런 따위 연민을 경멸한다고 그 눈빛으로 말하고 있었다. 40대 초반이나 중반쯤 되어 보이는 사내는 혼잣소리로 너스레를 떨었다.

"저기 오동나무가 섰으니 맞긴 맞나 보네. 그런데 봉황은 과연 있을지 모르겠군. 헤헤, 어디 있단 말인가?"

"그럼 여기 봉황을 찾으러 오신 건가요?"

"엥? 무슨 소리여? 젊은 사람이 맛이 좀 갔나 보군 그래! 댁이 참새 새끼라고 해도 저런 앙상한 가지에 깃을 들 염치는 없을 거여.

괜히 장난하려면 저리 가슈!"

그는 불현듯 화를 내며 발로 땅을 구르는 시늉까지 냈다. 나는 가려고 했다. 그러자 그가 너털웃음을 터뜨리며 급히 불러 세웠다.

"젊은 형씨! 대화의 소리와 뜻, 즉 농담과 진담쯤은 구별해 주어야지요. 성격을 보니 부자로는 못 살겠네. 흠, 앞으로 기회가 되면 농담을 통해 진담에 이르는 기법을 알려 드리죠. 이놈의 눈! 또 펄펄거리기 시작하는군. 눈이 순수해 보이지만 실은 그렇지도 않고 허세가 많지요. 불순물 덩어리지 뭘!"

그는 허공을 쳐다보며 홀로 중얼거렸다.

"그런데 무슨 일로 오셨나요?"

"아, 내가 엊그제 밤에 봉황이 울면서 날아가는 꿈을 꾸었어요. 거처를 어딘가로 옮겨야 할 때인지라, 가만히 해몽을 해보고는 아마 좋은 곳에 가게 되리라고 되도록 좋게 생각했지요. 아하 참, 그런데 마침 오동나무집 얘기를 전해 듣고는 옳다구나 하고 눈발을 헤치며 물어물어 찾아왔다오."

그때 주방에서 저녁 준비를 하고 있던 하숙집의 큰딸이 나와서 말했다.

"지금은 빈방이 없는데요."

"뭐라구요? 그럴 리가 있습니까? 꼭 있을 겁니다!"

"아니요, 정말이에요. 합숙방도 들어갈 자리가 하나도 없어요."

큰딸은 방긋 웃으며 대꾸했다. 그녀의 얼굴을 멍하니 바라보던 중년 사내는 갑자기 애가 달아 손짓 발짓까지 섞으며 간절하고도 때로는 위협적이기까지 한 어조로 말을 끌어올렸다.

"정말 미인이십니다. 그러나 당신은 하느님이 아닙니다. 보십시오, 저 폭설을 뚫고 여기까지 왔답니다. 하느님도 두드리면 열릴 것이라고 말씀하셨는데 하물며 속세의 미인께서 그러시면 안 되지요. 섭리를 거역하면 벌 받습니다! 간절히 원하는 떠돌이에게 한몸 쉴 곳을 선처해 주세요."

"정말 곤란하네요. 다른 곳을 한번 찾아보세요. 아마 많이 있을 거예요."

"나무가 많다고 봉황새가 아무데나 앉겠습니까? 저로서도 정말 안타깝네요! 참으로 안타까운 현실이에요, 네!"

"잠시 기다려 보세요."

큰딸은 한숨을 쉬며 계단 밑에 붙은 반지하방 쪽으로 갔다. 그녀는 문을 두드렸다. 아무런 대꾸도 없었다. 그녀는 좀 더 세게 두드렸다. 그래도 역시 반응이 없자 그녀는 좀 염려가 되는 모양이었다. 그 방엔 기이한 성격의 청년이 살고 있었다. 혹시 자살이라도 하지 않을까 걱정되었는지 그녀는 다른 때도 간혹 한번씩 노크를 하여 점검했다. 그 지하방의 청년은 하숙비가 서너 달치나 밀려 있는 형편이었다. 밥도 잘 찾아먹지 않고 틀어박혀 있어서 일종의 문젯거리였다. 일자리를 찾아볼 생각도 하지 않으면서 곧 갚는다는 말만 계속 반복한다고 했다.

그녀는 문 열라고 소리치며 문의 손잡이를 이리저리 마구 돌렸다. 문에 귀를 바짝 대고 있던 그녀는 겨우 무슨 기척을 들었는지

손으로 흘러내린 머리칼을 쓸어 올리며 한 발짝 물러섰다.

문이 열렸다. 어두컴컴한 그곳에서 그러나 기이한 청년은 나타나지 않았다. 큰딸이 상체를 안쪽으로 디밀고 무슨 소리를 했다. 보름 정도만 합숙을 하라고 종용하는 듯싶었다. 안에서는 구차한 변명을 꺼내 사정을 봐달라고 청하는가 보았다. 그러나 큰딸은 이번만큼은 물러서지 않고 자신의 의지를 관철할 기세였다. 싫으면 나가 달라고 분명한 어조로 통첩했다. 안에서는 더 이상 아무 말도 나오지 않았다.

"저곳으로 들어가세요. 보시고 괜찮으시다면 좀 참고 지내 보세요. 아마 방이 날 거예요. 다만 신경이 예민하니 건드리시지는 마시구요."

그녀는 마당에서 기다리던 사내에게 말하고 곧 주방으로 달려갔다. 사내는 히죽 웃으며 슈트케이스를 마루 위에 놓고 앉아 목이 긴 구두의 지퍼를 끌어내렸다.

성공철학 개론

반지하방에서는 간간이 견해 또는 좀 거창하게 말해 사상이나 가치관의 차이로 인한 듯싶은 열띤 논쟁은 벌어졌지만 염려됐던 큰 사고는 일어나지 않았다. 논쟁이라 해봤자 괴청년 쪽에서는 소리를 낮춘 짧고 빠른 대꾸를 했을 뿐이고, 대부분은 중년 사내가 거의 일방적으로 자신의 신념과 사상을 피력하고 교설하는 식이었다. 아무튼 음침하고 꾀까다로워 보였던 청년이 사소한 자기 취향이나 영역 침해니 뭐니 하는 따위의 문제로 동숙인과 티격태격하는 낌새는 아니어서 의외라면 의외였다.

"이보게 형씨, 거 얼마나 찬란한 시절인가? 억만금을 주고도 살 수 없는 청춘! 그 꽃다운 날들을 왜 고따위로 귀한 줄 모르고 허비하는가 그 말일세. 그건 현실도 아니고 사실도 아니네. 형씨 자신이 만들고 검게 칠해 놓은 그 알은 얼마나 초라한가! 껍질을 깨고 나와야 하네. 그러면 눈이 부시게 휘황한 세상에서 하고 싶은 일을 하면서 멋지게 살 수가 있단 말씀이야."

"청춘이요? 개나 좀 물어 가라 그래요. 청춘이 대체 어디 처박혀 썩어가는 개똥인가요? 흥, 저도 껍질뿐만 아니라 속까지 깨질 만큼 깨져 봤으니 자꾸 그러시지 마세요. 호흐······."

"껍질을 깨는 것도 옳은 방식이 있고 그른 방식이 있다구. 옳은 방향으로 깨치면 봉황새가 되어 하늘을 훨훨 날 수도 있지만, 그른 방향으로 깨면 점점 더 어두운 껍질 속으로 들어가게 된다는 점을 명심해야 할 거야."

"제가 무척 불행해 보이시나 보죠? 난 그렇지도 않은데 말예요. 모조리 포기해 버린 이 씁쓸한 맛도 괜찮아요. 호호호."

"나중에 땅을 치고 후회할 걸세. 그러니 고집 피지 말고 어서 내 말을 받아들이게. 여기서 동숙하게 된 인연으로 내 한 푼도 받지 않고 비법을 제대로 전수해 줄 테니까."

"아저씨부터 우선 좀 멋지게 성공해서 살아 보세요."

"쓸데없는 소릴! 난 지금 진리의 은총 속에서 행복해."

"별로 그런 것 같지 않네요."

"설령 지금은 그렇지 않더라도 그렇게 되리라고 믿으면 이루어 지는 거야. 금언 제1조이니 새겨 두라구."

"호흐."

"가소롭다고? 그럴 입장이 결코 아닐 텐데. 자넨 청춘이면서도 지금 너무 암담하고 비참해. 현실이 어두울수록 마음을 밝게 가지고 살아야지. 세상에 존재하는 색깔은 천 가지도 넘지만 인간이 볼 수 있는 색은 고작 백 가지뿐이라고 하잖는가. 육안으로 안 보인다고 색맹처럼 무시하지 말고 심안으로 찬란한 빛을 보는 능력을 길러야지. 자, 밤도 늦었군. 이 책을 선물할 테니, 하루에 한 장씩이라도 읽어 보게. 내 말이 수긍될 걸세."

청년이 그 책을 읽었는지 어쨌는지는 모른다. 그러나 그 후로 가끔 지나치다 들어 보면, 차츰 청년의 반발과 냉소가 줄어들고 중년 사내가 의기양양하게 자신의 교설을 펼치는 것을 알 수 있었다.

하숙생들이 저마다 출근하고 중년 사내도 느지막이 슈트케이스를 들고 "예스 아이 캔! Y.E.S.I.C.A.N!" 하고 외치며 나가고 나면 넓은 집안은 한동안 고요해졌다. 서울역 앞을 지나가는 무수한 차량들의 소리가 아스라이 들려왔다. 중년 사내는 그 어딘가의 거리를 절뚝절뚝 누비며 '성공철학 총서'를 전파하기 위해 열을 올릴 것이었다.

어느 날 아침, 전날 밤의 술로 인해 늦게 일어나 홀로 된장국을 떠먹고 있는데 맏딸이 말을 꺼냈다. 계단 밑 방의 괴청년이 요즘 들어 한결 더 이상해진 것 같다는 얘기였다. 어디 직장을 구할 생각도 않고 방구석에 틀어박혀 무얼 하는지 혼자 중얼거리기만 한다는 것이었다. 하숙비가 여러 달치나 밀렸는데 말을 꺼냈더니만 딱 한 달만 더 봐 달라고 문도 열지 않고 말하고는 묘한 소리로 웃어대니, 좀 가서 살펴봐 달라고 부탁을 했다.

나는 별 내키진 않았지만 국을 마신 후 일어나서 나갔다. 징검돌을 밟는 듯한 느낌으로 복도를 지나가서 문제의 지하방 입구에 섰다. 몇 계단 아래에 보이는 방은 어둠침침했으며 퀴퀴한 냄새를 피워 올리고 있었다. 나는 천천히 계단을 밟고 내려서서 어스레한 곳의 장막 같은 방문을 두드렸다. 대꾸가 없었다. 그런데 문 안쪽에서는 뚜렷하지는 않으나 웅얼웅얼하는 어떤 소리가 울려 나오고 있었다. 나는 슬쩍 방문을 밀어 보았다. 의외로 아무 걸림도 없이 열렸다.

기형적인 삼각형의 좁직한 공간 속에 깡마르고 꾀죄죄한 몰골의 사내 하나가 벽에 기댄 채 비스듬히 누워 있다가 상체를 세워 앉았다. 그는 방문객을 살펴보면서 입으로는 계속 무슨 소리를 중얼거리고 있었다.

"아이 캔! 나는 할 수 있다. 나는 할 수 있다. 나는 하고 있다. 나는 하고 있다. 나는 지금 하숙에서 중숙을 지나 상숙으로 뛰어 올라간다. 하층에서 중층을 지나 상층으로 올라간다. 하류에서 중류를 지나 상류로 올라간다. 토끼같이 뛰어 올라간다. 나는 그런 능력이 있다. 나는 이미 상층에 올라와 있다. 상층이 눈앞에 환히 보인다. 상층 세계는 화려하고 풍부하고 안락하다. 나는 지금 풍요롭고 안락하다! 나는 지금 풍요롭고 안락하다!"

꾀죄죄한 몰골의 사내는 그제야 입을 다물고 제물에 스르르 감겼던 눈을 천천히 떴다. 그러고는 한동안 멍하니 앉아 있더니 문득 눈을 치켜뜨며 잦아드는 목소리로 물었다.

"무슨 일로 오셨죠?"

"방해가 되었다면 미안합니다. 방 속에만 박혀 있길래 무슨 일인지 염려가 돼서요. 그런데 뭘 하고 있었던 거죠?"

사내는 좀 머뭇거리는 눈치더니 목청을 돋우어 대꾸했다.

"뭐, 삶의 사업을 하고 있었던 거요. 사람은 누구든 잘 살아 볼 자격이 있는 것 아니겠어요?"

"물론 그렇죠. 그런데 잘 살려면 바람직한 목표를 정하고 실제로 노력을 해야지 그렇게 방안에 들어앉아 중얼거리기만 해서야 어디 됩니까."

그러자 사내는 떨리는 목소리로 좀 열을 냈다. 화가 난 것 같기도 했다.

"모르는 말씀이네요. 현실은 흉악한 짐승이오. 그걸 따라가다 보면 나같이 힘 없고 재주 없는 놈은 야금야금 갉아 먹혀 결국 뼈도 못 추리고 말아요. 이것 좀 보세요. 손가락을 두 개나 금형 기계에 먹혀 버렸어요. 현실의 짐승은 힘없는 것들을 잡아먹고는 힘 있고 재주 좋은 놈들에게 한 덩이씩 내갈겨 주는 악마새끼 같아요. 그러니 무엇에다 기대를 걸겠어요. 죽자니 원통하고, 살자니 막막하고…… 그래서 결국은 마지못해 이렇게라도 해보는 거예요. 육신은 어차피 하치로 결정돼 버렸으니 정신력에다 희망을 걸고 발버둥을 쳐보는 거니까 방해를 하려거든 그만 나가 주세요. 나는 토끼처럼 뛴다! 지금 손가락이 서서히 원래대로 자라나고 있다!"

그동안 서 있던 나는 방바닥에 앉았다. 뭔가 끌어당기는 기분이었다.

"방해하다뇨. 아무쪼록 뜻대로 이루어진다면 얼마나 좋겠습니까. 그런데 제가 보기에 정신력을 쓴다는 건 자기가 가장 소망하는 일이 이루어지도록 마음을 한 곳에 모으는 것이고, 그렇게 된다면 누구라도 그것을 위해 마치 토끼가 뛸 때처럼 실제로 몸을 움직여 정진하게 될 테니, 지성이면 감천이라고 험한 벼랑을 뛰어오르는 기적이 일어날 수도 있겠죠. 그런데 지금 형씨가 진정으로 바라는 것이 과연 무엇이죠? 이를테면 화려한 집에서 일하지 않고 안락하게 살아가는 것인가요?"

사내는 머리를 수그린 채 검지와 중지가 잘려나간 자신의 오른손을 한동안 내려다보더니 말했다.

"뭐, 난 그렇게까지 바라는 것은 아니고…… 난 다만 좀 사람답게 제대로 한번 살아보고 싶을 뿐이죠. 그런데 그것이 차라리 죽기보다 더 어렵단 말이에요. 뭐, 물론 나 자신이 못난 까닭이겠지만……."

그는 한숨을 깊게 쉬었다.

"제가 이런 말을 할 주제는 아니지만…… 요즘 그런 방식의 삶을 선전하는 책이 워낙 판을 치니까요. 실은 저도 호구지책으로 그런 류의 책을 교열하기도 하고, 심지어는 편집장의 요구에 따라 번역 원고를 좀 더 강렬하게 뜯어고치기도 했는데요…… 책과 현실은 차이가 많다고 생각해요. 책을 참고하는 건 좋지만 그걸 곧이 믿고 따라한다는 건 위험……."

"웃기시네요. 흐흐. 책이 뭐 위험하다구……."

"농담이 아니에요. 글을 쓰는 사람이나 책을 만드는 사람이나 너도나도 잔뜩 팔아서 돈과 명예를 얻으려고 안달하는 세상이에요. 그건 그렇다 치더라도 말예요, 저도 무명작가이지만 글이란 걸 쓰다 보면 말예요, 별 저의가 없이도 나도 모르게 과장을 하게 되고, 현실의 어려움들을 배제한 채 자신의 방식 따위를 이상화하면서 밀고 나가게 된답니다. 아무튼 눈길을 끌려면 효과를 극대화해야 되니까요. 사실은 저자 자신도 실행할 수 없는 일이고, 말하자면 최선을 다해 꾸며놓은 공상이에요. 일종의 과대망상이라고도 할 수 있겠죠."

"골치 아픈 소리 그만둬요. 과대망상이라도 해야 할 형편이니까."

사내는 책을 집어 자신의 얼굴을 가려 버렸다. 최근 들어 연일 대문짝만하게 광고를 해대고 있는 성공학 시리즈 중 한 권이었다. 며칠 전에 중년 사내가 방으로 불쑥 찾아와 팸플릿을 내밀기에 잠시 훑어본 적이 있는데, 저자도 역자도 명시하지 않고 그저 '인간 능력개발협회'라는 모호한 이름으로 그 분야의 온갖 저작 내용을 짬뽕해 엮어서 10권으로 펴낸 것이었다. 외판용이라 그런지 장정만큼은 화려해 보였다.

나는 안타까움을 누르고 어눌하게 중얼거렸다.

"외람되지만, 형씨…… 사람답게 사는 것이 소망이라면, 어렵더라도 지금부터 그 방법을 사람답게 제대로 택해서 실행해야 한다는 생각이 드는군요. 자신이 추구할 목표가 진실하다면 사람이란 곤란을 견딜 수 있고 또 견뎌내야 하니까요. 어폐가 있을지 모르지만, 형씨는 지금 그 방법을 목표인 양 붙들고 앉아 있는 것이나 아닌지 모르겠습니다. 무엇이든 너무 지나치면 결국엔 그만큼 해가 되는 법인데…….”

“아, 처음엔 머릿속에 박히지 않아서 좀 이상해 보일 수도 있다고 했어요. 호호, 기껏 동정하면서 뭘 그러세요. 된다고 믿어야만 됩니다. 아무튼 난 지금 배수진을 치고 필생의 사업을 하고 있으니까 남 마음 약해지는 얘긴 그만하시고 이젠 떠나 주시죠. 아이 캔! 난 할 수 있다! 난 할 수 있다! 난 지금 상류로 올라간다! 난 지금 상류로 올라간다!…… 나는 옥토끼다!”

그만 일어서서 밖으로 나왔다. 계단을 밟아 올라가는 동안 괴청년의 중얼거림은 점점 더 열렬해지고 있었다.

“나는 올라가고야 만다! 나는 올라가고야 만다! 나는 올라가고야 만다!”

빈방스럽게도 그날 이후도 그 청년의 일발석인 행태는 한층 도를 더해 갔다. 수염을 깎고 봉두난발을 감아 빗긴 했지만, 말끔하다기보다 마치 귀신이라도 들린 듯 비현실적인 얼굴이었다. 간혹 주방에 나타나면 예전처럼 잽싸게 먹어치우곤 사라지지도 않고 예의 그 주문을 중얼대면서 밥을 씹고 있었다. ‘나는 황금성의 왕처럼 멋지게 살고 있다. 아니, 지금 현재 실제로 백만장자가 되었다.’라는 말도 섞여 있었다.

맏딸은 그 사내를 바라보지 않고 식탁에만 부지런히 마음을 쓰고 있었다. 염천교 제화공은 물 건너 일인 듯 무심하였다. 남대문시장 점원은 고개를 좌우로 천천히 돌리면서 한편 관찰하고 한편 생각하였다. 막노동꾼은 넓은 미간을 찡그리고 눈을 꿈벅꿈벅하면서 한 마디 할 듯하다가 그냥 성큼성큼 나가 버렸다. 가수 지망생은 킥킥거리다가 제물에 머쓱해서 콧노래를 흥얼거리며 밥을 떠먹다가 사레가 들려 컥컥거렸다. 재수생은 조용히 숟가락을 놓고 나간 다음 돌아오지 않았다. 대학생은 아무 소리도 못 들은 양 식사만 하며 흐음흐음 하고 괜히 칠면조처럼 목청을 울리면서 다음에 집을 반찬을 노려보았다. 사근사근한 둘째딸은 들어서다가 나가 버렸다. 학원 강사는 영자 신문에 정신이 팔려 밥숟가락을 자기 볼에다 갖다 대고 있었다. 맏딸의 다섯 살짜리 꼬마애는 엄마의 치맛자락을 끌어당기다간 홱 돌아서서 강사에게 장난을 걸어대었다. 금테 안경을 낀 증권사 직원은 빙글빙글 웃는 낯으로 "할 수 있다고 생각하면 할 수 있는 건 사실이지." 하고 마치 장단이라도 맞추듯 중얼거리면서 젓가락으로 밥알을 몇 점씩 집어서 씹어 먹고 있었다.

'정신력의 사업가'는 자신에 대한 남들의 이러저러한 태도에 전혀 신경 쓰지 않고 오로지 주문만을 외면서 천천히 일어나 마치 몽유병자나 유령처럼 복도를 걸어갔다. 계단 밑의 방으로 내려가면서도 그는 "지금 나는 상층으로 올라가고 있다!" 하고 중얼거렸다.

저녁 무렵에 그는 옷을 차려입고 오랜만에 외출을 했다. 여전히 중얼중얼하며 흙마당을 질러 대문 밖으로 나간 그는 무슨 일인지 며칠이 지나도록 감감 무소식이었다.

무료입장 인생극장

　한밤중이었다. 겨우 잠 속으로 미끄러져 들어가다가 요란스런 파열음을 듣고 깜짝 놀라 깨어났다. 와장창 하는 소리에 뒤이어 유리조각이 시멘트 바닥으로 떨어져 내리며 쟁그랑거렸다. 날카로운 그 소리는 꿈의 여운 속을 마구 찌르고 들어와 모종의 불안감을 불러일으켰다. 그렇다, 그건 짐짓 잊으려고 제스처를 취해 보지만 결코 잊을 수가 없는, 서울역 앞 동자동이라는 삭막한 곳에 얼기설기 둥지를 틀고 사는 참새새끼의 불안감과도 같이 살갗을 찔러오는 감각이며 동시에 의식의 송곳이었다. 아무리 오아시스와 같은 오동나무집이라 할지라도 여긴 어디까지나 사막이라는 사실을 망각하면 안 된다는 괴음의 메시지⋯⋯.

　짐승이 울부짖는 듯한 소리도 들려왔다. 사실 깊은 밤중이라서가 아니라 잠자다가 깨었기 때문에 더 놀랐는지도 모른다. 차츰 정신이 들자 불쾌감과 함께 짜증이 났다. 밖에서는 격한 으르렁거림과 함께 유리 파편을 내려치는 소리가 들렸다.

"이년! 똥갈보 같은 게 인간을 뭘로 보는 거냐, 응?"

발광과도 같이 격한 감정의 배설이었다. 본능의 분출은 어쩌면 진실함일지도 모르지만 지나쳐서 추한 느낌이 들었다. 마치 자신의 분뇨 속에서 뒹구는 것과도 같았다. 이윽고 지쳤는지 고함은 잦아들고 헐떡거리며 이빨을 부드득부드득 갈아대고 있었다. 신음소리에 흐느낌이 섞였다. 주먹으로 유리조각을 짓이기고 있는지도 몰랐다. 저러다가 혹시 날카로운 조각으로 손목이나 뱃가죽을 그어 버릴지도 모를 일이었다. 실제로 그런 지랄을 부리기도 했기 때문이다.

나는 마치 라디오 드라마의 긴박한 대목이라도 청취하는 듯이 조마조마해졌다. 안방 쪽의 동정에 귀를 기울였다. 아무런 기척이 없었다. 그녀는 아마 잠들어 있지는 않을 것이다. 잠귀가 꽤 밝은 편이니까. 지금쯤은 단잠에 빠졌던 감각이 둔한 편인 하숙생들도 눈을 슬그머니 뜨고 조용히 누운 채 귀추를 주목하고 있을지 몰랐다. 관객은 비극을 좋아한다. 조마조마해 하며 불행한 파국을 비켜가길 바라는 사람일지언정 막상 별일 없이 연극의 막이 내린다면 내심 섭섭해 할 것이다. 사실 어떤 하숙생은 다달이 한번씩 습관적으로 상연되는 저질 드라마에 식상했는지 남자배우 쪽이 죽어 버리기를 바란다고 극언을 내뱉기도 했다. 하지만 그래도 우리 선량한 관객들은 지나친 파국을 바라진 않는다. 초라한 하숙방이긴 하지만 삶의 근거가 박살나길 원하진 않을 테니까 말이다.

과연 그녀는 나가서 사태를 수습할 것인가, 끝까지 모르쇠하고 버틸 것인가?

나는 내가 어느 쪽을 바라는지 아리송했다. 지금 이 순간 귀를 곤두세우고 있는 다른 하숙생들은 어떤 진행을 기대할지 궁금하기도 했다. 어느 한쪽만을 바라는 사람은 어쩌면 더 답답하거나 초조할지도 모른다. 그녀가 나가서 어떻게든 이 일장의 해프닝을 정리하길 원하는 사람은 짜증을 못 이겨 그녀를 무정하다고 탓할 테고, 더 이상 사내의 수작에 속지 말고 모른 척해서 결국 사내가 제 성질을 이기지 못해 자해로써 극을 종결짓길 원하는 관객이라면 사내새끼가 치사스럽다고 욕하리라. 몇 달 동안 하숙해 본 사람이라면 사내의 짓거리가 여자의 모성본능을 자극하기 위한 처절한 연극임을 간파하고 있었다. 모성에 굶주린 콤플렉스가 있기 때문이리란 가설은 평소 사내의 행동거지로 인해 묵살 당했다. 하기야 이 땅에 사는 누가 모성애를 제대로 받아 보았겠는가. 익사할 정도로 과잉이거나 쩍쩍 갈라질 정도로 메마른 박토에 처박혀 신음하고 있지는 않은가? 밀림의 야수보다 못한 것이 현대 한국의 모성이라고 말한다면 지나친가? 그러나 자신 속의 좋은 점을 계발할 기회를 앗긴 채 일본이나 미국의 나쁜 점만 잽싸게 흉내 내 수용하며 살아온 풍토에서 이렇게 된 것은 당연한 현상이라고 할밖에 더 있겠는가. 마당에 널브러져 유리조각을 깨고 있는 사내는 여자가 나와서 달래지 않는 한 계속 땡깡을 부리며 그 도수를 높일 것이었다.

이쪽도 저쪽도 바라지 않고 추측만을 하는 게 줄 위를 걸어가듯 긴박감을 더 강하게 느낄 수 있다.

불현듯 안방 문이 드르륵 하고 열리는 소리가 귀청을 울렸다. 그녀, 맏딸은 결국 한쪽을 선택한 것이다. 그게 자유의지인지 운명의 끈에 의한 것인지 하는 해묵은 의문은 접어두고 나는 그저 드라마를 청취했다. 맏딸은 발소리를 줄이며 의외로 주방으로 가서 한참 있다가 다시 되돌아 복도를 지나갔다. 현관문 앞에서 맏딸의 발소리가 딱 멎었다.

사내는 씨근대는 사이 흐느끼기도 하면서 유리 파편을 두드려대고 있었다. 그것은 마지막으로 한 장 남아 있던 유리창이었다. 이미 깨어져 나간 자리는 새것으로 갈아끼워 봐야 소용없을 터라 그런지 비닐로 막아 놓아서 찬바람이라도 불면 스산스런 소리를 냈다. 문득 무엇인가 시멘트 축대 위에 툭 부딪쳤다가 흙마당으로 떨어지는 소리가 들렸다.

사내가 "저년!" 하고 외치더니 헉헉거리며 일어나서 창틀을 치는 것 같았다. 온갖 추한 욕지거리가 밤의 냉기 속에 난무하면서 응고돼 갔다.

맏딸의 맑은 음성이 떨리며 울려 퍼졌다.

"자, 오늘은 꼭 그 비수로 이 가슴을 찔러서 좀 시원하게 해줘요. 어서 찌르라구, 이 등신아!"

"그래 이년, 찔러 주마."

사내는 씩씩거리며 현관문을 잡아 흔들었다.

"들어오진 마. 창문 잘 뚫어놨네. 그냥 거기서 푹 찔러!"

"흐훗! 그런다고 못할 줄 아니? 이 인생의 방해자, 악녀, 지옥에서 기어 올라온 년 같으니! 그래, 이판사판, 죽고 말자!"

나는 방문을 열고 뛰어나가 보려고 했다. 그러나 관객으로서의 의식이 동작을 막았다. 클라이막스에서는 숨죽이며 구경만 해야 할 의무가 있다.

"쌍년, 지옥에서라도 다시는 만나지 말자!"

"부디 그렇게 되길 빌고 또 빌게, 쌍놈아!"

"그럼 잘 가라. 에잇!"

바로 그때였다. 갑자기 우당퉁탕거리는 소리가 나더니 어떤 목쉰 소리가 고함을 쳤다.

"스톱! 스톱! 일단 정지!"

현관 가까운 쪽의 지하방에 사는 신입 하숙생인 것 같았다. 순간 나는 좀 안심했다. 그러나 곧 이어 "윽," 하는 단말마의 비명 소리를 듣곤 심장이 멎는 듯했다. 나는 그제야 달려나갔다. 이 많은 하숙방 속에서 아무런 인기척도 없다는 게 조금은 신기했다. 그러나 여긴 서울역이야, 하고 나는 속으로 새김질했다.

나는 그 광경을 볼 수 있었다. 하지만 가장 중요한 장면은 지나가 버렸는지도 몰랐다. 하얀 잠옷 차림의 맏딸은 무릎을 꿇은 채 신입 하숙생을 부축하며 불안에 떠는 한편 문 밖의 사내를 쏘아보며 처연스레 욕을 해댔다. 중년의 대머리 사내는 맏딸의 품에 안겨 신음소리를 흘렸다. 그의 한 손은 자신의 옆구리께를 누르고 다른 손은 맏딸의 목에 걸고 있었다. 긴 머리카락이 흘러내려 그의 이마를 간질렀다. 맏딸이 "아, 이를 어쩌나! 괜찮으셔요?" 하고 연신 걱정하는 동안 사내는 왠지 좀 달콤한 느낌이 드는 목청으로 "여기!" 하고 뇌까리며 맏딸의 손을 끌어 자신의 가슴에 가져다 대려고 했다.

맏딸은 분명하지 않은 울음 우는 소리를 냈다. 너무 당황하고 서럽기도 해서 그런 모양이었다. 창밖에 선 사내는 두 팔을 축 늘어뜨린 채 그 모습을 망연히 바라보고 있었다. 원래는 자신이 받아야 할 그런 간호가 아닐까.

천공의 달빛이 두 사내의 대머리를 무심히 비추었다.

다음날이었다. 지난밤의 소동을 모르는 듯 집안은 활기차기만 했다. 두 대머리 사내가 상면한 것은 다른 하숙생들이 거의 다 외출하고 난 오전 10시경이었다. 썰물이 빠져나간 뒤의 고요 속에 비로소 조금은 비극의 느낌이 전해졌다. 유리조각이 흙마당에 널려 햇빛을 받자 마치 낙화한 별꽃의 잔해 같았다.

두 인간은 의외로 멀쩡한 모습이었다. 한 사내는 양손에, 다른 한 사내는 오른손에 붕대를 감고 있었다.

둘은 상대방의 손을 슬쩍 훔쳐보더니 멋쩍은 표정으로 천천히 악수를 나누었다. 측백나무 잎 위에서 말간 햇빛에 녹아 가던 눈뭉치가 툭 떨어져 그들의 대머리를 때렸다. 같은 대머리라곤 해도 그들의 인상은 아주 달랐다. 하숙인의 둥근 대머리는 반들반들한데 비해 타원형인 맏딸 남편의 머리는 햇빛 아래에서도 누르칙칙

했다. 상대를 압도할 만큼 훤칠한 풍채였으나 결코 호감을 주는 인상은 아니었다. 길게 찢어진 가느다란 눈에 뭉툭한 코는 중허리가 내려앉았고 입은 거무스름한 색깔이었다. 간혹 드물게 미소를 지어도 밝은 빛이 없고 우중충한 느낌이어서 보는 하숙생들을 의아스럽게 했다. 아직 인생사에 대해 미숙한 재수생들뿐만 아니라 제법 노숙한 척하는 이들도 저런 추물이 어떤 수작으로 미인을 후렸는지 알쏭달쏭해 했다. 더구나 나이 차이가 열 살 가까이나 난다지 않는가. 어쩐지 인간 기생충 같은 느낌을 주는 인상이었다. 하기야 그런 몰골로라도 번듯한 직장에 다니면서 사람 구실을 한다면 어느 하숙인이 중뿔나게 군소리를 하려 들겠는가. 살아가는 꼴이 그러므로 새파란 녀석들마저 그 사내를 두고 '인.기.인.' 즉 인간 기생충 같은 인간이라고 숙덕거리는 것이었다. 그런데도 본인은 전혀 개의치 않았고, 간혹 처자식에게 무슨 말인가를 할 때면 자기 자신의 느글느글한 목소리에 스스로 도취된 듯 짐짓 코맹맹이 소리를 섞어서 내곤 했다.

두 대머리는 오동나무 아래서 서성거리며 의외로 속닥속닥 얘기를 나누고 있었다.

"형씨, 제법 용감하시더먼요. 주책없이 왜 남의 일에 끼어들고 그러슈? 많이 다쳤으면 어쩔 뻔했슈."

"미녀 아주머니가 다치는 것보다 훨씬 낫지요."

"미년 무슨 얼어죽을…… 눈이 삐었수다."

키 큰 대머리는 담배연기를 뿜어내며 코웃음을 쳤다.

"아니, 진짜 눈이 삔 건 바로 그쪽 형씨요. 진주를 몰라보고 마구 짓밟다니 돼지보다 못하지 않느냔 말이오. 내 부탁이니, 착한 여자 괴롭히지 말고 사람답게 좀 살구려."

"쳇, 여자라면 여자답게 좀 비단처럼 간지럽도록 부드럽게 굴어야 할 게 아니것소. 그런데 저건 뭐 철근 토막보다 더 뻣뻣하니 사람 죽어나는 거지."

"아니 대체 얼마나 더 부드러우란 말이오. 지옥 갈 소릴 하네요. 남자가 잘해야 여자도 부드럽다지 않소."

푼수끼가 좀 있는 작은 대머리도 그때만큼은 제법 흥분하여 입 바른 소리를 했다. 그런데 이상하게도 상대편 사내는 화를 내는 기색도 없이 계속 얘기를 나누는 것이었다.

"내가 이렇게 사는 것도 다 저것 때문이오. 여자가 설쳐대니 남자 기가 살 수가 있느냔 말이오. 성공해서 잘나가는 사람들을 보면 여자의 내조가 얼마나 중요한가 말야."

"내가 아직 미혼이지만 이건 알지요. 왜냐? 음양이 돌아가는 이치니깐 말이오. 흠, 사내가 가장으로서 듬직하게 활동을 해야만 여자도 부드러워질 수가 있다는 얘기요. 사내새끼의 대역까지 맡아야 하는 여자라면 서시나 양귀비라도 나긋나긋 할래야 도무지 그럴 수가 없는 법이오. 나무 위에서 물고기를 구하는 격이지."

"어려울 때 할 수 있어야 빛이 나지 뭘 그래."

"형씨가 먼저 빛을 비추어 보소. 그러면 아주 나긋나긋해질 것 같던데요."

"여자란 게 뭐요. 어디까지나 부드럽게 아양이라도 떨어서 남자의 능력을 끌어올려 주어야 할 거 아니오. 그러면 나도 곧장 성공하지 뭘 그래."

"그건 의타심이나 어리광에 불과하오. 성공하는 사람들을 보면 무엇보다 자기 자신의 추진력이 우선이오. 그 담에 도우면 금상첨화겠지만 내조가 꼭 필요한 건 아니오. 우선 자기의 신념과 동력이 없다면 안 된다는 거지요."

"그러니까 여자가 옆에서 살살 부드럽게 코치를 해준다면 나도 내 잘못을 아니까 고쳐서 새롭게 발진하여 성공을 한다는 얘기지."

"그러니까 잘못을 모르지는 않는 셈이군, 허허."

"제기랄, 알아봤자 뭐가 있겠어. 지겨운 인생, 차라리 죽고 싶구먼. 편안하게 깊은 잠속에 빠지고 싶어."

"아, 바로 그것이오. 죽고 싶다는 건 바로 잘 살고 싶다는 간절한 소망이라오. 바로 이 순간부터 그 아무짝에도 쓸데없는 아집과 자만심과 허욕을 싹 버리고 재생해 볼 생각은 없소? 허약하고 추악한 인간의 비루함을 벗어 버리고 신성의 고결함을 영혼과 마음속으로 영접하시오. 그러면 눈을 덮고 있는 꺼풀이 기적처럼 벗겨져 나갈 거요."

"한 목숨 끊어 버리면 만사 땡인데 골치 아프게 뭘 더 보라구 그래."

"혹시 형씨의 생각이 형씨의 앞길을 막고 있다는 사실을 아시오?"

"내가 왜 미쳤다고 내 앞길을 막아? 별 희떠운 소릴 다 하고 앉았네."

"자기 생각이 자기 앞길을 조종하니까 그렇소."

"쳇, 그래서 나는 내 생각 같은 걸 뭉개면서 행동하는 걸 좋아하지."

"그래봤자 결국엔 개차반보다 못할 텐데, 그건 인생 낭비죄죠."

"까짓것, 아까울 것도 없는 인생인걸."

"아무튼 미녀를 꼬셨으니 재주 하나는 가진 셈인걸. 어떤 수를 썼을까?"

"흠, 하두 졸라대기에 차에 태우고 인천으로 드라이브를 갔던 게 최대의 불찰이었지."

둘은 의외로 서로 죽이 맞는 듯했다. 그들이 떠들어대는 동안 맏딸이 빨래뭉치를 들고 마루로 나왔다. 작은 대머리는 멈칫하더니 그 자리를 뜨려는 자세였고, 큰 대머리는 인상을 잔뜩 찌푸려 우거지상을 지었다. 그가 아내를 두고 똥갈보니 악녀니 뭐니 지껄였으나 아무런 근거도 없는 날조요 비방으로만 여겨졌다. 오히려 기생충 같은 자신의 신세를 견디지 못해 덤터기를 씌우는 꼴이었다. 그전에 나는 초창기의 하숙생들이나 사근사근한 둘째딸의 푸념 같은 얘기를 들어 그들의 사정을 대강 짐작은 하고 있었다.

맏딸이 여고를 졸업할 무렵 그녀의 가정은 상당히 유복한 편이었다. 군에서 퇴역한 아버지는 자그마한 사업체를 경영했다. 넓은 단독주택에 가정부 아주머니까지 두고 살 정도였다. 그 당시 사내는 아버지의 옛 부하로서 자가용 운전사로 일했다. 학급반장을 맡을 정도로 똑똑하고 쾌활했던 그녀가 왜 늘상 상관에게 지청구나 듣는 시시껄렁한 운전수와 눈이 맞았는지는 수수께끼였다. 불쌍하고 찌질한 사내에 대한 연민의 감정이나 모성본능의 발로였을까? 또는 평강공주 콤플렉스가 발동했던 것일까? 아무튼 그녀는 대학에 입학도 하기 전에 아기를 가졌고, 엄친의 반대를 물리치고 사내와 결혼했다.

사내는 운전수에서 회사 과장대리로 에스컬레이터를 타고 신분이 상승했다. 그런데 그는 경리과 여직원을 꼬여 놀아나며 회사공금을 유용해서는 제 주머닛돈처럼 마구 썼다고 한다. 5년여에 걸쳐 그런 짓을 벌이는 동안 회사는 부도가 났으며 집이고 뭐고 다 날아가 버렸다. 죄악상이 탄로 난 후 사내는 자살극을 벌였지만 비루하게도 살아남았다는 얘기였다.

망가진 집안을 일으켜 세울 사람은 맏딸인 그녀밖에 없었다. 그녀는 아버지를 겨우 설득하여 하숙업을 시작하기로 했다. 그녀의 아버지인 피 장군은 욕설을 씹어 뱉으면서도 친구들에게 애걸복걸하여 돈을 빌려서는 하숙집 건물을 구하도록 주선했다. 그 후 3년 동안 노력해서 빚을 대부분 다 갚았다. 갑자기 파삭 늙고 병들어 버린 부모의 약값과 아직 철없는 여동생들의 학비도 그녀가 책임졌다. 그러나 아는 사람은 알고 아직 모르는 사람은 모르는 상태겠지만, 그 하숙집은 이미 오래 전부터 건물주인 종교단체로부터 비워달라는 통보를 받고 있었다. 아마 리모델링이라도 해서 다른 용도로 사용하려는 모양이었다.

맏딸이 마루에 서서 마당을 내다보는 그 순간, 남편이란 작자는 어디론가 감쪽같이 사라져 버리고 키 작은 대머리 사내만 홀로 절룩절룩 걸어 다가와 붕대가 감긴 손으로 대머리를 매만졌다. 그녀는 좀 해쓱한 낯빛이었지만 평소와 별 다르지 않게 행동했다. 평소에 윤기 나던 검은 머리가 조금 푸석했으나 뒤로 감아 올려 단아해 보였다. 모친을 닮아 목이 희고 길었다.

"병원에 한번 안 가봐도 괜찮으시겠어요?"

"아니에요. 아주 좋아요. 간호사보다 더 응급조치를 잘 해주셔서 벌써 다 나아가는 것 같은데요 뭐."

"다행이네요. 그런데 혹시 그 총각한테서는 아무 연락이 없죠? 걱정이 좀 되네."

"아, 연락은 아직 없는데, 마침 제가 아까 그 친구가 남기고 간 쪽지를 발견했어요. 하숙비 밀린 거 아주머니에게 죄송하고, 다음에 꼭 와서 갚는다고 전해 달라는 얘기더군요. 저의 수제자니까 아마 잘 해서 돌아올 겁니다. 저의 지시대로 한다면 꼭 뭘 하든 성공할 테니까요."

만딸은 희미하게 웃으며 귀밑으로 비어져 나온 머리카락을 쓸어 올렸다. 속눈썹이 길어 음영을 드리운 눈이 햇빛을 받자 흑옥처럼 반짝거렸다. 대머리 사내는 끙 하는 신음소리를 냈다. 그때 다섯 살 난 사내아이가 눈을 비비며 나와 엄마의 손을 찾아 잡았다. 이른바 인천 드라이브 때 생겨나 엄마의 운명에 영향을 끼친 장본인은 아니었다. 피 장군의 푸념에 따르면 그 운명의 씨앗은 세상에 나오기 전에 아비의 폭력에 의해 유산되고 말았다고 했다.

아래층의 주방 가까운 곳에 안방이 있었다. 그녀는 하루 종일 쉴 겨를 없이 일을 했다. 열댓 명이나 되는 하숙인들의 식탁 치다꺼리와 벗어 낸 옷의 빨래를 혼자서 맡아 했다. 위층 사람들의 얼굴에 구김살이 지지 않도록 매끈하게 다림질도 해냈다. 그 여자의 손은 빨갛고 꺼칠꺼칠해서, 어린 아들내미는 엄마의 손이 자기 볼을 쓰다듬는 것을 그리 좋아하지 않았다.

그녀가 세탁실로 들어가는 뒷모습을 물끄러미 바라다보던 대머리 사내는 한숨을 짓고 나서 "아이 캔! 믿으면 이루어진다. 현실의 장벽을 넘어 상상은 실현된다."라고 중얼거리며 절룩절룩 대문 밖으로 나갔다.

흰 눈더미에서 무엇이 움직이는 듯해서 자세히 보니 토끼였다. 녀석의 빨간 눈만 핏방울처럼 도드라져 보였다. 저 녀석에게 삶은 무엇이며, 인간들이 기를 쓰며 구하는 성공이란 어떤 의미를 가질까?

망상의 계절

    본채에서 좀 떨어진 곳, 뒤꼍의 정원으로 돌아드는 지점에 자그마한 부속건물이 하나 있었다. 검은 색조의 그 건물은 너무 낡아서 마치 무슨 그림자 같았다. 그러나 그곳에도 사람이 살고 있었다. 바로 맏딸의 부모인 피 장군과 유 여사 부부였다.

    한때는 그들도 청춘남녀였겠지만 이제는 늙어빠지고 세월의 풍상에 마모되어서 그림자 같은 그 건물에 잘 어울려들었다. 그들 외에 둘째딸의 친구라는 미스 양이 작은 방에 살긴 했지만 그 아가씨는 밖으로 나도는 시간이 더 많았으므로 잘 보이지 않았다.

    비록 현역에서 물러나 후선에 죽치고 앉은 피 장군이긴 했지만 아직 존재감이 완전히 사라진 건 아니었다. 흐린 날일수록 피 장군의 성정은 괴팍해져 때로 해괴망측스럽게 여겨지기까지 했다. 그렇다고 청명한 날이면 온화하다는 얘기가 아니라, 먹구름이라도 잔뜩 끼어 침침하면 그의 언동도 차츰 음산한 기색을 띠게 된다는 말이다. 만일 군대의 영내에서라면 큰 소동이 벌어져 누군가 일진 사나운 병졸이 말 못할 고통을 당하든지 피 장군 자신이 암수를 맞아 다치든지 쫓겨나든지 했을 터였다. 하지만 그는 일국의 군단장이 아니라 일개 하숙집의 퇴물에 불과한 신분이었으므로 그런 불상사는 쉬이 일어나지 않았다. 그래도 한번씩 고함을 내지를 때면 집안엔 심상찮은 전운이 감돌았다.

피 장군은 진짜 장군이었다고 한다. 기껏 중령이나 대령으로 예편했을 뿐인데 그저 예의상 불러 주는 존칭이 아니라, 대한민국의 정식 육군 준장이었다는 얘기다. 비록 영락해 위풍당당하던 면모가 많이 사라져 버려서 처음 보는 사람은 좀 의심을 품을 만도 하겠지만, 그의 방 벽에 걸린 사진틀 속에서는 별이 시공을 초월해 빛나고 있었다. 다만, 그 시기는 극히 짧았던 모양이다. 대명천지 일광 아래서 별을 달았다가 캄캄한 밤 월광 속에서 뗄 수밖에 없었노라는 그의 푸념 섞인 술주정이 은유인지 사실인지는 불분명하다만⋯⋯.

불순한 날씨에 피 장군이 발광하는 건, 장엄했던 조국 수호 전쟁 당시의 불가피한 상처로 인한 신경통의 심화 확산 때문이라는 언급이 있었다. 다만 그 신경통이 뇌신경에까지 퍼져 올라 의식을 교란시키지나 않았는지 모를 일이었다. 혹은 사병 출신의 일반인이 추측하지 못할 심오한 정신적인 염증이나 욕구불만이 음습한 날씨의 영향을 받아 현실에 반기를 드는지도 모를 노릇이었다.

그럴 때면 불그스름하게 충혈된 그의 눈은 적의를 띤 채 허공을 노려보며 우렁우렁한 목소리는 기관총처럼 각계각층의 적을 향해 자동 소사되는 것이었다. 침을 튀기며.

"하면 된다! 안 되면 되게 하라!"

이것이 피 장군의 모토였다. 큰 문제든 작은 문제든 생기면 우선 그 말부터 한번 외쳐 놓고 보았다. 그러나 그가 현역에서 활동하던 당시에는 어땠는지 몰라도, 시대도 변하고 자신도 노쇠해 버린 현재에는 별 효과가 없었다. 단지 그냥 입버릇으로 반복하는 것일 뿐이었다. 어떤 때는 그 버릇이 자기 주인을 조종해서 로봇처럼 같은 소릴 되풀이하게도 만들었다.

그래도 어쨌든 일흔을 넘은 노인네 같지가 않았다. 사실상 그는 아직 허리가 꼿꼿하고 풍채도 좋았다. 거구라고도 할 수 있을 정도였다. 앞머리가 벗겨지고 눈 밑의 살주머니와 볼이 축 늘어져 처졌을 뿐, 코가 우뚝하고 입엔 의치를 해 넣었으므로 얼핏 호남아스러워 보였다. 하숙생들은 대개가 사병 출신인데다 현실 생활에 찌들어 소시민 꼴이었으므로 피 장군이 오히려 더 당당해 보이기까지 했다. 더군다나 술기운이 오르면 그는 아직도 방사를 정정히 치르고 있다는 점을 은근슬쩍 내비치기도 했다. 예전의 사병들인 하숙생들은 낄낄거리면서도 옛 별자리 앞에서 몸을 움츠렸다.

신경통이 극에 달해 기괴한 발작을 더 이상 주체할 수 없을 때면 피 장군은 훌쩍 어디론가 나갔다가 어둠에 묻혀 돌아왔다. 그럴 때 혹시 불빛 아래서 마주치면 그는 벌그데데하게 취기 오른 얼굴에 개기름을 흘리며 포만에 겨운 웃음을 짓고 있는데, 얼마 후면 뒷방에선 예의 그 '하면 된다! 안 되면 되게 하라!'는 모토에 섞여 방사를 치르는 소리가 어렴풋이 들려오는 듯하기도 했다.

　피 장군은 때때로 터무니없는 망상에 빠져 그것을 실행해 보기까지 했다. 하숙 건물 1층을 1사단, 2층을 2사단, 3층은 적군의 아지트로 제멋대로 설정해 놓고 언젠가는 공격을 감행해 격퇴하리라고 오래전부터 구상 중이었다.

　3층은 어떤 급진적인 단체가 사무실로 쓰고 있었다. 그들이 '불온한 짓거리'를 저지를 낌새를 보일 때마다 피 장군은 치를 떨며 틀니를 갈았다. 하지만 그들을 쫓아낼 권리는 없었다. 그들은 법률적으로 피 장군과 동등한 권리를 지니고 있었다. 즉, 피 장군은 하숙 운영자이긴 하되 건물 자체의 소유권자는 아니었던 것이다. 다른 곳에 거주하는 건물주로부터 피 장군은 1층과 2층을, 그의 적들은 3층을 각각 임대하여 사용하는 처지였다. 더구나 건물주는 그들의 불화 때문이라기보다 다른 계획(건물을 전면 리모델링해서 고가에 임대할 목적)을 세우고 계약이 만료되는 시점까지 모두 비워 달라는 통고를 이미 해놓은 상태였다. 그 만기일은 차츰 다가오고 있었다. 피 장군은 어림없다고 큰소리치며 맨몸으로라도 버텨서 사수해 볼 요량을 하고 있었으나, 속으론 그 문제로 인해 꽤나 걱정하고 심화心火를 끓이는 모양이었다.

　"쌍놈들! 이 땅 이 나라를 어떻게 지켜냈는데, 그래 내가 맘대로 살지도 못하고서 아무 잘못도 없이 길거리로 쫓겨나야 한단 말인가! 어디 한번 해보자구! 그래, 하면 된다!"

건물주 측의 사무인이 방문하는 매달 말일이 가까워질수록 피장군의 울화는 한층 격심해졌다.

"새끼들! 꼬박꼬박 돈 챙겨 바치는데 뭘 더 바라는 거야? 정말로 확 적화가 돼서 깡통을 차봐야 정신을 차리겠어! 응?"

피 장군은 자신을 주체하지 못하고 소리를 질러댔다. 피 장군은 취한 듯이 보일 때가 많았는데, 머릿속에 끓어오르는 망상 때문이기도 했으나 사실 방에서 무시로 술을 홀짝홀짝 마시는 탓이었다. 이미 중독이 돼 버린 것만 같았다. 그나마 고주망태가 될 지경으로 폭음을 하지 않는 게 다행이라면 다행이었다. 그러나 문제는 여전히 남았다. 오랜 세월 그런 식으로 마시다 보면 어느 결에 알근히 취한 상태에서도 자신은 전혀 그렇지 않다고 생각하는 것이다. 그는 군대 시절에도 애주가였다고 한다. 호주가셨겠는데요? 언젠가 내가 물었다. 아니, 애주가였어. 정말 애주가일 뿐이었다구. 아니, 이봐, 내가 잘 알지 그걸 제군이 어찌 안다구 그래! 그는 화까지 냈다.

그런데 퇴역 후 사업을 벌였다가 '나쁜 자식의 훼방으로' 재산을 말아먹고 집까지 홀랑 날리게 되는 나날 동안 술에 심하게 빠지게 된 성싶었다.

흐린 날이 계속되면서 피 장군의 취기와 망상은 도를 더하고 기묘한 색채를 띠어 갔다. 신경통이 심해서 그러는 거라고 양해하는지 어쩐지 유 여사는 보고도 모른 척했다. 신경통 탓이기도 하고 중독증 때문이기도 하겠지만, 내가 보기에 술은 그의 뇌리 속을 떠도는 망상을 유지하고 심화 증폭시키기 위한 수단이 아닐까 하는 의심이 들었다.

그에겐 자신이 하숙집 주인이거나 주인의 부친이라는 사실이 아무래도 믿기지 않았는지 몰랐다. 단 얼마간이라도 자신은 대한민국의 별이 아니었는가. 그 사실이 죽는다 한들 사라지겠는가. 아무리 어처구니없이 전락했기로서니 이 부박한 현실을 어찌 인정하고 만단 말인가! 그래서 그는 현실을 버리고 망상으로 도망친 게 아닐까?

그는 본채의 각 방을 내무반이라고 생각하고 1소대, 2소대, 3소대…… 하는 식으로 제멋대로 맘속에 정했으며 그것을 모아 중대, 대대 따위로 체계를 세워 각각 보직을 임명한 다음 자신은 현역 당시의 연대장에서 스스로 승격시켜 사단장으로 군림했다. 물론 거의 망상이었다.

피 장군의 이런 망상에 자발적이고도 열렬할 정도로 호응한 단 한 사람이 있었다. 그는 성이 엄씨였는데 당연히 피 장군에 의해 부관으로 임명됐다. 그 외에 피 장군의 망상을 대놓고 비웃고도 멀쩡히 살아남은 단 한 사람인 미스 양이 있었다.

피 장군이 퇴역한 시기는 5.17 군부 쿠데타가 성공해 정권을 압수하고도 한참 더 지나 사회 각계가 그들의 취향대로 변화돼가고 있을 무렵이었다고 한다. '5.16 혁명'에 참가해 새 세상을 열며

승승장구해 온 인사로서는 아마 감회가 남달랐을 터였다.

　나는 그의 전역 사유에 대해 명확하게 들은 적은 없다. 이것저것 다 떠벌리는 본인이 그 부분에서는 왠지 흐리고 넘어갔다. 두 사건에 대해서는 자신의 견해를 지나칠 정도로 명료히 언급하곤 했다. 하긴 군부에 의해 국권이 탈취된 점에서 유사한 두 사건들을 혁명과 쿠데타로 판이하게 나눔으로써 그 명료성은 흐려지고 마는 셈이었지만……

　그는 6.25 전쟁 당시 중학을 다니다가 지원 입대해 낙동강 전투 등에서 무공을 세웠으며, 휴전 후엔 사관학교에 들어가 문무를 연마하여 5.16 당시엔 이미 한 명의 핵심 장교로서 혁명군을 지휘 독려했다고 한다. 하면 된다! 그리하여 혁명이 성공했을 때의 그 장쾌함! 피 장군은 몇 번이고 되풀이해 침을 튀기며 박진감 넘치게 묘사했다. 새로 열린 세상에서 서광인 양 반짝반짝 빛나는 무궁화를 견장에 달고 연회에 참석했을 때 청년의 기분이란! 바로 그 자리에서 아름다운 여대생이던 유 여사를 만났다고 한다. 여기 얽힌 일화를 그는 혁명의 성취에 못잖게 극적이고 호기롭게 회상하지만, 유 여사 본인에겐 그렇지 않았는가 보았다. 설령 아무리 호남아스러웠을지언정 청혼 옆엔 총구銃口가 있었다고 하니까 말이다. 그로부터 어언 40여 년이 흘러 그 청년은 사라지고 낯선 노인이 그때를 추억하며 부르짖고 있는 것이다.

　"쌍놈들! 그래 이 피종태가 그 따위로 호락호락한 인간인지 개차반 찌끄래긴지 아닌지 어디 한번 보여 주갔어! 안 되면 되게 하갔어!"

건물주 측으로부터 사무인이 방문한다는 전화 통보가 오면 피 장군의 심기는 점점 불편해졌다. 전날부터 거친 욕이 입에서 총탄 처럼 튀어나오고, 당일 오전엔 곧 폭발하려는 포탄만큼 흥분했다. 그는 월세로 지불할 돈이 든 두툼한 봉투를 가슴속에 품고 본채의 거실 소파에 앉아 창밖을 내다보고 있었다. 진눈깨비가 추적추적 내렸다. 텔레비전에서는 정오 뉴스가 흘러나왔다. 연일 계속되는 정치꾼들의 싸움, 무너진 빈민촌의 집들, 살인·강도·강간 사건 들⋯⋯.

　"나라를 말아먹겠다는 거냐? 야 새끼들아! 혁명이나 개혁을 하 려면 제대로 해라. 살신성인 정신으로 죽을 각오로써 하란 말이 다!"

　박정희 전대통령의 기념관 시비에 대해서는 흥흥, 하고 콧방귀 를 뀌었다.

　"다 해야 한다고 제멋대로 지랄치면서 그것만은 왜 안 된다고 난리법석이냐? 엉뚱한 데다 몇 천억씩 쏟아 내버리고 뒤꽁무니로 는 제몫 다 챙겨 먹는 주제 꼴에 그 돈은 왜 못 주겠다는 거냐 말이다. 독재자라고 하지만, 네놈들 속아지엔 독재 근성이 없냐? 전혀 없냔 말이다! 그분은 적어도 목숨을 걸어 놓고 한 사람이다. 기념관 지어서 사료를 모으고, 지나온 세월만큼 또 세월이 흘러가 면 공과가 저절로 드러날 게 아니겠느냐? 그런데 왜, 왜⋯⋯."

　피 장군은 목이 메이고 말았다. 울음 같은 늙은 목청의 절규가 끊어질 듯 이어졌다. 다른 문제에 대한 그의 견해, 고지식하긴 해도 공적인 감정에 기반한 논변에 비하면 어쩐지 좀 맹목적이라는 감이 들었다.

텔레비전에서는 이미 오래 전에 수천억 원에 달하는 돈을 토해놓으라는 법원의 판결을 받고도 몇 천 원밖에 없다며 꿋꿋이 버티는 대머리 대통령의 골프장 방문에 대해 주절거렸다. 피 장군의 갈피 잡을 길 없는 울화는 불현듯 5.18의 주역들에게로 향했다.

"돈비린내에다 피비린내에다 이젠 망령의 비린내까지 풍겨대니 가관이로군. 흥, 사리사욕에 눈먼 역모자들 같으니라구! 지네들 살려고 애꿎은 국민을 총칼로 처죽인 자들이 대체 어느 나라 군인이야, 응? 되바라져 처먹은 놈들이 무슨 정치를 한다구 나서서는 정의 사회니 뭐니 깐죽대며 온갖 불의는 다 지들이 저지르고 말야! 국가의 경제발전을 떠벌리지만 사실은 네놈들 집안의 경제발전을 도모하지 않았더냔 말이야. 흥, 정규 육사 1기라고? 못된 것들이 엉덩이에 뿔이나 돋쳐 가지고. 그렇게 따지면 세상에 남아날 게 뭐가 있겠어. 다 초창기의 어려움을 계승 극복해서 전성기의 영광을 누리는 게 아니냔 말야! 야 자식들아, 너무 잘난 체 마라. 알간?"

그때 멀찍이 떨어진 대문께로부터 컹컹 하고 개 짖는 소리가 들려왔다. 순간 피 장군은 넋두리를 끊고 긴장된 표정으로 귀를 세웠다. 소주 냄새를 풍기며 몽롱히 취해 가던 충혈된 눈에 빛이 났다.

"안 되지, 안 되지. 진지를 빼앗겨선 안 되고말고!"

피 장군은 근심을 떨어내듯 머리를 세차게 흔들었다. 틀니를 가는 소리도 들렸다. 어금니를 문 채 표정이 비장스레 변했다. 무엇인가를 짓씹어 욕하다가 느닷없이 괴성을 내질렀다. 그는 기민한 동작으로 안방으로 뛰어 들어가더니 얼마 후에 군복과 군모를 착용하고 거기다가 사냥총까지 든 모습으로 다시 나왔다. 군모엔 은빛 별이 달려 있었다.

"뺏겨선 안 된다! 혈전으로 사수하라!"

그는 급박히 소리를 쳤다. 열에 들떠서 무엇인지 뇌리를 엄습한 망상으로부터 벗어나려고 기를 쓰는 모습이었다. 혹시 예전에 집을 날릴 때의 악몽이라도 떠오른 것일까.

"쌍놈들! 그래, 딱 세 놈 때문에 내 인생 조진 거야!"

그는 소파 등받이로 몸을 가린 채 정원 쪽으로 난 창문을 노려보았다. 저쯤 양복 차림에 우산을 든 중년 남자가 걸어오는 게 보였다. 피 장군은 사냥총을 들어올려 점점 다가오는 적을 겨냥하며 천천히 총구를 움직였다.

"일구오공년도 유월에 넌 뭐 했어, 응? 이 새끼!" 피 장군의 음성이 음침해졌다. 이어 그는 어조를 바꿔 꼬마처럼 종알거렸다. "잘 몰라요. 꽃밭에서 아장아장 걸어다녔어요." 다시 음침한 목소리. "뭐, 꽃밭? 모른다구? 흐르는 피가 안 보여?" "무서워요." "흥, 그럼 육공년도엔?" "혁명이 있었고, 뒤이어 쿠데타가……" 피 장군의 안색이 창백해졌다. "뭐라구! 새꺄, 그건 네 착각이야. 쿠데타가 있었고 그 뒤에 혁명이 있었다구. 위대한 혁명이!" 정말로 실탄을 발사하지나 않을까 싶어 난 좀 두려웠다.

적의 상체가 창문에 비쳤다. 순간 "탕! 탕! 탕!" 하고 총소리가 울려퍼졌다. 피 장군은 방아쇠를 잡아당기고 있었다. 발사음은 피 장군이 입으로 내는 것이었다. "피융! 피융!" 목표물이 창문을 지나쳐 현관 방향으로 사라지자 그는 소파 위로 엎드리며 무전기(사실은 티브이 리모컨)를 집어들더니 "독수리, 독수리 나와라, 오버!" 하고 다급히 지껄였다. "여긴 까치, 까치! 지금 적병이 침투하여 성채 안으로 진입하려 한다. 나 사단장 피종태다! 기필코 저지하라, 오버!……."

그때 현관문을 톡톡 두드리는 소리가 났다. 그러자 피 장군은 독백을 멈추고 가만히 돌아서다가 나를 발견하자 문을 열어 주라고 이르고는 자신은 안방으로 들어갔다. 얼마 후 피 장군은 총과 군모는 두고 나와 손님의 맞은편에 조용히 앉았다. 허연 머리와 군복이 그다지 어울리지 않았다. 맏딸이 차를 내오는 것을 보며 나는 방으로 들어갔다.

손님은 차를 홀짝홀짝 마시며 감정이 전혀 묻어나지 않는 극히 사무적인 어조로 말을 했다. 피 장군은 할 말은 많은데 뜻대로 되지 않자 딴사람같이 더듬거렸다. 딸이 옆에서 몇 마디 설명하려 하자 그는 손사래를 쳐서 쫓아 버렸다. 그러고는 손님에게 애걸하듯 소곤거렸다.

"이거 번번이 폐를 끼쳐서 죄송합니다. 선생님께서 하신 말씀은 충분히 알아들었는데, 이거 원 워낙 살림이 쪼달리다 보니 여의치가 않습네다. 조금만 더 해량해 주십사고 그분께 잘 좀 전해 주십시오"

"하숙비가 잘 안 나오나요? 하숙생이 꽤 되는 걸로 아는데, 그럭저럭 타산이 충분할 성싶은데 말이지요."

"아, 하숙비야 그럭저럭 나오지요. 하지만 들어가는 구멍이 또 많다 보니 늘 쪼달리는 궁색판이지요 뭐. 늙은이들끼리 하는 거라 뭐 특색도 없고 보니 숫제 하숙비를 인상할 도리도 없고 해서, 늘 그냥저냥 겨우 꾸려나갈 지경이에요. 허허."

"그래도 장장 3년 동안 단 한 번 소폭 인상했을 뿐이잖아요. 사실 많이 양해해 드린 셈인데 자꾸 그렇게 나오시면 서로 곤란하지요. 한두 달도 아니고 벌써 여섯 달째나 이렇게 실랑이하고 있으니 저도 차제에 면목이 안 서요. 그러니 당월치에 그간 미뤄 온 인상분을 분할해서 더해 앞으로 매달 3백만 원씩 꼭 내셔야 합니다."

"뭐라구요? 그건 불가능합니다!"

"대강 계산해 봐도 가능한데 왜 그러시는지 모르겠군요."

"아, 물론 땅 파서 하는 노릇이 아니니 남긴 하지요. 그런데 말입니다, 하참, 묵은 빚이 있다 보니 이런 형편 아닙니까. 그러니까 이렇게 부탁도 드리고요."

"어쨌든 저로선 상부의 말씀을 전하는 입장이니까요. 덧붙여 전해 올리거니와, 3월 말까진 꼭 비워 주셔야만 합니다."

"아니, 그 꽃샘추위에 길바닥으로 나앉으라는 소리요?"

"그러니 차근차근 준비를 하시라는 것 아닙니까."

"더도 말고 딱 1년만 양해를 해주면 어찌 해보겠다고 그렇게 혀가 닳도록 애걸복걸했는데도, 그래, 아무런 마음의 기별도 되지 않았단 말이오. 그렇게도 무정할 수가 있소? 당신네들은 돈주머니에서 펑펑 꺼내 쓰고도 남을 텐데 말요. 흥, 그만 가보시오!"

"만일의 경우엔 법의 힘을 빌리게 되리라고 전달했습니다. 그럼 안녕히 계십시오."

"뭐라고, 법의 힘?"

피 장군은 문을 향해 걸어가는 손님의 등을 망연히 쳐다보며 중얼거렸다. 나는 염려가 되어 슬쩍 내다보았다. 그는 두 주먹을 꽉 쥐고 입술을 푸르르 떨었다. 그러다가 고개를 푹 숙여 버렸다.

그의 여생은 그런 식으로 위태위태했다. 그는 자신의 그런 여생을 그 위대했던 혁명 시대에 과연 조금이라도 예상했을까? 아마도 본인은 전혀 예상하지 못했겠지만, 목숨을 걸어놓고 그 도박을 벌일 때 이미 씨앗이 배태돼 있었는지도 몰랐다.

시대가 변했는데도 피 장군은 위대했던 혁명 시대를 잊지 못하고 있었다. 예외가 있긴 해도 대체로 하숙인들은 첫날의 신고식부터 시작해서 피 장군의 군대식 규율이나 과도한 간섭, 허풍, 그리고 괴팍한 행동 들을 좋아하지 않았다. 좋은 게 좋다는 식으로 참고 지냈으나 뒤에서는 비웃을 지경이었다. 하긴 정 못 보겠으면 떠나면 되니까 딴지를 걸고 말고 할 필요도 없긴 했다.

그 하숙집은 하숙비가 보통보다 좀 저렴한 편인 데 비해 음식이 깔끔하고 또한 세탁을 다 해주기 때문에 평가가 좋았다. 그래서 한번 들어오면 피 장군과 마찰이 심한 나머지 대판 싸움을 하지 않는 한 하숙을 옮겨 가는 경우가 드물었다. 하숙인들이 시대착오적인 피 장군의 기행을 참고 하루하루 넘어가는 것은 아마 맏딸의 덕분일 터였다.

 피 장군이 그 사실을 인식하고 있는지는 꽤 의문이었다. 왜냐하면, 그는 하숙인들이 육군 준장이었던 자신의 경력과 이야기를 위대하고 독특하게 느낄 뿐만 아니라 나아가 마음속으로부터 존경한다고 믿고 있었기 때문이었다. 그러므로 자신과 싸움을 하고 나간 사람은 '대한민국의 국체를 문란케 할 정도로 막돼먹은 인간 말종'으로서 두고두고 지탄의 대상으로 삼았다. 그런 견지에서 그는 남아 있는 하숙생들을 자기 나름의 방식으로 사랑한다고 여기고 있기도 했다. 만일 동네 하숙집 대항 축구 시합이라도 개최된다면 피 장군은 그 어느 하숙집 주인보다도 앞장서서 하숙생들을 격려하고 진두지휘했을 것이다. 설령 10:0으로 지고 있을지라도 "우리는 이길 수 있다! 안 되면 되게 하라!" 하고 고래고래 외치며 격려했을 터였다. 그들은 하숙생이기 전에 그의 부대원이고 부하들이니까. 그런 의식은 피 장군 자신도 한번쯤 버려 보려고 작심해도 어찌해볼 도리가 없는 모양이었다.

사탄, 민 목사

전철은 붐비지 않았으나 빈자리는 없었다. 두툼한 겨울옷을 껴입은 사람들이 자리는 원래대로 차지하려다 보니 모두가 좁게 껴앉아 고역이었다. 한 사람만 일어선다면 나머지는 편안할 텐데 기어이 양보하지 않았다. 무척 피곤하든지, 불편해도 앉아 가는 게 좋은지, 아예 불편한 것을 모르는지, 혹은 그 틈바구니에서 빠져나오는 게 퇴출이라고 생각해서 악을 써서라도 버티는 건지 모를 노릇이었다.

저쪽으로부터 어떤 소리가 들려왔으며 점점 가까워졌다. 뻘건 어깨띠를 두른 중년 아주머니가 전단지를 승객들에게 나눠주며 "종말이 가까워졌으니 회개하고 주 예수를 믿어 천국 길에 동참하자!"라고 녹음기처럼 외쳐대고 있었다. 그 아주머니의 내면은 신앙의 축복으로 인해 얼마나 큰 희열을 느끼는지 몰라도, 그녀의 인상이나 차림새로 예상하건대 승객들보다 결코 더 행복해 보이지 않았다. 혹시 그녀는 불행에서 벗어나기 위해 그런 행위를 하고 있는지도 몰랐다. 무표정하던 승객들의 얼굴이 하나 둘 점점 찌푸려졌다.

오 선배는 민 목사에 대해 하던 얘기를 멈추고 창으로 눈길을 돌렸다. '예수 천국, 불신 지옥'의 녹음기 소리가 너무 커서 얘기가 잘 들리지도 않았다. 우리는 수유리에 있는 민 목사를 방문하러 가는 중이었다. 오 선배와 달리 나는 두 번째 길이었다. 민 목사가 책을 한 권 내려 하는데 원고가 난삽하니 좀 다듬어 달라는 얘기였다. 나는 종교 관련 글엔 관심이 없었으나 오 선배의 부탁을 거절할 수가 없어서 난처했다. 지난번에 가서는 원고를 살펴봤으며 이번엔 강의를 한번 들어보려는 것이었다.

그것은 일반적인 기독교 교리를 해설하거나 강설하는 원고가 아니었다. 만일 그랬다면 교계 쪽 출판사에다 맡긴다면 더 훌륭하게 다듬어졌을 것이다. 그러나 민 목사는 10여 년 전부터 모든 기독교계로부터 이단아로 낙인찍혀 있었다. 한때는 잘나가던 적도 있었지만 언젠가부터 사탄으로 지목되어 욕을 먹었다. 그는 모든 교회당을 파괴하고 예배를 철폐하며 십일조 헌금을 없애야 옳다고 주장했다. 성경의 어디에도 그런 조항이 없다는 얘기였다. 그 대신 자기 자신을 신성한 사원으로 만들어 각 가정에서 기도하고, 마음속의 하느님에게 예배하며, 가난한 이웃에게 사랑을 베풀면 된다는 식이었다. 그도 한때는 대형 교회의 리더로서 성공적인 번영을 설파했으나, 외형적인 확장만 도모하는 선교 위주의 현상에 멀미를 느껴 기득권을 버리고 광야에서 외치고 있는 것이었다. 그래서 남편이나 아버지는 포기할 수 있어도 교회와 예배는 버릴 수 없다는 가족을 등지고 가출하여 예순이 넘은 나이에 홀로 살고 있었다. 다행히 얼마 전부터 옛 제자들이 하나 둘 연락을 해오는 모양이었다. 그들 역시 가면 갈수록 참된 믿음과 사랑을 외면하고 세속보다 더 타락하는 교단과 목회자에 염증을 느껴 교회를 나온 사람들이었다. 민 목사는 이대로 가다가는 한국의 기독교가 자멸한다고 보고 대안을 모색해야 한다는 긴박감에 초조해 했다. 그래서 늙어가는 한 몸 불태워 씨앗을 뿌리고 거름이나마 되고자 겨우 서너 명의 제자를 한 자리에 모아 열변으로 강의를 하고 또한 책도 내려 한다는 오 선배의 얘기였다.

오 선배도 별나다면 꽤나 별난 사람이었다. 그는 우리 고향의 촉망받던 인재였다. 일류대에 입학해서도 매번 장학금을 받았다. 그러나 집에는 전혀 알리지 않고 등록금을 받아서는 가난한 학우에게 주어 버렸다. 그뿐만 아니라 운수업으로 돈을 모은 아버지에게 갖은 핑계를 대어 돈을 우려내서는 빈궁한 사람들을 도왔다. 그는 대학 다닐 동안 취업에 필요한 공부는 하지 않았다. 그 대신 기독교와 불교는 물론이고 세계의 모든 종교를 섭렵했다. 방황하는 모습도 많이 보였다. 제대 후에도 부모의 말을 안 듣고 한동안 하숙방에서 골몰하던 그는 어느 날 책을 모두 불살라 버리곤 자원봉사활동을 시작했다. 독거노인 돕기, 병자 수발하기, 장애인 뒷바라지 등이었다. 좀 하다 그만둘 줄 알았더니 점점 더 깊이 빠졌다.

그러더니 3년 전에는 중증 지체부자유 여성과 결혼식을 올리곤 지금껏 오순도순 살고 있었다. 형수도 그렇고 본인도 행복한 모양이었다. 그는 이전부터 교회나 절에는 나가지 않았는데 아내가 독실한 신자였으므로 교회 일도 맡아 보았다. 얼마 전부터는 신자들 중에서도 고민이 많고 불우한 사람들을 일주일에 한번씩 자기들의 작은 가정에 초대하여 저녁을 대접하며 서로 고충을 나누고 조언도 하는 자리를 만들었다. 노숙인도 있었고, 새터민, 중국에서 온 동포, 이혼남 등도 있었다. 우리 고향에서는 그런 그를 미친놈쯤으로 취급했다.

그는 특정 종교에 매이지 않았다. 불교든 기독교든 이슬람교든 그 근본정신은 하나로 통한다는 것이었다. 무슨 일에 불평을 잘하지 않는 그였지만, 하나로 모이려고 노력하기보다는 천 갈래 만 갈래로 찢어져 자꾸 파벌을 만드는 것을 능사로 아는 자들에게는 비판적이었다. 그는 봉사활동을 하는 한편 그런 문제에 대해 고민하고 방도를 모색했는데, 그런 와중에 민 목사를 만나게 된 모양이었다.

수유리 전철역을 나와서 산 능선이 보이는 방향으로 길을 꺾어 한동안 올라가자 청회색 건물이 나왔다. 그곳은 민 목사의 옛 제자가 운영하는 회사 건물이었다. 아직은 소규모지만 생약재를 먹여 키운 콩나물은 차츰 찾는 고객이 늘어나고 있다고 했다. 비린내가 없어 생으로 먹을 수 있는 점이 특징이었다. 윤 사장은 농약 콩나물과도 같은 교회가 싫어 나와 버렸지만 성경의 가르침 자체를 배격하

는 건 아니었으므로 마음 한구석이 썰렁하던 차에 민 목사와 연락이
되자 뜻을 한번 펼쳐 보시라며 사무실 한 칸을 내준 것이었다.

3층 한구석 쪽에 자리잡은 사무실로 들어가자 허연 머리를 쓸어
넘기며 민 목사가 반갑게 맞이했다. 검은 테 안경 뒤의 눈이 열정적
으로, 그러나 황혼의 잔광처럼 빛이 났다. 그는 메모 용지를 집어
탁자에 쳐서 가지런히 해놓은 다음 상체를 펴고 시계를 보았다.
강의 시간은 아직 한 시간쯤 남아 있었다. 원고에 관해 이야기를
나누었다. 그러고 나서 콩나물 회사 여직원이 가져다 준 차를 한
모금 마신 민 목사가 안경테를 밀어 올리며 말했다.

"책에 기대를 걸곤 있더래두 아주 많이 걸지는 않아요. 책이 나
오더래두 우리 교계 풍토로 보아 지적 충격을 주기보단 사탄의
문서라고 비난받고 갈가리 능지처참당할 것을 예상해야겠지요."

"그것도 충격은 충격이잖아요?"

"감정적인 증오일 뿐이죠. 그래서 일단 출간한 다음 영문으로
번역해서 미국 쪽에다 뿌려야겠어요. 우리 한국 사람들은 개밥이
든 쇠밥이든 일단 미국에서 들어와야만 좀 눈을 주거든. 한심하긴
하지만 현실이 그러니 어떡하냔 말이오."

민 목사는 찻잔을 비우고 나서 나를 찬찬히 바라보더니 물었다.
"김 선생은 혹시 성경을 읽어보셨나요?"

아마 오 선배로부터 내가 무신론자란 얘기를 들었기 때문일 것
이다.

"네, 대충 읽었습니다."

"어떻던가요?"

"아, 저는 뭐 종교적이기보다 문학적으로 읽었으니까요. 성서를 몰라서는 서구의 좋은 소설을 제대로 읽기가 어려우니까 말입니다."

"하긴 그렇긴 하겠죠."

소탈한 그의 말투에 나는 긴장이 좀 풀렸다.

"그런데 목사님, 좀 결례가 되는 질문인지 모르겠습니다만…… 제가 볼 때 신약에는 좋은 진리의 말씀이 많은데, 구약은 유태인들의 민족 신화나 설화로 읽으면 안 될까요?"

이 문제는 오 선배와도 때로 토론했던 것이지만 노목사의 견해를 한번 들어보고 싶었다. 민 목사는 잠시 침묵을 지키더니 말했다.

"음, 일단 구약은 신약을 읽는 데 필요한 배경으로 생각하고 신약부터 차분히 읽기를 권해요."

너무 간단명료해서 좀 실망스러웠다. 그래서 내친 김에 또 물었다.

"신약은 몇 번 읽어 봤는데, 어쩐지 예수님이 영혼의 스승이기도 한 한편 혹시 독립투사가 아니었을까 하는 의문도 들더라구요. 로마의 압제로부터 유태민족을 구하는 독립운동의 한 지도자 말씀이죠."

"허허, 상상이 심하군요. 하긴 독립운동의 방법도 여러 가지일 테니까. 그러나 여러 면모 중에 한쪽에만 치우쳐서는 곤란하지요. 음, 문제는 과연 예수님이 오늘날 이 땅에 오신 의미가 무엇일까 하는 게 더 중요하겠지요? 이 문제에 대해서는 나중에 얘기할 거예요."

나는 원고를 다듬는 데 혹시 필요할 듯싶어 또 물었다.

"요즘 모두들 성공하려고 혈안이 돼 있고, 서점가에도 그런 부류의 책들로 광풍이 불고 있는데요. 그 책들의 맥을 찾아 올라가면 대부분이 미국 개신교 목사님들의 소위 성공학 설교를 이어받고 있거든요. 여기 대해서 어떻게 생각하시는지요?"

머릿속에 하숙집의 대머리 사내와 괴청년이 떠올랐다가 사라졌다. 민 목사는 헛기침을 한번 했다.

"흠, 뭐 나도 성공이라면 해보았긴 하지. 한때는 강남의 대형 빌딩에 전화기만 스무 대 가까이 놓고 선교 사업을 했으니까. 그 당시는 돈이 돈으로 안 보였어. 쓰면 쓰는 대로 또 가득 들어왔으니까. 그런데 그게 다 어디서 나온 것이냐? 모두가 신도들의 호주머니에서 나온 것이지. 그런데 그 돈으로 우린 무엇을 했고, 지금 또 수많은 그런 초대형 교회들에서 무엇을 하고 있느냐 말이야. 이제 교회는 하느님의 진리와 사랑이 충만한 곳이 아니라 거대한 기업체로 전락하고 말았어. 그런 건 아무리 거창해져봤자 참다운 성공이 아니라고 봐. 전에 나도 설교할 때 참고한 적이 있지만, 미국 목사들의 책이란 게 주로 그런 거창한 성공담을 기초로 해서 쓴 것이거든. 아무나 한다고 다 되는 게 아니야. 우리하고는 사회 구조나 환경도 많이 다르고 말이지. 아무튼, 그러다 보니 동네의 구멍가게만한 교회들도 돈독에 오염되어 이제는 가난한 서민은 교회에 들어갈 수조차 없게 돼 버렸어. 이걸 교회의 성공이라고 할 수 있겠나? 많은 목사들이 하느님의 복음을 너무 세속화시켜서 성공을 설교하고 있어. 돈과 권력과 명예 등 오히려 멀리해야 할 것을 얻는 것이 성공인 양 떠벌리고 있는 꼴이지. 금전욕, 권력욕, 명예욕 등 추한 욕망의 소굴을 없애고 우리 마음속에 진리와 사랑의 하느님을 모시고 사는 세상이 실현된다면 그땐 성공했다고 말할 수 있으려나. 허허."

민 목사는 얘기를 그만 하겠다는 듯한 표정으로 시계를 보았다. 강의 시작 10여 분 전이었다. 사람들이 한두 명 들어오기 시작했다. 그러나 강의 직전에 한 명이 더 오곤 그만이었다. 그래도 민 목사는 실망의 빛이 전혀 없었다. 그는 일어서서 카랑카랑한 음성으로 얘기를 했다.

"……예수님이 이 세상에 오신 뜻은 과연 무엇이었던가요? 예수님이 만나시고 은혜와 축복을 주신 사람은 모두가 약하고 부족하고 궁핍한 이들이었습니다. 삶에서 희망이라는 것을 찾기가 도무지 어려운 사람들이었지요. 예수님은 그런 사람들을 가장 먼저 만나고 도왔습니다. 그들을 돕는 데 율법을 따지지 않고 세상이 무서워 그들을 외면하지 않았습니다. 그들의 목소리에 친절히 귀를 기울였고 선하게 응답해 주었지요. 예수님은 약하고 부족한 이들을 위해 이 땅에 온 것입니다. 완전하고 성스럽고 순결해서 우리에게 오신 것이 아니라 우리가 부족하고 더럽고 약하기에 온 것입니다."

사람들은 편한 자세로 앉아 편하게 듣고 있었다.

"……우리 또한 진리를 따라 행해야 할 것입니다. 지난 시간에 우리는 교회 조직이란 것이 한 가지로 고정돼 있었던 게 아니라 언제나 위기의 시대를 맞아서는 진리를 따르는 선도자들이 새로운 활로를 모색해 나왔음을 볼 수 있었습니다. 오늘날 교회는 위기 앞에 봉착해 있습니다. 겉만 번드레할 뿐 속은 부패해서 한 바탕 바람이 불면 다 무너져 버리게 될 겁니다. 그리하여 이제 우리가 먼저 여기 모여서 새 길을 개척해 나가려는 것입니다. 새 술은 새 부대에 담아야 하죠. 그러나 언젠가는 우리들의 방식도 헌 부대가 될 날이 올 것입니다. 강조하건대 우리는 항상 미래와 역사 앞에 열려 있어야 합니다. 그러지 않는다면 우리 또한 부패할 것입니다. 우리는 교회가 모두 사라지고 나아가 설령 기독교라는 종교 제도 의 형식이 무너질 운명이 오더라도 감수해야 할 것입니다. 왜냐? 궁극적으로 진리는 하나이기 때문에 기독교파들, 타종교의 여러 종파들도 자기 고집을 버리고 진리의 길로 나아가야 합니다. 저는 궁극적으로 모든 종교가 사라져도 좋다고 생각합니다. 종교보다는 진리가 먼저이며 또한 나아가 영원할 것이기 때문입니다. 교파와 종파들은 인간의 욕망이 만든 것이지 하느님이 만든 것이 아닙니 다. 아시겠지만 요즘 목사란 사람들이 탐욕, 간음, 물욕, 명예욕 따위에 사로잡혀 겁 없이 저지르는 행위들은 악마나 요괴와 다를 바 없는 것으로 일반 사회에 비치고 있는 실정입니다."

오 선배에게 들은 바에 의하면 민 목사는 모든 것을 버리고 물러 난 후엔 혈혈단신으로 아프리카의 극빈국으로 들어가 5년여 동안 하느님의 사랑을 두 손으로 실천하다가 병이 들어 귀국했다고 한 다. 그 후엔 칩거 상태로 있다가 얼마 전부터 조금씩 활동을 재개하고 있다는 것이다. 현재 5명 정도가 정기적으로 나와 강의도 듣고 앞날을 구상하고 있긴 한데, 예수님 시대의 사도들만큼 열렬하지는 않아 어떻게 될지는 미지수라는 얘기였다. 민 목사는 실은 한 발짝씩 안간힘으로 걷고 있는 셈이었다. 저러다가 쓰러질지도 모른다고 오 선배는 걱정했다.

민 목사는 갈수록 숨이 차는 모양이었지만 말을 계속했다.

"마지막으로 한 마디. 얼마 전에 뉴스를 보니 기독교인이란 사람들이 불교종립대학 앞에 몰려가서 서적을 팔고 팸플릿을 돌리는 등 선교활동을 했다더군요. 아마 알고들 있겠죠? 그곳 승려가 팸플릿을 빼앗고 저지하니까 실랑이가 생겼는데 교인들이 그 팸플릿을 돌려달라고 고소를 했다고 합니다. 또 그들이 판매한 책의 내용은 불교 교리를 모방하면서 교묘하게 폄훼하고 비판하는 것이었다더군요. 누가 시킨 건지 자기들이 한 짓인지 모르지만 참으로 부끄러운 현실의 단면이 아닐 수 없습니다. 그러니 개독교라는 욕은 우리 기독교인 스스로가 만들어냈다고 해도 과언이 아니에요. 지난번에는 그 학교 캠퍼스에 있는 부처 입상에다가 스프레이로 욕설을 내갈겨 놓았다고 하죠. 역지사지라고 한번 바꿔서 생각해 봐야 하잖아요? 만약 불교도가 연세대나 이화여대에 가서 그런 짓을 했다면 아마 난리가 나도 크게 났을 겁니다. 그런데 왜 스스로는 그런 짓을 하느냔 말이에요. 기독교가 이 땅에서 번성하려면 크게 각성해야 합니다. 무슨 전쟁하듯이 해서는 도리어 이쪽이 멸망당한단 말입니다. 세상에 종교인이란 사람들이, 이 땅의 사람들 대부분이 조상으로 알고 있는 단군상을 우상이라 하여 그 목을 자르다니 될 말입니까? 예수님이 그런 짓 하라고 가르쳤습니까! 이 땅의 고유문화를 존중하지 않고 그런 식으로 훼손한다면 기독교는 끝내 낯선 이방의 종교로 남을 수밖에 없습니다. 지금은 흥한다한들 그 결과는 불을 보듯 뻔하지 않습니까. 오늘은 이만 마칩니다."

누군가가 가져온 음료수 캔을 꺼내 탁자 위에 하나씩 놓았다. 민 목사는 이마의 땀을 닦으며 의자에 주저앉았다. 한숨 돌린 후 질문 시간이 이어졌다.

"선생님의 말씀에 공감합니다만, 현실적으로 볼 때 의구심이 자꾸 듭니다. 교회 건물이 없이 각 가정에서 신앙생활이 지속적으로 가능할까요? 사실 인간이란 거창한 건물을 짓는 데 매력을 느끼는 존재이기도 하고요."

"우리가 지금은 오래된 형식에 얽매여 있기 때문에 그런 의구심이 드는 겁니다. 마음속에 신성한 사원을 건축하게 된다면 우리의 영혼은 한층 고상해질 겁니다. 그리고 지상에다가는 집이 없어 울며 떠돌거나 지하 골방에서 웅크리고 사는 가난한 사람들을 위한 아름다운 건물을 지으면 되겠지요."

"예배를 우리 마음속에 드리라고 하시지만, 성인이나 초인도 아닌 우리 보통사람들에게 가능할지 의문입니다."

"어려운 일을 우리가 깊은 믿음으로 실행해 나가야지요. 스스로를 비하시키지 말고 예수님을 본받으면 다 가능합니다. 다석 유영모 선생은 '예수만이 하느님의 독생자가 아니라, 하느님의 씨앗을 품고 태어난 인간은 누구나가 외아들일 수 있다'라고 말했어요. 그리고 내가 늘 강조하지만, 우리가 이 사업을 추진함에 있어서 가능성과 불가능성을 우리의 능력만으로 속단해선 안 됩니다. 겸허한 마음으로 하느님께 맡겨둡시다. 옳은 일이라면 모든 장벽이 하나씩 철폐되어 길이 열릴 것이고, 또한 우리 내부의 잠재 능력이 일어나 역사를 할 겁니다."

"하느님의 능력이 아니라 인간의 능력입니까?"

"우리 내부에 깃드신 하느님의 성스러운 능력을 뜻합니다."

"선생님, 그런데 전통이란 것도 필요하고 또한 아름다운 면이 있지 않습니까?"

"철의 장막보다 더 폐쇄적이고 견고한 독선의 콘크리트 장벽 속에 과연 지금 아름다운 전통이 숨쉬고 있습니까? 한편에선 거대한 교회 빌딩을 건축하고 있지만 한쪽에선 텅 빈 공동空洞이 되어갑니다. 현재 미국에서 생생한 실례를 보지만, 해마다 2백만 명의 교인들이 교회를 떠난다고 합니다. 그쪽의 지식인들과 젊은이들은 이미 교회의 위선과 거짓에 실망하여 등을 돌려 버렸습니다. 진실한 알맹이가 없는 건 결국 패망하게 됩니다. 지금의 현상을 보면 한국도 그런 날이 멀지 않습니다. ……기독교가 한국 땅에 들어올 때 과연 사랑이 먼저였습니까, 선교가 우선이었습니까? 그 폐단은 지금 비등점을 지나 버린 상태입니다. 부글부글 끓어오릅니다! 오늘날의 교회의 난립상이 그것을 증명하고 있습니다. 적당히 신학교를 나와 목사가 되면 빚이라도 끌어다가 교회를 세우려 합니다.

이렇게 하는 것은 말하자면 떡볶이 장사하는 것보다는 수입이 나을 거라는 계산에서죠. 이것이 현실인데도 자꾸 예수님의 이름을 들먹이고 딴청을 부리면서 목회자의 사명감 운운합니다. 이 순간에도 빈민국에서 벌어지고 있는 파렴치한 선교제일주의를 버리지 않는 한, 아마 그들은 버릴 수가 없겠지만, 하느님의 참 말씀은 결코 전달되지 않습니다."

"목사님, 그래도 기독교는 번영해야 되지 않겠습니까? 저도 하나 의문입니다. 헌금 없이 과연 어떻게 되겠습니까?"

"이기적인 탐욕을 버리고 바른 방법으로 번영해야지요. 한국 교회의 십일조 제도는 본질을 떠난 이권의 중심에 자리잡고 있습니다. 이는 십일조가 없는 외국의 교회들과 비교해도 쉽게 알 수 있지요. 유럽이나 미국의 목회자들이 한국에 와서 교회 현황을 보면 큰 충격을 받습니다. 십일조 액수가 혀를 내두를 정도로 엄청나기 때문입니다. 유럽이나 미국의 개혁 교회들이 상대적으로 덜 부패한 이유 중 하나는 바로 이 의무적인 십일조가 없기 때문입니다. 미국의 일부 대형 교회를 제외하면 목회를 해서 부유하게 살 수가 없습니다. 교회를 대형화하기는커녕 근근이 유지하기도 어려운 형편입니다. 그런데 이런 척박한 환경은 오히려 진실로 소명을 받은 자만이 바른 목회의 길로 나아갈 수 있는 여건을 자연스럽게 제공합니다. 적어도 화려한 목회 성공을 꿈꾸며 잡스런 따라지까지 다 신학교로 몰리는 현상은 막아 주고 있는 것입니다."

민 목사는 잠시 말을 멈추고 한숨을 쉰 뒤 계속했다.

"한국 교회의 십일조는 하느님께서 명령하신 제도가 아니며, 사도들이 전해 준 제도도 아닙니다. 단지 교권주의자들이 교회의 외형적 성장을 위해 만들어 놓은 제도입니다. 아울러 풍부한 자금으로 교회를 사유화하는 데 크게 악용되어 왔을 뿐입니다. 지도자들이나 그 구성원들이 돈과 명예를 추구하는 종교는 모두 사이비입니다. 한국 교회가 진심으로 거듭나려면 교권과 금권의 해묵은 고리를 끊어야 합니다. 교회가 가난해져야 하고 목회자가 검소해져야 합니다. 재물을 풀어서 가난한 이웃을 구제해도 모자랄 판에 교회와 목사가 무슨 돈을 쌓을 틈이 있습니까? 예수님은 빈손으로 살다가 가셨는데 지금 우리는 대체 무슨 짓을 하고 있는지 모를 노릇입니다. 가난한 사람들은 교회에 다니기도 어려운 실정이에요. 웬 헌금의 종류가 그리 많습니까. 일반적인 헌금 외에도 교회 건축 헌금, 생일 감사 헌금, 결혼 헌금, 이사 헌금, 목사 차량 헌금, 심지어 면허 취득 헌금 등등 이름을 갖다 붙이기만 하면 노다지 화수분이 됩니다. 교인들이 아껴 모아 제단에 바친 돈으로 귀족 행세를 하고 지내는 자들은 도대체 누구입니까!"

잠시 침묵이 흘렀다.

"한국 교회에 지나친 부를 쌓고 있는 십일조는 이미 교권주의자들의 개인 금고로 전락한 지 오래됐습니다. 이들은 교인들이 바친 정성 어린 돈으로 비싼 집을 사고 땅을 사고 차를 사고 자식들을 유학 보내고 또한 교회 사업에 개입하여 족벌화하기도 합니다. 그러니만큼 이들은 영혼까지 팔아서라도 교회를 세습시키며 기득권을 지키려 애를 쓰는 것입니다. 십일조의 폐지가 교권주의의 해악을 뿌리 뽑는 일이 되는 이유도 바로 여기 있습니다. 교회가 창고를 열어 가난한 이웃에게 베풀고 스스로 가난해지면 교권주의의 독버섯은 더 이상 서식하지 못할 것입니다. 되풀이하지만 십일조 헌금은 성경에 근거가 없으며, 현실상으로 미국이나 영국, 일본 등에서는 그런 법이 없습니다. 피땀 흘려 번 돈이 교회를 살찌우는 데 쓰일 게 아니라 우리의 가난한 이웃에게 전달될 때 진정 가치가 있을 겁니다. 이 현실에서 말씀의 뜻을 아름답게 펼쳐야 합니다. 예수님도 공상 속에서가 아니라 바로 지상의 불행하고 약한 사람들을 위해 헌신하였어요. 이 땅의 현실을 내버려두고 공상 속에서 신앙한다는 건 하느님과 예수님에 대한 모독이라 할 수도 있어요. 아까 잠깐 성공에 대한 얘기가 나왔습니다만, 강자들과 가진 자들이 약육강식적인 성공을 추구하며 모든 것을 독식할 때 약하고 가난한 빈민들은 변두리로 변두리로 밀려나 짐승보다 비참하게 살고 있습니다. 기독교는 예수님의 사랑처럼, 강자가 아닌 약자들과 가련한 자들을 위한 성공학을 펼쳐내어야 할 것입니다."

"자기 탓도 있지 않은가요? 이를테면 말입니다. 게으름, 의타심, 방탕, 아집, 무책임 따위의 악습은 자기 자신의 잘못 아닙니까?"

민 목사는 한숨을 길게 내쉬었다.

"사람의 나쁜 습관을 고쳐 열심히 살아야 한다는 걸 부정하자는 건 아닙니다. 그러나 약육강식의 논리가 진리 행세를 하는 사회구조의 개선도 필요합니다. 저 달동네나 백사마을에서 소박하게 살아가는 사람들에게 정글의 법칙만을 강요해서 구둣발로 짓밟아야만 하겠습니까. 그리고 저 강남땅의 부자들 세상의 한 귀퉁이에서 쪼그리고 살아가는 빈민들에게 너 못난 탓이라고 배척해서야 되는 일인가요? 저 찬바람 속에서 얼어 죽는 노숙자들, 수능시험장 앞에서 스스로 목숨을 끊는 어린 학생들만의 탓인가요? 하루에 40명씩 죽어가는 자살 1위 국가에는 아무 잘못도 없을까요? 이런 시대에 기독교는 무엇을 하고 있습니까. 우리의 사업은 교회가 아니라 헐벗은 인간을 위한 것입니다. 우리 믿음의 성전은 물신과 광신이 아닌 진리와 사랑의 반석 위에 세워져야 할 것입니다."

민 목사는 거의 목이 잠길 정도로 홀로 열변을 토했지만 듣는 사람들에겐 기대한 만큼의 감동은 적어도 겉보기엔 일어나지 않는 듯했다. 혹시 그런 침잠 속에서 깊은 생각을 하고 있는지는 모를 일이었지만.

우리는 건물 밖으로 나왔다. 어두운 공터와 골목에서 냉기 서린 바람이 불며 휴지조각과 비닐봉지 따위를 허공으로 날려 올렸다.

"저기 들어가서 밥이나 먹고 가자. 하숙집에 가도 제대로 못 먹을 텐데."

오 선배가 말했다. 그제야 한동안 잊고 있던 서울역 앞의 스산한 동네가 떠올랐다.

"형수는 어떡하고?"

"벌써 먹었을 거야. 교우 댁에 가 있거든. 함께 기도도 하고 성경도 읽고 하겠지."

오 선배는 희미하게 웃었다. 벌써 아내가 그리운 듯한 모습이었다. 된장찌개와 김치찌개를 시켰다. 오 선배는 민 목사의 사업에 대해 비관도 낙관도 하지 않았다. 성패는 놔두고 노목사가 힘을 내어 활동하는 데에 만족하는 눈치였다. 사실 그는 민 목사의 열렬한 추종자는 아니었다. 민 목사를 알기 전부터 그는 교회 신도로서가 아니라 한 인간으로서 자선활동을 실천해 왔다. 다만, 어려운 길을 앞서 살아온 인생의 선배로서 존경하고 교유하며 배우는 것일 뿐이었다. 민 목사는 제자들 본인뿐만 아니라 궁극적으로 그들의 가족 구성원도 교회를 탈퇴하는 것이 옳다고 주장했다. 사실 제자들로서는 그 점이 고민거리이기도 했다. 그랬다가는 가정이 깨지거나 곧 스승의 신세가 될 공산이 커기 때문이었다. 그러나 오 선배는 우선 아내가 교회를 좋아한다는 점 때문에라도 그 문제에 대해 고민하지 않았고, 아내를 설득한다는 것은 꿈도 꾸지 않았다.

이번만은 음식값을 내가 계산하려고 고집을 부렸지만 밀려나고 말았다. 오 선배는 다른 사람들에게 금전적인 부담이 없도록 늘 자신이 먼저 나서곤 했다. 물론 부모 돈으로 내는 것이었지만, 따지고 보면 꼭 그렇지만도 않았다. 그는 하루에 다섯 시간 정도 자고 그 외엔 무료 봉사활동을 했다. 그걸 만약 돈으로 환산한다면 그도 꽤 버는 셈이리라. 그래도 아무튼 오막살이의 생활비를 포함해서 봉사활동비까지도 고향 집에서 빌리고 있는 셈이었는데도 그는 그런 점엔 무심했다.

먼저 전철에서 내려 걸어가는 그를 보면서 행복이란 무엇인지 생각해 보았다. 자기 자신을 모두 바치고 얻는 행복이 눈앞에 떠올랐기 때문이었다. 그 뒷모습에 저 어디선가 성공에 대해 다 아는 양 떠들어대고 있을 대머리 사내의 그림자가 어렴풋이 겹쳤다.

겨울의 시詩

　하숙엔 간혹 특이하고 괴상한 사람이 있긴 해도 대개는 평범한 보통 인간들이었다. 그들은 서울이라는 삭막한 객지에서 살아남기 위해 분주하게 노력했다. 생활의 희로애락이 그들의 일상을 지배했다. 그 일상을 별 탈 없이 유지하기 위해서라도 쾌활하고 활달하게 행동했다. 아니, 사실상 상당히 의욕적인 사람들이라고 말할 수 있었다. 풍수지리설까지 끌어낼 건 없더라도, 각지의 고향을 떠나와 수도의 심장부에 둥지를 튼 철새들로서는 도봉산 자락의 텃새들과는 또 다른 생활의 방침과 동력을 지녀야 했을 것이고 실제로 그런 면이 확연히 드러나 보이기도 했다. 상경자들이 인사를 나누는 경우 "서울 온 지 얼마나 됐습니까?"라고 묻고는, 그 세월이 짧을수록 내심 인정하지 않고 오랠수록 인정해 주는 척하게 되는 속뜻은 과연 무엇인가.

그들 또한 성공하기 위해 올라온 사람들이었다. 그러나 그걸 밖으로 잘 드러내지는 않았다. 무슨 성공학 책이나 자기개발 서적 따위를 읽고 그걸 따라 하는 것은 대개 2층에 사는 사람들이고 아래층의 사람들은 주로 자신의 성격이나 본능에 따라 움직이는 것이었다.

남대문시장 식료품 가게의 점원은 널찍한 방에서, 사업에 실패한 후 재기를 모색하고 있는 영감님과 동거하고 있었다. 스물다섯 살로서, 제대하고 상경한 지 석 달쯤 된 그는 의욕 과잉이라고 할 정도로 활발하게 움직이고 있었다. 그는 토끼를 보고 "얘 이 녀석아, 좀 활기차게 폴짝폴짝 뛰어 봐. 거북이가 보면 웃겄다." 하고 소리를 질렀다. 어떤 때는 배달하는 자전거를 집으로 타고 와서 한바탕 요란스럽게 웃어대는 것이었다. 그의 발밑에서 오래된 마룻장은 금방 무너져 내릴 듯이 비명을 질러댔다.

동숙인 영감님은 잠옷 바람으로 책상다리를 하고 앉은 채 몸을 좌우로 흔들거리고 코를 쿵쿵거리면서 약속 전화를 기다리고 있다가 풋풋한 동숙인이 들어오면 앞에 불러 앉히고 근엄하게 일장 훈시를 했다. 그도 젊을 때 서울에 올라와 자수성가를 했지만 동업자의 사기에 넘어가 파산당하는 바람에 집을 나와 재기를 노리며 하숙 밥을 먹고 있었다.

"여보게, 청춘이 혈기 방장한 것은 인지상정이되, 심장의 주머니 속에 잘 넣어 두고 필요한 데에다 쓰지 않을작시면 바보 천치로 대우받고, 또 타인에게 방해가 되는 것이 도시 생활인고로……."

그러면 청년은 아주 다소곳한 태도로 고개를 끄덕이면서 반시간이 넘게 이어지는 인생 선배의 훈시를 받아넘기는 것이었다. 아랫입술을 빨기도 하고 때로 얼굴을 붉히기도 하면서…… 사실 그가 누구에게나 변죽 좋게 굴고 적극적으로 행동하긴 해도 속마음은 보통 이하로 여리고 숫되다는 것을 그 인생 선배는 알고 있는지도 몰랐다.

　　때로는 하숙생끼리 싸움이 벌어지기도 했다. 특히 합숙방의 경우엔 처음 입방하고 나서 보름 이내에 꼭 한번씩 크거나 작은 실랑이가 벌어지곤 했다. 서로의 취향을 이해하지 못했기 때문일 것이었다. 그러나 한 달이 지나고 두 달이 지나면 취향이 다른 사람끼리도 친해져서 곧잘 시시덕거리며 놀았다. 그들은 하숙집에 대해서는 불만이 없기에 여주인을 생각해서라도 웬만한 문제는 서로 웃으며 풀었다. 사실 주인의 평이 나쁜 하숙집에 가보면 하숙생들끼리도 괜히 불만을 터뜨리며 잘 싸웠다.

　　염천교 제화공과 막노동꾼은 취향이 상당히 다른 편이었다. 제화공은 음악을 좋아했는데 막노동꾼은 투박해서 그런지 음악이라면 질색을 했다. 거기다가 제화공이 음악을 듣기만 하는 게 아니라 도취해서 흥얼흥얼 따라 불렀기 때문에 그 문제로 서로 옥신각신했다. 둘은 감정이 격해질 조짐이 보이면 서둘러 합의하여 집 밖으로 나갔다. 다음날 보면 입이 찢어지고 눈덩이가 멍들기는 했어도 그때마다 조금씩 더 친해진 모습이었다.

어느 날 토끼가 없어져 버렸다. 녀석은 간혹 홀로 어느 구석에 박혀 명상을 하다가 나오기도 했으므로 과히 걱정하지는 않았다. 조금 후면 보이겠지 하고 기다리는 사이 어느덧 하루가 지나가는데도 종내 나타나지 않았다. 갑자기 마당이 무척 허전해 보였다.

괴청년이 홀연 사라졌을 때와는 달리 하숙생들은 많은 관심을 보이고 걱정까지 했다. 은연중에 하숙집의 마스코트라고 생각하고 있었던지도 몰랐다.

저녁에 대머리 사내를 비롯한 아래층 사람 몇몇이 후레쉬를 들고 수색 작전을 벌였다. 위층의 사람은 아무도 나서지 않았다. 물론 아래층에도 자기 일에만 관심을 가진 사람은 있고, 위층 사람이라고 모두가 개인주의자는 아니었지만 좀 정나미가 모자라는 것은 사실이었다. 덤불 속부터 시작해서 마루 밑과 뒤꼍을 뒤지고, 혹시나 싶어 바깥으로 나가 동네를 한 바퀴 돌며 탐색해 보았으나, 찾으면 찾을수록 녀석은 점점 더 멀리 사라져 버리는 것 같았다. 어둠은 점점 짙어져 갔다. 사람들의 입에서 실망과 아쉬움이 어린 소리가 흘러 나왔다. 그 연약한 녀석이 어디에서 길을 잃어 헤매고 있는 것일까. 길거리로 나가 세파에 휩쓸려 버렸다면 어쩌면 살아 있지 않을지도 몰랐다.

"왠지 피투성이가 된 모습으로 눈앞에 어른거리는군."

대머리 사내는 미련을 떨칠 수 없는지 대문가에 서서 중얼거렸다.

토끼는 다음날에도 나타나지 않았다. 아침 식탁에서는 마스코트였던 토끼에 대한 이야기가 이어져 나왔다. 밖에서는 어쩌는지 모르지만 집에서는 말을 극도로 아끼는 학원 강사가 오랜만에 한마디 했다.

"가출한 게 아니라 약취 유괴 당한 게 아닐까요? 삶아 놓으면 술안줏감은 될 테니까."

"헤 참, 징그러운 말씀을 다 하고 앉았네요! 어떤 자식이 그 어린 것을……."

남대문시장 점원이 반박했다.

"허허, 원 저렇게 세상 물정에 어두워서야. 요즘엔 어린 것일수록 한층 절박한 위험 상황에 처해져 있다는 사실을 모르는가 보군."

"아무튼 귀여운 동생이 실종돼 버려서 우리 형님이 무척 울적하시겠어요. 귀여운 나의 동생, 지금 어디를 떠돌며 훌쩍훌쩍 울고 있느냐?"

양배추 쌈을 한입 가득 넣고 우물거리던 점원이 대머리 사내를 보고 말하자 좌중은 주방이 진동하도록 웃음을 터뜨렸다.

"쳇, 밥티가 포탄처럼 날아다니는군. 원, 이래서야 사람이 사는 데라고 할 수 있겠나. 아, 식욕 없어."

마침 그때 내려와서 빈자리에 앉으려던 증권회사 직원이 금테 안경 낀 얼굴에 인상을 잔뜩 쓰며 중얼거렸다. 이 사람은 아래층에서고 위층에서고 항상 자기가 가장 잘나고 깨끗한 듯한 의식을 가지고 행동하고 있었다. 그러다 보니 여느 사람은 누구라도 다 조금씩은 못나고 더러운 존재가 되고 마는 것이었다. 아래층에서는 그를 싫어하다 못해 증오하는 사람마저 있었으며, 위층에서도 잘 어울려서 살아가지는 못하는 모양이었다. 들어온 지가 두 달밖에 되지 않았는데, 마치 2년간을 그 집에서 살아서 알 것은 다 안다는 듯이 멋대로 설치고 다녔다.

"저것 좀 누가 안 잡아가나. 안 보면 살이 솔솔 찌겠는데. 으이 그…… 토끼보다 못한 놈."

막노동꾼이 분하다는 표정으로 씹어뱉듯 말하곤 했으나 자신의 속만 끓을 뿐, 장본인은 허여멀겋고 유들유들한 얼굴에 자만심만 점점 더 덧붙이며 종래 건재한 것이었다.

식탁에 둘러앉아 있던 사람들은 출근 준비에 바쁘기도 했겠지만 잘난 놈을 피하기 위해 하나둘씩 일어났다. 대머리 사내는 그대로 앉아 있었다. 그는 벌써 어금니라도 흔들리는 듯한 표정으로 음식을 씹어 천천히 삼켰다. 그래서 아직 밥이 반 그릇 가량 남아 있었다. 제 잘나고 깨끗하다고 자부하는 사람은 한심스럽다는 눈초리로 대머리 사내를 노려보았다. 맏딸이 식탁을 대강 정리하고 빈 그릇에 새로 반찬을 담아 내놓았다. 대머리 사내의 젓가락이 새로 담아 놓은 콩나물 그릇으로 갔다. 있을 수 있는 일이며 결코 금기 사항은 아니었다. 대머리 사내는 고개를 숙인 채 묵묵히 음식을 먹고 있었다. 그 모양을 바라보는 금테 안경 속의 눈이 차가운 멸시의 빛을 발했다. 맏딸은 아직 남은 사람들을 부르러 갔다. 대머리 사내의 젓가락이 다시 열무김치 쪽으로 가 닿은 순간 맞은쪽의 사내는 콧방귀를 팅팅 세차게 뀌고 나서 입을 열었다.

"아니, 염소처럼 그러고 있으면 사람이 어떻게 밥을 먹겠어요? 에잇 쌍!"

대머리 사내는 깜짝 놀라며 고개를 들었다.

"여기 염소가 어딨다고 밥을 앞에 놓고 소리를 질러대시오?"

"거울이 없어서 유감이로군요. 홍시처럼 벌겋고 한물간 얼굴로 버티고 앉아 하루 종일 시간 귀한 줄 모르고 우물우물 씹고 있으면 염소지 뭐겠어요. 시대에 맞지 않게스리 아무데서나 예스아이캔이나 중얼대고 말예요. 요즘 누가 그런 것을 한답디까? 이루어진다고 믿고 그런 식으로 계속 중얼중얼하면 뭐가 이루어지는데요? 아이코, 챙피해! 제멋에 취해 별쫑나게 사는 것이야 좋지만, 최소한 남에게 피해는 주지 않아야 인격을 가졌다고 할 수 있지 않겠어요?"

"허허, 이 시대가 개성의 시대라는 사실을 모르기라도 하는 멍청이 같군. 아이 캔! 개성이란 무엇이냐? 가장 자기답게 사는 것! 자기 것이나 잘 챙길 일이지, 남의 꼴이 좋으니 나쁘니 시비를 따질 시간은 없는 것이오. 그런 인간은 항시 제 것은 잊어버리고 남을 추종할 수밖에 없다는 사실은 거울이 없어도 뻔히 눈앞에 보이지. 아니, 가만 보니까 댁도 거 무슨 성공철학 책에 적힌 대로 성공하려고 발버둥치는 모양이시던데 뭘 그러시우?"

"하하! 성공이 무슨 철학이나 된답시고, 정말 웃기네요. 그런 고리타분한 구닥다리 개똥철학은 강아지에게나 던져줘 버리세요. 요즘은 성공이란 말을 쓰지 않고 자기개발이라고 한다구요."

금테 안경의 사내는 비웃듯이 말하며 다리를 꼬았다.

"그게 그거지 뭐가 별다르다구. 말만 바꾼 거지 내용은 같지 뭘."

"그러니 그렇게 살죠. 뭔가 신앙심에 의지해서 믿기만 하면 저절로 성공한다는 건 미신이에요. 현실적으로 자기 자신을 한번 잘 바라보세요. 아저씨는 맨날 그런 식으로 책이나 팔고 다니지 어떤 발전이 없잖아요. 그럴 수밖에 없어요. 자기가 자기를 제대로 파악해서 치밀한 계획과 면밀한 실천으로 자기개발을 해야 뭔가 성취가 있지, 그냥 빈둥거리면서 중얼거려서야 뭐가 이루어지겠어요, 안 그래요? 내가 나의 주인공이 되고 나의 신이 되어 나의 멋진 세계를 개척해 나가야 돼요. 하하, 참 불쌍해 보여."

"남 걱정 많이 해주는데, 사실 나도 불쌍하지만 당신네들도 애처로운 건 마찬가지 아니겠소? 신께서 내려 주시는 지혜와 은총을 도외시하고, 도토리 같은 인간의 잔머리로 뭘 획책해서 얼마나 대단히 잘 살아 보겠다는 건지 솔직히 의심스럽소. 무신론자들의 무정한 자만과 교만을 대하면 어이가 없소이다. 마치 참된 목적을 모르고 그저 달려가기 경쟁에 미친 로봇과 같단 말이오. 그래, 계획을 딱 세워놓고 막 달려가 보면 바라던 목표가 나옵디까? 모두 거기에 가 있으니 결국 쳇바퀴 돈 꼴이지. 인정만 더 삭막해졌을 뿐, 제자리 뛰기에 불과해. 제 잘난 무신론자들은 날개를 다 떼인 뒤 유리병에 갇힌 파리와 같은 느낌이 들어."

"그건 말씀하시는 분의 자화상 같은데요."

"그럼 그쪽은 무슨 자기개발을 했소? 증권사라는 데가 돈 놓고 돈 먹는 수작을 부리면서 허송세월하는 곳 아니오. 아주 교만스럽게도 남의 귀한 돈을 마치 자기 돈처럼 여기고 잔머리 굴리다가 착한 개미들 패가망신시키기도 하고 말요."

금테 안경의 사내는 잔뜩 구겨진 얼굴로 손목시계를 보았다. 그는 콧숨을 푹푹 내쉬어 가슴의 울화를 삭히면서 열심히 검은 콩자반을 집어먹었다.

"허허, 제 눈에 안경이라, 아까 나더러 염소 같다더니만, 웬 놈의 염소똥을 저토록 달게 주워 먹고 있을까. 허허허……."

대머리 사내는 놀리듯 말하고 혀를 쯧쯧 찼다. 그 사이에 들어선 사람들은 영문도 모른 채 소리를 죽여 웃었다. 가까운 방에서 경청하고 있던 누군가 폭소를 터뜨렸다. 그러나 정작 당사자는 별일 아니라는 듯 금테 안경을 고쳐 쓰고 일어서더니 상체를 쑥 내밀어 좌우로 흔들면서 유들유들한 목소리로 뇌까렸다.

"난 말장난할 마음이 조금도 없는 사람이니까 그 단춧구멍만한 눈을 뜨고 앞날이나 잘 준비하시지. 쪽박 차고 떠돌기 전에 말이죠. 후후훗……."

그는 활갯짓을 하며 나갔다. 대머리 사내는 한숨을 한번 내쉬고는 남은 밥을 국에 말아 후룩후룩 마셨다.

금테 안경과 대머리 사내의 반목은 만난 지 얼마 후부터 싹이 텄다. 다른 사람에게는 속없이 웃고 스스로 놀림감이 되기도 하는 대머리 사내가 금테 안경에게만은 호락호락 넘어가지 않았다. 독선을 보이면 독선으로 상대했다고나 할까. 하긴 처음부터 그런 것은 아니었다. 대체로, 아래층 사람들이 대머리 사내를 놀려먹으면서도 조금은 친밀감을 가진 데 비해 위층의 사람들은 그를 괴상망측하고 온전치 못하고 꺼림칙하고 좀 덜떨어진 괴짜로 여겨 일정한 거리를 두고 보았다. 특히 금테 안경 사내는 처음부터 그를 어느 해괴한 혹성으로부터 굴러 떨어진 상종 못할 이방인이기라도 한 듯 적대감을 가지고 괄시할 뿐더러 그의 삶 자체를 시대착오적이고 도착적인 현시욕의 발현으로 깎아내렸으므로 무척 기분이 상했던 것이다. 현시욕의 문제점을 따진다면 금테 안경의 사내 자신이 누구 못지않을지도 몰랐다. 원래는 주방 한쪽 벽에 거울이 걸려 있었는데, 금테 안경 사내가 너무 빈번하고 오래도록 그 앞에 서서 자신의 모습을 비춰 보는 동안에 머리카락을 떨어뜨리고 입속을 살피며 쩝쩝거릴 뿐만 아니라 통행에도 방해가 심했으므로 어느 날 대머리 사내가 밖에 내놓아 버렸던 것이다.

　잘나고 깨끗하다고 자부하는 사내의 의아스런 행동 가운데 하나는 식탁 의자에 앉아서도 자신의 발바닥을 자주 어루만진다는 사실이었다. 그 발바닥엔 모르긴 해도 온갖 사람의 발때와 바퀴벌레나 쥐의 발때 따위도 묻어 있을 터였다. 그런데 그 사내는 어찌됐든 자신의 발만은 아주 깨끗하다고 생각하는 모양이었다. 발을 만진 손으로 그는 자신의 머리를 매만지고 얼굴을 쓰다듬고 코와 입술을 문지르고 입속에도 태연히 집어넣는 것이었다. 그러니 그 손으로 식탁과 수저통과 주전자 등 공동 용품을 더럽힐 것은 뻔한 노릇이었다.

어느 날 대머리 사내는 '똥파리'라는 제목의 우화적인 시를 한 편 사인펜으로 써서 벽에다 붙여 놓았다.

넓은 세상 다 굴려 보는 듯한 금테 속의 둥근 눈
그 속에 들어 있는 건 무슨 생각의 편린일까?
제깐엔 닦고 다듬어 빌고 빌며 손과 뒷발까지 싹싹 비벼대네
결국 얻길 바라는 건 무엇인가?

그들은 왜 유독 그렇게 서로를 미워했을까? 성공학이든 자기개발이든 서로 다르다고 강변해도 어차피 같은 통속이 아니겠는가. 혹시 제 타고난 본성을 억누르고 변조하며 인위적으로 성공이란 것을 추구하는 것에 대해서 그들은 내심으로는 겸연쩍어하고 옳지 않다고 생각했던 게 아닐까 싶기도 했다. 무의식 속의 어떤 죄책감이나 수치심이랄까? 본래 생긴 대로 살지 못하는 것, 세상 조류에 휩쓸려 밤의 어둠이나 은은한 달빛을 무시하고 타인을 무시하고 자신까지 무시해야만 살아갈 수 있는 자의 존재 방식이 싫으면서도 거부하지 못하는 자의 열등의식. 그리하여 그들 마음속의 비틀린 욕망이 상대에게 투사되어 스스로 부끄러워졌던 건 아닐까? 즉 그들은 자기 잠재의식 속의 나쁜 자기 자신을 상대를 통해 증오했는지도 몰랐다. 딱 들어맞는 비유는 아니지만, 마치 자기 딴엔 꽤나 멋지고 독특한 옷을 입고 있다고 생각했는데 막상 광장에 나가 똑같은 옷을 입은 사람을 보았을 때처럼……

다음날은 토요일이었다. 그날 저녁 집에 남은 하숙생들은 밥을 잘 먹고 나서 큰 방에 모여 앉아 화투판을 벌였다. 처음에는 술내기로 사소하게 시작했는데 중간에 학원 강사가 끼어들면서 판이 이상하게 변했다. 서울역 맞은편의 대형 입시학원에 나가는 그는 집에서는 일부러 입을 열지 않았는데, 그땐 술이 한잔 되어서 호기를 부리는 것이었다.

"자, 술만 마시지 말고 열심히 쳐서 판돈을 좀 크게 모아 봅시다. 내 아주 재미나는 곳으로 단체유람을 시켜드릴 작정입니다. 사내 대장부들이 이렇게 많은데 무슨 일인들 못 벌이겠어요. 자, 그러니 나만 믿고 일단 열심히들 쳐보시라고요."

대여섯 명의 사내들은 무슨 일인지 아직 잘은 모르는 체 강사의 말에 최면이라도 걸렸는지 부지런히 화투짝을 두드려댔다. 밤이 깊어 퍼런 지폐가 제법 두툼하게 쌓였다. 강사는 그 돈을 집어 들고 세더니 말했다.

"자, 이제 됐소. 밖으로 나갑시다. 일단 오뎅국에 쏘주 한잔 들이켜고 나서 정식 출정을 합시다."

하숙생들은 그를 따라 골목길로 나섰다. 싸늘한 바람이 전신주를 휘잉윙 울리며 불었다. 뜨끈한 국물로 몸을 데운 사내들은 오랜만에 호기롭게 떠들어댔다. 강사가 팔을 쳐들며 말했다.

"자, 그럼 이제부터 본격적으로 축제를 벌여 봅시다! 자, 모두 출발!"

강사는 의기양양하게 앞장서서 양동 방향으로 걸어 올라갔다.

하숙생들은 대체로 무슨 축제인지 눈치를 챘으면서도 모른 척 시시껄렁한 잡담들이나 나누며 뒤따랐다. 골목을 올라갈수록 불빛이 뜸해져 찬바람은 한결 냉랭하게 느껴졌다.

"아니, 양동이라면 별이 밝게 비추이는 동네란 뜻 같은데 말여, 지랄맞게도 낮이고 밤이고 음산한 기분이 드니 웬일이여?"

"어두우니까 밝으라고 그리 이름을 붙였겠지 뭐."

"하긴 한국놈들이 한다는 게 다 그런 식이긴 하지. 잘난 새끼들."

막노동꾼과 제화공이 붙어 서서 걸으며 시시덕거렸다.

"잠깐! 모두 정지하시오!"

갑자기 대머리 사내가 소리쳤다. 사람들은 뭔 일인가 하고 멈추었다.

"흠, 좀 수상쩍다 싶더니만 아가씨집에 가는구나."

"아따, 다 알면서 뭘 그래요. 아저씨도 총각이잖아요."

"여러분, 오늘날 우리는 좀 더 현명해져야 합니다. 거기 갔다 나오면 남는 게 무엇입니까? 영원을 순간과 바꾸어서는 안 됩니다! 연어는 거센 물살을 거슬러 오를 때 생의 의미를 갖습니다. 본능에 따르기보다는 이 양기를 승화시켜서 내일의 햇볕을 도모하는 것이 오늘 우리가 이 양동 바닥을 걷는 추억으로 가슴속에 아로새겨질 것입니다!"

대머리 사내는 길 가운데 선 채 침을 튀기며 일장연설을 했다. 하숙생들은 히히 웃으며 발을 동동거리면서 짐짓 오들오들 떨었다.

"잔소리 스톱! 이왕 갈려면 어서 갑시다!"

피 장군의 부관 격인 엄씨가 나섰다. 그는 맹장의 총애를 받는 사관으로서의 지휘력을 이 순간 발휘해 보려 했다.

"난 그만 빠질래요."

남대문시장 점원이 말하고 뒷걸음질을 쳤다.

대머리 사내는 엄씨가 팔을 잡아끌자 못 이기는 척 따라갔다. 한 무리의 사내들이 여관 앞을 지나가자 늙수그레한 아주머니들이 손짓을 하며 불렀다. 강사는 염두에 둔 곳이 있는지 내처 걸어 좁은 골목길 끝의 한 허름한 건물 앞으로 다가갔다. 대머리 사내가 이제 아무도 잡아끌지 않는데도 맨 뒤에서 절룩절룩 여관 문을 들어설 때 나는 슬쩍 발길을 돌려 뛰어 내려갔다. 아까부터 찌릿찌릿하던 사랑니가 불현듯 쿡쿡 쑤시기 시작했기 때문이었다. 하숙집에 가서 진통제나 한 알 먹고 누워 추리소설이라도 읽는 게 제격일 성싶었다.

하숙집으로 갔으려니 여겼던 남대문시장 점원이 되돌아오고 있었다.

"저쪽 홍매여관으로 들어가던데……."

"아, 아니에요. 저는 백화점에 좀 갔다오려구요."

그는 씩 웃었다. 나는 손을 들어 흔들어 주곤 하숙으로 향했다. 사내는 손을 점퍼 주머니에 푹 찌른 채 우쭐우쭐 뛰어갔다.

얼마 후에 돌아온 남대문시장의 점원은 마당에서부터 좀 호들갑을 떨었다. 그러고는 주방 옆의 안방 앞으로 가더니 아주머니를 불렀다. 늦은 시간인데도 약한 불이 켜져 있었다. 주방으로 가서 물을 한 잔 따라 벌컥벌컥 마신 사내는 맏딸이 나오자 히벌쭉 사람 좋게 웃었다. 이어 점퍼 안주머니에서 봉투를 꺼내더니 지폐를 세어 내어 맏딸에게 주었다. 아마 월급을 받은 모양이었다. 주방에는 다른 사람은 없었다. 그런 다음 사내는 옆에 놓아두었던 상자를 집어 좀 계면쩍어하며, 정란(둘째딸) 씨에게 전해 주십사 떠맡기고는, 맏딸이 미처 뭐라고 하기도 전에 얼굴이 새빨개져 자기 방으로 가 버렸다. 맏딸은 고개를 갸웃했다. 잠시 후 불이 꺼졌다. 정원의 마른 나뭇가지를 흔드는 바람소리만 들려올 뿐 고요했다.

다음날 아침이었다. 위층에서 내려온 둘째딸 정란은 남대문시장 점원의 방 앞으로 가서 상자를 내밀었다.

"주신 뜻은 고맙지만, 이유 없이 남에게 이런 걸 받을 순 없어요."

"우리가 남인가유?"

사나이는 어안이 벙벙해서 대꾸했다.

"그럼 남이 아니고 뭔가요? 호호, 그러지 마세요. 그리고 전 이미 임자가 있는 몸이에요."

"아니, 저……."

사나이는 얼굴이 빨개지고 말았다.

둘째딸이 사근사근했던 건 사실이었다. 그러나 그건 그 아가씨의 일반적인 성격이고 태도였다. 사나이로서는 그 아가씨가 특히 자기와 얘기를 많이 나누었다고 말할 수도 있었다. 그러나 그건 그 자신이 아가씨에게 얘기를 많이 걸었기 때문이었다. 혹시 사나이는 마음속으로 아가씨가 자기 자신과 스스럼없고 유쾌하게 굴며 지냈다고 말할 수도 있었다. 그러나 그건 그 자신이 그만큼 아가씨에게 유쾌하고 스스럼없이 굴었기 때문이었다. 둘째딸은 그토록 상냥스럽고 보드라웠던 것이다.

아무튼 그것은 서글픈 사건이었다. 유쾌하고 활기 넘치던 한 사나이는 없어져 버렸다. 그는 이제 위층으로 오르는 계단 중턱에 걸터앉아 토끼처럼 머리를 들고 아가씨의 방을 향해 자신의 생활을 희망에 찬 목소리로 지껄여대는 일도 없었고, 아침 출근길에 호들갑을 떨며 아가씨에게 동행을 요청하지도 않았다. 아가씨가 예전의 해맑은 목소리로 말을 걸어도 그늘진 웃음을 지을 뿐이었다. 그는 허전하고 메마른 모습으로 일터에 나갔다가 밤늦게 잘 마시지도 못하는 술에 취해 들어와서는 쓰러져 자고 다시 나가는 것이었다. 좌절된 희망이나 정열의 험한 폭발도 없었다. 그렇게 살다가 그날 밤에 준 하숙비의 기한이 다하자 홀쩍 떠나가 버렸다.

한편 여관에 들어갔던 축들은 점심때가 가까워서야 주색에 잔뜩 찌든 꼴로 하나둘씩 나타났다. 그들은 뜨끈한 해장국을 떠먹으면서도 별 재미스런 말이 없었다. 평소에는 식탁 앞에 죽치고 앉아 맏딸에게 실없는 수다를 떨어대던 대머리 사내도 그땐 어쩐지 그녀를 잘 쳐다보지도 못한 채 벌건 얼굴로 끙끙대기만 했다.

마음의 정글

유난히 추위가 극성스럽던 어느 날 밤, 하숙집의 오동나무가 텔레비전 화면에 나왔다. 재수생 한 명이 그 가지에 스스로 목을 매달아 죽었기 때문이었다.

언제 찍어 갔는지 모르지만 카메라는 줄곧 오동나무의 앙상한 모습만 비춘 채로 취재기자의 멘트가 흘러나왔다.

"……수능시험 점수가 낮아 원하던 대학에 가지 못하여 비관한 학생의 한이 저 나무에 걸려 있는 듯이 느껴집니다. 적성과 인성은 무시되고 오직 점수로만 일률적으로 따져 세우는 풍토, 일류대학만을 바라는 우리 사회의 고질병입니다."

"사람이 죽고 나서 저런 소리 하면 뭔가 좀 바뀌어야 하는데, 세상이 얼음장처럼 굳어서 뭐."

"쓰벌넘들, 출산율 떨어진다고 걱정하지 말고 애써 작업해서 낳아놓은 사람이나 요절하지 않고 살아갈 수 있도록 정책을 제대로 세워라."

"사실 이런 살벌한 세상에 애 낳아 기르기도 무서워서리. 그냥 나만 고생하다가 가야지."

"그나저나 새벽에 그런 것 같은데 그 마음이 얼마나 추웠을까."

주방에서 밥을 먹던 하숙생들이 텔레비전을 쳐다보며 한 마디씩 했다.

"때가 되면 봉황이 깃들여야 할 나무인데 저런 변괴가 생기다니……."

대머리 사내가 생뚱맞은 어조로 뇌까렸다.

그 재수생은 공부를 열심히 하면서도 늘 막막해 보이는 모습이었다. 원했던 명문대학에 떨어진 것을 큰 죄인 양 여겼다. 만일 또 실패하면 다른 길이 없어 죽기라도 할 그런 인상이었다. 젊은 기운이 잔뜩 억눌려 원활히 돌지 못해서 그런지 슬쩍 건드리면 무너져 내릴 듯 허약했다. 상체를 수그리고 있어서 키가 작고 시체처럼 무표정한 얼굴이었다. 메말라 가는 청춘의 초상 같았다. 재수생들 중에도 성격에 따라 쾌활한 애들도 있었지만 그애는 그렇지 못했다. 쫓기는 것처럼 절박한 기색이 찬바람이 불어 수능 날이 다가올수록 점점 심했다.

그런데 시험이 끝난 직후부터 막내딸에게 관심을 가지게 된 모양이었다. 그전부터 그랬는데 그때 표출이 됐는지도 몰랐다. 술을 마시고 그동안 억눌렸던 감정을 드러내곤 했으니까. 막내딸은 여고 3학년이라 역시 수능시험을 봤다. 그러나 그녀는 성적 따위엔 무관심했다. 그렇다고 성적 따위를 무시하는 건 아니고 다만 그녀의 성격이 일단 지나간 일엔 워낙 냉담했던 것이다. 자기 일과 상관없는 것엔 일체 무심했는데 어딘지 좀 무서운 느낌이 들 지경이었다. 어떤 마성마저 엿보일 정도였다. 그녀는 아버지인 피 장군은 전혀 닮지 않고 엄마를 닮아 몸매가 호리호리했는데, 작은 얼굴에 박힌 검푸른 눈이 어딘지 이국적인 빛을 띠고 있었다.

재수생의 열광적인 구애에 대해 막내딸은 아예 반응 자체를 하지 않았다. 만약 심하게 대한다거나 몸을 건드리기라도 한다면 그녀 스스로 깨져 버릴 듯했으므로 재수생으로서는 힘겨운 애정이 아닐 수 없었으리라. 그 소녀는 연애 감정에는 냉정했는데 3학년 때부터 무슨 변덕인지 위층의 대학생에게 정을 품게 되었다. 그런데 사랑의 표현이라는 게 상당히 이상했다. 대학생을 말끄러미 노려보며 냉기가 흐를 정도로 비웃거나, 손톱 또는 뭔지 뾰족한 것으로 자신의 팔뚝이나 상대의 등을 찌르는 것이었다. 그럴 때면 미소에 마성이 묻어났다. 그런데 대학생은 그 소녀에게 별로 관심이 없는 성싶었다. 자신의 타입이 전혀 아니라는 얘기였다. 그리고 사실 그는 또래 대학생들과의 경쟁에서 낙오하지 않기 위해 공부하기에도 바빴고 또 등록금 마련을 위해 아르바이트하기에 정신이 없었으므로 소녀에게는 그냥 씩 웃어 줄 뿐이었다.

"아, 힘겨워. 어디 돈 많은 과부님이나 하나 만났으면 좋겠네."

그는 노래하듯이 말하곤 했다. 나중에 그의 룸메이트인 친구에게 들어보니 그는 그 뜻을 정말 이룬 모양이었다. 입주 가정교사를 하게 되었는데 그 집의 학부모가 부유한 미망인이라는 것이었다. 대머리 사내의 말마따나 정말로 원하면 이루어지는지 몰랐다. 실연을 당한 소녀는 점점 더 냉랭해졌다.

아무튼 그런 연유로 인해 죽은 재수생은 이중삼중으로 고통을 겪고 있었다. 한번은 폭음을 한 뒤 대학생에게 결투를 신청해 정원 뒤쪽에서 한판 붙었지만 얻어맞기만 하고 끝났다.

안타까운 일이었지만 하숙집의 특성상 자살 사건은 차츰 하숙생들로부터 잊혀져 갔다. 다만 앙상하게 헐벗은 오동나무만이 그 기억을 간직하고 있었다.

여자의 발 근처에서 폴짝폴짝 뛰어다니는 건 토끼처럼 하얀 강아지였다. 몇 발짝 앞까지 근접해 살펴보고서야 알아차렸다. 그녀석은 어디서 무엇을 하고 있을까. 하숙집을 나간 그 토끼가 떠올랐다.

그녀는 천천히 걷고 있었다. 토끼처럼 생긴 순백한 녀석보다 훨씬 느렸다. 오른팔을 몸 앞쪽으로 비스듬히 떨어뜨린 채 한 발짝씩 느릿느릿 움직였다. ㄴ자 모양으로 구부려 든 다른 팔은 보조에 따라 조금씩 떨렸다. 털모자 밖으로 나온 머리카락을 흔들며 바람이 불고 있었지만 그녀의 이마엔 미세한 식은땀이라도 돋아난 듯이 느껴졌다. 그만큼 힘겨워 보였다. 20대 중반을 넘어 뵈지 않는 모습이었다. 흰 얼굴은 허약한 기색을 띠고 있었다. 눈길이 마주치는 순간 그녀는 고개를 숙여 외면했다. 그래도 검은 눈동자에 어린 고뇌와 도전적인 빛은 잔상처럼 내 망막에 어른거렸다. 그녀는 입술을 꼭 다물었다. 하지만 한옆으로 돌아가 내린 입귀를 숨기기엔 역부족이었다. 맘속에 이는 물결 때문인지 그녀는 오똑한 코를 발름거렸다.

그녀는 강아지를 물끄러미 내려다본 뒤 다시 성가신 동작을 거쳐야 하는 걸음을 떼어놓았다. 강아지 녀석은 잔디밭으로 들어가 뛰어다니다가 귀를 쫑긋 세운 채 먼 산을 바라보았다. 그녀는 녀석을 아랑곳하지 않고 자신의 걸음에만 열심이었다. 어디론지 가 버리더라도 괜찮다는, 자신에게 소유된 애완물이 아니라는, 그런 여운이 느껴지는 뒷모습이었다. 그녀 자신도 그 길로 어디론지 사라지고 싶다는 듯한…… 그러나 어느 결에 보면 하얀 녀석은 그녀의 발치 곁을 맴돌고 있었다.

그녀는 연못가의 누각에 앉아 한참 내려다보고 있더니 되돌아 걸어왔다. 나는 먼 풍경과 가까운 풍경 속의 그들을 물끄러미 바라보았다. 어떤 한 순간엔 환상인 듯 아렴풋했다.

그녀의 겨드랑이에 끼인 책이 툭 떨어졌다. 나무숲 어귀에서였다. 그녀는 허리를 구부려 주우려 했다. 측면에서 보아 그런지 위태스러운 자세였다. 나는 벤치에서 일어나 다가갔다. 그건 작은 앨범이었다. 펼쳐진 면에 손을 맞잡은 두 남녀가 환히 웃는 사진이 끼여 있었다. 실물보다 요염하고 날씬했지만 그녀임을 눈치챌 만은 했다. 그녀는 내 손보다 앞서 앨범을 집으려고 서두르다가 그만 중심을 잃고 말았다. 나는 엉겁결에 그녀의 몸을 껴안았다. 그녀는 숨을 쌔근거리며 울상을 지었다. 눈동자에 울분과 체념의 빛이 뒤섞여 빛났다. 나는 그녀를 벤치로 부축해 가서 앉혔다. 그녀의 입에서 "개새끼!" 하고 욕설이 튀어나왔다. 눈물이 돋아나는 걸 볼 수 있었다.

"내게 한 말인가요?"

그녀는 대답 대신 나를 똑바로 쳐다보았다. 긍정도 부정도 하지 않고 냉담하게 노려보았다. 너도 결국은 한 족속인 거야. 그런 무언의 비난이 열기 속에서 울려왔다. 아마도 앨범 속에 화려한 미소를 짓던 그 놈팡이가 주범이 아닐까 싶었다. 무슨 개 같은 짓을 했는지는 모르나, 애증에 눈먼 여자에 의해 나 자신의 고유한 취향마저 박탈당한 듯해 기분이 살짝 상했다. 하기야 비슷한 인간이긴 했다. 내가 친구와 한 약속이 어그러져 홀로 막걸리를 몇 잔 마신 기분에 꾀죄죄한 몰골로 부근 대학의 캠퍼스에 들어와 청승을 떨고 앉았긴 해도 뱃속엔 비슷한 욕망이 출렁임을 부정하기 어려웠다. 앨범 속의 여자 정도라면 누구든 그 몸을 한번 안고 싶을 것이었다. 그러다 불시에 중풍이 들어 반신불수가 되고 달콤한 키스의 추억이 어린 입술마저 비틀려 버린다면? 나로서는 대답하기 어려웠다. 오 선배 같은 사람이라면 어쩌면 가능할 수도 있었다. 병이 들어 변한 몸이지만 꽃다운 자취가 다 스러진 건 아니었다.

그녀는 앨범을 움켜쥐었다. 흰 손등에 파란 힘줄이 돋아났다. 내 마음속에 왠지 심술기가 보글거렸다.

"그 앨범 속의 사람이 그렇게도 좋았어요? 그래서 여기서 오락

가락하는 거예요? 아마 이 학교 다녔던가 보죠?"

"넘겨짚기는 잘하네요."

흐릿하고 더듬거리는 발음이었다. 활엽 교목 사이에 섞여 난 소나무에서 무엇인가 떨어졌다. 그녀는 입술을 파르르 떨며 발로 짓이겼다. 그러고는 일어서서 숲의 오솔길을 걸어 한구석 쪽으로 갔다. 강아지도 뒤따랐다. 그녀는 차츰 멀어져 갔지만 시야에서 사라지진 않았다. 그녀는 큰 나무 밑에 웅크려 앉아 한 손으로 흙을 파기 시작했다. 오랜 시간이 걸렸다. 땅거미가 내렸다. 앨범을 묻고 그녀 자신과 강아지마저도 어두운 땅 아래로 들어가 버린 게 아닌가 싶었다.

우리는 여관의 침대 위에 앉아 있었다. 방안의 조명이 불그무레해서 강아지는 어디 있는지 잘 헤아려 볼 수 없었다. 그래도 어딘가에서 검은 눈알로 지켜보고 있으리라는 생각이 들었다. 그 때문에 점잔을 떨었던 건 물론 아니었다. 내심 무척 걱정이 되었다. 그러면서도 나는 계속 끌려들고 있었다. 그만두어야 한다고 생각해도 몸뚱이가 따르지 않았다. 그녀의 한쪽 팔은 의외로 집요했다. 혹은 그렇다고 나 자신 최면을 거는지도 몰랐다. 그녀의 입이 내 귀를 깨물며 할딱거렸다. 땀에 젖은 그녀의 몸은 부드럽고 향긋한 냄새를 풍겼다.

나는 문득문득 몸 한쪽에서 한기를 느끼며 경계심을 놓지 않은 채 천천히 조심스럽게 허리를 움직였다. 그녀의 신음소리가 고조

될 때마다 나는 동작을 멈추곤 작은 젖가슴을 쓰다듬었다. 그러다가 어느 결에 나도 모르게 이끌려들고 마는 것이었다. 손바닥 속에 쏙 들어오는 가슴엔 분홍빛 유두가 돋아나 있었다. 그것을 조몰락거리는 동안에 어릴 적에 돌아가신 엄마가 그리워졌다. 나는 건강한 모습의 엄마를 공상 속에서라도 떠올릴 수가 없었다. 젖꼭지를 빨며 눈을 감자 자궁 속으로 들어가는 기분이었다. 여자의 신음이 내 몽상을 흔들어 부수었다. 수컷이 되길 재우치는 암컷의 목소리가 귓속을 파고들었다.

"움직여 줘요, 어서. 생각하지만 말고."

"뇌혈관이 또 터지기라도 하면 어쩌려고 그러는지."

"내 몸은 내가 더 잘 알아요. 차라리 죽고 싶어요."

"그런 말 마요."

"스릴 있는걸. 죽어도 내 탓이야."

그녀는 신음 사이사이로 달떠 뇌까리며 반쪽 몸으로 용을 쓰느라고 끙끙거렸다. 눈에 생경하면서도 고혹적인 빛이 떠올랐다. 그건 외면하기 어려운 유혹이었다. 함께 어디까지든 가서 죽더라도 안락할 듯한. 나는 노를 저어 은하수를 건너가는 기분으로 움직였다. 그녀의 파도가 높아졌다. 일엽편주를 휘감아 죄는 강한 소용돌이였다. 나는 침몰했다. 그리고 아련히 귓전을 맴도는 해조음을 들었다.

"손끝도 건드리지 말아 줘요."

그녀가 나른한 목소리를 흘렸다. 누가 건드리기라도 했단 말인

가. 나 역시 움직이기 싫었다. 가만히 누워 환풍기가 돌아가는 소리를 들었다. 저건 아무 걱정이 없을 거야. 존재의 고통도 소멸의 공포도 모르겠지. 열심히 돌고 있긴 해도 제 생존은 인식 못할 거야. 침대 밑에서 강아지가 낑낑거렸다. 저 녀석은 고통이나 공포는 느끼겠지만 고뇌나 번민은 모를 거야. 그저 살아가면 되니까. 어떻게 되는지도 모른 채 십년 안에 죽어 버리겠지. 그건 허망해서 싫어. 한겨울인데도 어디선가 무슨 벌레가 씨르르 찌르르 하고 울었다. 넌 고통도 공포도 고뇌도 가볍게 느끼고 소멸의 짐도 조금은 가벼울 것 같구나. 그렇다고 삶을 서로 바꿀 순 없는 노릇이지. 나는 눈을 뜨고 여자를 바라보았다. 숨소리도 없이 웅크리고 있었다. 그녀는 환풍기 같기도 하고 강아지 같기도 하고 풀벌레 같기도 했다. 눈길을 돌려 창을 바라보았다. 옆집의 빛바랜 녹색 기와지붕이 보였다. 그 한옆에 달린 변질된 달 같은 보안등에 눈가루가 하루살이처럼 부유하는 모습도 보였다. 이렇게 사는 것이 내가 원하는 건 아닌데, 실은 그렇게 살고 있는지도 몰라, 하고 난 중얼거렸다.

방에 처음 들어와서 우리는 묵묵히 침대에 앉아 있었다. 그녀는 어땠는지 모르지만 나는 그런 결과를 기대하진 않았다. 대학 캠퍼스를 나온 그녀는 갑자기 흥분하더니, 앨범을 묻은 기념으로 와인이라도 한잔 마셨으면 싶다고 했다. 자기가 살 테니 따라오기만 하라는 얘기였다. 맨날 하숙밥만 먹던 내겐 호화로운 만찬이었다. 1년쯤 전에 불시에 쓰러져 반신의 힘을 잃은 그녀의 얘기를 들었다. 사범대학을 졸업하고 임용시험을 준비했지만 번번이 떨어졌다고 했다. 하루 3시간만 자고 도서관에 붙어 앉아 공부했으나 꿈은 이루어지지 않았다. 합격자와 점수 차가 많이 나는 것도 아니었다. 겨우 0.01% 차이로 고배를 마신 적도 있었다. 너무나 아쉽고 한스러워 마지막엔 잠도 더 줄이고 악착같이 매달렸는데 시험도 못 보고 쓰러졌다며 그녀는 한숨을 지었다. 술기운이 오르자 떠난 사내를 질타하다가 성한 한쪽 손으로 자신의 머리카락을 쥐어뜯었다. 나는 무거워진 분위기를 중화시키려고 우스갯소리를 지껄였으나 별 효과는 없었다.

"혹시 말이죠, 나를 기피하고 싶진 않아요?"

그녀는 나지막이 물었다. 내게서 대답이 없자 그녀는 홀로 말했다.

"대개 사람들은 나를 경원하는 눈치더군요. 마치 큰 죄를 지어 한창 나이에 이런 꼴이 된 것처럼. 하긴 우리 엄마마저도, 전생에 무슨 악업이 많았기에 그런 변을 당하냐고, 질책 섞어 푸념이니까요. 뭐 시험공부만 하고 결국 떨어졌으니 죄를 안 지은 것도 아니겠죠. 낙오자의 죄."

"죄의식은 별로 도움은 안 되고 해롭기만 하대요."

"솔직히 두려워요. 이 병은 몇 년 후에 재발한다잖아요. 그럼 더 악화되어 식물인간이 될지도 모르죠."

"혹시 신앙을 가져 보면 어떨까요?"

"그러고도 싶었어요. 그런데 막상 신을 찾으니 나타나지 않았어요. 마음속에조차도……."

그녀는 정색하고 암담하다는 표정을 지었다. 오랫동안 말이 없었다. 나는 아무 말이나 지껄여야 했다.

"세상엔 뜻하지 않은 일들이 많이 일어나죠. 내가 사는 곳은 하숙집인데 온갖 사람이 다 있어요. 그런데 전에 거기 살던 사람이 지금 행방불명이에요. 그리고 토끼도 살았는데 역시 행방불명됐어요."

술집 밖으로 나오자 진눈깨비가 떨어지고 있었다. 내가 바래다주겠다고 하자 그녀는 싫다고 도리질을 했다. 엄마하고 싸워서 속이 상한다고 푸념하면서 주춤주춤 걸었다. 갈림길에서 그녀가 말했다.

"저쪽에 무당집이 있어요. 그쪽으로 가봐요. 아직 한번도 안 들어가 봤는데 지금은 가서 점이라도 한번 쳐볼래요."

"그런 걸 믿어요?"

"뭐 그냥 한심하니까 그러죠."

나는 사실 무속에 대해 기피하면서도 호기심은 지니고 있었다. 무당이라는 존재의 특이한 삶에 대해 신비감을 느끼는지도 몰랐다. 그런데 언젠가 무당집 2층에 세들어 산 적이 있었는데, 가까이에서 그 일상을 지켜보는 동안 좀 실망한 것도 사실이었다. 보통 사람보다 더 탐욕스럽고 시류를 추종하는 듯싶었다.

골목길을 걸어가는데 담벼락에서 검은 고양이 한 마리가 휙 뛰어내려 강아지를 노렸다. 강아지는 의외로 민첩히 슬쩍 피한 후에 고양이를 짐짓 엄숙하게 노려보았다. 그녀를 부축하여 무당집 대문을 들어섰다. 마당가에 반들반들 윤이 나는 승용차가 서 있었다.

인기척을 들은 여인이 문을 열었다. 붉은 빛이 감도는 눈으로 낯선 방문객을 살폈다. 강아지를 보더니 미간을 찌푸렸다. 잡귀 같은 걸 왜 끌고 다녀, 하고 구시렁거렸다. 점 보러 왔다고 말하자 여인은 뚱뚱한 몸을 돌려 안으로 들어갔다. 우리는 천천히 뒤따랐다.

널찍한 신당은 난방기가 가동되고 있어서 후텁지근했다. 전등에 갓을 씌워서 약간 침침한 분위기였다. 벽에 삼지창이며 반월도 따위가 걸렸고 신장상을 그린 탱화가 으스스한 기분을 자아냈다. 제단에 장식된 꽃은 조화였다. 그곳에 진설된 돼지머리며 과자며 사과, 배, 포도 등이 정교하게 조형된 것인 듯했다. 그 아래쪽에 피워둔 향은 진짜 향연을 피워 올리고 있었으나 너무 진해서 메스꺼웠다.

무당은 방 아랫목에 놓인 점상 앞에 앉아서 눈을 감고 입속으로 잠시 주문을 외었다. 그녀는 무당 앞에 무릎을 꿇은 채 이마를 수그렸다. 무당이 내게 나갔으면 좋겠다는 눈치를 던졌지만 나는 모른 척하고 죽쳤다. 그러자 여인은 상 위의 방울을 집어 딸랑딸랑 혼들어댔다.

"그래, 무엇이 궁금해서 왔누? 아, 대왕신님은 무불통지, 모르는 일이 없도다."

"두루 말씀해 주세요."

"욕심쟁이로구나."

여인은 점상 가장자리에 놓인 그릇에서 쌀을 집어 상 위에다 뿌리는 동시에 입으로 쉬잇, 하는 소리를 냈다.

"몽달귀가 붙었구먼."

"그게 뭐예요?"

"상사뱀보다 더 얄궂은 거야. 전생과 현생에 사내들 애태워 죽게 한 악업을 지었어. 그래서 몹쓸 꼴이 된 거야."

"그런 적 없거든요. 정말 억울해요."

"어떻게 알아. 장담할 일은 세상에 없는 법이야!"

"그래서 뭘 어쩌라구요?"

그녀는 골이 나서 중얼거렸다.

"성질은 불같구먼. 그걸 꺼야 돼. 몸에 풍이 들었는데 스스로 부채질을 해선 안 되지. 한을 품고 죽은 몽달귀를 달래 줘야 해. 그게 흉한 바람을 타고 들어갔으니. 수리수리 마하수리……."

"어쩌는 건데요?"

"굿을 한번 해. 가련키도 하지, 젊으나 젊은 것이. 쯧쯧."

"그런 건 싫으니 신수점이나 봐주세요."

무당은 콧등 맞은 고양이상이 되었다.

"수일 내로 눈물 흘릴 일이 생기겠구먼. 북서쪽을 피하고 동남쪽으로 길을 잡아. 그러면 뜻밖의 일이 생길 거야. 물론 눈물은 멎지 않겠지만."

그녀는 복채를 놓고 일어섰다. 언짢은 낯으로 대문 앞으로 갔다. 나는 맥없이 걷는 그녀를 부축했다. 그녀는 말없이 눈앞의 여관 안으로 들어섰다. 나는 어쩔 줄을 모르다가 그냥 같이 들어갔다. 그녀를 업고 주인 남자를 뒤따라 계단을 올라갔다. 생각보다 가벼운 몸이었다. 중간에 내가 휘청하자 그녀는 상체를 등에 붙이며 목을 꽉 껴안았다. 강아지 녀석은 용하게도 한 발짝씩 폴짝폴짝 뛰어 올라왔다.

그녀를 내려놓고 문을 열었다. 갇혀 있던 후끈한 열기가 몰려왔다. 방으로 들어가서 침대 한쪽에 걸터앉아 처음 만난 여자와 마주 앉아 있었다. 나는 그녀를 일종의 중성적인 존재라고 여겼다. 나는 꽤 오래도록 금욕 상태였다. 처음엔 괴로웠지만 차츰 지층으로 잠재돼 갔다. 용불용설대로 이러다가 영 못쓰게 되는 게 아닌가 걱정도 되었다. 그녀는 가방에서 캔커피를 꺼내 마시고 나서 좀 나른한 표정을 지었다.

"이것, 예전엔 참 많이 마셨죠. 병든 뒤엔 멀리했지만요. 오늘은 땡기네요. 그런데 무당들의 눈은 왜 빨간 빛을 띨까요?"

"글쎄요. 지난 여름에 모기가 하도 괴롭히길래 놈을 잡아 살려둔 채 침을 뽑는 등 극심한 스트레스를 주자 몸통 전체로 피가 퍼져 발개지던데, 혹시 뇌에 모종의 신비스런 극강한 압력이 가해져서 그런 것인지…… 그건 잘 모르겠지만, 음…… 그들의 단체 명칭이 대한승공연합회니 뭐니 하는 까닭은 짐작이 돼요."

"뭔데요?"

"공산당이 유물론적으로 미신 타파를 주장하니까 그들은 유심론적 입장에서 대항한다는 취지가 아닐까."

"전생이나 윤회가 실제로 있다고 생각하세요?"

"괴롭거나 할 때 한번씩 상상해 보긴 해도 아까 무당이 말한

그런 것과는 달라요. 어떨 때 나 자신의 과거 전생이나 윤회를 생각
하면 조금은 재미가 있어요."

"아, 우린 어떤 전생으로 인해 여기 앉아 있을까?"

성한 쪽 손가락으로 내 볼을 만지며 중얼거렸다. 얼굴이 발갛게
달아오르고 있었다. 나는 그녀의 눈동자만을 바라보았다. 그것은
점점 확대되어 나를 가두었다. 우리는 서로 껴안았다.

죽은 듯 누워 있던 그녀가 몸을 돌리더니 속삭였다.

"어땠어요? 사실대로……."

그녀는 도전적으로 물었다. 나는 대꾸하지 않았다.

"흠, 남자들은 다 좋아하죠. 예전엔 몰랐는데, 지금은 몸뚱이가
정신을 가둬 놓고 있는 것 같아요."

"전에 주역 특강을 들은 적이 있는데, 걷는 것과 사랑은 우뢰
괘에 해당된다더군요. 맨 아래의 효가 양이고 그 위의 두 효가 음으
로 이뤄진 괘상이죠. 정신과 육체에 진동을 일으킨다나. 많이 걸으
세요."

"섹스를 많이 하라는 얘기예요?"

"예전에 희망이 뭐였어요?"

"항공기를 타고 멀리 가고 싶었어요. 우주의 먼 별까지도……."

그녀는 허전스런 미소를 지으며 유리창을 통해 멀찍이 흐릿한
아파트 단지의 불빛을 쳐다보았다. 군데군데 불이 꺼진 창은 이빨
빠진 자국 같았다.

……분홍색 조명이 비치고 있었다. 은빛 쇠창살로 막힌 두 곳의 마주보는 공간에 수백 마리의 소와 돼지 떼가 갇혀 움메움메, 꿀꿀 꿀 하고 울어댔다. 쇠살문이 스르르 열리자 동물들은 제 앞에 가설된 좁은 통로를 따라 한 마리씩 차례로 걸어 나갔다. 통로는 컨베이어 시스템이 되어 그들을 목적지까지 옮겨 갔다. 조명이 강렬해지고 은빛 금속 장비들이 여기저기서 빛을 반사했다. 군데군데 사람이 서 있었으나 마스크와 흰 비닐 옷으로 무장하여 로봇처럼 보였다. 소와 돼지는 각각 따로 설비된 장치를 향해 다가갔다. 맨 앞의 소가 사각형 통 속으로 들어서는 순간 통의 양옆에서 반원형의 쇠살이 나와 등을 씌웠다. 동시에 위쪽에서는 굵은 벨트가 목을 감아 바싹 쳐들었다. 바로 앞엔 수평으로 설치된 예리한 톱니바퀴가 이빨만 살짝 드러낸 채 윙윙 돌고 있었다. 목이 도살기에 고정되는 순간 톱니바퀴는 맹렬히 회전하며 돋아나와 단숨에 끊어 놓고 재빨리 기어들었다. 소의 몸통은 컨베이어에 실린 채 피를 솟구쳐 올리며 다음 작업대로 가고 머리는 공중에 매달려 어둑한 곳으로 사라졌다. 돼지의 경우는 목이 단두대에 고정되면 위쪽에서 톱니바퀴가 내려와 그대로 절단해 분리했다. 뒤에 줄지어 선 짐승들은 발버둥을 쳤으나 눈알이 붉어진 채 순서대로 목이 잘려 갔다. 바라보고 있는 사이에 소와 돼지의 머리가 하나하나 사람의 얼굴로 일변했다. 짐승들의 얼굴이 미처 표현하지 못했던 극심한 공포가 인면엔 똑똑히 어렸다. 개중엔 미쳐서 혀를 빼물고 히득거리는 것도 있었다. 짐승의 눈물이 한 방울 내 가슴에 떨어졌다. 순간 나는

소로 변신해 도살기로 향해 점점 다가가고 있었다. 옆쪽에서 찌르는 듯한 비명이 울려 돌아보니 입술이 비틀린 여자가 작은 돼지로 변해 꿱꿱거리며 울고 있었다. 쇠살이 내 몸을 꽉 옭아맸다. 눈앞에서 톱니바퀴가 윙윙거렸다. 목이 쳐들려 그녀를 볼 수가 없었다. 애처로운 비명이 귀를 찔렀다. 톱니가 목에 닿는 순간 나는 의식을 잃고 경악하다가 꿈에서 깨어났다. 그녀는 옆에서 새근새근 자고 있었다.

도시의 정글

다음날, 우리는 보헤미안처럼 걷고 있었다. 콩나물국밥을 사 먹고 한길로 나섰으나 별로 정처는 없었다. 거리엔 행인이 뜸하긴 해도, 하늘에 눈구름이 잔뜩 몰려 있어서인지 한가로운 정경은 아니었다. 날씨 탓에 어디 한적한 벤치에 앉아 있기도 거북했다. 그저 거리를 따라 걸어갔다. 그녀는 부축을 허락하지 않았다. 그녀 뒤에 강아지가 따르고 그 뒤에 내가 따랐다. 행인들이 힐끔거렸다.

적당한 지점에서 그녀가 지쳐 그 무망한 행진이 막을 내렸으면 싶었다. 나는 그녀와 강아지의 발뒤축에 눈길을 모았다. 대여섯 살 무렵부터 내겐 남이 하는 행동은 아름답고 스스로 하는 언행은 아주 졸렬하고 볼품없다는 생각이 들곤 했다. 동무들이 가진 장난감은 다 진짜고 내 것은 가짜 같았다. 명랑한 동무가 닳은 신발을 신고 걸어가는 모습, 땅바닥과 신발 바닥이 붙었다 떨어졌다 하는 그 순간이 그렇게 매력적일 수 없었다. 대신 내가 신은 새 신발은 너무 낯설고 불편했다. 나는 일부러 때를 묻히고 바닥을 시멘트 벽에 문질렀다. 그러나 마음에 상처만 남았다. 자신감 넘치는 동무가 새 신발을 신고 뒤축도 바닥도 말끔한 모습으로 땅에 먼지를 살짝 일으키며 걷는 폼이 그렇게 부러울 수 없었다. 나도 그런 것에 신경 안 쓰고 자유롭게 뛰어다닌 적이 있었다. 그러나 엄마가 세상을 떠나고 난 다음부터는 그 날들이 꿈만 같이 느껴졌다.

그녀는 노란 부츠를 신고 있었다. 어렵게 떼어놓는 걸음이기에 그 뒤축이 주는 감명은 더 깊었다. 그러니까 무엇이든 자주적이고 창의적으로 하는 행동은 나를 사로잡았다. 나는 그런 면이 부족했다. 그렇게 해보려고 애쓰면 애쓸수록 결국엔 예속과 모방이 되고 말았다. 강아지 녀석은 하늘이 내려준 발로 천연스레 뛰고 있었다. 아득하나마 거기엔 삶의 기운이 어려 있어 보였다.

동대문을 지나 종로 쪽으로 향했다. 눈송이가 하나 둘 떨어지기 시작했다. 5가를 지나자 사람이 하나 둘 많아졌다. 대개가 어딘지 낙오된 듯 추레한 모습이었다. 길바닥에 뱀을 늘어놓은 중년 사내가 사람들을 불러 모으고 있었다. 벌겋게 단 화덕 위의 석쇠엔 껍질이 벗겨진 뱀들이 놓여 소리 없이 입을 쩍쩍 벌리며 꿈틀거리고 있었다. 산 몸뚱이에서 기름이 방울져 떨어지며 지글거렸다. 단말마도 못 지른 채 질긴 목숨이 끊어진 뱀이 노릇노릇하게 익으면 사내는 집게로 집어 대나무 바구니에다 가지런히 담았다. 그러고는 입으로는 계속 떠들며 마대자루에서 산 뱀을 꺼내어 대가리에서부터 단숨에 껍질을 벗겨내렸다. 핏물이 배어난 뱀의 몸뚱이는 불 위에 놓이기 전 사내의 팔목을 감으며 파르르 떠는 것처럼 보였다.

사내가 눈을 들어 그녀를 쳐다보며 만병에 특효라며 빙긋 웃었다. 그녀의 얼굴이 찌푸려졌다. 사내의 눈은 탁하고 동공이 노르무레한 게 영락없이 뱀의 눈을 닮아 있었다. 그녀는 발걸음을 옮겼다.

4가로 다가가자 사람의 수는 점점 불어나 군중을 형성하고 있었다. 거기서부터 종묘 공원이 넓게 펼쳐졌다. 거리에 늘어선 노점의 탁자엔 사람들이 빈틈없이 둘러앉아 소주나 막걸리를 마시고 있었다. 그들은 그나마 봐줄 만한 행색이긴 해도 취기와 수다가 얼버무려진 축들이 많아 수라장을 연상시켰다. 길바닥에 퍼질러 앉았거나 차량저지석 같은 데 걸터앉은 자들은 하나같이 꾀죄죄한 몰골이었다. 서울역 지하도에서도 자주 볼 수 있는 노숙자 군상들이었다. 공원 안쪽의 벤치나 나무 아래 군데군데 웅크렸거나 서성거리는 군상의 행색이 우중충한 눈발 속에 한층 을씨년스러웠다.

음산한 공기가 감도는 그 속으로 그녀는 들어갔다. 나로서는 별로 내키지 않았다. 그러나 그녀는 내 심사엔 아랑곳하지 않고 점점 깊숙이, 병든 귀신처럼 절름절름 발을 옮겨놓는 것이었다. 강아지는 도로보다는 그쪽이 더 끌리는 모양이었다. 그들의 모습이 나무에 가려 보일락 말락 할 때 나는 뛰어갔다. 거리에서 힐끔거린 적은 있어도 직접 들어서 보긴 처음이었다.

중심가에 위치한 공원치곤 퍽 넓은 편이었다. 종묘라면 조선조 왕실의 위패를 모신 사당일 텐데 그걸 중심으로 공원이 조성되고 그 속에 현대의 무수한 따라지와 낙오자들이 우글거린다는 게 야릇한 감회를 자아냈다. 나무가 좀 우거지고 의자가 놓인 곳이면 그들이 모여 있었다. 추저분한 옷을 몇 겹씩 껴입은 그들의 누르팅팅하게 찌든 얼굴과 멍한 눈은 절망스럽다기보다는 절망감 자체를 아예 잊어버린 듯했다. 공기 속에 시취屍臭와 같은 퀴퀴한 냄새가 감돌았다. 파란 침엽수 잎새들의 생기도 그걸 바꾸지 못했다. 그 탁한 기운은 찬바람에도 가시지 않고 끈끈하게 뭉쳐 살갗에 달라붙었다.

눈발이 진눈깨비로 바뀌어 점점 세어지고 있었으나 우산을 펴든 사람은 별로 띄지 않았다. 그저 우두커니 바라보며 감당치 못할 운명이라도 대하듯 맞을 뿐이었다. 개중엔 누추한 배낭 한 귀퉁이에 우산이 꽂혔으나 뽑을 염도 없이 하늘을 쳐다보며 얼굴을 눈발에 내맡겼다. 그러다가 진바닥으로 스르르 미끄러져 내려 아이처럼 히히대면서 두 발을 버둥거리기도 했다.

뒤에서 보니 그녀의 모습 또한 그 풍경 속에 동화돼 가는 듯이 느껴졌다. 그녀는 걷는 것에 많은 신경을 써야 하기에 풍경을 제대로 보지는 못했다. 눈발에 젖은 그녀의 옆얼굴은 좀 흥분되고 뜻밖에 흡족한 기색이었다. 웅크린 폐인들 중에서 그녀의 모습을 보고 혀를 차며 가엾어하기도 했다. 그런 감정은 그들에게 종작없는 삶의 희비를 가슴 한켠에서 교감케 하는 듯싶었다. 내 뇌리엔 석쇠 위에서 바둥거리던 뱀의 영상이 떠올라 지워지지 않았다.

눈발에도 아랑곳 않고 무성한 나무 밑에서 붓글씨를 쓰던 중늙은이가 별안간 넘어져 입에 거품을 물고 허우적거렸다. 간간이

"몽! 몽!" 하고 외쳤다. 모두 멀건이 구경만 했다. 내가 다가서자 어떤 텁석부리 사내가 쬐려보며 꺼지라고 하더니 누운 중늙은이를 발로 마구 걷어찼다. 죽음의 위험은 언제나 있을 터였다. 신세 좋은 사람에게 저런다면 저 텁석부리는 한 찰나에 살인자가 될 수도 있었다. 하지만 누구도 그런 심각성을 느끼지 않는 표정이었다. 중늙은이는 발작을 멈추곤 꼼짝 않고 뻗어 있었다. 내 염려와는 달리 어느 결에 정신을 차리고 앉아 만신창이가 된 자신의 작품을 멀거니 바라보았다.

정자 주위에 많은 사람이 모여 있었다. 그 가운데 한 사람이 군중의 이목을 모으고 있었다. 대머리가 벗겨지고 호리호리한 그는 피에로들이 쓰는 큰 코를 달고 있었다. 그는 혼자서 신이 나 복화술을 하다가 변덕이 생기면 팬터마임을 하기도 했다. 복화술을 할 때는 나무토막처럼 전혀 움직이지 않고 팬터마임을 할 땐 원숭이처럼 전신을 가만두지 않았다. 정자 마루엔 술과 안주거리 따위가 널려 있었다.

"어머, 강아지가 없어졌어!"

자리를 뜨려던 그녀가 놀라서 말했다. 그녀는 주위를 두리번거리며 백설아, 백설아, 하고 불렀다. 그러나 강아지는 오지 않았다. 그녀는 무심히 걸어갔다.

"걱정 안 돼요?"

"어딘가에 있겠죠. 아마 곧 올 거예요. 늘 그랬으니까."

잠시 후 덧붙였다.

"사실은 내가 키운 애도 아니에요. 어느 날 저녁에 보니 집 마당에서 뛰어다니고 있더군요. 쓰러졌다가 어느 정도 회복된 뒤였죠. 기분이 이상하더군요."

"그렇담 더 염려가 될 수도 있겠네."

"여긴 꽃과 풀이 많으니까 개에겐 색다른 천국일 수도 있을 거예요. 적어도 여기 웅크린 사람들보단 낫겠죠."

녀석의 하얀 털이 눈송이를 연상시키며 어른거렸다. 그리고 하숙집에서 사라진 토끼와 겹쳐졌다.

"그래도 여긴 워낙 정글 같은 기분이 들어서…… 공기가 심상찮잖아요?"

"그렇잖을지도 몰라요. 어차피 세상은 여기에 비하면 진짜 정글이잖아요. 여긴 그나마 독한 기운은 없어 보이네요. 뭐, 저 사람들도 물론 자기 잘못이 있겠지만, 악독하지 못해 세상 밖으로 밀려난 처지가 아닐까요?"

그녀는 생각에 잠긴 처연한 눈빛이었다.

"나 또한 그런 신세인지도 몰라요. 우울하지만 편한 감도 있네요."

그녀는 공원 깊숙이 계속 진입했다. 지치고 병든 하이에나 같은 사람들이 기괴한 표정으로 히죽거리며 흘겨보는 바람에 나는 으스스했다. 같은 사람을 보고 무서움을 타는 내가 못마땅했지만 본능적인 위기감을 어쩔 수가 없었다. 그곳엔 일반 시민들도 간혹 보였다. 그들은 마치 길을 잘못 들기나 한 듯이 우산으로 옆을 가리고 바삐 종종걸음을 쳤다.

싯누렇게 바랜 패배자들의 얼굴엔 삶이나 죽음과는 다른 세계의 기미가 어려 있었다. 빛 없는 그들의 눈은 하염없이 떨어져 내리는 눈발을 지나 먼 곳을 바라보거나 또는 아무것도 바라보지 않는 것 같았다. 좀 떨어진 나무 밑에 웅크려 앉은 남자의 목엔 호소문이 매달렸는데 군데군데 물기로 번진 상태였다. 남자는 이따금 한번 씩 숨을 몰아쉬며 울어댔다.

"어떤 뻔뻔스런 자가 고위층을 사칭하며 사기를 쳐서 재산을 다 우려 간 바람에 단란하던 가정이 풍비박산 나고 말았습네다. 실제로 뒤에 고위층이 있는지 수사가 되지 않고 그 장본인 놈은 희희낙락 호의호식하며 살고 있습네다."

진눈깨비에 젖은 보도가 미끄러워서 그녀는 더 천천히 걸었다. 무엇이 썩는 듯한 지독한 악취가 풍겨 왔다. 시체가 썩는 냄새보다 못하지 않았다. 으슥한 한구석에 쓰레기가 산더미처럼 쌓여 있었 다. 그 속 어딘가에 죽은 사람이 방치돼 있을시도 몰랐다. 그녀는 급히 발길을 돌렸다. 웅장한 종묘 사당은 인간 군상의 드라마와는 초연하게 멀찍이서 진눈깨비에 젖어 갔다.

숲 한쪽에서 술 취한 사람들이 시비를 벌이고 있었다. 심한 욕설 을 섞어 서로 옳으니 나쁘니 다투었다. 그래도 빙글빙글 웃음이나 마 흘렸으므로 심각하게 여기진 않았다. 그건 오판이었다. 곧장 한 사람의 주먹이 면상을 후렸다. 상대는 아픔을 느끼지 못하는 듯한 둔탁한 얼굴에 코피를 흘리며 히죽 웃었다. 소주병이 손에 잡히자 깨어 들고 휘둘렀다. 느린 동작이긴 해도 둘 다 곤드레로 취한 상태라 위험하긴 마찬가지였다. 유리 날은 아슬아슬하게 상대의 관자놀이와 목을 스쳤다. 위기를 감지한 사내는 자신의 뺨을 한 번 세차게 갈기고 나서 흉맹한 동작으로 유리병 든 팔을 잡아 비틀었다. 그 과정에 자신의 팔뚝을 깊이 찔려 신음을 흘렸다. 두 사람은 죽기살기로 싸웠다. 그건 목숨에 대한 애착이기보다는 처연한 몸부림 같았다. 그 슬로 모션을 구경하는 사람들도 목석같이 굳었다. 진창에 나뒹군 두 사람은 때때로 허탈한 웃음을 흐물거렸다. 한 사람은 눈시울이 심하게 찢어지고 다른 한 사람은 피를 머금은 입에서 이빨을 내뱉었다. 그제서야 구경꾼들이 나서서 말리기 시작했다. 욕 섞인 지청구를 퍼부으면서. 떨어진 두 사람은 하늘을 쳐다보며 울음을 터트렸다. 진눈깨비가 무심히 그들의 얼굴을 때렸다.

그녀는 오솔길을 지나 사당 벽돌담 쪽으로 걸어갔다. 별안간 후미진 한쪽으로부터 아까와는 달리 후각을 끄는 냄새가 흘러왔다. 으슥한 담장 밑에 서너 사람이 웅크린 채 두런거리고 있었다. 세 남자와 한 명의 여자였다. 그들의 가운데엔 쭈그러진 냄비 하나가 가스레인지 위에 놓여 뚜껑을 달각거리며 김을 내어 올리고 있었다. 그들은 우리를 흘끔흘끔 살폈으나 별 말은 없었다. 시커멓고 커다란 손이 서둘러 뚜껑을 열었다. 허연 김과 함께 느끼한 냄새가 피어올랐다. 개장국 특유의 냄새였다. 그들은 소주를 들이켜곤 고기를 집어 뜯어먹기 시작했다. 그 하얀 털은 어디에 있을까 하고 나는 생각해 보았다.

더러운 벙거지를 쓴 사내의 눈이 번득거렸다.

"영감을 보고 있노라면 난 때로 사마귀 놈이 생각나서 미칠 것 같다우."

"뭐, 내가 사마귀하고 닮았나?"

"고삐리 때 담임 놈이었는데, 그래도 음악선생이란 자가 어찌 그리도 독살스러웠던지. 곱슬머리에다 갈색 가죽으로 된 캡을 올려 놓은 옥니박이였지. 난 뺑뺑이를 잘못 돌리는 바람에 똥통학교로 소문난 곳에 들어갔는데, 교장 이하 모든 선생들이 총동원되어 일류 대학에 한 놈이라도 더 집어넣기 위해 그야말로 혈안이 되어 있었어. 차근차근 가르치는 게 아니라 무조건 암기하도록 시켜 시험을 보고 점수 좋은 놈들 위주로만 진도를 나가니…… 나 참, 낙오자들은 사흘이 멀다 하고 몽둥이찜질을 당해서 벌벌 떨 지경이었지."

"잘 되라고 그런 거지 죽이려고 그랬겠나, 흐흐."

상대의 말에 벙거지는 한숨을 깨물고 술을 들이켰다.

"입학하자마자 아이큐 검사를 했는데, 내가 그만 답안지에 답을 한 칸씩 내려서 쓰는 바람에 다시 지우고 새로 쓰는 동안 시간이 30분이나 흘러가 버렸어. 그 실수로 아마 내 아이큐가 백치 수준으로 알려졌던가 봐. 내가 그래도 국어 과목만큼은 반에서 톱이었는데 전혀 인정을 해주질 않더군. 아예 바보로 여기고 내가 컨닝을 해서 그렇다면서 대놓고 지랄을 하는 바람에 얼마나 서러웠던 지……."

"낙오자의 변명에 불과한 것을."

"그 사마귀 놈의 변호사 같은 소리는 집어치우. 그 당시 반에서 10등 안에 들지 못하는 아이들은 공부가 지겹고 매타작이 두려워서 모두 빠져나가고 싶어 했으니까. 한번은 내가 좀 사람답게 살고 싶다고 외치며 반항을 했어. 아이들은 웅성거리며 호기심에 찬 눈으로 지켜보고 있었지. 그러자 사마귀는 아이들에게 조용하라고 호령한 뒤 다짜고짜 두 손바닥을 내 얼굴로 들어 올리더니 뺨을 마구 갈겨댔지. 사마귀 놈의 손아귀 힘이 엄청나서 한번 걸려들면 피해볼래야 피할 수가 없는 거요. 얼마나 모질게 맞았던지 그땐 미처 이쪽 귀청이 터진 줄도 몰랐소. 사마귀도 이 사실은 모를 거요. 그 뒤로 학교에 나가지 않았으니까."

벙거지 쓴 사내는 술을 훌쩍 마셨다.

주위엔 소주병과 담배꽁초 등속이 나뒹굴어 어지러웠다. 한쪽에 한 마흔쯤 돼 보이는 남자가 벽에 기대 앉아 있었는데, 머리칼은 바람에 헝클어지고 해쓱한 얼굴엔 수염이 꺼칠했으며 눈동자엔 초점이 없었다. 양복 위에 진회색 바바리코트를 걸쳤는데 흰 와이셔츠는 구겨지고 넥타이는 풀어져 죽은 뱀처럼 목에 걸려 있었다. 그 사내는 묵묵히 술잔을 비웠다. 그는 상체를 숙인 채 한 곳을 골똘히 바라보고 있더니 혼잣소리하듯 중얼거렸다.

"막막할 뿐이오. 이전에 길바닥이나 지하도 같은 데서 떠도는 사람들을 보면 어쩌다 저런 꼴로 살까 하고 역겨워했는데 이젠 내가 그런 처지에 놓이고 말았소. 이런 말 해서 죄송스럽지만, 여러

분들보다 내가 더 비참한 것 같소. 다 끝장이오."

"별 말씀을. 선생이 그만큼 주관적인 판단을 하는 성싶은데요."

"무엇이 주관적이고 객관적인 겁니까. 도무지 어찌 해야 될지 길이 안 보여요."

그는 고개를 자꾸자꾸 흔들었다. 그러다 술잔을 들이켰다.

"먹지 않으면 먹히는 이 세상에서 더 버틸 힘이 없어요. 내가 아무리 욕심 없이 내 깜냥껏 살려 해도 세상은 그대로 놓아두지 않더군요. 결국은 같이 얽혀서 죽느냐 사느냐 피가 마르는 싸움을 벌이다가 지치면 잡아먹히고 마는 정글이에요. 약한 사람은 억울함을 깨문 채 배신당하고 잡아먹혀야만 하는 것이 정녕 이 세상의 법칙인가요?"

"억울한 사람들만 모여서 따로 세상을 한 판 차렸으면 좋겠구먼. 나도 한때 치사스런 자식의 배신으로 사업에 실패하고 고초를 당한 쓰라린 경험이 있소. 그런데 선생은 어떤 고초 때문에 그러시는 거요?"

바바리 사내는 술잔을 들어 천천히 들이켜며 그 쓴맛을 즐기듯 했다.

"조그마한 하청공장을 했는데 대기업 노조가 파업을 하는 바람에 불똥이 튀었지요. 알다시피 연쇄적으로 얽혀 있는 관계니까요. 납품이 되지 않으니 중간 업체들은 생똥을 쌌고 우리 같은 소규모는 자금이 안 돌아 피똥을 쌀 지경이었지요. 사채를 빌려서 이리저리 돌려 막는 것도 한도가 있지, 끝내 파탄이 나고 말았어요. 집사람은 폭력배 같은 사채업자에게 시달린 나머지 정신이 이상해져 죽는다고 소동을 피다가 집을 나가 버렸고, 아이놈들은 고아원에 맡겨둔 채 이렇게 떠도는 신세가 되고 말았지요."

"아이들 생각을 해서라도 힘을 내어 사셔야죠. 우리 누이는 어떻게 되었는지 원……"

다른 사내가 불안스러워했다.

"사는 것도 사는 것 나름이지요. 이렇게 살아서야 목숨이 붙어 있다 해서 산다고 할 수 있을까 싶어요."

"어떻게든 살아 있어야 어려운 시기가 지나가면 좋은 날도 맞을 게 아니겠소."

바바리 사내는 묵묵히 앉아 있더니 한숨을 쉬었다.

"허이구, 세상살이 막막해 제 목숨 제가 끊는 사람이 이 쪼그만 땅덩이 안에서만 자그마치 한 해에 1만 5천 명이 넘는다고 하데. 30분마다 한 사람씩, 하루에 마흔 사람이 생목숨을 끊는 꼴이라니 염라왕인들 무슨 방도가 있으려구."

"애그머니 가엾어라! 하지만 그럼 난 뭐 속이 편해 여기 앉아 있다는 얘긴가. 하루하루 살아내는 일이 팍팍하고 꿈같아서 죽었다 생각하고 견디는 거지. 허, 태어날 때부터 낯짝에 낙인이 찍혀 버린 계집애의 운명이란 천벌과도 같은 거요. 어릴 땐 놀림받고 자라서는 구박받고 사내한텐 소박맞고 어딜 가나 천대받는 신세. 참 인두겁을 쓴 짐승만큼 얄궂은 족속도 없을 거야. 제들이 잘못해서 틀어진 일도 이놈의 점 탓을 하며 수근거리더군. 어떤 여편네는 이걸 마귀의 저주라 하며 교회에 나와야 한다고 하고. 기도를 해서 마귀를 쫓아내면 점이 빠진다고 꼬드겨."

뺨에 둥그런 보랏빛 점이 박힌 여자가 말했다.

"어리석은 짓거리지."

"평생을 이 점 때문에 신맛 쓴맛 본 신세가 아니면 이해를 못하지. 그 꾐에 빠져 그동안 벌어 모아뒀던 돈도 다 날려 버리고……."

"종교 그것 잘못 믿었다가 신세 조진 사람들 많지. 어리석은 인간이 죄인인지 그걸 이용해 먹는 놈이 악당인지는 심판하기 힘든 노릇이야."

술병은 바닥이 드러났다. 너나없이 취한 그들은 정신과 육신이 차차 풀어져 갔다. 누군가 뇌까렸다.

"죽으면 어떨 것 같아?"

"죽어 봐야 알지."

"사는 게 죽는 것보다 꼭 낫다고 할 수 있을까. 아까 그치가 말했잖아. 사는 것만이 전부가 아니라면, 우린 벌레인가?"

"벌레 같은 인간이란 말도 있잖아. 아직 벌레는 아니라는 얘기지."

"그건 인간이 아니라는 얘기도 되지. 아, 세상이 왜 이리 어두울까."

"호호, 차라리 좋군. 원래 깜깜한 것, 그리 생각해 버리면 되지."

뺨에 호빵만한 보랏빛 점이 박힌 여자가 반신불수인 여자를 흘끔 올려다보더니 "시발년, 나보다 불쌍하군." 하고 지껄였다. 그녀는 이미 저만큼 걸어가 있었다. 나는 뛰어갔다. 남자들의 음탕한 수작과 여자의 간드러진 웃음소리가 들려왔다.

괴로워하던 생물의 영상이 눈앞에 떠올랐다. 서울에서 살아내기 위해 고투하다가 실패하고 낙향한 선배가 사육한 토끼였다. 나는 토끼고기를 당연히 기대한 것 같다. 선배는 어두운 호롱불 아래 쭈그려 앉아 토끼를 잡았다. 그런데 첫 칼을 잘못 대어 숨통을 끊지 못한 채 토끼는 발버둥을 치고 선배는 악심까지 돋워 죽이려고 기를 썼다. 도시에서 살 땐 벌레 한 마리도 죽이지 못하던 사람이었다. 서울에선 살기가 벅차다며 홀쩍 농촌으로 떠났었다. 손에 피칠갑을 하며 결국 토끼를 잡았지만 나는 후회와 죄의식 때문에 맛있게 먹을 수가 없었다.

사당 문은 잠겨 있었다. 그녀는 처마 밑에 멈춰 서서 눈비에 젖는 공원을 망연히 바라보았다. 나는 어떤 환청을 듣고 있었다. 석쇠 위에서 지글지글 타며 꿈틀거리며 소리 없이 절규하던 뱀의 입, 목을 찌르는 칼날 앞에서 말없이 몸부림치던 토끼의 작은 입, 그것들의 비명이었다. 그리고 여기저기 웅크리고 있는 사람들의 가슴에서 울려오는 비애 어린 소리가 그것에 겹쳤다.

"저 사람들도 전생에 지은 무슨 악업 때문에 저러고 있을까요?"

그녀가 독백처럼 중얼거렸다. 나는 대꾸할 말을 찾지 못했다. 대신 이런 말이 나왔다.

"불교철학 시간에 들은 건데, 개인의 업과 함께 공동체의 업인 공업에 대해서도 관심을 가져야 한다더군요. 개인으로서는 어쩌지 못할 그런 업도 있는 것이니까. 어떤 현상이 동시에 빈발하면 개인의 힘만으론 역부족이죠. 요즘은 젊은 사람들도 뜻밖의 병에 많이 걸린다잖아요. 우리 사회의 공업이 축적되어 민감한 젊은이들에게 증상을 나타내나 봐요. 너무 상심 말고 재활을 꿈꾸어야 해요."

말은 그렇게 하면서도 타인의 고통에 둔감하고, 눈앞의 참경을 정시하기보다는 기피하고 두려워하던 나 자신의 입이 간지러웠다. 어둑한 하늘 저편에서 천둥이 울고 번개가 번쩍거렸다. 천벌을 받을까봐 속이 뜨끔했다. 진눈깨비가 빗줄기로 변해 쏟아져 내렸다. 사람들은 작아지고 모든 풍경은 빗줄기에 가려 추상화되었다. 번개 빛에 비친 그것은 하나의 기괴한 스크린 같았다. 거기에 어떤 영상이 환각인 양 떴다. 아프리카의 초원이었다. 가젤 떼가 풀을 뜯고 있었다. 치타가 호시탐탐 노려보며 접근했다. 치타가 도약하자 가젤들은 뿔뿔이 흩어졌다. 치타는 한 어미와 새끼 가젤을 목표로 삼아 추격했다. 치타는 일단 새끼를 고립시켰다. 가젤 새끼는 사력을 다해 도망쳤으나 치타의 속력으로부터 벗어날 길이 없었다. 치타는 단숨에 목줄을 물지 않았다. 날카로운 발톱으로 등줄기를 찍어 누르곤 목덜미를 한번 물었다가 놓았다. 멀리서 어미가 애처로운 눈길로 지켜보고 있었다. 새끼는 비틀거리며 필사적으로 달아나려 시도했다. 그러나 곧 마수에 찍혀 주저앉곤 했다. 순하디순한 눈망울에 공포와 절망감이 어른거렸다. 카메라는 그것을 클로즈업했다. 혹시나 구출을 해주지 않을까 싶었으나 앵글은 사실을 보여 주기만 할 뿐이었다. 가젤은 치타의 새끼들이 기다리는 곳으로 몰리어 가서 사냥 훈련 감으로 시달리다가 결국 숨통이 끊어지고 말았다. 장면이 바뀌었다. 바로 그 치타를 사자가 노려보고 있었다. 사자는 뒤에서 암습을 가했다. 치타는 일단 피했지만 첫 타격으로 속력을 많이 잃었다. 사자는 끝까지 추격해서 치타의 목숨을 끊어 놓고야 사라졌다. 먹이 사냥이 아니라 먹이사슬의 경쟁자를 처단하는 게 목적이라는 내레이션이 흘러나왔다. 어미 잃은 치타 새끼 두 마리는 불볕이 내리쬐는 사막을 헤매고 있었다. 이번엔 롱숏으로 구도를 잡았다. 구출해서 보살피지 않을까 기대했으나 이번에도 카메라는 멀찍이서 관망하다가 기진해 죽어서 모래바람에 휩쓸리는 시체를 클로즈업할 뿐이었다.

괴청년 돌아오다

짧은 겨울해가 잔광을 뿌리며 서산마루를 넘어갈 즈음이었다.
대문이 삐걱 하고 열리더니 사내 하나가 들어섰다. 양복 위에 새
뜻한 코트를 걸치고 윤기가 자르르 흐르는 구두를 신고 있었다. 검
은 색안경을 끼고 콧수염을 길렀는데 나를 쳐다보더니 씩 웃었다.

"안녕하슈?"

"누구시죠?"

"히히, 저 밑 골방에 살던 사람이오."

그는 코트 주머니에서 손을 빼어 반지하방 쪽을 가리켰다. 중지
와 약지가 반쯤 잘려나간 손이었다. 아직 믿을 수가 없었다. 웅크리
고 있던 어깨를 활짝 펴서 그런지 키도 훨씬 커지고 당당한 모습이
었다. 껌을 천천히 씹고 있었다.

그때 맏딸이 마루턱으로 나와 내다보았다.

"아주머니, 오랜만이네요. 밀렸던 하숙비도 드릴 겸 다시 돌아왔습니다."

"어머, 몰라보겠네요. 별일 없었어요?"

"하하, 네. 우선 이것부터 받으세요."

그는 바지 뒷주머니에서 지갑을 꺼내더니 그 속에서 고액권 수표를 집어내 맏딸에게 건네었다.

"이거면 되겠죠. 잔금은 놔두시고 위층에 방이나 하나 주세요. 한때의 제 소원이었으니까요. 하하, 위층에 빈방은 있겠죠?"

"마침 하나 있긴 하지만…… 아니, 그런데 혹시 로또라도 당첨됐나요."

그 방은 자살한 재수생이 쓰던 것이었다.

"하하, 원하면 이루어진다니까요. 아 참, 그리고……."

그는 뒤돌아보더니 마당 한쪽에서 쓸쓸한 나목을 바라보고 선 어떤 사람을 불렀다.

"이분이 하숙을 하시겠대요. 저 밑에 오는데 전봇대에 붙은 쪽지를 보고 계시길래 데리고 왔어요. 소개비는 안 받을게요, 하하."

"아시는 분이세요?"

"아뇨, 오늘 첨보는 분이에요. 좀 전에 올라오다가 만났다니까요. 약간 수상쩍어 보이긴 하죠? 저는 전혀 보증을 못 서니 찜찜하면 직접 신상을 알아보세요."

그러고는 볼일 보러 간다면서 황급히 나가 버렸다.

예전의 괴청년이 보증을 못 서겠다는 인물은 확실히 좀 괴상해 보이긴 했다. 그는 여자처럼 길게 기른 머리를 뒤로 묶은 채 얼굴을 반쯤 가린 크기의 삿갓을 쓰고 있었다. 그는 하숙집의 선을 본답시고 이리저리 둘러보고 이것저것 묻고 있었지만, 사실은 오히려 자기 자신이 이쪽으로부터 면접시험을 받아야 할 형편이라는 걸 모르는 모양이었다. 개량 한복 위엔 진회색 두루마기를 걸친 차림새였다. 수염도 길게 자라는 대로 놔둔 상태였다.

"독방을 쓸 형편은 안 되는데 가능하면 조금이라도 조용한 합숙방으로 주시면 감사드리겠습니다."

맏딸은 어쩔까 궁리하는 표정으로 나를 바라보았다. 내가 쓰는 방이 그런 조건에 어느 정도 부합하기 때문일 터였다. 그 방은 좁고 긴 장방형이었는데 중간에 간단한 문이 하나 달려 있어서 반 독방이라 할 만했다. 상부에 작은 유리창이 박힌 그 나무문을 닫으면 분리 효과가 있었다. 다만 출입문은 하나뿐인지라 앞쪽 방을 지나서 안쪽으로 들어가야 하기에 반 합숙방이기도 했다. 입구 쪽 방에 사는 사람이 현실적으로는 더 불편했으나, 출입할 때마다 타인을 방해하게 되므로 만약 마음이 약한 사람이라면 안쪽이 더 불편할 수도 있었다.

맏딸의 요청에 따라 그는 나와 한 방을 쓰게 되었다. 인사를 나눌 때 힐끗 살피니 그의 눈에 악기 같은 건 없어 보였으나 호감 어린 미소나 활기 따위도 보이지 않았다. 개중엔 고독이 두려워 독방을 거부하는 자가 있긴 해도 대개 금전적인 사정으로 합숙을 하는 처지였다. 그나마 취향이 비슷한 사람끼리 짝이 되면 신의 가호로

얻은 천국으로 여기고 반대의 경우는 지옥으로 느낄 수도 있었다. 운명적인 순간 앞에서 나는 좀 긴장했으나, 어차피 다른 방엔 여지가 없었으므로 선택의 자유는 내 것이 아니었다.

새 하숙인이 오면 피 장군이 일단 형식적으로 면접을 보는 게 상례이나 그는 마침 출타중이었다. 칸막이 문의 저쪽에 푸른 천의 커튼이 드리워져 있었다. 한동안 그걸 걷어 놓아 공간이 넓었는데 새 동숙인이 방의 안쪽으로 들어가 다시금 펼치자 불현듯 갑갑해졌다. 2년 동안 기거하던 전 하숙인이 결혼해서 떠난 후 내가 안쪽으로 옮겨갈까도 싶었으나 미적거리는 사이에 타의로 결정돼 버린 것이었다. 하긴 그것도 내가 스스로 택한 결정이긴 했다.

거실 한구석의 탁자 위엔 걸 수는 없고 수신만 가능한 전화기가 한 대 놓여 있었는데 가끔 전화가 걸려오면 가까이 위치한 내가 주로 받게 마련이었다. 그런데 간혹 짓궂은 하숙생이나 초짜가 받아 농지거리를 하거나 불성실하게 응답하고 마는 경우가 생기곤 했다. 나로서는 그럴 위험 없이 직접 받는 게 필요할뿐더러(휴대폰은 외출 때만 켬) 또한 정확하게 타인들을 연결시켜 주는 중계역으로서 기분도 괜찮았다.

강선호 씨, 즉 나의 룸메이트는 서너 번 들락거리며 방 정리를 하는가 싶더니 아주 잠잠해졌다. 그러는 동안 발뒤꿈치를 들고 다녔으며 꼬박꼬박 미안하다고 말했다. 나는 혹시 무슨 도움이라도 될까 싶어 책상 앞에 앉아 있었던 것인데 그는 공부라도 하는 것으로 생각한 모양이었다. 아무튼 너무 조용해져서 나는 원고를 앞에 놓고 앉아 고치며 틈틈이 기척을 살폈다.

여섯 시가 가까워져 있었다. 토요일이라 다른 방도 조용했다. 어딘지 묘한 구석이 있는 인물이리라고 추측해 보며 나는 기지개를 폈다.

그때 문득 안쪽에서 소곤소곤하는 소리가 들려왔다. 텔레비전이나 라디오 소리는 아니었다. 귀를 세웠다. 무슨 말인지 알아들을 수는 없었다. 소곤대는 소리는 그칠 듯 그칠 듯 이어졌다. 그건 결코 타인을 방해할 정도는 아니었고 이쪽에서 굳이 귀를 기울이지 않으면 그냥 넘어갈 만한 것이었으나 나는 난삽한 문장으로부터 벗어나고 싶었으므로 가만히 일어나서 살금살금 다가가 커튼에 귀를 대었다. 여전히 뜻이 분별되진 않아도 어떤 말이 반복되고 있다는 사실은 파악되었다. 궁금증을 못 이기고 문을 살짝 밀어 보았다. 그는 방 가운데 반듯이 앉아 한쪽 벽에 붙여 둔 백지 위의 한 점을 주목하며 "모두 함께 잘살게 하는 에너지가 모인다. 모두 함께 잘살게 하는 에너지가 모인다." 하고 되뇌고 있었다. 나는 뜨끔해 되돌아 나와 응접실 소파로 가서 앉았다.

저녁은 둘이서 먼저 먹었다. 푸른색 토요일은 사람이 적다. 굶고 들어와서 먹었다고 하며 빵을 뜯어 삼키는 사람도 있다. 나도 사실은 좀 미안하다. 그래도 태연을 가장하며 식탁 앞에 앉는다. 동숙인은 고개를 숙인 채 묵묵히 수저질을 한다. 그는 눈썹과 머리칼 숱이 짙어 실제 나이보다는 좀 더 젊어 보였다. 물론 그의 나이는 아직 몰랐지만 어딘지 그렇게 느껴졌다. 남자로서는 눈이 큰 편이고 맑지만 어쩐지 몽상적인 기색도 엿보였다.

그는 젓가락을 반찬 위로 가만히 가져가 단번에 딱 집어 올려서는 황급히 먹었다. 사실 그러기는 쉽지 않은 일인데 그는 익숙했다. 다만 음식을 씹을 때 짝짝 소리를 내는 게 좀 듣기 싫었다. 싱크대 앞에서 그릇을 씻던 노부인이 고개를 돌려 잠깐 동안 바라보았다 (맏딸은 잠시 외출했다. 다음날인 일요일에 모녀가 함께 어디 가는 일로 준비하느라 바빴다). 강선호 씨는 남의 눈길뿐만 아니라 자신의 튀는 습관도 의식하지 못하는 듯 얌전히 식사를 계속했다.

유 여사는 피 장군보다 열 살 가량 연하인데 대조적으로 몸피가 작고 마른 편이었다. 가녀리다고 하는 게 더 적절한 표현이리라. 그녀는 뒷머리를 틀어 말아 올렸으므로 손목같이 가늘은 목덜미가 드러났다. 모진 세월에 퇴색했긴 해도 젊을 적의 아름다웠을 자취를 아직 간직하고 있었다. 꿈 많던 처녀시절에 연극을 공부했다고 하는데, 그래서인지 모르지만 간혹 현실을 잊고 몽상적인 제스처를 취하며 독백을 할 때도 있었다.

우리가 일어서려는 순간 피 장군이 들어왔다. 그는 술에 얼근히 취해 "전우의 시체를 넘고 넘어 앞으로 앞으로⋯⋯" 하고 흥얼거리고 있었다. 부인의 뒷모습을 한번 건너다보고 돌아서려던 그는 낯선 사람을 발견하곤 우뚝 서서 머리를 흔든 뒤 숨을 천천히 길게 내쉬며 주시했다.

"누구신가, 응?"

"새로 오신 분이세요."

내가 대신 대답했다.

"오, 그래? 보고 받은 적이 없는데, 어쨌든 뭐 환영하오."

"제가 급히 오는 바람에…… 처음 뵙습니다."

강선호 씨가 상대편이 내민 손을 잡으며 고개를 숙였다.

"그럼 신고식을 해야지. 이보오, 유 여사, 응접실로 술상 하나 차려 내오구려."

유 여사는 싫다 좋다 대꾸도 없이 하던 일을 계속한다. 오늘 특히 무슨 일이 있어서 그러는 건 아니다. 그녀는 원래 말수가 적은 편인데 남편 앞에서는 더 그랬다. 어쨌거나 지시는 서서히 이행될 터였다. 그러나 내가 나섰다. 피 장군이 술을 더 마셔서 좋을 건 없을 것이기 때문이다.

"담에 하시죠. 저는 오늘 일이 급해서……."

"이봐, 신고식보다 중요한 일이란 건 개똥이야."

피 장군은 얼굴을 일그러뜨렸다. 나는 토요일에 집구석에 박혀 있는 변명도 되고 해서 강하게 밀고 나갔다. 그러자 강선호 씨도 술을 잘 못한다며 벗어나려 했다.

"이런 골샌님들 같으니! 그럼 차나 한잔 들고 보자구."

그는 투덜거리며 나갔다. 우리도 움직였다. 유 여사는 느리게 차를 준비하고 있었다. 행동 자체가 말이라는 듯이.

우리가 소파에 앉아 있자 옷을 갈아입은 피 장군이 나왔다. 그는 찻잔을 들고 입을 축이면서 우리에게도 들라고 손짓을 했다.

"음, 강 병장이라고 하셨던가?"

피 장군이 근엄하게 무게를 잡고 물었다.

"아니, 저, 저는…… 의병 제대를……."

강선호 씨는 왠지 고통스런 표정을 지으며 더듬거렸다.

"음, 무슨 병으로?"

피 장군은 엄정한 눈으로 상대의 속을 꿰뚫기라도 할 듯 깊숙이 쏘아보았다.

"그게 불상사로…… 머리를 다치는 바람에……."

"음, 안됐군. 그래서 괴상하게 머리를 기르고 다니나. 음, 그래, 이상은 없었어요?"

강선호 씨는 대답 대신 고개를 들어 피 장군을 물끄러미 올려다보다가 급히 수그리곤 다시 머리를 긁었다.

"음, 후유증은 없는가 하고…… 하하, 그건 그만두고…… 음, 그래 어디서 근무했소?"

"강원도……."

강선호 씨는 우물쭈물하며 말을 끝맺지 않았다. 어쩐지 그는 그 대화가 편하지 못한 모양이었다. 피 장군도 그걸 포착했다. 한 순간 피 장군은 무엇인지 깊은 상념에 잠긴 듯 탁자를 내려다보고 있더니 머리를 세게 흔들고는 커피를 쭉 들이켰다. 피 장군의 축 늘어진 눈밑살이 파르르 떨리는 것을 볼 수 있었다. 평소에도 소위 신고식을 할 때 그는 어깨와 목청에 힘이 더 들어가지만 술이라도 취했을 땐 한층 엄숙히 무게를 잡고 저도 모르게 허풍을 떨며 혹 분위기가 좋을 경우 세 시간이라도 계속 진행하곤 했는데 이번엔 그렇게 끝이었다. 더구나 강원도라는데…….

장군이 하품을 뽑으며 들어간 뒤 강선호 씨와 나도 어쩐지 맥이 빠져서 방으로 들어갔다. 그날 밤, 동숙인은 새 거처에 적응이 안되어선지 혹은 다른 이유 탓인지 늦도록 잠들지 못하고 뒤척이는 기척이었다. 그리고 별채에서는 방사하는 소리 대신 피 장군이 부인에게 술주정하는 흔치 않은 소리가 희미하게 들려왔다.

야밤중에 자칭 스승과 제자가 재회하느라 한바탕 소란스러웠다. 자정이 넘어서야 들어온 괴청년이 반지하방으로 대뜸 쳐들어갔던 것이다. 아마도 자다가 깨어났을 대머리 사내는 겨우 제자를 알아봤는지 소리를 내지르고 있었다.

"야, 이거 쌍! 완전히 몰라보게 성공해 버렸구먼. 정말 반가워!"

"아저씨는 여전하시군요."

"와, 완전 딴사람이 됐네. 너무 돌변하면 안 좋은데, 허허."

"이거나 한잔 드세요."

"고마워. 아, 그때 갑자기 사라졌을 때, 뭔가 내게 배운 법칙을 현실에 접목해 보려는가 보다 하고 생각했지. 아이 캔! 자네가 성공했으니 나도 또한 성공한 셈이여. 왜냐? 나의 가르침 자체의 승리요, 성공철학 법칙의 성과니까 말야. 아이 캔! 그래, 어떻게 해서 그렇게 성공했던가? 지금은 뭘 하나?"

"처음에야 완전 추웠지요."

"물론 그랬겠지. 겨울이니까. 아무튼 얘기 좀 해봐. 나도 성공

사례를 수집해서 정리해 둬야 하니 말일세."

"다단계 알죠? 거길 접선했어요."

"거긴 대학생들만 들어가지 않나? 자넨 대학생도 아닌데 말야."

"하하, 뭘 들어가요. 거기가 대학곤가? 대충 들어가서 보려 했죠. 근데 아저씨, 나도 전문대학 쓴물은 좀 먹어 봤거들랑요. 그래도 전문대 중에선 톱이었어요. 그런데 옆에 같은 재단인 4년제 대학이 붙어 있었죠. 같은 나이에 점수 몇 점 때문에 기가 죽어야 하는 세상이 옳은 거예요? 예? 흥!"

"그래, 그 부분은 혁명이 일어나야 해. 대혁명이! 대학 안 나오면 사람 취급도 안 하니 원…… 아무튼 그래서? 거기 가보니 어떻던가? 뉴스 보니까 엄청나던데."

"완전 나쁜 새끼들이지 뭘."

"좀 때려주지, 개생키들!"

"그럴 필요까지야 없지. 다 지가 원해서 시작하는걸. 하하, 그래도 하나 배운 건 있어요."

"뭔데?"

"뭘 할려면 목숨을 걸어놓고 해야 한다는 것."

"흠, 심오한걸. 그래서?"

"일단 그걸 깨닫곤 나왔어요. 거긴 도박판보다도 더 허황된 짓을 하는 곳이라 목숨을 걸어도 소용없다는 걸 감지했거든."

"그렇지. 우리에겐 믿으면 다 가능하다는 모토가 있지만, 사회에 해악을 끼치는 짓을 해서는 안 되지. 잘했어!"

"그 부분에서 저는 조금 다르게 생각해요."

"응? 어떻게?"

"세상 자체가 나쁜데, 그런 세상에서 성공적으로 살아가려면 생각만으로 되는가?"

"그야 나도 실행 자체를 무시하지는 않지. 다만, 믿음을 통해서 자연스럽게……."

"악한 것을 우리가 먼저 꺾으면 되는 거예요. 생각이 아니라 행동으로! 이게 필요해요."

"그럼 같이 악하게 돼. 우린 어디까지나 긍정적으로 살아야지."

"아저씨 자꾸 긍정 긍정 하는데, 악한 세상을 긍정하는 건 악이에요. 오히려 부정을 해야 악이 없어져요. 악한 놈들을 처단하는 건 나쁜 게 아니에요. 남의 피를 빨아먹는 모기 같은 것들은 탁 쳐서 죽여야 해요."

"사람일 경우에는?"

"음…… 니는 일단 이렇게 하면 잘살 수가 있을지 고민했어요. 지금 내가 가진 능력으로는 어떤 방법이 좋을까? 나는 그동안 많은 실패를 해봤기 때문에 잘 알 수가 있었지요. 물론 사람을 모기새끼처럼 죽이는 건 피해야겠죠. 그런 염려는 마세요. 다만, 이 악한 세상에서 살아가기 위해서는 악을 잘 이용해야 한단 말이에요. 흐흐흐……."

"야, 이거 내가 제자님한테 거꾸로 배워야겠구먼."

"무엇보다 목표를 정했으면 행동을 해야 해요. 아저씬 그게 문제예요. 세상은 매일 변하는데 맨날 앉아서 같은 소리만 하니까 궁상스런 헛소리 같잖아요. 가만 앉아서 토끼가 뛴다고 생각만 해서 되겠어요? 목적을 이루면 어쨌든 잘살고 안 되면 병신이 되는 세상이니까."

전에 그가 가출하기 전 지하방에 내려가 나누었던 대화가 떠올랐다. 자칭 스승의 목소리가 약간 아양스럽게 변했다.

"제자님, 나도 좀 사업을 한번 해서 성공하게 좀 도와주게나. 돈이란 돌고 도는 것이라 써야 기름이 묻어 더 많이 굴러 들어오는 거라구. 성공철학 제2조 알지? 남에게 베풀면 열 배 백 배가 되어 되돌아온다! 헤헤헤."

"뭘 거창스레…… 술값은 제가 좀 드리지요."

"그래, 역시 무엇보다 이걸 보니 힘이 솟누먼. 아이 캔! 헤헤, 이제부터 우리 함께 더 연구해서 잘 살아 보자구."

"하하, 그럼 전 위층으로 올라갈게요. 여기 오니 옛 추억이 슬슬 떠오르네요. 그럼 굿바이!"

위층으로 올라가는 나무계단을 성큼성큼 디뎌대는 그의 발소리가 들려왔다.

삿갓을 쓴 사나이

이튿날은 일요일.

빨간 일요일은 파란 토요일과는 하숙집 분위기가 사뭇 다르다. 공적으로 쉴 자유가 부여된 날인 것이다. 이런 날은 오히려 일을 하는 나 같은 자가 초라해 보인다(일감이 고정적으로 늘 있는 것도 아니므로 더 불쌍할 수도 있다). 어쨌든 하숙인들은 꽤 느긋한 모습들이다. 푹 퍼져서 방자스레 소란을 떨기도 하는데, 그게 지나칠 경우엔 정말 좀 피 장군이 나서서 군기를 한번 잡아 주었으면 싶기도 하다. 그러나 그런 날은 피 장군도 방임할 뿐 아니라 슬그머니 조장하기도 하는 판이었다.

전날 밤 꽤 이상하고 당혹스럽기조차 한 신고식을 치렀던 피 장군은 아침에 강선호 씨를 보자 심상한 눈길로 대했다. 무심하다고 할까, 무시하는 듯싶기도 했다. 그의 눈빛은 냉랭했다. 그 얼어붙은 눈빛에서 희미한 증오의 기미를 보았다면 단지 나의 착각일까?

식사 전후의 떠들썩한 한때가 지나고 나른해진 시간, 삿갓을 쓰고 표지가 검은 작은 책을 들고 문을 나서는 강선호 씨의 뒷모습을 본 피 장군의 눈에 조소가 어렸다. 삿갓 때문이기도 했겠지만, 아마 성서를 들고 교회에라도 가는 것으로 추측한 모양이었다. 피 장군은 인간이, 그것도 아직 젊은 사람이 신을 믿는다는 행태를 좀 덜떨어지고 요상스런 짓으로 여겼다. 그는 혀를 쯧쯧 찼다.

얼마 후 전화벨이 울렸다. 마침 응접실에 앉아 텔레비전을 보던 피 장군이 수화기를 들었다. 화면엔 붉고 하얀 띠를 이마에 맨 군중들이 번갈아 비치면서, 오후에 광화문과 대학로에서 각각 보수와 진보 진영의 집회가 벌어질 예정이라는 아나운서의 말이 흘러 나왔다.

"미친 새끼들, 할 일도 더럽게 없나 보군!"

피 장군이 수화기를 입으로 가져가면서 지껄였다. 피 장군이 욕하는 쪽은 분명했지만, 정황으로 보아서는 두 쪽 모두 욕을 얻어먹는 셈이었다. 그리고 누군지 전화를 건 사람도 불시에 쌍소리를 듣고 놀랐으리라.

"흠, 누구시오?"

피 장군의 권위적인 면은 전화상으로도 표현되었다. 수십 년을 군영에서 살아 습관화되었으려니 하고 우리는 이해한다 해도, 낯모를 어떤 사람은 얼마나 곤혹스러울까. 상대방은 질려서 목소리가 작아지거나 오히려 더 크게 응대하는데 후자일 경우엔 두어 발짝 떨어진 데서도 다 들렸다.

"누구요? 누구라고요?"

피 장군은 거듭 물었다. 수화기에서는 강선호 씨를 찾는 남자의 목소리가 흘러나왔다.

"으흠, 여기 그런 사람 없소이다. 아, 글쎄 그런 사람 없다니까요!"

그리고 내가 나서기도 전에 수화기를 탁 놓아 버렸다. 나는 나의 동숙자가 강선호임을 피 장군에게 보고했다. 어젯밤에 통성명한 사실을 까먹어 버린 줄로 짐작했던 것이다. 그런데 피 장군의 대꾸가 해괴했다.

"음, 그래? 지금 있나?"

"아까 나갔잖아요."

"그러니까 없는 거지, 뭘 그래?"

"네?"

"이봐, 내가 잘못한 건가? 옹?"

피 장군은 근엄한 표정으로 고집을 부렸다. 나는 대꾸하지 않았다.

한편 그날 유 여사와 세 딸들이 친정 쪽의 결혼식 일로 1박 2일 간의 출타를 하게 됐다. 노부인은 예전부터 친정의 대소사를 중요시했던 모양이었다. 그런데다 이번엔 장손 뻘인 조카의 결혼식이라 딸들까지 거느리고 간 것이었다. 아직 철이 덜 든 둘째와 셋째 딸도 별 군말 없이 유 여사의 명에 따랐다. 피 장군은 자의 반 타의 반으로 남았다.

당일은 마련해 둔 음식으로 넘겼으나 다음날엔 밥과 국 등을 새로 준비해야 했다. 피 장군은 비상사태를 선포했다. 주방 입구 벽에다 공고문을 써 붙이고, 새벽부터 일어나 앞치마를 두른 뒤 부관 미스터 엄을 호출해 미스 양에게 긴급 구원을 요청하라고 시달했다. 미스 양은 투덜대면서도 노랗게 물들인 머리를 혼들며 주방으로 들어왔다. 그녀는 하숙생 가운데 유일한 홍일점으로서 스물여덟 살의 몸매가 풍만한 아가씨였다. 둘째딸과 친구라고 알려져 있었으나 나이 차이로 보나 친밀도로 보나 별로 그렇게 보이지 않았다. 그냥 편의상 미스 양 쪽에서 갖다 붙인 말에 불과한 듯싶었다. 들어올 당시만 해도 무슨 직장에 다니며 월급을 받는다며 자랑하던 기억이 나는데, 요 근래 갑자기 유흥업소에 나간다는 소문이 들려 난 꽤 놀랐다. 어쨌든 그렇게 빨리 상황을 전환시키는 사람들을 보면 감탄스러웠다. 업소에 나가기도 하고 쉬기도 하는 등 엿장수 마음대로 식이었다. 그 업계도 불황을 타서 젬병이라며 그녀는 누구에겐지 모를 욕질을 했다.

피 장군은 어딘지 좀 들뜬 기색으로 엄 부관에게 지시를 하기도 하고 미스 양의 지시에 스스로 따르기도 하며 너털웃음을 터뜨렸다. 그러는 동안 주방은 꽤나 소란스러웠다. 하루 이틀도 아니고 10여 명의 입맛을 매일 맞추느라 맏딸은 혼자 얼마나 힘들었을까 싶었다.

이윽고 식탁이 차려지자 준비에 가담한 요리꾼들과 1층 하숙생들은 그럭저럭 먹었는데 2층 인간들은 입맛이 영 안 맞는지 일찌감치 수저를 놓아 버렸다. 당황한 피 장군은 큰 소리로 언명했다.

"어디서건 비상시국은 발생하는 법이니 양해하라. 별수 없지 않느냐? 대신 저녁엔 특별 회식이 준비될 터이니 많이들 참석하라!"

저녁때는 오히려 준비하기가 더 간편했다. 냉장고에서 꺼낸 밑반찬을 응접실의 상 위에 늘어놓고 삼겹살 두어 근과 소주 대여섯 병을 갖다 놓으니 제법 그럴싸했다. 참석자는 다섯 명이었다. 2층 사람들은 미리 짐작하고 바깥에서 해결하는지 한 사람만 참석했다가 그나마 얼마 후엔 올라가 버렸다.

밖에서는 진눈깨비가 비로 변해 추적추적 내리고 안에서는 삼겹살이 지글지글 타올랐다. 강선호 씨는 아직 귀가하지 않았다.

"미스 양은 장군님 곁에 앉는 게 어울리겠는걸."

엄 부관이 말했다. 피 장군은 껄껄 웃었다. 미스 양이 옆자리에 앉자 그는 눈을 껌벅대며 지그시 바라보았다.

"참 많이 변했군. 1년도 채 안 된 사이에 말야. 그땐 검은 머리칼이 칠흑 같더니만."

"아저씨두 참…… 지나간 일은 꺼내지두 마세요."

그녀는 윤기 없는 머리카락을 손가락으로 빗어 내렸다.

"그래. 자, 그럼 이 멋진 밤을 위해 건배하자구!"

"오, 예! 브라보!"

부관 엄씨가 소리쳤다. 그는 서른 두엇쯤 된 키가 작은 사내로서 동대문 시장 부근에서 경비원으로 일하고 있었다. 눈이 작고 쥐눈 같은 갈색 눈동자가 상하좌우로 늘 민첩히 움직였다. 육군에 지원

입대해 병장으로 만기 제대한 경력을 보유했고 군대 얘기를 무척이나 좋아하는 자로서 자기는 군대에서 새 인간으로 재탄생해 나왔다고 굳게 믿고 있었다. 그는 금방이라도 그 시절 얘기를 꺼내고 싶어 안달이었으나 미스 양이 지겹다며 머리를 내두르는 바람에 번번이 실패했다. 그러자 그는 여자를 흘겨보며 원망스런 기색이었는데 그렇다고 썩 싫어하는 눈치는 아니었다. 피 장군의 잔이 비자 그는 급히 술병을 들고 따르려다가 슬쩍 미스 양에게로 넘겼다.

"장군님께 한잔 따라 드려. 술은 역시 여자가 따라야 맛이라니까. 그러시죠, 사단장님?"

그가 아주 공손하게, 친부모보다도 더 떠받들며 말했다. 그건 괜한 허례나 아첨이 아니라 속에서 진정으로 흘러나온 존경심의 표현이었다. 피종태라는 개인보다는 그가 달았던 별에 대한 숭앙과 복종이었으므로 어떤 면에서 더욱 충직성이 있었다. 만약 피 장군이 병들거나 미쳐서 폐인이 되더라도 그 존경은 변함이 없을 듯싶었다. 미스 양은 눈을 하얗게 흘기면서도 병을 받아 잔을 채웠다.

"한잔 드시와요. 그런데 군대에서 별을 달면 그게 그렇게 대단한가요? 반짝반짝 작은 별……."

콧노래를 흥얼거리며 물었다.

"저래서 순진한 게 여자라니까! 번쩍번쩍 눈부신 별 앞에 서면 감히 쳐다보지도 못하고 오줌을 지리고 만다니까. 장군님께서 어쩌다 하숙까지 치시게 되어 좀 착각을 하는 모양인데, 별자리에 비하면 저기 장관 같은 건 새발의 피라고 할 수 있어. 미스 양은 지금 아주 영광스런 자리에 앉아 있는 거라구."

"피이, 여기가 군댄가 뭐. 남자들이란 참 우스워. 안 우스워요, 아저씨?"

그녀는 피 장군을 바라보며 물었다. 엄 부관이 놀라서 오두방정을 떠는 것을 보며 피 장군은 껄껄거리면서 미스 양의 드러난 허벅지를 슬쩍 주물렀다. 그녀는 눈치 못 챈 듯이 물었다.

"아줌마 젊었을 때 미인이셨을 것 같아요, 그죠?"

피 장군은 긍정적인 목소리로 한결 호기롭게 껄껄거렸다. 엄이 촐싹대며 나섰다.

"장군님과 사모님의 로맨스는 언제 들어도 재미있고 멋져요. 장군님, 한번만 더 들려 주시죠."

"그럴까. 허흠. 혁명 성공 후 연회 자리에 예술대학을 다니는 여학생이 몇 명 나왔어. 옆에 앉은 아가씨를 보니 자그마하고 가냘픈데 호수 같은 눈이 반짝반짝하는 게 미치게 매력적으로 느껴지더군. 꽉 점을 찍었지. 그리고 프로포즈를 했어. 어, 그런데 요것 봐라? 새침을 떼며 거절하는 거야. 밀어붙였지! 그런데 그게 내숭이 아니라 진짜루 싫다는 거야. 억지로 불려나온 거라고 울먹이며 말야. 그렇다고 사내대장부가 한번 미친 마음을 돌릴 수가 있어? 요게 감히 누구에게 딱지야, 하고 오기도 돋치더라구. 술은 얼근하겠다, 무서울 게 없는 시절이었지. 어디 한번 해보자! 딱 권총을 뽑아 들고, 죽든 살든 결판을 내자고 을러댔지. 가만히 바라보고 있더니 결국 눈물을 흘리며 고개를 수그리더군."

"어머나, 무서워! 아줌마가 뒤에 원망 안 하셨어요?"

"무섭기는…… 아, 얼마나 멋졌을까나! 나도 한번 그래 보고 싶어. 훤칠한 장교가 목숨 걸고 구애를 하니 사모님께서도 감동의 눈물을 흘리게 된 거지 뭐."

젊은 남녀의 감탄사를 들으며 피 장군은 어깨를 으쓱거리고 웃었다. 처음 들었을 땐 나도 드라마틱한 느낌에 감탄을 좀 했으나, 두 번째부터는 유 여사의 질긴 침묵과 그 사건이 연관된 듯한 느낌이 들어 씁쓸한 기분이었다.

그때 강선호 씨가 막 들어섰는데 피 장군은 갑자기 웃음을 그치느라 입술을 일그러뜨렸다.

"아줌마 어딘지 좀 냉정하더라."

"응? 그렇지 뭐. 원래 그러진 않았어."

피 장군이 고기를 씹으며 대꾸했다.

강선호 씨는 빗물에 젖은 삿갓을 벗어 벽에 걸고 일단 안으로 들어갔다가 나왔다. 그가 끼어들자 분위기가 달라졌다. 피 장군의 회희낙락하던 모습이 온데간데없이 사라지고 언제부턴가 예의 그 위악적인 능청이 슬슬 나오기 시작했다. 강선호 씨는 꼿꼿이 앉아 피 장군을 흘긋 살펴보며 심호흡을 했다. 좀 불안한가 보았다. 미스 양은 능글거리는 피 장군을 피하기 위해 강선호 씨에게 말을 걸었다.

"삿갓은 왜 쓰죠? 별로 멋도 없고 불편하기만 할 것 같은데. 혹시 전과자 아니에요?"

강선호 씨는 한 박자 느리게 대꾸했다.

"그냥 부끄러워서요."

"호호, 이제부터 진짜 웃기시려나. 부끄럽다니 소도 웃겠다. 그 유명한 김삿갓은 할아버지한테 죄스러워서 그랬다지만……."

"세상이 당연히 다 싫어지기도 했겠죠. 삿갓을 쓰면 우선 보기가 싫은 건 안 볼 수가 있거든요. 보아봤자 정신만 어지럽히는 게 많잖아요. 눈 오는 날 각박하게 우산을 안 들어도 좋고. 허허……."

"그래도 한번 신원조회는 해봐야겠어."

피 장군이 술에 취해 중얼거렸다. 허벅지에 얹히는 그의 손을 밀어내며 미스 양이 다시 강선호 씨에게 물었다.

"그런데 부인을 어디 두고 혼자 사세요?"

"아직 결혼 못했어요."

"정말? 그럼 연애는 해보았어요?"

"네…… 옛날에. 하지만 실패하고 말았죠."

미스 양의 장난기 섞인 물음에 강선호 씨는 진지하고 순진하게 대답하고 있었다.

"호호, 어떤 여자였어요?"

"어떤 미망인이었어요. 아이가 둘 딸린……."

"어머, 부자였던가 보죠?"

"아니, 가난했어요. 달동네에서 구멍가게를 했으니까요. 몸도 아팠어요."

부관 엄씨는 이미 킥킥대기 시작했고, 피 장군은 잠시 능청을 뒤로 한 채 불쾌한 표정을 지었다. 미스 양은 계속 지분거렸다.

"순애보 같아. 서로 열렬히 사랑했나요?"

"그 여잔 날 사랑까진 하지 않았어요. 그저 싫어하지 않았달까."

"짝사랑이었군요. 그래서 어찌 됐어요?"

"가게 한구석에 놓인 탁자에서 간혹 술을 홀짝거리고 함께 화투도 쳤는데, 내 도움을 거절했기 때문에, 난 잘 못하는 술을 계속 마시면서 돈을 자꾸 잃어 주는 것 외엔 할 수 있는 일이 없었어요. 그렇지만 병이 악화돼 그것도 더 할 수 없었죠."

"어머, 안됐네요. 끝은 어떻게 났어요?"

"죽었지요. 애들을 내가 맡아 키우려 했지만 그것도 뜻대로 안 되더군요. 어떻게 되었는지. 세월이 많이 흘러갔는데……."

강선호 씨는 고개를 들어 허공을 응시했다. 암소 같은 큰 눈에 몽환적인 슬픔이 어려 있었다. 그런데 그의 슬픈 러브 스토리는 감동보다는 희극적인 면이 더 부각되었던지(분명 본인에겐 마음 아픈 이야기가 왜 그렇게 변질됐는지는 모를 일이다) 하숙생들은 모두 킥킥 웃어댔다. 다만 피 장군은 달랐다. 그는 언짢음과 연민이 뒤섞인 복잡한 눈빛으로 강선호 씨를 지켜보았다. 일순간 분노가 어른거리기도 했다. 그러다가는 갑자기 고개를 푹 숙이고 심호흡을 하며 가만히 앉아 있었다.

강선호 씨는 입속으로 뭐라고 중얼거리는지 입술이 옴질거렸다. 주문을 외고 있을지도 모른다는 생각이 들었다.

그때 성공학 전도사인 대머리 사내가 히득거리며 들어왔다. 그는 술을 한잔 마시고 미스 양이 술잔을 채워 주자 물었다.

"저번에 준 책 다 읽었어요?"

"아, 그것 지루해서 못 읽었어요. 허풍선이 놀이도 아니고."

"곰곰이 읽어 봐요. 그 속에 앞길이 있어요. 눈앞의 현실만 보고 살면 결국에 가선 슬퍼하게 될 거예요. 미래를 그려 보아요."

"나이 먹은 남자 분들이 미래 타령 아니면 과거 타령이네. 아, 지겨워! 나를 현실에 가만 놔둬요, 제발…… 왜 장군님은 저만 보면 옛날 타령이고 저 아저씨는 나만 만나면 미래가 어쩌구 하는 걸까. 아, 어린 양이 길을 잃든지 반으로 찢어지고 말겠네."

술에 취한 미스 양이 연극조로 읊었다. 과장되긴 해도 그 말 속엔 진실이 든 것처럼 느껴졌다. 피 장군이 좋았던 과거사를 되풀이해서 이야기하며 그 속에 숨는 것이나, 대머리 사내가 비현실적인 미래를 꿈꾸며 야릇한 주문을 외는 것이나 몽상적이라는 측면에선 유사했다. 물론 현실에 얽매여 하루하루 살아 넘기는 미스 양이 더 몽상적으로 보일 때가 없는 것도 아니었지만.

"무슨 씨나락 까먹는 소리야?"

엄씨가 시비라도 걸듯이 딱딱거렸다.

"저 아저씨가 나를 천국으로 인도할 셈인가 봐요, 호호호. 그런데 아저씨는 인생의 미래가 보여요? 난 암담한데."

"보이지 않고 또 길이 어두워도 믿고 계속 걸어가는 거죠. 그러다 보면 새로운 세계에 도착하겠죠."

"킬킬, 여기가 거긴데 가긴 어디로 간다는 걸까. 무슨 다른 세계가 있다고, 낄낄낄."

엄씨가 이죽거렸다.

"아무리 그래도 여기가 거긴 아니다. 쳇, 미국으로나 가버릴까부다."

미스 양이 어리광을 부렸다.

"하긴 다 제 기분에 사는 거니까 뭐."

엄씨는 뭐가 즐거운지 키득거렸다. 그때 경쾌한 음악 소리가 나더니 미스 양이 휴대폰을 들고 통화를 했다. 그녀는 발딱 일어서서 미국 간다고 말하며 사라져 버렸다. 분위기가 무르춤해졌다. 피 장군이 리모컨을 집어 티브이를 켰다. 마침 뉴스가 시작되자 사람들의 눈길은 그곳으로 갔다.

북한 경비정이 북방한계선을 침범해 왔다가 아군의 공격을 받고 돌아갔다는 보도를 보던 피 장군은 눈을 부라리며 욕설을 퍼부었다. 북한군의 무도함과 아군의 허술함에 대해. 그러자 엄 부관도 가세해 한층 더 격렬히 침을 튀겼으며 그것은 티브이 화면을 넘어 정부 여당의 수뇌부까지 날아갈 정도였다. 국가보안법 폐지 법안이 거론되자 피 장군은 정신 빠진 놈들이라고 고함을 쳤으며, 그의 부관은 빨갱이보다 더 나쁜 놈들이라고 몰아붙였다. 엄씨의 그 적의와 증오심은 분명히 그의 골수로부터 나온 것으로서 상대적으로 피 장군이 오히려 온건해 보일 지경이었다. 북한으로 쌀을 싣고 가는 차량 행렬을 바라보던 피 장군이 혀를 찼다.

"쯧쯧, 저게 다 무슨 푼수 짓이야. 저게 과연 옳다고 생각하는 건가."

"남아도는 쌀을 보내 굶어 죽는 형제들을 돕는 것인데 옳지 않습니까."

가만히 앉아 있던 강선호 씨가 또박또박 말했다.

"형제는 무슨 얼어 죽을 놈의 형제야. 저놈들 땜에 얼마나 많은 사람이 죽어 갔는데."

"굶어 죽는 아이들에게 먹일 것 아닙니까."

"아 그 모르는 소리 하지도 마. 저게 다 군량미로 비축된다는 사실을 왜 몰라. 멍텅구리들이야?"

"전쟁이 나기야 하겠습니까. 저쪽은 지금 먹고 살기도 바쁜 모양인데요."

"그 따위로 정신머리가 나태할 때를 틈타 침범해 오는 놈들이야!"

"그럼요! 지금 우리 대한민국 국민도 못 먹고 살아서 쩔쩔매는 판국인데, 할 짓은 제대로 안 하고 저런 미친 지랄발광 같은 짓을 하다니. 개새끼들! 아, 속 터져서 죽겠다니까요. 세상이 좋아지기는 좆이 좋아져? 건전하고 착한 국민들을 완전히 정신병자로 만들려는 거야 뭐야! 아, 흘러간 80년대가 훨씬 좋았지, 씨펄. 문민은 무슨 문민이야. 골빈당 같은 것들이. 안 그래요, 장군님?"

엄씨가 열에 뜬 얼굴로 씹어뱉었다. 과도한 그의 흥분에 놀란 피 장군은 흠 하고 목청을 한번 울리곤 말았다.

티브이 화면에서는 과거사 규명이 거론되는 중이었다. 피 장군은 술을 한잔 들이켜고 나서 중얼거렸다.

"다 지난 일을 붙들고 늘어져서 캐내면 대체 어쩐다는 거야. 이 바쁜 세상에 할일이 그렇게 없어서 그걸로 야단법석을 떨어? 안 그래?"

"그렇죠. 할일 없는 새끼들! 옛날이 더 좋았다고 하는 사람이 얼마나 많은데, 그 기분을 모르고 지들 멋대로 잘났다고 까불어요."

"잘못된 과거를 캐서 벌을 주겠다는 게 아니라, 미래로 나가는 데 교훈으로 삼자는 것이죠."

강선호 씨가 입술을 축인 뒤 찬찬히 말했다. 피 장군은 그를 빤히 노려보았다.

"과거는 과거대로 다 의미가 있고 불가피한 사정이 있는 거야. 그것을 지금 잣대로 재단하고, 어떤 파당의 입맛대로 요리해 버린다면, 그게 훼손이지 무슨 놈의 과거 정리야! 그것은 그것 자체로 두고 볼 때 진정한 거울이 되고 교훈이 되는 것이지."

"잘못된 과거, 알려지지 않은 과거를 찾아 바로 세워야 현재가 바로 비칠 게 아닙니까. 숨기고 왜곡된 것으로는 바로 볼 수가 없습니다."

강선호 씨는 심호흡을 하며 강조했다. 피 장군은 그를 냉엄한 눈으로 흘기며 말했다.

"글쎄, 다 같은 말이야!"

피 장군은 짜증을 내며 뇌까렸다. 몇 잔 소주로 얼굴이 벌그데데해진 대머리 사내가 말했다.

"자자, 정치는 정치꾼들에게 맡기고 우리는 우리의 삶에 대해 얘기합시다요. 예를 들어, 우리가 어떻게 살면 이 정든 하숙집을 떠나 우리 자신의 집에서 유쾌하게 살 수가 있을 것인가, 하는 이런 절실한 문제 말이죠. 자, 오늘 회식 자리를 기념하는 취지에서 우리 피 장군님께서 한 말씀 해주신다면 하숙생들의 앞길에 큰 광영이 되겠습니다."

"본관의 신조를 모르나? 하면 된다! 안 되면 되게 하라!"

피 장군은 핏대를 세우며 고함을 내질렀다.

"그건 뜻은 좋지만 요즘 시대엔 좀 안 맞는 방식 같은데요. 아, 물론 옛날엔 금과옥조였겠죠만…… 요즘 사람들은 뜻이 퍽 좋아도 방식이 맘에 안 들면 헌 양말짝처럼 차 버리거든요."

성공학을 팔러 다니는 사내가 대머리를 매만지며 말했다.

"모로 가도 서울만 가면 됐지 뭔 쥐똥 싸는 소리야. 그럼 자네가 시대에 맞게 해보지 그래."

"아, 그래도 되겠습니까? 이크, 이거 영광입니다, 헤헤."

대머리 사내는 파리처럼 손을 비비고 나서 다시 입을 열었다.

"그럼 알기 쉽게 우선 비교를 하겠습니다. 소인이 역사적으로 고찰 연구한 견해에 의하면, 우리 피 장군님의 좌우명은 말하자면 60~70년대식의 초기 성공학 내지 처세술을 대표한다고 봅니다. 하지만 시대가 변했습니다. 하면 된다고 하지만 사실은 안 되는 것도 있고 우리 힘으로는 못하는 것도 있습니다. 영웅호걸이라면 모를까 우리 같은 피라미들은 어불성설입니다. 고래가 한다고 새우도 할 수 있습니까? 황새 따라가려다가 가랑이 찢어지는 참새 꼴이 될까 겁납니다."

그는 헛기침을 한번 한 뒤 말을 이었다.

"안 되면 되게 하라는 중요한 말씀도 개발 역군의 시대에는 걸맞을지 몰라도 현시대에는 좀 억지요 강압적입니다. 별 효과도 없습니다. 사실 그렇게 하려다가 죄 없는 사람도 많이 죽였잖아요. 우리는 성취되는 방법을 찾아서 하느님께 맡기고 겸허하게 걸어가야 할 것입니다!"

"자네, 진인사 대천명이라도 설교하는 건가? 잘났군. 열심히 일을 해놓고 나서 기다려야지 자네같이 헛소리만 떠들면서 뭘 믿고 기다린다는 거야. 그러니 맨날 그 모양 그 꼴이지. 그렇게 호들갑 떨지 않고도 하숙비 제대로 내는 것쯤은 할 수 있잖나. 헛꿈 꾸지 말고 내일부터라도 열심히 살라구. 하면 된다! 안 되면 되게 하라! 괜히 기분나쁘게스리 그래."

"그래도 총과 탱크로 밀어붙이기보담 믿음의 힘과 상상력으로 이루는 것이 좋죠. 아이 캔."

성공학 전도사는 좀 무르춤해져 우는 듯한 소리로 중얼댔다. 피장군이 재채기를 하는 사이 염천교 제화공이 말했다.

"아저씨가 더 웃겨요. 거 뭐랬죠, 이미 이루어진 것으로 믿고 명배우가 연기하듯 박진감 넘치게 하는 거 말이죠. 전번에 아저씨 다리가 건강하다고 상상하고 서말구 선수처럼 마구 달려가다가 땅바닥에 굴러 엎어져 코피 났잖아요. 얼마나 웃기던지. 그리고 또 얼마 전엔 서울시장님이 됐다면서 나보고 '박 과장, 어서 무상급식 실시해!'라고 지시했잖아요. 그래서 내가 '네, 알겠습니다, 시장님!'라고 하니까 '음, 그래.' 하면서 어깨를 두드렸잖아요. 너무 웃기더라."

"하숙집의 코미디언이잖아."

제화공의 룸메이트인 막노동꾼이 말했다.

"일단 습관화되면 웃길 게 없는데 뭘 그래. 예를 들어 보자구.
장관이든 대통령이든 그네들이 처음부터 장관이고 대통령이었던
가? 다 만들어진 것이 아니던가 말야! 속담에도 자리가 사람을
만든다는 말이 있잖아. 그 자리에 가서 척 앉으면 바보 얼간이도
장관이 되고, 멍청이나 사기꾼도 대통령으로 슬슬 변한단 말씀이
야. 그러면 사람들은 그자가 바본지 멍청인지 잊어버리고 우러러
본다는 것이지. 요는 국회의원이 되려면 국회의원의 마인드가 필
요하듯이, 뭐가 되려면 우선 그에 맞는 생각과 상상이 필요하다는
얘기거든. 그러니까 먼저 생생하게 이미 된 것처럼 상상을 해야
한다구. 아니, 자리에 척 앉으면 되는데, 그 전에 원하는 게 성취되
었다고 조금 먼저 상상한다고 해서 안 될 게 뭐냔 말이여. 오히려
그렇게 하는 게 순서여!"

대머리가 침을 튀기며 일장 훈시를 했다.

"그럼 엉터리 장관이나 엉터리 국회의원이 나오는 이유가 뭐야?
엉터리로 그런 상상을 해서 대통령이 된 거라 그런 게 아닐까?"

누군가 물었다.

"그건 원하는 게 되고 나서 계속 그런 마인드를 유지하고 또한
더 나아지려고 노력하지 않았기 때문이지. 오히려 오만방자해져서
스스로 시궁창으로 빠지기도 하잖아? 자리가 사람을 만들기도 하

지만 망치기도 하니까."

"그럼 대통령 탄핵 얘기가 나오는 것도 그래서 그런가?"

"누구든지 마인드가 안 되면 그 자리에서 끌려 내려올 각오를 해야 돼. 그러기 때문에 배우가 연기하는 것보다 더 박진감 넘치게 상상하라고 내가 자꾸 강조하는 거야. 만약 누가 끌어내려도 '나는 이 자리의 주인공이므로 결단코 거부한다!'라고 할 정도로 정신무장이 철저해야 된단 얘기야."

"그게 뭐야. 세뇌된 정신병자지. 모래 위에 누각 짓는 거보다 더한 병신 짓거리구만. 제발 정신 차리쇼. 그리고 그런 정신병을 사람들한테 퍼뜨리지 말란 말이오! 건물 한 채를 지으려 해도 설계도만 가지고 되는 게 아니고 피똥 싸는 노가다가 필요한데."

막노동꾼이 눈알을 부라리며 투박하게 말했다.

"그러니까 노가다나 평생 하다가 죽지 뭘."

"아니 뭐요? 정말로 헤까닥 돌아 버렸나 보군."

그는 답답한지 자기 가슴을 툭툭 두드리다가 술을 마셨다.

"나는 보통 사람들이 염려돼요. 탁월한 사람들이야 형씨가 파는 그런 책을 읽지도 않겠지만 말예요. 영웅들은 냉정한 머리와 열정적인 가슴을 지니고 있지요. 그런데 보통 사람들은 거꾸로 머릿속에 성공의 들끓는 욕망을, 가슴속엔 오히려 냉정함을 지니게 될 수도 있거든요."

이 말을 한 사람은 나의 동숙인인 강선호 씨였다. 그는 누구처럼 흥분하지도 않고 좀 어눌하지만 차분한 목소리로 말을 이었다.

"하긴 요즘 그런 식의 생각을 하게끔 하는 바이러스가 세상에 퍼져 유행하고 있으니까 쉽게 무시할 수도 없는 노릇이긴 해요. 하지만 아무리 정신력과 상상력을 사용한다고 해도 결국은 그게 다 현실적으로 실행을 하도록 이끌기 위한 방법이라는 거예요. 좋아서 하든 의무적으로 하든 실행이 없다면 성취도 없다는 건 소위 성공학자라는 사람들도 다 인정하더라고요. 신앙심, 신념, 상상하기, 끌어당기기 법칙, 베풀면 열 배로 되돌아온다는 공식, 감사하는 마음 등등을 잘 새겨 보면 결국 그것은 인간으로 하여금 목표를 향해 일심전력으로 행동케 하려는 것이 아닌가 하는 생각이 들더군요."

그러자 성공철학의 본좌인 대머리 사내가 받았다.

"흠, 형씨도 제법 학습을 했나 보군요, 흐흐."

"감기 바이러스 같은 것이니까 안 걸릴 수가 없지요. 그러나 독감에 몸살까진 가지 않았어요."

"미친 수작들이시."

술 취한 피 장군이 씹어뱉듯이 말했다.

"그런 식으로 말이야, 부자라고 생각하고 마구 쓰면 어떻게 되는가? 알거지밖에 더 돼? 그것도 제가 벌어 제 돈을 쓰면 누가 뭐래. 남의 돈을 제 돈인 것처럼 펑펑 쓰니까 문제지. 도박에다 오입질에다, 길바닥에서 만난 잡시러베놈도 제 불알동무처럼 고급 싸롱에서 술 사주고 오입질까지 시켜주고…… 아, 그런 지랄이라도 제가 번 돈으로 한다면야 한량 아니라 호걸다운 멋이라도 있지. 아, 남의 금쪽같은 돈으로 생색이나 내며 그런 짓을 하다니, 미친 개쌍놈들!"

분이 풀리지 않는지 늘어진 볼이 푸르르 떨렸다.

"우주의 주재자이신 하느님은 풍요로운 부자이기 때문에 풍부하게 쓰도록 내려 주십니다."

대머리 사내가 좋은 말로 대꾸했다.

"미친 소리! 남의 돈을 제 돈처럼 선심 쓰듯 쓰는 놈들은 발광한 사자 우리 속에 던져 버리고 싶어. 개쌍호랑말코 같은 새끼들!"

"사단장님, 고정하십시오."

부관 엄씨의 간곡한 말에 피 장군은 좀 누그러졌다.

"잘 들어둬. 정신빠진 새끼들. 한국놈들은 미국새끼들을 아주 잘도 따라한다. 좋은 건 안 배우고 나쁜 짓만 잘도 따라하잖아. 금수강산에 물이 풍부하다고 마구 써대어서 오염시킨 결과를 봐라 말이야. 미국 년놈들이 지구상에 있는 물의 대부분을 사용한다는 소린 들어봤나? 음식 쓰레기는 또 어떻고? 저 멀리 아프리카에서는 하루에도 수천 명이 굶어 죽고 있고, 물 한 동이 구하기 위해 아녀자들이 수십 리를 걸어야 한다. 이것이 풍부의 진실인가? 음식 많이 처먹기 대회 따위도 미국놈들이 지어내서 벌이는 수작 아닌가. 풍요와 번영을 선전하는 수단인지 모르지만, 과연 그게 옳은 풍요라고 할 수 있는가? 제군들의 양심에 물어 보라. 그건 죄악이 아닌가? 내 아무리 군문에서 늙은 몸이지만 그런 무지한 작태는 탱크부대로 쳐부수고 싶다."

"어, 장군님, 주무시면서 말하시네."

"아니야, 말하다가 주무시는 거야. 기분이 너무 극도로 상하면 잠이 저절로 드는 게 아닌가 싶어. 거 왜 건드리면 죽은 척하는 벌레 있잖아. 일종의 충격 흡수 장치랄까."

제화공과 막노동꾼이 말을 주고받으며 킥킥거렸다. 피 장군은 지난번에 엄 부관과 내기장기를 두다가 외통수에 걸리자 장고 끝에 졸았듯이 끄덕끄덕 졸며 앉아 있었다.

"사실 뭐 풍요도 좋고 경쟁도 좋죠. 그런데 말이죠, 수백 사람이 치열하게 경쟁해서 단 한 사람만이 싸그리 차지하고 마는 승자 독식주의적인 풍요와 경쟁은 무식한 내가 봐도 자본주의의 맹점이고 오히려 빈곤의 주범이 아닐까 싶어요. 성공학이니 뭐니 그런 것보다는 차라리 사회 구조를 개선해야 한다고 봐요. 사회구조 하나를 제대로 바꾸는 것이 우리같이 평범한 수만 사람의 행복을 실현하는 데는 더 빠르고 효과적이라는 거죠."

강선호 씨의 말이었다. 대머리 사내는 술이 꽤 올랐는지 도전적인 어조로 받았다.

"그런 걸 왜 하는가요? 자기가 자기 능력을 자유롭게 발전시켜서 성공하면 잘 살 텐데. 아이 캔!"

강선호 씨는 대꾸하지 않았다. 제화공과 막노동꾼이 번갈아 말했다.

"지금 세상에서는 이러나 저러나 가진 놈들만 이익이지 뭐."

"그런 놈들은 사람이 죽어도 자기한테 이익이나 손해가 없으면 차에 깔려 죽은 개새끼 바라보듯 한다니까."

성공학 전도사는 외로워진 눈치였다. 만약 그의 제자인 괴청년이 그 자리에 있었다면 옆에서 변호라도 좀 했으려나. 그러나 그 청년은 자리에 없었다. 그는 낮엔 깊은 잠에 빠져 있다가 다른 하숙인들이 귀가하는 어스름 녘에야 일어나 고양이처럼 슬쩍 하숙집 밖으로 빠져나갔다. 언제 위층으로 올라가고 내려오는지 기척도 잘 내지 않았다.

"자, 그럼 말없이 항상 수고해 주시는 우리 하숙집 마님의 노고를 새삼 회상해 보면서 오늘 회식 무대의 대단원의 막을 내렸으면 합니다! 한 사람의 여인이 없는 집이 이토록 불편하고 공허할 줄은 여러분도 미처 몰랐겠지요?"

다소 의기소침해졌던 대머리 사내는 자기 마음속에 원기를 북돋우기라도 하듯이 큰 소리로 너스레를 떨었다.

낮도깨비불

어느 날, 대머리 사내가 좀 벌그데데한 얼굴로 술냄새를 풍기며 잔뜩 낡아빠진 노트 뭉치를 들고 방으로 찾아왔다. 그는 그 노트가 마치 내 것이기라도 한 듯 태연스레 앉은뱅이 책상 위에 올려놓고는 털썩 퍼질러앉더니 게슴츠레한 눈으로 나를 쳐다보는 것이었다.

"이게 뭐죠?"

"뭐, 내 인생의 누추한 낙서장이죠. 혹시 이걸 좀 간추리고 다듬어설랑 책을 낼 수 없을까?"

"책을 내기가 그렇게 쉬운가요."

"흥, 요즘은 온갖 어중이 떠중이가 다 책을 내고 저자 행세를 하는 세상인걸 뭐."

그는 연방 콧방귀를 뀌었다.

"자비출판을 하는 사람이 많은 거지 그렇잖으면 더 어려울걸요.

하긴 내용만 좋다면야 얘기가 달라지겠지만…….”

"그러니까 일단 한번 살펴보기라니깐. 혹시 알아, 대박이 날지? 허헛…….”

나는 알았다고 대꾸했다. 사실 요즘 나는 도서관엘 가더라도 이른바 정식 문인들의 책은 잘 읽지 않고 있었다. 슈퍼마켓에 진열된, 유명 상표를 붙였지만 비슷비슷하고 그렇고 그런 과자처럼 식상했기 때문이었다. 오히려 별 상표도 없이 조악해 보이지만 나름의 진솔한 체험이 담긴 책을 빌려서 속 편하게 공감하곤 했다. 물론 엉터리 또한 많지만 가끔은 적어도 1%의 절실한 진실을 만나기도 하는 것이다.

다음날 심심풀이 삼아 그 노트를 넘겨 보았다. 역시 사람과 비슷하게 표현도 제멋대로 엉망이었지만 내용 또한 시시껄렁한 낙서에 불과했다. 특히 중요한 대목에서 슬쩍 남에게 덤터기를 씌우려는 못된 버릇으로 인해 자신의 진정마저 스스로 훼손하는 걸 보곤 쓴웃음마저 나오지 않았다. 그래도 허황된 대로 한 인간의 내면 풍경은 대충 짐작할 수가 있었다. 특히 계속 등장하는 그의 한 죽마고우가 퍽 인상적이었다. 수다스런 대머리 사내보다는 과묵한 그 친구를 통해 낙서 속의 이런 저런 사건들을 조망하는 편이 더 실감 났다. 그리고 성공학과 관련된 부분은 현재의 대머리 사내가 왜 그렇게 피에로처럼 살아가는지 암시하는 바가 있어 영 흥미가 없진 않았다.

물과 공기를 잔뜩 머금어 부풀어 오른 스펀지 같은 그 낡은 노트

뭉치를 꽉 쥐어짠 다음 남은 사실을 바탕으로 '저자'의 특수한 시각을 어느 정도 배려하기도 하고 비틀기도 하면서 이야기 식으로 재구성해 보면 아마 다음과 같지 않을까 싶었다. 낙서라곤 하지만 조금 손보자 나름 그럴듯한 구절과 드라마가 생겨 나오기도 하긴 했다.

*

그곳은 하늘이 강처럼 가까워 보이고 뒷산자락에 떨어지는 잎새 소리도 들려올 만큼 높은 달동네였다. 평지로부터 골목길을 돌고 돌며 가풀막진 돌계단을 밟아 올라가다 보면 어지럼증이 일기도 했다. 그래도 예전에는 온갖 인간 잡색이 한동네를 이루어 시끌벅적했을 텐데 이젠 그저 고적인 양 고적하기만 했다. 아직 사람이 살고 있는 몇몇 집도 한바탕 구박당한 가축의 우리처럼 적막하고 을씨년스러웠다. 3년 전에 재개발 구역으로 결정된 뒤 한 집 한 집 허물어져 버린 것이었다.

반주검의 몰골로 웅숭그리고 있는 집들로부터도 한결 위쪽으로 열댓 발짝이나 외떨어진 산 밑에 그 오막집은 병약한 거지처럼 섰고 그 속에서 그가 살고 있었다.

그는 집 밖으로 거의 나오지 않았다. 특히 갈잎이 모두 지고 찬바람이 불기 시작하면서부터는 동면이라도 하듯 방 안에 틀어박혀 버렸다. 그렇다고 잠을 자는 것은 아니었다. 어스레한 골방 한켠에

깔린 이불 속에다 몸을 누인 채 천장을 물끄러미 바라보고 있거나 때때로 시커멓게 때가 끼인 손가락을 쳐들어 허공에다 뭔지 모를 글자를 정성껏 쓰거나 하는 것이었다.

꾀죄죄한 모습이긴 했지만 그는 꽤 미남이었다. 크고 검은 눈과 곧은 콧날에 갸름한 입술의 얼굴은 여성적이거나 미소년 같은 인상을 주었다. 코밑과 턱에 더부룩하게 자라난 수염도 그것을 다 덮어 버리지는 못했다. 눈에 어린 짙은 애수와 동경의 빛 때문에 더욱 그러했는지도 몰랐다. 그 애수와 동경은 측량할 길 없는 체념의 그늘과 혼재하여 떠돌았다. 그리하여 그는 한 남성 같지가 않고 마치 소년과 노인을 합쳐 놓은 듯하였다. 그러므로 마흔이라는 그의 세속의 나이는 그저 불미스럽고 거추장스런 잣대로 여겨졌다. 그런데 만일 그의 소년에 현혹되어 세속의 나이테를 잊어버릴 경우, 청천백일 아래서 그 이마에 잡힌 골 깊은 주름살이나 파뿌리처럼 허옇게 세어 들어가는 머리칼을 보게 된다면, 불현듯 세월의 잔혹함에 섬뜩해져 진저리를 치게 될 것이었다.

잔혹한 세월. 그는 미이라처럼 누워서 시간을 보내고 있었다. 아마도 그는 바깥에서 불어대는 바람 소리, 조락한 잎들이 굴러다니는 소리를 듣고 있었을 것이었다. 미이라에게 시간은 어떤 의미가 있을까? 그는 어쩌면 허물어져 가는 방 속에 누워서 자기 내부에서 일어나는 바람 소리, 바스락대는 낙엽 소리를 듣고 있을지도 몰랐다. 머리맡의 벽 속에서 흙이 조끔씩 떨어져 내리는 소리가 들릴 때마다 그는 숨을 멈추었다. 낙엽은 쉴새없이 휩쓸려 다녔다.

늦가을까지만 해도 그는 불편한 몸으로나마 간간이 바깥 출입을 했었다. 고개를 숙이고, 상체의 윗부분 즉 어깻죽지와 등도 억지로 좀 수그리고, 그 아래쪽으로부터 허리는 꼿꼿이 편 채, 뻣뻣한 한쪽 다리는 그대로 두고 성한 한쪽 다리로만 나무 인형처럼 절뚝절뚝 조금씩 걷는 것이다. 그러나마 아쉽고 서글픈 대로 봄철에는 꽃내음, 여름엔 신록, 가을에는 하늘과 햇빛을 보고 느낄 수 있었는데, 이제 찬바람이 뼛속을 파고들게 되자 오척 단구 피골이 상접한 몸을 내놓을 데가 없어 두문불출 칩거하게 된 것이었다. 굼벵이가 땅속으로 기어들듯이…… 침침한 공간, 아득한 공백의 시간. 굼벵이는 아슴푸레한 날개라도 꿈꿀 것이다. 그에겐 무슨 날개가 있는 걸까? 그런 것이 있기라도 할까? 날개를 달아 줄 수 있다면 좋을 것이다!

천장을 쳐다보고 있기에도 신물이 날 만하면 그는 스르르 손을 뻗어 화판(베니어를 다듬어서 직접 만든 것)을 집어 가슴 위에 올리고는 누운 채로 종이에 몽당연필로 선을 그려나가기 시작했다. 냉기에 손이 곱은 데다가 그는 약간 수전증 증세가 있었으므로 선은 그다지 산뜻하게 그려지지 않았다. 더구나 일부러 그러는지 어쩔 수 없는 형편 때문인지 연필을 꾹꾹 눌렀으므로 투박스럽기조차 했다. 아무렇든 그는 결코 못마땅해 하지도 않았고 서두르지도 않았으며, 답답해 보일 정도로 차분하게 연필과 지우개를 움직였다. 시간은 겨울 강처럼 흘렀고 그는 그 속의 생명체와 같았다. 해가 두어 걸음만큼이나 위치를 옮겼을 즈음에 이윽고 백지에는 순진스럽고도 어딘지 신비스런 빛을 띄운 여인의 상반신 초상이 나타났다. 왼쪽 뺨에 눈물방울 같은 점이 하나 박혀 있었다. 그는 물끄러미 그림을 바라보다가 한숨을 내쉬고 담배를 꺼내 피웠다. 그러고는 여인이 그려진 종잇장을 화판에서 빼내어 머리맡에 놓인 나무상자 속에 넣었다. 상자 안에는 수백 장이나 되는 그림이 들어 있었다. 모두가 여성의 얼굴을 그린 것들로서, 소녀로부터 성숙한 여인에 이르기까지 갖가지의 모습이 청순하거나 고상하거나 혹은 요염한 표정을 띠고 있었는데, 일견 무언가 어렴풋이 공통적인 인상을 받게 했으며 어느 것이나 볼엔 점이 찍혀 있었다. 실제로 그렇진 않았지만 그 점은 웬일인지 푸르스름하다는 느낌을 주었다.

저녁답이 되면 그는 헝클어진 긴 머리칼을 가다듬지도 않은 채 유령 같은 모습으로 어둑한 밖으로 나와 절룩절룩 굴 같은 부엌으로 들어가서는 쌀을 천천히 씻어 안쳤다. 그는 점심을 먹지 않았고, 늦은 아침과 좀 이른 저녁을 부뚜막에 걸터앉거나 선 채로 대충 잽싸게 해치웠다. 왜냐하면 바닥에 제대로 앉을 수가 없는 몸이었기 때문이다.

부엌에 인접해서 방이 또 하나 있었는데 옹색해 보이기는 마찬가지였다. 그 방 앞의 구석데기에는 물방울 무늬가 놓인 여자용 비닐우산 하나가 퇴색한 채 기대어 있고 디딤돌 위엔 연보라색 슬리퍼가 한 켤레 놓여 있었다. 인기척은 없었다. 낡은 슬레이트 지붕이 바람에 덜커덕거리고 벽이란 벽은 온통 갈라지고 헐어 쥐들마저 떠나 버렸으므로, 그가 밥을 물에 말아 간장과 함께 먹고 자신의 방으로 들어가 버리자 집안은 마치 폐가인 양 을씨년스럽고 음산했다.

어둠이 짙어질수록 그런 느낌은 더하기만 하여 어느덧 집 주위에 귀기라도 서린 성싶었다. 아래쪽에 웅기중기 모인 집들은 그렇지도 않았지만 그 오막집은 언제부턴가 전기마저 끊어져 버려, 파르무레한 달빛만 뒤꼍에 내리었다. 별일이 없는 한 그는 촛불을 켜지 않았다.

그런 무덤 같은 곳으로, 어느 집의 벽시계가 열한 점을 치고도 한참 지난 무렵이면, 들릴락말락 여린 발소리가 자박자박 다가왔다. 남자라면 그런 발소리를 아무래도 낼 수 없을 것이다. 그 발짝소리가 이윽고 나무 대문께에 와 닿았다 싶으면 새근새근하는 숨소리가 더 먼저 넘어서 들려왔다. 숨소리의 임자는 숨결을 고르면서 차분히 문을 밀치고 안으로 들어섰다.

"주무세요, 오빠?"

가녀리면서도 해맑게 울리는 목소리가 문간방을 향해 물었다. 소녀의 모습은 음침한 밤의 장막에 가려 마치 그림자처럼 보였다.

"으응……."

그는 목청을 한 번 울려 대답하고는 침묵 속에 빠졌다.

"그럼 주무세요."

"으응……."

(주무세요, 오빠?

으응…….

그럼 주무세요.

으응……)

그들의 대화는 사라지지 않고 어둠 속에 응결된 채 남아 있는 것만 같았다. 소녀는 조용히 부엌 옆방으로 들어갔다.

그는 어둠 속에 누워서 눈을 뜨고 있었다. 그는 잠을 잘 자지 못했다. 눈을 감고 잠을 청해 보려고 하면 갖가지 환상이 떠올라서 머리가 어지러운가 보았다. "희연이는 지금 교복을 벗고 있겠지." 하고 그는 중얼거렸다. "옷을 갈아입고는 쓰러져서 새록새록 깊은 잠에 빠져 버렸겠지. 하루 종일 일하랴 공부하랴 워낙 피곤할 테니까. 먹는 것이나 제대로 찾아 먹는지 몰라." 그는 어둠을 향해 한숨을 내쉬었다. 소녀는 야간 실업학교 졸업반이었다. 새벽별을 보며 나갔다가 야밤에 돌아오는 생활의 연속이었지만 여윈 몸이 끈질기게 견디었다. 어린 소녀 때 부모를 잃고는 반병신인 오라비를 수발하며 세파를 헤엄쳐 왔다. 천지간에 하나뿐인 혈육이건마는 이건 그애에겐 도리어 악연이 아닐까, 하는 차마 못할 생각이 들곤 했다. 귀한 외아들이던 그가 청대같이 자란 나이에 불의의 사고를 당하게 되자 부모는 아들을 하나 더 두기 위해 노고를 한 끝에 겨우 딸 하나를 두게 되었던 것이었다. 그만 여기서 죽어 저애의 생활에 푸석한 거름이라도 되면 좋으련만 이기적인 제 한 몸을 주체하지 못하여 오히려 큰 짐이 되고 있군요, 어머니, 하고 그는 입속으로 작게 중얼거렸다.

드러누워서 공상이나 하는 신세가 되었기는 하나마 그는 생활력이 아주 박약한 편은 아니었다. 봄부터 가을 동안은 뒷산에다가 벌통을 힘닿는 데까지 설치해 놓고 한 발짝 한 발짝 오르내리면서 양봉을 했다. 소규모이긴 했으나 그로서는 온 힘을 다 쏟아 붓는 일이었다. 그렇게 해서 얻은 꿀은 아랫동네 사람들에게 인기가 있었다. 그런데 올해는 봄부터 황사 바람이 심하더니 여름엔 혹서에 이은 느닷없는 태풍으로 벌이 몰사를 했을 뿐만 아니라 벌통마저도 쓸 수 없게 망가지고 말았다. 죄 없는 벌들의 황금빛 떼주검 앞에서 그는 성한 한쪽 다리를 꿇고 꺽꺽 울었다. 벌은 한 마리 벌레가 아니라 그의 벗이었는지도 모른다.

그에게는 친구가 별로 없었다. 찾아올 사람도 별로 없고 찾아갈 만한 사람도 별로 없는 상황에 놓인 그는 그러한 쪽에 대해서는 초연한 듯이 보였다. 멀리 있는 사람보다는 오히려 주위에 있는 생물—고양이나 새, 개구리, 거미, 풀, 꽃 따위와 교제를 가졌다. 겨울이면 그런 벗들도 사라져 갔다.

그런데 단 한 사람, 잊을 만하면 한번씩 불쑥 찾아오는 인물이 있었다. 그 방문객은 얼근히 취하여 술냄새를 풍기는 상태이면서도 손엔 술병이 든 봉지를 들고 있었다. 주인은 "도깨비가 왔군." 하고 입속으로 한 마디 중얼거릴 뿐이었다. 그, 도깨비 씨는 소굴처럼 컴컴해서 불편하다고 구시렁거리면서도 별일 없이 방으로 들어가 앉아 초에 불을 붙였다. 방문객이 원체 뜬금없이 왔다가 갔다가 중얼거리다가 마는 중생이라서인지 주인은 별다른 응대도 없이 그대로 누운 채 천장을 쳐다보고 있었다.

"천지간에 난 길이 다 내가 갈 곳이고 못 갈 곳이 없으련마는 마음의 고향이 구두끈을 잡아당겨 이 누옥으로 오게 되었노라. 아, 원대한 장도에 오른 친구가 있어 쓸쓸한 야삼경을 마다않고 찾아주었는데 어찌 기쁘지 아니하리. 자, 한잔 하세나!"

도깨비 씨는 소주병 뚜껑을 이빨로 따서 자기가 먼저 한 모금 마시고는 침을 닦지도 않고 주인에게 내밀었다. 주인은 천천히 받아들고 한 모금 머금었다. 도깨비 씨는 벌그데데하게 익은 토마토 같은 얼굴을 들고 작은 눈으로 상대방을 바라보면서 비감 어린 목소리를 냈다.

"아아, 내가 술을 안 마시고 어떻게 너를 찾아올 수 있겠니. 이 으스스하면서도 아늑한 마음의 고향에!…… 난 곤드레만드레가 되지 않으면 여길 찾아올 수가 없어. 그 서러운 네 눈을 바라볼 수가 없단 말이야."

"그만해 두지. 이미 20년이 지난 일이야. 그렇게 자꾸 파헤치고 새김질을 해서 대체 어떡하자고, 응?"

도깨비 씨는 물크러진 토마토 같은 낯을 하고 앉았다가 술을 한 모금 마시고는 기운을 얻는다.

"이 괴팍한 녀석! 넌 내 양심의 여린 지렁이를 구둣발로 밟아버리는구먼. 이 새끼야, 20년이 아니라 25년이 지나도 어찌해 버릴 수 없는 걸 어떡하겠냐. 이게 회충이냐? 구충제를 먹으면 밑구멍으로 빠져나오는 거냔 말이다!…… 오오, 그래. 나도 세월의 하수도로 내다 버리려고 무진 애를 써보았지. 그러나 이게 회충은 아니더 란 말씀이야. 이 양심의 지렁이! 지저분하고 징그러우면서도 연약하고 가엾은 이놈은, 짓이겨지고 토막이 나도 꿈틀거리면서 되살아나니…… 술이라도 먹여서 얼떨떨하게 해놓지 않을 수가 있어야지. 내 지렁이는 나를 닮았어. 낄낄낄. 자네는 지렁이가 없나?…… 아, 내 심장 속에는 지렁이가 가득 들어차서 숨이 막힐 지경이야. 햐…….”

도깨비 씨는 이마를 방바닥에 찧으며 급기야 울음을 터뜨렸다.

“안 할 말이지만, 그 지렁이란 것도 땅 속에 내버려두면 흙을 기름지게 할 수도 있을 테지만, 실없이 햇볕 아래 파내놓으면 서로 더더욱 괴롭기만 할 게 아니냔 말야. 난 자네의 그런 태도가 더없이 성가시고 넌덜머리가 날 뿐이야.”

그는 평소에 말이 많지 않았는데 방문객에 의해 심정이 촉발되어 말을 하게 되자 입술과 수염이 여리게 떨렸다. 그는 촛불을 훅 불어 끄고 이불을 뒤집어써 버렸다. 어둠 속에 도깨비 씨의 혀꼬부라진 소리가 기묘하게 울리었다. 한참이나 홀로 중얼거리던 방문객도 이윽고는 제물에 지쳐 떨어졌다.

“그래, 어찌됐든 다 내 탓이거니…… 끄윽, 좋은 꿈이나 꾸어.”

그는 아무 대꾸도 하지 않았다. 도깨비 씨는 코를 골며 잠에 빠져들었다. 그러나 그는 어둠 속에 남아 뒤척거리면서 밤 따라 더욱 깊은 한숨을 내쉬었다.

도깨비 씨는 고향 동무였다. 고향에서 함께 고등학교를 다닌 후,

그가 서울의 대학에서 그림을 공부할 때 그 동무는 서울로 올라와서 작은 공장에 다녔다. 그 무렵엔 그가 쾌활한 편이었고 도깨비 씨는 오히려 좀 우울한 모습이었다. 어느 날 그들은 함께 산에 올랐다. 볼에 푸른 점이 박인 소녀도 끼여 있었다. 산마루에 도달한 뒤 그 소녀가 마련해 온 음식을 먹으려고 자리를 찾았다. 그때 도깨비 씨가 아주 좋은 데가 있다며 앞장섰다. 암벽 길을 에돌아가자 앞이 탁 트여 왔고, 거기서 1미터쯤 떨어진 곳에 너럭바위 하나가 섬처럼 두드러져 있었다. 소녀가 그 절경으로 건너가기를 주저했으므로 그도 망설였다. 그런데 도깨비 씨는 훌쩍 건너뛰어 가더니 별천지에라도 간 듯이 감탄을 연발했다. 그러자 소녀의 마음이 변화했다. 그는 배낭을 멘 채 한번 건너갔다가 돌아와 소녀에게 용기를 주었다. 소녀는 조심스럽게 건너뛰었고 환성을 질렀다. 어서 오라고 손을 내밀며. 그는 웃음을 머금고 뛰었다. 순간 발이 바위 끝에 걸렸다. 그는 허사비처럼 두 팔을 벌린 채 휘청거린다. 소녀가 손을 내밀었으나 그는 잡지 못했다. 뒤이어 소녀의 비명이 울려퍼졌다.

그때 그 손을 잡았더라면…… 그는 머리를 흔들었다. 침묵이 흘렀다. 어둠 속에 그의 독백이 울리었다.

희연아, 저기 새싹이 보이지. 하루하루 자라나고 있지 않니? 너도 마음속에 고운 목표를 지니고 살거라. 세월은 풀나무를 자라게도 하고 말려 죽여 버리기도 한단다. 하루하루 고운 꿈을 먹고 속살을 찌워 자라나지 않으면 쓸모없이 말라죽고 말아요, 저기 저

나무처럼. 세월은 그렇게 흐른단다. 미래를 바라보고 살아야 해, 매일매일.

오빠도 그렇게 살아요?

난 그러지 못해. 고목같이 살면 되지.

왜 그렇죠? 오빠는 고목나무가 아니에요. 그리고 고목에도 새잎이 돋는걸요.

그래도 고목은 고목이지. 바람하고 얘기나 나누다가 떨어진 나뭇잎 속에 묻히면 돼. 그게 더 편하니 말야.

엉터리! 오빠는 그렇게 살려면서 나더러는 왜 미래를 바라보고 살라 하는 거예요?

희연아, 그건 네가 아직 어린 나무이기 때문이야. 더 자라나야하기 때문이지. 세월은 끊임없이 흐른다. 구부러져 버리거나 말라죽지 말고 하늘을 향해 꿋꿋하게 자라야 해. 그래서 싱그러운 열매를 맺어야지. 다 자란 나무야 이런들 저런들 무슨 걱정일까. 이 궁하고 막막한 처지에서 네가 제대로 곱게 자라나 보지도 못하고 기진하여 시들어 버릴까봐 안타깝고 걱정되어서 하는 소리란다…… 마음속에 꿈을 지니고 한 발짝 한 발짝 나아간다면 어려운 세월이 지난 후엔 고운 꽃처럼 웃을 수 있지 않겠니. 세월이 흐르면…… 희연이가 귀엽고 착한 우리 동생이라서 이런 걱정을 하게 되는 거란다…… 알겠지?

아무런 대꾸도 없고, 밤은 깊어갔다.

도깨비 씨는 여느 때와 같이 불쑥 찾아왔지만, 이번엔 예전처럼 말도 없이 사라져 버리지 않았다. 그러기는커녕 주인의 방에 짐— 짐이래야 옷가지 따위가 든 큰 가방 하나를 들여놓고, 희연에게 꽃 브로치를 선물로 준 다음, 주인을 상대로 중언부언하며 아침밥을 뜬 후, 갔다오겠다는 인사말을 점잖게 남기곤 슈트케이스만 달랑 들고 나서는 것이었다.

지난 밤의 횡설수설에 의하면, 그 친구는 그동안 제주도로 훌쩍 건너가 밀감밭 일을 하며 돌아다닌 모양이었다. 밀감꽃 향기를 풍기는 섬처녀와의 로맨스를 꿈꾸었으나 이루어지지 않았다. 하루는 한라산에 올라갔는데, 백두산이 좋네, 한라산이 더 좋으네, 하는 취객의 설전에 괜히 끼어들어 한소리 하다가 떠밀려 백록담으로 굴러떨어져서 몸을 다쳤다. "고통 속에서도 친구 자네를 생각하니 왠지 죄책감이 좀 사그라지는 듯하더군." 하고 그는 중얼거렸다. 그후 서울로 돌아와 그동안 모은 몇 푼으로 포장마차를 시작했다. 혼자서 하기에는 좀 벅찬 노릇이었지만 술을 팔면서 마시기도 하고 또한 주객들에게 안주감을 장만해 주는 재미도 짭짤해서 그럭저럭 생업으로 삼을 만하다고 여겨졌다.

비가 부슬부슬 내리는 어느 날 밤, 여자 하나가 들어오더니 닭똥집을 안주로 소주를 홀짝홀짝 마셨다. 어느덧 손님의 발길도 뜸해지고 빗발은 점점 굵어지기만 하는데 여자는 어둑한 한구석에 웅크린 채 일어날 줄을 몰랐다. 그가 한 마디 붙여 볼 셈으로 목청을 가다듬는 때에 여자가 먼저 한잔 하라면서 잔을 내밀었다. 고불고 불한 숱 많은 머리채에 일부가 가려진 얼굴은 갸름하고 묘할 정도로 작았는데 입술엔 거무죽죽한 루즈를 바르고 있었다. 코는 오똑한데 눈동자가 위로 치우치고 흰자위가 많이 드러나서 쓸쓸한 인형같이 보이는 한편 약간 희극적인 인상을 받게 했다. 소주는 씁쓸하면서도 달콤했다. 잔을 되돌리고 한잔 따라 주자 여자는 반나마 마시더니 갑자기 고개를 숙이며 웩웩 토해냈다. 그런 뒤 그녀는 목로 위에 엎드려져 죽은 듯이 가만히 있었다.

토한 이상 웬만하면 일어서서 비틀거리면서라도 나가는 것이 상례였다. 그런데 그 여자는 팔 위에 이마를 얹은 채 어깨만 사뭇 고요히 떠는 거였다.

"괜찮은가요, 아가씨?…… 택시를 잡아 드릴까요?"

여자는 그제야 부스스 얼굴을 들었다.

"아니, 괜찮아요. 저, 사실은 갈 데가 없어요……."

창백한 안색에 눈엔 물기가 축축이 어려 있었다.

누추한 노총각의 골방이라도 상관없다면 같이 가자고 인사치레 삼아 권하자 여자는 슬그머니 응하는 것이었다. 우산 속에서 어깨에 팔을 두르니 가벼이 밀착했다. 여자는 보기보다 나이가 들었으며, 새로이 마신 술기운 탓인지 잠자리에 들자 흥분하면서 몸을 열었다. 이런 영화 같은 일도 있을까 하고 경이를 느끼며 애무하던 한 순간 더 놀라운 일과 마주치고 말았다. 여자의 한쪽 귀가 잘려 버리고 없었던 것이다. '한 존재를 취함은 그 아름다움과 함께 상처도 받아들이는 것이다. 왜냐하면 아름다움과 상처가 함께 모여서 그 존재를 이루었기에.' 하는 경구를 되새겨 보며 그 자리에 키스를 했다.

한 달을 함께 살았다. 그러던 어느 날, 새 방을 계약하러 통장을 갖고 나간 여자가 밤이 되도록 돌아오지 않았다. 사라져 버린 것이었다. 졸지에 알거지 신세가 된 그는 포장마차를 내팽개치곤 골방에 틀어박혀 병나발을 불며 꺼꺼 울어댔다. 지나온 삶이 불운과 실패로 점철된 것 같았다. 이제 더 이상 희망도, 어찌해 볼 만한 힘도 없었다. 바보, 병신, 쪽정이. 세상이 암흑천지로 여겨지고, 그 속에서 숨을 쉬며 꼬무락거리는 벌레 같은 자신이 불쌍코 가련했다. 푸른 하늘에 흰 구름은 세월이 흘러도 새삼스럽건만 좀먹은 청춘은 가뭇없어라! 체념해 버리려 해도 안타까움은 앙금처럼 남았다.

어느 날 길을 지나가던 사람이 "읽어 보면 인생이 환하게 바뀌리라." 하는 말과 함께 책 한 권을 주었다. 〈무엇이든 할 수 있는 적극적 사고방식〉이란 책이었다. 준 사람의 성의를 저버릴 수 없어 심심풀이 삼아 읽어 나갔다. 돌이켜 보매, 자주 비관적으로 생각하고 그 어떤 죄의식과 열패감에 빠져 스스로 삶을 어둡게 색칠한 것 같았다. 그래, 과거는 묻어 버리고 밝은 쪽으로 핸들을 돌려 새로운 출발을 하자! 불운과 실패를 씹으며 쭈그려 앉아 있어봤자 살아가는 데 도움이 안 된다. 손가락은 아홉 개나 남아 있고 발가락은 다 남아 있다. 일어나서 헤드라이트를 켜고 성공적인 삶을 향해 일로매진하자. 그렇다, 산 채로 묻혀 죽을 순 없다! 그리고 내 친구

에게도 이 이야기를 들려 주어 함께 재생하자—이렇게 생각하고
찾아왔다는 것이었다.

　도깨비 씨가 함께 살게 되면서부터 호젓하던 오막살이집의 생활
은 변화하기 시작했다. 오누이가 새 동거인에 대해 그다지 참견하
지 않는 데 비해, 도깨비 씨는 주인네의 생활에 사사건건 간섭하고
나아가 자신의 생각을 강요하는 것을 마치 무슨 호의라도 되는
양 여겼다.

　도깨비 씨는 어둠이 아직 채 걷히지도 않은 이른 새벽에 눈을
뜨고는 자리에 누운 채로 목청을 울려 "아이 캔! 나는 할 수 있다!
나는 할 수 있다!" 하고 되뇌었다. 이어 좀더 큰 소리로 "나는 사장
이 될 수 있다! 나는 사장이 될 수 있다!" 하고는 눈을 지그시 감고
도취경에 빠져든 듯이 "나는 이미 사장이 되었다! 나는 이미 사장
이 되었다!" 하고 열띤 음성으로 침을 튀기며 뇌까렸다. 그런 다음
눈을 뜨고 근엄한 표정을 지으면서 "이봐, 정군, 일어나! 출근 시간
이야." 하고 말했다. 이미 잠이 깨어 버린 '정군'이 일어나지 않았음
은 물론이다. 도깨비 씨는 멋쩍어하긴커녕 솔선수범하는 사장처럼
벌떡 일어나 이불을 개고는 뚜벅뚜벅 밖으로 걸어나가서 구령을
붙이며 체조를 했다.

　도깨비 씨는 며칠 후 담배를 끊었다. 그리고 아직 자기 자신도
초연하지 못하면서 동숙자에게도 끊기를 강권했다. 흡연은 구질구
질하고 퇴보적인 습관에 불과하다며, 인간이 굴뚝이냐고 핏대를

올려 공박하는 것이었다. 공박을 당한 그는 대꾸하기 싫다는 듯이 불을 꺼버리고는 꽁초를 귀 옆에다 꽂아두었다. 도깨비 씨의 간섭이 없는 대낮이라도 그는 담배를 허투루 피워대지는 않았다. 흡연 욕구가 있는 듯 없는 듯 지긋하게 지내다가 일단 싸구려 청자 한 개비를 피워 물면 만감을 풀어내는 양 천천히 연기를 빨아들여 음미하며 고적한 성 안을 거니는 한동안 손끝이 타는 줄도 몰랐다.

도깨비 씨는 자신의 바이블(길 가던 노인에게 받은 책)을 재독삼독 하는 데 그치지 않고 그 속에서 뽑은 구절들을 붉은 사인펜으로 백지에 큼직큼직하게 써서 사방 벽과 기둥에다 붙여 놓았을 뿐만 아니라 희연이의 방문 앞에도 붙여 놓았다. 심지어 화장실에까지 붙여 놓고는 시도 때도 없이 중얼중얼했다.

"과거는 헛것이다. 점점 사라진다…… 이미 사라졌다!"

"찬란한 미래가 다가온다. 나는 언제나 기쁨과 행복을 향해 전진 하고 있다! 아이 캔! 바로 지금 행복한 미래 속으로 들어왔다."

"위대한 창조주의 힘은 어디에서고 활동하고 있다. 순수한 마음 으로 그 힘을 받아들이라. 그 힘에 의해 머리카락은 점점 자라난다. 믿어라! 지금 자라났다!"

집안 곳곳에 허연 쪽지가 나붙고 뻘건 글씨가 적혀 있었다. 그는 머리가 혼란스러운 듯 그것을 외면하고 지냈다.

하루 낮에 그는 도깨비 씨의 손때가 묻은 문제의 책을 한번 훑어 보았다. 미국의 어떤 목사가 쓴 것인데, 좌절하여 어둠 속에서 허덕 이고 있는 사람들에게 성공의 행복을 약속하며 빛의 세계로 옮겨

올 것을 역설하고 있었다. 그는 욕망을 추구하기보다는 그것을 눌러 버리는 쪽에 더 익숙해 있었으므로, 그 책을 덮고 나자 머리를 감싼 채 긴 한숨을 내쉬었다.

실속도 없이 나다니던 도깨비 씨는 어느 날 신문 한 면을 차지한 광고를 들여다보며 다리를 달달 떨어댔다. 그것은 '성공학 총서'라는 이름 아래 열 권으로 모아 낸 전집물로서, 〈카네기 처세술〉을 필두로 예의 그 〈적극적인 인생〉도 포함하여 〈초능력의 기적〉이니 〈신비의 행복학〉 따위에 이르기까지 이른바 그런 유의 탁월한 저작을 망라해 놓았다고 선전하고 있었는데, 하단엔 성공의 세일즈맨을 모집한다는 광고가 보였다. 도깨비 씨는 코를 킁킁거리고 눈을 깜작깜작하며 자세히 보고 있더니 다음날 전격적으로 그곳의 수습사원이 되는 데 성공했다.

성공학 총서의 세일즈맨이 된 뒤부터 도깨비 씨는 전에 비해 격이 다르게 극성스러워졌다. 이전엔 그나마 순진한 면이 있었다면 이젠 정색을 하고 덤빈다고나 할까. 마치 교사라도 된 양 굴었다. 교사라는 건 원래 교사가 아니고 교사한테 배워서 교사가 된다는 사실을 모르는 것 같았다. 도깨비 씨는 자기가 팔고 있는 책을 중얼중얼 외워 머릿속에 넣고 그것을 실현하기 위해 수선을 떨었다. 아침이면 거울 앞에서 대머리를 정성스레 가다듬고, 미소짓는 연습을 하고, 한 벌뿐인 양복과 구두를 가능한 한 번드레하게 털고 닦은 다음 슈트케이스를 들고 집을 나서는 건 좋았다. 그런데 남에게까지 머리를 감으라느니 수염을 깎으라느니 방은 마음이니 하루 한번씩 쓸고 닦는 게 좋다느니 시시콜콜 설교를 할 때는 지나친 점이 있었다. 그리고 마당가에 난 풀꽃을 지저분하다며 모조리 뽑아내 버렸다. 그것들이야 해를 끼치지도 않으려니와 끈질긴 생명력과 자연스러운 모습으로 오두막의 일부처럼 여겨졌건만.

그뿐만이 아니었다. 심지어 밥상 앞에 앉아서 희연에게, 돈은 써야 생기는 것이니 아끼지 말고 식탁을 좀 더 풍부하게 하자고 주장했다. 스스로 고기 근이나 사들고 오기도 했다. 웬일인지 희연은 육식을 하지 않았고, 그도 즐기지 않았으므로 그건 대부분 도깨비 씨의 뱃속으로 들어갔다.

연일 대문짝만하게 신문지상을 장식해대는 광고 덕분인지 혹은 도깨비 씨의 적극적인 활동 때문인지 성공학 총서는 심심찮게 팔리는 모양이었다. 도깨비 씨는 득의만면한 얼굴로 마치 성공의 사도라도 된 양 무게를 잡고 충고를 했다. 바로 자신이 거주하는 곳에서 사악한 악귀와도 같은 부정적 생각에 사로잡힌 친구가 신음하고 있다는 사실은 체면 문제라는 듯이.

"다리가 좀 불편하다고 해서 생각까지 어둠 속에 틀어박혀서는 안 돼. 요는 생각의 문제야. 생각이 춤을 추면 다리도 얼씨구나 춤을 추게 된다니까! 도대체 어둠이란 것이 어디에 있나? 자, 보라구. 촛불을 켜니까 싹 없어져 버리지 않냔 말이야. 어둠은 허상이고 부정이며 이 밝은 빛만이 진실이야! 네가 머릿속으로 얼마나 구성진 만리장성을 쌓는지는 몰라도 내가 보기엔 서글프고 답답해. 내 말대로 대가리를 싹 갈아내고 현실적으로 같이 잘 살아 보잔 말이야! 장가도 한번 들어 봐야 할 게 아닌가?…… 그런데 이게 뭐야, 도대체…… 드러누워서 이딴 것이나 끄적거리고 있으면 방긋방긋 웃으며 돌아온다는 건가 뭔가?"

도깨비 씨는 그가 가슴 위에 얹고 있던 화판을 뺏아 여인의 얼굴이 그려진 도화지를 빼내어 촛불을 당기더니 문밖으로 홀럭 던져 버렸다. 그는 좀 화가 났다.

"무슨 짓이야, 이게! 그렇게 성공하고 싶으면 혼자 해서 잘 살아 봐! 가만 있는 사람 쑤석거려서 심란하게 하지 말고…… 사람이 생각이 제대로 박혀 있으면, 아무리 좋은 일이라도 차분히 생각해 보고 우선 제가 잘되도록 해본 다음에 남에게 권해도 권해야 할 것이 아닌가. 도대체 누가 누구보고 악귀에 홀렸다고 걸핏하면 생각을 바꾸라니 뭐니 하는 거야? 좀 우습군…… 그래, 생각이 그렇게 바꾸잔다고 하루아침에 바꿔지던가? 그것도 광명이니 긍정이니 하는 일변도로. 자, 촛불을 끄니까 어둠이 왔지 않은가. 자넨 어떤지 모르지만 난 한결 기분이 가라앉는군. 지금은 밤이고, 빛은 적은 부분만 비출 뿐이야. 자네가 아무리 촛불을 켠다 하더라도 이 세상은 역시 어둑한 밤이지. 하긴 미국으로 가면 아침이겠지만…… 그리고 자꾸 긍정 긍정 하는데 대체 그건 어디서 나온 긍정인가? 부정不正에 대한 부정否定은 바른 긍정이지 않은가 말야."

도깨비 씨는 잠시 멍하니 앉아 있더니 중얼거렸다.

"나쁘고 싫은 것을 생각하고 있으면 뭣하나. 똥에서야 구린내밖에 더 나겠어? 싹 잊어버리고 산해진미를 먹으러 가자는 거지."

그러고는 자리에 들어 "나는 밝은 빛 속에 있다! 나는 밝은 빛 속에 있다!" 하고 중얼대다가 코를 드르렁 드렁 골았다.

도깨비 씨의 벗겨진 앞머리는 그 후에도 부정적이고 암울한 생각을 거부하듯 더욱 반드르르해져 갔다.

하루는 도깨비 씨가 수당 받은 턱을 낸다고 집 아래 가게 탁자에서 그와 함께 맥주를 한잔 했다. 도깨비 씨는 담배를 끊었지만 술은 그 즈음에도 간간이 마셨다. 그때 목발을 짚은 꾀죄죄한 사내 하나가 그들 앞으로 오더니 그에게 알은체를 하며 어정거렸다. 그는 도깨비 씨의 눈짓을 못 본 척, 사내를 빈자리에 앉으라고 권하고 맥주 한잔을 부어 건네었다. 사내는 흥감스러워하며 받아 쭉 들이켜고는 그대로 눌러앉아 시키지도 않은 말을 제풀로 씨불씨불했다.

"더러운 놈의 세상이여, 씨발! 어느 놈은 단돈 천 원 한 장이 없어서 배를 곯는디 씨발, 어느 개쌍놈들은 몇 십억 몇 백억을 꿀떡꿀떡 해처먹고도 씨발, 눈깔을 빤빤스리 뜨고 혓바닥을 나불나불하는 판이니 지미씨발, 에이 꽝 터져 버려라 씨발…… 허이구, 속에서 열불이 나니깐 술을 마셔야겠는데 돈이 없으니깐 술도 마실 수 없고, 술을 못 마시니깐 속만 꺼멓게 타고……."

그러면서 사내는 더러운 손으로 슬쩍 술병을 집어 잔에 쪼록쪼록 부어서는 단숨에 마셨다. 그 모양을 보고 있던 도깨비 씨가 콧김을 두어 번 불어내고 나서 한마디 했다.

"이보시오, 노형. 그런 패배적인 생각을 갖고 있으니까 그렇게 살 수밖에 없는 거요. 남을 욕하기 전에 자기부터 잘 추스려서 사람답게 살아갈 생각을 하시오. 술마실 돈이 없으면 어디서 얻어 마실 생각을 할 게 아니라 참고 돈을 벌 생각을 해보시오."

사내는 순간적으로 기분이 확 상해서 도깨비 씨를 노려보았다.

"흥, 술 한잔 얻어마시면 사람이 아니란 말이군, 씨발. 더러운 세상에서 당신이나 더러운 놈들 밑구멍 핥으면서 잘 살아봐, 이 썩은 홍시 같은 놈아!"

도깨비 씨는 얼굴이 벌게졌다.

"아니, 이 영감쟁이가 좋은 말 해주니까 되려 물어뜯네. 그러니까 그꼴이지……."

"이봐, 그만해, 이 사람아……."

그는 도깨비 씨를 탓하는 어조로 급하게 끼어들어 말렸다. 그러자 사내는 불현듯 감정이 격앙되어 음침하고도 험상궂은 표정으로 목다리 한 짝을 번쩍 치켜들더니 획 내리쳤다.

"그래, 이 새끼야, 나는 월남 땅에 가서 병신이 되어 와 이꼴로 산다!"

순식간에 도깨비 씨의 이마에는 피가 줄줄 흐르고 앞니가 두 개나 날아가 버렸다. 그 경황에도 도깨비 씨는 "새옹지마…… 전화위복……" 하며 낑낑거렸다.

그 화변이 도깨비 씨에게 무슨 복이 되었는지는 모르나, 어쨌든 이후 시나브로 변화의 기미가 보인 것은 사실이었다. 우선 주위 사람들을 성가시게 하던 극성스런 설교와 참견을 그만두어 버리고 독야청청 자기의 꿈을 향해 걸어갔다. 도깨비 씨의 꿈이 만일 '성공

세일즈'라면 그 길은 별로 순조로운 것 같지 않았다. 이전이라고 특별히 두각을 나타냈던 것도 아니고 실상대로 말하자면 생활비나 근근이 마련하는 깜냥이었는데, 어느덧 떠들썩하던 광고 놀음이 한물 지나고 나자 홀로 물결 센 한바다에 배를 저어 가야 하는 신세였던 것이다.

그래도 무슨 믿는 데가 있는 듯이 도깨비 씨는 하염없이 노를 붙잡고 있었다. 그렇게 세월이 흐르는 동안 도깨비 씨는 서서히 자신의 실상을 깨닫는 듯이, 앞니 빠진 틈으로 하릴없이 한숨을 내쉬고 담배를 피우고 술을 자주 마셨다. 과도한 날은 그토록 기피하던 과거사에 대해 저도 모르게 들먹거리기도 했다. 그렇다고 소위 그 성공철학을 포기해 버린 것도 아니라서 보기에 반거들충이 같았다.

매서운 바람이 사방을 휩쓸고 불어대었다. 뒷산 자락에 서서 부대끼는 나무들은 구슬피 신음하는 성싶었다. 겨울이 깊을수록 폐가는 한층 을씨년스런 모습으로 움츠러들고 음산한 단말마를 내지르며 쓰러져 가는 듯했다.

구들골이 시원찮고 외풍이 센 방은 바깥이나 진배없었다. 연기처럼 풀풀 나오는 허연 입김이 궁핍한 사람의 모습을 한결 스산하게 했다. 그는 이불을 있는 대로 모두 꺼내어 배 위에 켜켜이 덮고 있었다. 바람이 윙윙대며 휘몰아칠 적마다 천장과 벽의 흙이 투두둑 하며 떨어져 내렸다.

옆에서 코를 골며 자던 도깨비 씨가 술기운에 자기 이불은 한켠에 차 모아놓은 채 남의 이불을 끌어갔다. 그러더니 문득 "연아…… 연아…… 음…… 희연아……" 하고 잠꼬대를 하며 앞니 빠진 틈으로 입술이 빠져들어갈 정도로 뭘 빠는 시늉을 하고 뒤이어 이불을 부둥켜안으며 아랫도리까지 꺼불거렸다. 그는 눈살을 잔뜩 찌푸리며 얼굴을 돌렸다.

전날은 희연의 졸업 날이어서 그와 함께 도깨비 씨도 학교에 갔었다. 희연은 하얀 마른 꽃 같은 얼굴로 오빠를 바라보며 소리 없이 웃었다. 그는 감개무량한 표정을 담고 마주 웃어 주었으나 얼굴 한구석엔 겸연쩍어하는 빛도 보였다. 이제 스물, 명색이 오라비라고 하면서 아무런 도움도 되어 주지 못했건만 어린 누이는 진흙땅에서 제 홀로 한 송이 연꽃처럼 피어났다. 졸업식장에서 상하나 받지는 못했으나, 돌이켜 보면 중도에 포기하지 않고 여기까지 헤쳐 나온 것만 해도 기특한 일이었다. 누이를 품에 안고 어깨를 도닥거리는 그의 눈에 맑은 물기가 내비쳤다.

도깨비 씨는 재바르게 수선을 피우면서 희연에게 꽃다발을 한아름 안겨 주고, 숙녀가 되었음을 축하한다는 너스레와 함께 흰 꽃이 핀 빨간 모자를 직접 씌워 주고는, 앞니 자리가 훤히 드러나는 것도 잊은 듯 한쪽 눈을 찡긋한 채 사진을 찍어댔다.

모처럼 꽃 속에 묻혀 예쁜 모자를 쓰고 밝게 웃는 희연의 자태는 어려운 생활에 눌려 활짝 피지는 못했을지언정 그대로 매혹적인 바가 있었다. 거울을 보여 준다면 그녀 자신도 남모르게 놀랐으리

라. 도깨비 씨의 능청이 아니더라도, 소녀티를 벗고 은은한 향기를 풍기며 가지 끝에서 익어 가는 과일처럼 처녀로 변모하고 있었다. 도깨비 씨가 사진기에 오래도록 눈을 갖다 대고 있었던 것도 그런 까닭 때문이었는지 모른다.

뜨끈한 찌개에다 밥이나 먹었으면 좋겠다는 것을 도깨비 씨가 굳이 우겨 세 사람은 어느 레스토랑으로 들어갔다. 음식이 오자 오누이는 서툴고 서먹서먹한 데 비하여 도깨비 씨는 제법 그럴듯하게 나이프와 포크를 사용하여 식사를 하면서, 에티켓이랍시고 미주알이 어떠네 고주알이 어떠네 설명을 했다. 샴페인도 한 병 갖다놓았다. 시간이 흐를수록 희연이가 그 자리에 익숙해져서 곧잘 음식을 먹는 모양을 보고 오라비는 대견스러우면서도 의아스럽다는 표정을 지었다.

도깨비 씨는 무척 흐뭇해져서 이런 말을 꺼냈다.

"된장국에 밥 말아서 김치쪽하고 먹는 것밖에 모르는 너는 천하에 둘도 없는 구식이야. 이제 연이가 졸업을 하고 사회에 나오게 됐으니 하는 말인데, 너하고 질래 같이 살다가는 똑똑한 아가씨 하나 버려 놓겠다. 내 말이 절대 농담은 아냐. 지금 사회가 어떻게 돌아가고 있는데 구태의연하게 묵은 입맛에만 붙들려 앉았으려나. 그렇게 소극적으로 형편과 처지만 생각하고 주저앉아서는 남의 뒤치다꺼리밖에 못해. 적극적으로 현실을 개척하고 생활의 행복을 누리는 것은 인간의 의무이자 권리야. 희연이가 인물이 못났나, 착하고 똑똑하니 미운 데가 있나, 하다못해 우리처럼 몸에 흠이

한 군데 있기라도 하나. 제대로 나래를 펴고 행복한 세계로 날아갈 수 있도록 도와주어야 해. 부모라고 해서, 오빠라고 해서 붙잡으려고 해서는 안 되지."

"누가 뭐라고 했나. 내가 희연이를 붙잡아서 버려놓겠다고 하던가?"

그가 좀 떨리는 음성으로 말했다.

"이르자면 그렇다는 얘기지. 지금의 처지가 나쁘다고 해서 현실에 몸종처럼 얽매여 버리면 잠재돼 있는 능력을 썩혀 버리는 꼴이 될 테니 그게 아까워서 하는 소리일 뿐이야. 우리 한번 희연이를 땅속에 묻힌 보석으로 생각해 보자구. 두더지가 갉아 없애도록 내버려둬야 옳겠나? 캐내어 반짝반짝하게 갈고 닦아 고급 브로치 같은 데 박아 찬란히 빛나도록 하는 게 좋겠나? 어서 대답해 보게."

"그걸 물어 볼 필요가 어디 있나. 하지만 자넨 꽤나 허황된 생각을 잘하더군."

그는 웃음 지으며 대꾸하고 나서 누이 쪽으로 얼굴을 돌렸다. 희연은 고개를 약간 수그린 채 두 사람의 대화를 가만히 듣고 있었다.

도깨비 씨는 열을 올려 반문했다.

"허황되다구? 그럼 사실적이고 진실한 오라버니의 입장에서는 누이가 어떻게 되기를 바라나?"

"이제까지 잘 해왔으니 앞으로도 아마 제가 잘 해나가겠지. 이래라저래라 할 순 없잖나. 난 다만 심성대로 살다가 좋은 사람 만나서……."

"흥, 좋은 사람 좋아하시네! 대체 어떤 놈한테?…… 자, 냉정하게 생각하자구. 눈앞에 보이는 현실대로만 하자면, 희연이는 앞으로도 뼈빠지게 고생이나 하다가 어떤 시시껄렁한 놈의 자슥한테 낚아채여서 빛 좋은 하늘 한번 제대로 쳐다보지 못하고 궁색하게 살다가 늙어 죽지 않는다고 장담할 수도 없는 처지라구. 제가 성실하게 노력하면서 바른 길만 걸어가면 잘살 수 있다고 말하지만 그건 다 속임수야. 무슨 수를 써서라도 날개를 달지 않으면 결코 바라는 위치로 올라서지 못하고 만다구. 이건 나의 체험이기도 해. 그러니까 희연인 지금 중요한 기로에 서 있다는 사실을 명심해야 한단 말야."

"대체 무슨 말을 하자는 거야?"

그는 미심쩍어하는 빛이 어린 눈으로 상대방을 노려보면서 물었다. 도깨비 씨는 희연을 한번 바라보고 나서 천천히 얘기를 꺼냈다. 희연은 다소곳한 모습으로 귀를 기울이고 있었다.

"말이 났으니 말이지만 나도 속으로 희연이의 앞일에 대해 염려를 많이 하고 있었어. 친오래비는 아니지만 맞잽이지 뭐. 그래서 여기저기 기회 닿는 대로 알아 보았지. 내 옛날 동료 되는 사람이 카페를 내고 있는데 사실 요즘 내가 뒤에서 이것저것 도와주고 있어."

도깨비 씨는 잠시 말을 멈추고 있더니 이었다.

"거기 자주 오는 나하고 꽤 친한 감독이 있는데, 지금 청순한 이미지의 신인 배우를 찾고 있다길래, 희연이 얘길 꺼냈더니 언제 한번 데리고 와보라는 거야."

"실없는 소리 그만둬!"

그가 흥분한 어조로 면박을 주었다.

"뭐가 실없는 소리야? 이건 하나의 기회가 될 수 있다구."

"그게 기회라면 자네나 붙잡아서 스타가 되어 보지 그래. 이 아이가 어찌 그런 것을 한다고……."

그때 정물처럼 다소곳이 앉아 있던 희연이 문득 입을 열었다.

"오빠, 이왕 이야기를 꺼내신 거니까 한번 들어 봐요."

그는 무르춤하여 누이의 얼굴을 바라보았다. 희연은 생긋 웃었다. 그는 의아스럽다는 표정으로 무슨 말인가 할 듯 입술을 씰룩거렸으나 입을 열지는 못했다. 도깨비 씨가 기세를 올려 얘기를 이었다.

"역시 신세대 아가씨는 다르구먼. 이건 하기에 따라 얼마든지 성공으로 연결시킬 수 있는 기회라구. 뭐니뭐니해도 자기를 백프로 활용해서 잘살아 놓고 볼 일이야. 짧은 인생 왜 주저앉아서 궁상을 떨어?"

"쓸데없는 소리 작작 하라니까 자꾸 뇌까리고 앉았네! 어린애도 아닌 사람이 왜 그리 천둥벌거숭이같이 굴어쌌나! 이렇고 저렇고 간에 먼저 영화를 좋아해야 배우가 될 것이 아닌가 말야."

"하다 보면 다 좋아지게 돼. 늙은이처럼 맥없이 살다가 아무것도 못 이루는 것보다는 어린애가 훨씬 나아. 요즘 유명한 사람들은 모두들 어린애 같잖아? 아무튼 희연이는 인기 있는 스타가 될 조건이 다분히 있어. 될 수 있다구!"

"허황된 도깨비 같은 소리는 제발 좀 그만하고 나가자구."

"내가 허황되면, 넌 그럼 대단히 허황되지 않은 것 같아? 내 얘길 좀 들어 보라구. 지금 현재 너나 희연이가 가진 게 대체 뭐가 있나? 앞으로 연이가 어떤 직장을 갖게 될지는 모르지만 당장은 공장에라도 나가야 하는 형편이 아닌가 말이야. 그 공장이 네가 생각하는 반석인가? 언제 나처럼 손가락이 잘릴지 모르고 또 무슨 흉악한 일을 당할지 모르잖은가. 세상 천지에 늑대와 너구리가 날뛰고 있는 판이야. 그리고 그 오두막은 언제 무너져 내릴지 어떻게 알아? 아니, 무너지지 않더라도 조만간 철거되고 말 거야. 그걸 막아낼 재주가 있어? 아니면 변변한 방 하나라도 구할 돈이 있어? 사람이 살 데도 없으면서 무슨 얼어죽을 놈의 현실이고 환상이야. 모두가 환상이지! 네가 생각하고 있는 반석이나 탄탄대로란 건 애당초 없어. 그것 자체가 환상이고 허상이야…… 희연이가 영화배우가 되려는 것이 과연 공장에 나가는 것보다 더 허황된가 하는 문제는 생각해 봐야 해. 세상이 그런 걸, 힘이 되어주지는 못할망정 앞을 막는 바위는 되지 말아."

그는 얼굴이 잔뜩 일그러졌다.

"누가 앞을 막는다는 거야! 또 누가 배우가 되겠다고 하던가?"

희연이 고개를 들더니 떨리는 음성으로 말했다.

"한번 생각해 볼 필요가 없을까요, 오빠?"

"뭐라구? 얘야, 너 진심으로 하는 소리냐?"

그는 눈을 둥그렇게 뜨고 되물었다.

"가능하다면 해보구도 싶어요. 그게 나쁜 일은 아니잖아요?"

"희연이 너, 착실하다고만 생각하고 있었더니 엉뚱한 마음을 내는 구나. 그게 얼마나 어려운 노릇인 줄 알고나 하는 소리니? 헛 참!"

그는 어이가 없다는 듯 외면했다.

"어렵더라도 견뎌낼 수 있어요. 그렇게 해서라도 좀 제대로 사람 답게 살 수만 있다면요."

"그럼…… 우리가 이제까진…… 사람답게 살지 못했다는 얘기 냐?"

그는 말하고 나서 저도 모르게 한숨을 푹 내쉬며 비감 어린 표정으로 머리를 흔들었다. 희연은 고개를 숙이고 한손으로 입을 가렸다.

"그렇지는 않지만…… 그래도 형편이 풀리면 오빠 몸도 치료할 수 있고…… 그림 공부도 새로 시작하시고……."

"말도 안 되는 소리 집어치워! 네 앞길이나 잘 걸어가면 된단 말야!"

그는 부르르 몸을 떨며 자리에서 일어났다. 희연이도 따라 일어 섰다. 도깨비 씨가 그의 팔을 붙잡고 말했다.

"흥분할 일이 아냐. 이게 앞길을 가로막는 짓이 아니고 뭐란 말 이야? 차근차근히 생각해서 일이 잘되어 나가도록 해야지."

"뭐라구?"

그는 뻣뻣하게 굳어 선 채 도깨비 씨를 쏘아보았다. 그러더니 천천히 고개를 돌려 누이동생을 바라보면서 시름 깊은 어조로 말 했다.

"네 앞길을 막을 뜻은 없다. 하기사 지금도 바윗덩이처럼 부담을 주고 있는 것이겠지만⋯⋯."

그는 절뚝절뚝 밖으로 걸어나갔다. 희연이와 도깨비 씨도 따라 나왔다. 여린 겨울 햇빛 아래 서서 그는 누이를 잠시 바라보곤 다시 절룩절룩 걸었다. 도중에 희연은 친구 만난다며 떨어지고, 늙은 두 친구만 버스를 타고 앉아 말없이 오다가 도깨비 씨는 일보러 갔다오겠다며 내리고, 그만 홀로 오막살이를 향해 터덜터덜 걸어 올랐다. 그는 중얼거렸다.

"쯧쯧, 제가 그래봤자 나만큼 불쌍한 놈이지. 그녀석도 제 깜냥으로 희연이를 걱정한답시고 그러는 것일 테지 뭐. 쯧쯧쯧, 희연이 그 가여운 애는 얼마나 고생이 싫었으면 그런 생각까지 하게 됐을까⋯⋯."

그랬었는데 그 도깨비가 한밤중에 술이 잔뜩 취해 들어와 자더니 대체 무슨 꿈을 꾸는지 해괴한 짓거리를 하고 있는 것이었다.

"희연아⋯⋯ 음음⋯⋯ 희연이⋯⋯."

그는 오만상을 찌푸리며 친구의 뺨을 두어 번 쳐 헛소리를 그치게 해놓고 나서 바깥으로 나갔다. 희연은 방문을 열어 놓곤 비질을 하고 있었다. 그는 새삼스레 그 모습을 바라보고 섰다가 뒤꼍 쪽으로 걸음을 옮기며 중얼거렸다. 착하고 귀엽기만 하던 아이가 어느새⋯⋯ 불어대는 센바람 속을 서성이며 그는 좀처럼 심란함을 다스리지 못했다.

아침 밥상 앞에서 세 사람은 말없이 수저질을 했다. 푸덕푸덕

세수를 하고 난 도깨비 씨는 멀쩡한 낯으로 너스레를 떨다가 제물에 잠잠해졌다. 문득 수저를 놓은 희연이 조용히 말했다.

"오빠, 저 어젯밤에 곰곰이 생각해 보았는데요…… 만나서 한번 이야기나 들어 보고 싶어요."

"끝내……."

입을 열던 그는 사레가 들려 말을 더 잇지 못하고 손으로 입을 막으며 컥컥거렸다.

"그래, 일단 만나 보도록이나 하자구. 좋은 기회는 한번 가버리면 쉽게 오지 않아. 걱정할 것 없어, 내가 잘 아는 사람이니까."

도깨비 씨가 쌍수를 들고 나섰다. 그는 도깨비 씨를 노려보며 입술을 움직였으나 말이 되어 나오지는 않았다.

희연은 빨간 모자를 쓰고 어여쁜 모습으로 오막살이집을 나서서 가파른 비탈길의 돌계단을 한 발짝 한 발짝 뛰듯이 걸어 내려갔다. 그 뒤에는 여린 햇빛에 대머리가 반들거리는 도깨비 씨가 껑충껑충 따르고 있었다.

그는 그들의 모습이 보이지 않을 때까지 허물어진 문 앞에 서 있다가 방으로 들어갔다. 한참 후 낡은 나무 상자를 들고 나온 그는 상자를 마당에다 놓고 라이터를 켜 그 속의 종잇장에 불을 붙였다. 아지랑이처럼 투명한 불꽃이 피어오르며 종잇장에 그려진 여인의 얼굴을 가맣게 살라먹어 갔다. 그는 창백한 얼굴로 우두커니 서서 내려다보고 있다가 불이 나무 상자에까지 붙어 화르르 솟아오를 땐 허허허 웃었다. 바람이 휙 불어 종잇장들을 휘몰아 올리자 수십

장의 백지에 그려진 여인들의 초상이 불타며 사방 공중을 이리저리 날아다녔다. 그는 물기가 그렁그렁한 눈으로 그것을 쳐다보며 "도깨비불이군, 낮도깨비불……" 하고 중얼거렸다.

흑점 黑點

승용차는 콘크리트 다리 위를 빠르게 달려가고 있었다.

떠오르는 아침해가 희뿌연 강물 위로 붉은 그림자를 드리웠다. 싸늘하면서도 청명한 날씨였다.

운전석 옆좌석에 상체를 푹 묻고 기대어 앉은 조 대리는 창문을 열어놓은 채 생담배 연기를 날리고 있었다. 운전대를 잡은 홍 작가는 감기 기운이라도 있는지 출발 전부터 콜록콜록 기침을 했었는데도 문을 좀 닫아 달라는 말도 못한 채 오히려 터져 나오려는 생리현상을 애써 누르면서 운전에 열중하고 있었다. 그는 명색이 사진작가라고는 하지만, 지금은 그저 자기 목줄을 쥐고 있는 끗발 좋은 상관을 모시고 가는 일개 운전사에 불과해 보였다.

문제는 나하고 단둘이 갈 때는 그의 제반 태도가 딴판으로 달라진다는 점이었다. 그럴 경우에 그는 자가용을 몰고 일터로 나가는 사업자가 되고 나는 그의 호의로 편승해 가는 궁색한 존재일 뿐이었다. 하기야 나 또한 지시받은 대로 움직여야 하는 입장에서는 비슷한 처지이긴 했다. 그러나 업무상으로는 그렇다고 쳐도 인격적인 면에서는 나는 그런 관계를 용인할 수가 없었다.

홍은 조 대리를 우리보다 한 단계 위에 둔 상태에서 복종하고 싶어 했다. 그리고 때로는 조 대리의 무리수에 제동을 걸기도 하는 나를 자기처럼 목줄이 매인 상태에 두려 애를 썼다. 그래서 내가 조 대리의 무례한 언행에 퉁박을 주고 나서기라도 하면 홍은 안절부절못하면서 원망과 질시가 어린 강렬한 시선을 던지는 것이었다. 나로서는 홍과 같은 자 위에 군림하기도 싫고 조 대리 같은 자를 나 또는 다른 인간 위에 군림케 하기도 싫었다. 만약 내가 홍처럼 일찍 결혼해서 가족의 생계를 책임져야 하는 가장이라면 혹시 그렇게 변질될지도 몰랐다. 하지만 결혼을 일찍 한 자기 자신의 과오過誤의 말뚝에다가 나까지 훌쳐 얽어매려는 짓은 싸가지 없고 파렴치한 짓이라고 여겼다.

우리는 대호산업 홍보실에서 발간하는 사보에 실릴 기사를 취재하러 공장이 있는 천안으로 가는 길이었다. 천안 공장과 자매결연을 맺고 있는 현지 양로원을 사원들이 직접 방문하여 봉사활동을 펼치는 자선 행사였다. 나도 그렇지만 홍도 역시 조 대리와는 달리 대호산업 홍보실 소속이 아니었다. 사보는 홍보실로부터 외주를 받은 어느 군소 편집회사에서 만들었고, 홍과 나는 그곳의 박 과장에게서 연락을 받고 일을 하게 되는 프리랜서 입장이었다. 조 대리는 올드미스인 사람 좋은 박 과장에게도 강짜가 심한 모양이었다. 그냥 넘어갈 일도 조 대리가 제 기분에 따라 못된 시어미처럼 강짜를 부리면 박 과장이 땀과 눈물을 흘려야 했다. 그런 속내인지라 홍은 자기보다 나이가 어린 조 대리의 눈치를 살피며 아부를 떠는가 보았다.

홍 작가는 서대문 어딘가에서 스튜디오를 운영하고 있는 모양이었다. 나는 처음에 분야는 서로 다르지만 그를 예술가로 대우하려고 했었다. 잘 찍은 사진 한 장은 수백 장의 글보다 더 영혼을 울리고 감동을 자아내기도 하지 않던가. 그런데 그는 내게서 풋내라도 맡은 듯 픽 웃었다. 비웃음 같았다. 자기는 예술사진이 뭔지 모르고 그저 돈이 되는 사진만 찍는다고 털어놓았다. 돌잔치, 회갑연, 결혼식장 등에 가서 기념사진을 찍는 게 본업인데 경기가 좋지 않아 푼돈이나 만져 보려고 사보 일을 한다는 얘기였다. 떵떵거리는 대기업체의 경우는 어떤지 몰라도 대호산업 하청업체의 일을 맡은 자칭 '홍 찍사'가 새벽부터 장비를 가득 싣고 나가 플래시를 수십 번 터뜨린 대가로 받는 돈은 기실 얼마 되지 않았다. 그건 물론 나도 마찬가지였다. 한 달에 두 번씩 멀미로 인한 구역질을 참으며 이른바 취재를 갔다 와서 홍보실 실장이나 조 대리의 구미에 맞춰 글을 쓰고 있노라면 앞날이 까마득해졌다.

홍은 앞쪽만 주시하면서 운전하고 있었다. 조 대리가 시큰둥하게 말했다.

"좀더 빨리 달려봐."

그런데 이미 최고로 속력을 내고 있기 때문에 홍은 마음의 다급함으로 인해 마치 그의 두 발이 타이어로 변해 쉴 새 없이 달리는 듯이 여겨졌다.

"조금 천천히. 어이쿠, 허리 부러지겠네."

조 대리가 한 마디 하면 홍은 아무런 이의도 달지 않고 자동인형처럼 브레이크를 밟는다.

사실 그런 모습을 바라보고 있기도 괴롭다. 그럼 나는 뭔가? 한갓 스페어일 뿐이다. 임신중인데도 무리해서 취재를 나갔다가 자동차 사고로 부상당하고 유산까지 한 고정 작가의 대타로 나가는 셈이다. 그 당시 운전을 했던 홍은 가벼운 타박상만 입었다고 했다. 이마에 이상한 흉터가 남긴 했지만. 아무튼 그 작가가 회복해서 복귀하면 나는 그만두게 된다. 그러니 어쩌면 그 승용차 안에서 사실은 내가 가장 불쌍한 신세인지도 몰랐다. 무명작가는 하루살이에게 달린 날개마저 없고, 슬쩍 문대면 물로 변해 사라지는 미소한 벌레의 신세와 같다는 생각이 든다. 자신은 살고 있고 생각하고 있고 쓰고 있다고 위로하지만 아무도 알아주지 않는다. 어떻게 해야 하는가. 대머리 사내의 성공철학을 이수하여 을지로 뒷골목의 지가를 올리며 통속작가로라도 성공하는 방법은 없는가? 나는 실소를 지었다.

지금은 감독출장이란 명목으로 조 대리가 동행하지만 평소엔 홍 찍사와 둘이서 간다. 그땐 홍의 성격이 군밤 껍질 벗겨지듯 여실히 드러난다(지금은 잘도 숨기고 있는 셈이다). 그는 무척 조급하다.

빨리빨리주의자나 무슨 이상스런 현대병에 걸린 환자인 것 같기도 하다. 자신의 기술로 자기 애마가 길이 잘 들었다고 자랑을 하면서 아주 급하게 몰아댄다. 어딘가에서 막히기 전에 우선 가는 데까지는 최선을 다해 가놓고 보는 게 상수라면서 쌩쌩 달리는 건 좋은데 또 다시 사고라도 날까봐 두렵다. 나의 멀미 따위는 깔깔 웃어대며 무시한다. 그래서 어떻게 이 험한 세상을 제대로 사느냐고 비아냥거리기도 한다.

휴게소에서 음식 먹을 때도 그렇다. 내가 반도 채 먹기 전에 그릇을 다 비우고는 재촉하듯 쳐다보고 있다. 나는 결국 남기고 카운터로 간다. 돈은 내가 낸다. 조 대리 앞에서와는 달리, 또 다른 일에서와는 달리 그가 왠지 꾸물거리기 때문이기도 하지만, 처자식을 먹여 살리느라고 아부도 하고 인내도 하면서 그 짓을 하고 있다는 걸 알기 때문에 차비 내는 셈치고 내는 것이다. 언젠가 한번은 그의 스튜디오에서 일하는 후배라는 사람과 함께 갔었는데 홍이 다 먹어치우고 화장실에 간 사이 그 청년이 소곤소곤 말했다.

"왜 저러는지 모르겠어요. 천천히 함께 먹으면서 얘기를 나누는 것이 뭐 시간 낭비는 아니잖아요. 나도 별로 느린 편이 아닌데 저렇게 서둘러대니까 내가 아주 꾸물거리는 놈이 되어 버린다니까요. 집에도 초대받아 가봤는데요, 집에서는 안 그럴 줄 알았는데 웬걸 더 서둘러대더라구요. 우리가 숟가락을 들고 준비운동 할 때 벌써 다 먹고는 티브이를 보고 앉았더군요. 형수뻘 되는 아주머니도 재미없어 하더라구요. 사실 저도 말은 않지만 밑에서 일하려니 좀 힘들어요. 그렇게 빨리빨리 서둔다고 꼭 일이 제대로 되는 것도 아닌데 말이죠. 물론 추진력 자체는 필요하다고 인정해요. 그러나 그게 본인이나 다른 사람의 심정까지 갉아먹을 정도면 문제가 아닐까 생각돼요. 본성까지 쥐어짜면서 그렇게 살면 뭘 해요. 사진도 예술의 일종인데 사람의 마음을 푸근하게 하고 아름다움을 느낄 정도의 시간 여유는 필요하지 않을까 싶어요."

그 순간 홍이 돌아오자 그의 후배는 입을 닦고 일어섰었다. 나도 사실 보통 불편을 느끼는 게 아니었다. 그 후배가 홍을 속보로 뒤따른다면 나는 아예 폴짝폴짝 뛰어야 겨우 보조를 맞출 정도였다. 내가 나의 의견을 말하는데도 그가 자기 고집만 부리는 건 아니었다. 문제는 그도 속도를 늦추려 하는데도 그게 그의 마음대로 되지 않는다는 데 있었다. 단 한 가지 방도가 있다면 오직 조 대리의 언명뿐이었다.

"꽁무니에 불이라도 붙었나. 폴짝폴짝 열나게 뛰어다녀도 결과는 별것도 아니군 뭐. 한번 보라구. 각도를 왜 거기서 잡느냐구. 다시 제대로 찍어 보라구. 에이 씨, 시간만 다 버렸잖아!"

짐짓 한마디 던지면 그렇게 바쁘게 움직이던 홍도 순순히 자신의 과오를 자책하면서 한풀 꺾이는 것이었다. 그러나 조 대리는 홍이 부지런을 떠는 것이 나쁘지 않은지 근본적으로 교정하려고 들진 않았다. 휴게소에 들러 식사를 할 때도 홍은 조 대리의 거드름이 섞인 느긋함에 스스로 보조를 맞추면서 천천히 밥을 먹었는데, 옆에서 보자면 본얼굴을 감춘 피에로와도 같아서 민망함을 넘어

가련스러웠다. 어쨌든 밥을 먹고 다시 차를 몰아 목적지로 향한다.

"아, 목말라."

조 대리가 말하자 홍은 차를 길가에 세우더니 쪼르르 가게로 달려가서 음료수를 사들고 온다. 무엇 때문에 한 인간이 다른 한 인간에게 저런 부림을 당해야 하는가. 결코 좋아서 하는 일은 아닐 터이다. 실제로 둘이서만 갈 때 내가 시치미를 떼며 슬쩍 건드려 보면 홍은 조 대리에 대해 좋은 감정을 갖고 있지 않았다. 내가 자기처럼 조 대리에게 고자질이라도 할까 봐 직접적으로 불평을 하진 않아도 은근슬쩍 마음속에 쌓인 불만을 내비치는 것이었다. 그러고는 곧 입을 닦고 나서, 일로 인한 것이니까 참을 수 있다는 듯이 이빨을 악물고 눈 속에 번들거리는 빛을 띠었다. 그리고 마치 인생의 성공을 위한 먼 길을 달리기나 하듯이 맹렬히 애마를 몰았다.

자신의 성공을 위한 노력은 그렇다 치더라도 홍에겐 본질적으로 나쁜 버릇이 하나 있었다. 그는 조 대리에게 아부를 할 뿐만 아니라 자기 이익을 위해서는 교묘하게 남을 헐뜯기도 하는 모양이었다. 자기 주견이 강하고 홍의 페이스에 따르지 않는 작가는 얼마 견뎌 내지 못했다. 홍이 틈틈이 그의 결점이나 업무상의 문제점을 침소 봉대하여 고해 바치기 때문인데, 그러면 조 대리는 글의 사소한 점을 트집 잡아 괴롭혀서는 결국 더러워서라도 스스로 포기하게 만들었다. 이건 전임자의 불평이나 박 과장의 참고적인 조언을 통해 인지한 것이지만 나 자신이 직접 겪으면서 깨달아 가는 사실이기도 했다. 참고로 홍이 먹이로 삼은 나의 약점은 휴대폰을 잘 잊고 나오는 것, 옷이 지나치게 수수한 것, 인터뷰하는 분들에게 쓸데도 없는 질문을 하는 것 등이라는 걸 대강 짐작하고 있었다. 나에게 직접 지적하기도 했기 때문이다. 하지만 나는 그런 약점을 잘 고칠 것 같지가 않았다. 내가 휴대폰을 안 갖고 나와 일이 제대로 진행되지 않은 적은 없었다. 오히려 홍 자신이 휴대폰을 너무 믿고 의지하는 바람에 일이 거의 파탄지경에 이를 뻔한 경우는 몇 번 있었다.

차는 마침내 목적지인 양로원이 보이는 산기슭 길을 돌아 들어가고 있었다.

나목들을 흔들며 산바람이 스산하게 불었다. 만약 다른 데서라면 나목을 보며 헐벗은 젊음을 느낄 수도 있었으리라. 그런데 마당가에 백발을 휘날리며 앙상한 노인네가 햇볕바라기라도 하는지 휠체어에 앉아 있었으므로 그 나목들은 저마다 생사 간의 지대에 묶여 신음하는 듯싶었다.

준비가 이미 되어 있었기에 곧 행사가 시작되었다. 사원들의 어린 자녀들이 나와 노래를 부르고 악기를 연주하자 무표정하던 노인들의 얼굴이 차차 펴이면서 함께 박수를 치며 동요를 따라 입술을 달싹거리기도 했다. 나는 슬슬 취재를 시작했다. 대개가 70세 이상이고 90세 가까운 노인도 있었다. 그래서 60대의 노인이나 노파는 역시 늙고 병들어 거동이 불편한데도 '청춘'으로 취급되었다. 진물이 고인 그들의 눈은 이미 이 세상을 바라보고 있는 것 같지가 않았다. 가족으로부터 격리되고 버려진 신세로 이곳 양로

원에 들어온 것이다. 자식들 키우느라 뼈골이 다 빠지고 빈 거죽만
겨우 남은 공허한 몸과 정신으로 더 이상 어디로 갈 데가 있단
말인가. 그래도 그들은 먼저 이승을 떠난 배우자보다는 자식들이
가장 보고 싶다고 콧물을 훌쩍거리고 울먹거리며 얘기했다. 하지
만 자식들은 자주 온다 약속하고서 맡겨두고는 발길을 딱 끊는다
는 것이었다. 그래도 노인들은 무정한 자식들을 원망하기보다는
오히려 걱정하면서 눈가를 훔쳤다.

　만일 취재업무를 떠나 특별히 인터뷰할 기회가 주어지더라도,
이미 세상으로부터 멀리 은퇴한 그들로부터 세상살이의 기술을
배울 수는 없을 것 같았다. 세상이 혹독하다고는 해도 이 소외된
회색지대보다는 나을 듯했다. 과거는 지나가 버렸고 현재는 빼앗겨
버린 존재들은 인간의 가치가 사라진 잉여물처럼 보였다. 성공학이
니 처세술이니 시크릿이니 뭐니 하는 조작된 기술들은 그들에겐
오히려 무거운 짐일 것이다. 그들에게 배울 게 있다면 과거나 현재
가 아니라 미래가 아닐까 하는 생각이 들었다. '하면 된다! 안 되면
되게 하라!' 하고 핏대를 세워 외치는 피 장군이나 '상상하면 결국
이루어진다'라고 주장하는 대머리 사내나, 자기관리를 철저히 해서
자기를 개발한다고 절치부심하는 금테 안경 사내나 모두 언젠가는
이들처럼 늙고 병들어 신음하다가 죽을 운명이기 때문이었다. 이
조용한 인간들 중에 세상에서 한창 활약할 때 그런 생존 기술을
사용하지 않은 사람이 과연 몇이나 되겠는가. 누구라도 남보다 좀
더 잘살아 보겠다고 아등바등 애를 쓰지 않았겠는가 말이다.

노인들은 점심으로 나온 닭곰탕에서 건진 닭고기를 이빨 없는 입으로 오물오물 씹고 있었다. 저렇게 별 표정 없이 앉아 있어도 외로운 존재들이라 속으로는 무척 흐뭇해 한다고 양로원 직원이 귀띔해 주었다.

대호산업 사원들은 노인들의 수발을 드느라고 바빴다. 어깨를 주무르기도 하고 손자 손녀처럼 붙어 앉아 재미있는 얘기를 들려주다가 재롱을 떨어 보이기도 했다. 조 대리의 지시를 받으면서 홍은 그런 장면들을 열심히 찍어대고 있었다. 제법 보기 좋은 장면이 포착되면 고양이처럼 살그머니 다가가 앵글을 맞추다가 그냥 찍으면 될 텐데 좀 더 욕심이 나는지 "자자, 두 분 다 활짝 웃어 주세요!" 하고 주문했다가 도리어 화기애애하던 분위기를 깨어 버리기도 했다.

검은 모피 코트를 걸친 중년의 여성인 양로원 원장이 마이크 앞에 섰다.

"오늘 이렇게 추운 날인데도 마다않고 찾아오셔서 진심이 어린 봉사활동을 해주시고 금일봉까지 하사해 주신 대호산업 상무님 이하 여러 분께 우리 이곳에 계신 모든 어르신들을 대신하여 심심한 감사를 드리는 바입니다. 이 자리를 빌려 잠시 저희 성모의 집에 대해 소개할까 합니다. 저는 어린 소녀 시절부터 좀 특별하다면 특별했던 것 같습니다. 남부러울 것 없는 부잣집에 태어났는데도 사치란 걸 몰랐습니다. 무엇이든 나 자신을 위해 쓰기보다는 불우한 이웃을 도울 때 한없는 기쁨을 느끼는 것이었습니다. 자상하신

어머니를 따라 성당에 다니면서 순결한 사랑의 상징이신 성모 마리아님을 존숭하다가 마침내는 저 자신이 곧 성모가 되자고 다짐하였답니다. 물론 시련과 고통도 많았으나 그것은 성모님을 닮아가는 과정이었지요. 고통 속에 피는 꽃 한 송이, 한 방울의 눈물이 더욱 고귀하지 않겠습니까! 여러분, 그리하여 우리 주의 가호에 힘입어 척박했던 이 고장 이 산기슭에 박애의 실천을 모토로 성모의 집을 개원했던 것입니다. 아아, 눈물이 앞을 가려 더 이상 말을 잇지 못하겠군요. 여러분……"

조 대리가 슬쩍 모피 코트의 소맷자락을 잡아끌며 이제 밖에 나가 단체사진을 찍어야겠다고 말하자 그녀는 즉시 씻은 듯이 명랑한 표정을 지은 다음 서둘러 지휘를 하기 시작했다. 그래서 노인들은 우르르 밖으로 몰려 나갔다. 쌀쌀한 바람이 그들의 백발을 휘날렸다. 양로원 본관 앞마당에 대호산업 남녀 사원들과 노인들이 모여 화기애애한 장면을 연출하였다.

그때부터 홍 찍사의 대활약이 시작되었다. 우선 추위에 떨고 있는 노인들의 몸속에 열을 내기 위해 팔을 들어 올리고 내리며 만세 삼창을 하도록 시켰다.

"자, 모두 저를 따라 외치세요. 사랑 만세!"

"사랑 만세!"

"네, 좀 더 크게! 모두 함께, 청춘 만세!"

"청춘 만세!"

"아주 좋아요. 회춘 만세!"

"회춘 만세!"

노인들은 외치다가 말고 크득크득 웃어댔다. 홍은 신이 나서 저도 싱긋 웃곤 셔터를 눌러대기 시작했다. 그럴 때는 제법 사진작가 같았다. 사이사이 뷰파인더에서 눈을 떼고는 피사체들의 얼굴 표정이나 키의 장단에 따라 위치를 서로 바꾸라고 지시하기도 하고, 남남녀녀보다는 남녀끼리 조화를 이뤄 서서 행복한 미소를 지으라고 종용하기도 했다. 지시대로 빨리빨리 따르지 않으면 명령조로 크게 소리쳤다.

"아, 이거 개인주의 때문에 망하겠네요! 아, 여러분들께서는 지금 자기 개인이 아니라 아, 대호산업과 성모 마리아 집의 모델인 것입니다! 아, 제발 자진해서 협조를 해주세요! 모두 잘 아셨죠? 자, 그럼 실시해 주세요!"

홍은 계속 외쳐대며 사진을 찍어댔고 추위 속에서 시간은 더디게 흘러갔다. 노인들은 웃는 표정을 대여섯 차례 연기하다가 그만 지쳐서 구시렁대기 시작했고, 협조적이던 사원들은 반복의 무의미함을 느꼈는지 짜증스런 눈빛으로 시린 발을 굴렀다. 그런 와중에도 홍 찍사만은 뭔지 모를 열기에 차서 업무를 수행하고 있었다. 불만이 고조된 몇 사람이 추위를 피해 건물 안으로 들어가 버리자 홍은 남은 피사체들을 정돈해 놓곤 진지한 표정으로 요리조리 각도를 바꿔 가며 셔터를 눌러댔다. 그 중 직급이 높은 사원이 "이제 그만 좀 합시다." 하고 말하자 홍은 "네, 이제 한 장만 더 찍을게요." 라고 대답하고도 계속해 나갔다. 이번에는 맨 앞줄에 선 두 남녀

사원과 남녀 노인들로 하여금 서로 손을 맞잡고 하트 모양을 만들어 보려고 억지로 애를 쓰고 있었다. 왜 저러는 것일까? 혹시 미친 게 아닐까 하는 생각이 들 정도였다. 만약 조 대리에게 열심히 하는 모습을 보여 주려는 게 목적이라면 그건 이미 충족되고도 남음이 있을 성싶었다. 조 대리는 처음 한동안 이런저런 지시를 해놓고는 멀찍이 떨어져 서서 구경하며 담배를 피우고 있었던 것이다.

이쯤 된 상태에서는 곧 조 대리가 제재를 가하러 오리라는 걸 홍도 알고 있을 터였다. 매정하고 유들유들한 조 대리도 사원들의 불만을 유발시킬 상황까지 가는 건 바라지 않기 때문이었다. 그래도 그 간발의 찰나 전까지 홍은 기어코 사진을 찍어대는 것이었다. 무슨 사진 귀신이 그의 뇌 속에 빙의라도 된 것일까? 그런데 그렇게는 생각되지 않았다. 빙의까지 된 작자가 사진을 고작 밥벌이로만 여길 리가 있겠는가. 그런 작자라면 사진 귀신도 실쭉해서 멀리 달아나 버리지 않을까 싶다. 그럼 대체 왜 저러는 것일까? 사진의 구도를 잡거나 요제를 포착하는 등 예술적 측면에서 자주 지적을 받는 홍이고 보면 소위 사진작가로서든 찍사로서든 모종의 콤플렉스가 있을 수 있지 않을까. 그래서 조 대리의 지적과 구박을 미리 비켜가기 위해 심안이 아닌 육안으로 제 깜냥껏 완벽한 사진을 찍으려다 보니 사람을 피사체처럼 대하고 고생시키면서도 그 과도함을 도무지 자각하지 못하는 게 아닐까? 또는 잠재의식 속의 억눌린 매저키즘적 성향이 무의식적으로 사진 찍는 행위를 통해 발출되는 것일까. 즉, 좀 비상식적인 짓이라 하더라도 업무상이라는 합법을 빙자하여, 사람이란 생동하는 피사체를 자신의 성공을 위해 물건처럼 사용하는 것 말이다. 물론 나의 편견일 수 있고 또한 편견이길 바란다. 누구든지 그렇듯 홍도 다른 어느 누군가에겐 좋은 사람이기도 할 테니까 말이다. 듣기로 홍은 대학에서 사진학을 전공하진 않고 아마 사진관 같은 데서 밑바닥부터 시작해 사진술을 익힌 모양이었다. 다른 예술 분야에서도 그렇듯이 재능이 특출하다면 별로 배우지 않고도 되겠지만 범재일 경우엔 충분히 공부하지 않고는 사진의 요체를 파악하기가 지난하기에 작품이라 해도 평범할 수밖에 없다. 홍은 그런 결점을 저런 많이 찍어대는 방식을 통해 커버하는 것이 목적이 아닐까 하고도 짐작되는 것이었다.

피사체가 된 군상 가운데서 누군가 "아!" 하고 소리를 질렀다. 팔로 하트를 만들던 여사원이었다.

"제발 그만해요, 아저씨! 찍어봤자 다 나올 것도 아닌데 왜 그래요?"

그 말은 사실이었다. 설령 아무리 멋진 컷이 나온다 하더라도 사보에는 고작 두 장밖에 실리지 않았다. 홍은 실실 웃으며 구슬러 보려 했다. 그때 조 대리가 다가섰다.

"적당히 해, 멍충이 같으니!"

순간 홍은 스위치가 꺼진 자동인형처럼 모든 동작을 일시에 정지하고 멍하니 서 있었다. 카메라를 쥔 그의 손은 발갛게 얼어 있었다.

노인들은 줄지어 회색의 건물 안으로 들어가고 대호산업 사원들은 회사버스 쪽으로 걸어갔다. 그때 윤 상무가 싱긋싱긋 웃으며 우리 쪽으로 다가와 상체를 약간 구부리고 조 대리에게 악수를 청했다.

"추운데 수고하셨지요?"

"뭘요, 일인데요. 하하."

아무리 서울 본사와 현지 공장에 근무한다 하더라도 상무와 대리는 천지차이다. 마땅히 대리가 상무에게 가서 인사를 드려야 한다. 그런데도 기현상이 벌어지고 있는 이유는 조 대리의 삼촌이 본사의 중역이기 때문이었다. 조 대리는 낙하산을 타고 내려왔으되 앞으로 어떤 존재가 될지 짐작할 수 없는 인물이었다.

홍이 꽤 심한 구박을 받으면서도 웃으며 조 대리의 애경사 같은 데 꼬박꼬박 참석하여 부조금까지 내는 것은 비단 현재만을 위한 조처는 아닐 터였다. 홍은 정식 직원이 아니면서도 편집회사의 로고가 박힌 명함을 찍어 돌리고 있었다. 수도권에서 취재가 있을 때면 홍은 자신의 스튜디오 이름도 집어넣은 그 명함을 마주치는 사람들에게 아주 부지런히 돌렸다. 혹시 이번에는 대호산업의 명함에 홍 작가라는 이름을 올릴 기회를 잡기 위해 그런 수모를 감내하고 있는지도 모른다는 생각이 그의 음충맞은 미소를 볼 때면 들곤 했다.

성공! 성공! 억울하면 성공하라고 하지 않았던가?

금화金貨와 달

그곳에 도착했을 때는 이미 분위기가 한창 농익어 있었다. 소주, 맥주, 위스키, 막걸리, 약주, 청주, 매실주, 보드카 등등 온갖 종류의 술이 다 나와 있었다. 안주로는 각종 고기와 생선류 외에도 아몬드, 호두, 땅콩, 말린 무화과 등 내 눈엔 진귀해 보이는 것들로 다채로웠다. 인간들도 역시 많았다. 추운데도 불구하고 마당과 정원에 마련된 탁자에 둘러앉아 한참 얘기에 열을 올리고 있는 중이었다.

나는 우선 안방으로 들어가 오늘 팔순 잔치의 주인공에게 인사를 올렸다.

"일 때문에 좀 늦었습니다. 구충 선생님, 축하드립니다."

"일은 무슨 일이라구. 다 허깨비 짓이야. 오래 산다구 욕질 말고, 왔으니 가서 술이나 좀 마셔! 어이, 가지 말고 이리 와서 우선 이 잔이나 한잔 받고."

주인공은 이미 잔뜩 취해 나를 알아보지도 못한 채 일갈하듯 대꾸했다. 나보다 50여 세가 더 많은 노시인은 그곳에 둘러앉은 다른 늙은이나 젊은이들보다 더 정정해 보였다. 그는 대한민국의 예술원 회원으로서 작금 노벨상 후보로 거론되는 인물이었다. 아까 양로원에서 보았던 노인네들과 비슷한 연배일 텐데도 그들처럼 허깨비 같지 않고 마치 금동상金銅像인 양 엄연한 실존을 과시하고 있었다.

　그는 문학판이란 특수 지대에서 성공을 일궈낸 입지전적인 존재였다(그러므로 좀 지루하더라도 성공법을 연구하는 자세로 찬찬히 살펴보는 것도 의미가 있을 듯싶다). 그는 동족상잔이 벌어진 해인 스무 살 무렵에 이북에서 월남한 사람으로서, 데뷔작 이후 평생토록 남북한 문제에 관한 글만 써 왔다. 문학가로서는 거의 유일한 존재였으므로 희소가치가 있었다. 남들은 감성이 어쩌니 예술성이 어떠니 하고 떠들 때 민족사적인 소재에 착안했다는 건 안목이 있었다고 인정해야 할 것이다. 물론 정치 사회적으로 민감한 사안이므로 좌우 사이에서 줄타기를 잘 하는 것도 재주로서 필요했을 터이다. 2~3개월 동안 수감생활도 하는 등 어려운 시절도 있었지만, 남북한 문제라는 게 지지부진하면서도 결코 좌시할 순 없는 문제이므로 그의 시문들은 주목을 받았다. 그런데 일각에서는 좀 다른 관점이긴 하지만 그래도 역시 소재주의자라는 비판을 하긴 했다. 남북한 문제가 아니라면 그의 시문들이 문학적으로는 평범작이라는 얘기였던 것이다. 그렇지만 예전이나 지금이나 한반도의 상황은 언제나 전세계인의 주목을 받고 있는 터라, 일단 외국어로 번역이 되고 보면 감성이나 문학성보다는 소재나 상황설정이 더 부각되므로 오히려 외국에서 문제작가로서 호평을 했다. 그러다 보니 그의 글을 별로 읽지 않는 일반 독자들도 그 이름만은 확실히 기억하게 되었다. 이제 그는 남북한 관련의 전문 문학인으로서 각인되어, 만약 다른 사람이 그런 소재로 글을 쓰면 그의 아류로 폄하되기만 할 지경이었다. 창조성이나 새로움에 끌리는 시인들의 성향으로 볼 때 그렇게 한 문제만 평생토록 칡뿌리처럼 씹고 또 씹는 일도 결코 쉽지 않은 노릇이며, 혹 여느 시인이라면 문학적 성공을 갖다 바친다 해도 제풀에 사양할지도 모를 일이었다. 그런데도 그는 그런 지난한 위업을 성취해낸 셈이었다.

그는 월남 후에 한동안 입산하여 중 생활을 하다가 환속해서는 그동안 산중에서 써 모아두었던 시편들을 터뜨려 시단에 데뷔했다. 그의 등단작은 실제로 찬탄할 만한 면이 있었다. 전후의 황폐한 시대를 관통하면서 허무감이나 퇴폐주의에 빠지지 않고 건강한 현실의식으로 민족의 걸어갈 길을 예언했다. 나이보다 중후한 풍격으로 문인들의 상투수단인 부정성에 기대지 않고 신선한 긍정의식과 감각을 창출해냈다는, 그 당시 문단을 주름잡던 대부의 추천사가 있었다. 그런데 그 후의 작품들은 대개가 좀 범작의 수준을 벗어나지 못했다. 그래도 그는 한눈팔지 않고 마치 화두라도 잡은 구도자처럼 오로지 이산가족의 한과 슬픔 등 남북시대의 관심사를 거칠면서도 진솔한 필치로 묘파했다. 독자들이 좀 식상해 해도 그는 '민족사의 중요한 문제를 내버려둘 수 없다'라면서 기꺼이 십자가를 졌다. 시뿐만 아니라 소설에도 손을 대어 같은 주제를 표현하고 여러 종류의 잡문도 사양치 않았다. 그는 문단 대부를 공경하며 그분의 후원을 받으면서도 보수파에 발을 완전히 담그지는 않고 진보진영에도 가담하여 민족의 화해와 공생을 부르짖었다. 미국이나 일본 등 외국에서 주는 상을 받게 되자 국내에서도 그의 성가는 일거에 높아졌다. 그는 이제 진보진영과 보수진영을 동시에 편협하다고 비판하면서도, 이 부분에서 아주 정색을 하지는 않고 두 파의 인사들을 동시에 포용하고 폭넓게 교류함으로써 관계망을 확충해 나갔다. 그가 내는 시집이나 문집은 별로 대단한 내용이 없는 범작일지라도 이제는 나오기만 하면 모든 언론에서 호평을 하고 평론가들이 입바른 소리를 하고 출판사도 으레 대문짝만하게 광고를 해대므로 기념비적으로 팔리고 있었다. 만약 그가 언젠가 노벨상을 받게 된다면 문학 애호가들은 그야말로 기념비를 자신의 서가에 지니게 되는 셈이긴 하리라.

바야흐로 이제 노시인은 한민족에게 숙원의 노벨문학상을 안겨주기 위해 나름대로 고군분투하고 있었다. 만약 자기가 졸지에 죽지만 않는다면 몇 년 내로 수상 가능성이 있다는 전제 하에 건강을 유지하기 위해 특별 보양식을 하고 애제자들과 팀을 조직하여 저택 뒤의 도봉산에도 꼬박꼬박 올랐다. 소문에 따르면 노시인은 도봉 정상에 서서 '야호' 대신에 '노오벨!' 하고 세 번씩 꼭 외친 다음 그 희미한 메아리에 가만히 귀를 기울인다는 거였다. 그리고 또한 홍보성 강연과 인맥 형성을 위해 노구를 이끌고 외국에도 자주 나다녔다. 좀팽이처럼 속이 좁은 문학인들 중 내심 부러워 시샘하는 자도 있는 모양이었으되 막상 자기보고 그런 역사役事를 하라고 하면 아마 제풀에 지쳐 포기할 것이다. 문학과 민족을 위해 일신의 노고를 감내하는 게 어디 그렇게 쉬운 일인가 말이다. 끈기와 사명감이 없다면 팔팔한 신인이라도 몇 번 해보다가 도중에 주저앉을 것이다. 그런데도 우리 노시인은 부인이 짜 주는 특별 식단이나 운동 등의 빡빡한 스케줄을 끈끈하게 견디고 소화하여 목하 이 자리에까지 왔으니만큼 역시 성공하는 인물은 뭔가 보통 사람과는 다른 특성을 보유한 모양이었다.

"왜 요사이엔 문인이란 종자들이 패기가 전혀 없을까 몰라. 좌든 우든 다 맹물탕이야. 사회가 야릇하게 돌아가는데도 문인들이 꿀먹은 벙어리 같아. 겨울잠이라도 자는 건가? 그렇다고 글을 줏대 있게 쓰는 것도 아니고 나서서 저항을 하는 것도 아니고 말야. 참 답답해 보여. 햇병아리 같은 아이들끼리 오종종 몰려다니면서 문학이랍시고 삐약삐약거리는데 그게 먹히겠어? 우리 때는 글도 오달지게 쓰고 저항도 왜 좀 지나치다 할 정도로 했었잖아, 응?"

노시인이 불쾌한 얼굴로 눈을 꿈벅꿈벅하며 말했다. 그러자 옆에 앉아 있던 평론가이자 문예지 주간인 뚱보가 입술에 침을 발랐다. 그는 지금 노시인 앞에서 왠지 모르게 눈웃음을 살살 짓고 앉았지만 실은 문인들 위에 군림하며 막강한 권력을 휘두르는 존재였다.

"뭐 먹고 살아야 하니까요. 아니, 그네들도 이젠 남 못잖게 잘살아 보려고 애를 쓰거든요, 하하. 신자유주의는 하다못해 문학인들까지 후려잡은 셈이지요, 헤헤."

"언제는 뭐가 문학을 후드려 잡으려 하지 않았던가? 뭐 이런 얘기까지 할 건 아니지만 말야, 60년대 이후로 한국 문인들 중엔 자살한 사람이 아주 적다는 것이 하나의 재미있는 의문꺼리가 아닌가 싶어. 물론 전혀 없었던 건 아니고, 또 군사독재 시대에 고초를 당하거나 죽임을 당한 사례도 많지만, 그건 뭐랄까 자살하곤 또 좀 다르거든. 90년대 이후로 오면 거의 없는 실정이지. 일반인은 말할 것도 없고 연예인, 사업가, 교육자 등 다른 모든 분야의 인사들이 자살로 생을 마감하는 사례가 많은데도 유독 우리 문인들은 마치 도통한 존재들마냥 태연하거든. 하하, 좀 희한해. 일본인들은 원래 자살광이라 쳐도 말이지, 꽤나 **뻔뻔해** 뵈는 미국의 문인들이나 기타 외국의 문인들도 자살을 많이 하거든. 그게 왜 그럴까? 진실성이나 치열성의 문제가 아닐까 싶기도 한데……."

우리 노시인은 30대에 자살을 기도한 경력이 있었다. 이유는 좀 불확실한데, 문단의 풍문에 의하면 다른 건 둘째고 실상은 여자 문제 때문이란 얘기가 떠돌았다. 노시인은 실제로 세 번 이혼한 경험이 있었는데, 모두 여자 쪽에서 못살겠다고 난리를 쳤다는 것이었다. 그러나 본인은 여자 문제가 아니라 어디까지나 문학적이고 인생론적인 고뇌 때문이었다고 기회가 될 때마다 강조를 하고 있었다. 연보나 자전적인 회고엔 꼭 그 문학적 자살기도 사건이 들어갔다. 아무튼 자살기도 사건은 문학성이 부족하다는 항간의 평가를 희석시키는 일종의 훈장 역할을 하기도 했다.

"문학청년이나 갓 등단한 신인 시절엔 의식에 예각이 지고 나름 치열성을 보이다가도 나이가 들어 이름을 좀 얻거나 하면 썩돌처럼 쉽게 마모되어 둥글넓적한 꼴이 되어 버린단 말이지. 외국 문인들이 습작 시대엔 원광석처럼 좀 거칠다가도 차츰 재능을 갈고 닦고 조각하고 세공하여 자기 세계를 형성해 나가는 것과는 영판 반대란 말이거든."

"정신적인 스테미너가 부족하기 때문이죠. 제가 늘 강조하는 바이지만 말예요. 그런 면에선 선생님께서 항상 귀감이 되십니다."

안색이 구릿빛을 띤데다 얼굴 가죽이 두껍고 질겨 보이는 예의 그 뚱보 평론가가 실쭉 웃으며 받았다. 그의 옆에도 노시인의 옆에도 젊은 여류문인이 앉아서 맞장구를 치거나 술잔을 채우거나 했다.

"허허 뭘……."

사실 그런 면은 어느 정도 인정받는 사실이긴 했다. 발표지면이 없는 신인이나 중견뿐 아니라 원로들도 펜을 놓고 쉬는 판에 노시인만은 그래도 어쨌든 꾸준히 중탕 삼탕 냄새가 난다 할지라도 시문을 써서 발표하고 있으니 그 노익장을 칭찬받을 만도 했다. 그는 원고 청탁이 없다고 징징대는 후배나 제자들에게 '구수한 똥을 싸질러 놓아 봐. 똥파리들이 사방에서 귀찮을 정도로 몰려들 테니까.'라고 곧잘 우스갯소리를 던지곤 했다. 글을 똥에다 비유한 것이다.

"요즘 '소망 트럭'으로 한창 유명해진 공행동 시인은 어떻게 보십니까?"

누군가가 물었다.

"시는 어떤 걸 썼나? 내가 통 보질 못해서 말이지. 아무튼 이런저런 상을 휩쓸고 있다 하니 대단하긴 대단한 면이 있나 보지."

"감옥 가면서도 좋다고 희희낙락거리던데, 의연함을 넘어 어딘지 좀 쇼 같아 보여서 원. 혹시 의도적으로 자신을 감옥에 집어넣고 싶어 하는 게 아닌가 하는 의심이 슬쩍 들더군요. 수난자의 상징으로서……."

"미친 소리! 그러면 직접 한번 해보지 그래. 시대의 억압을 홀몸으로 감내하는 고통을 모르고 그래."

다른 누군가가 윽박질렀다. 누군지는 모르지만, 그리고 도량이 넓은 노시인의 안방에서 함께 대작을 하고 있지만, 그들 둘은 아마도 소속된 협회는 다른 것 같아 보였다.

"아니야, 그렇기야 하겠어. 시인이란 행동마저도 상징적으로 할 수 있으니까 말이지. 어허, 흥분하지들 말고 술이나 마시라니까. 겉으로만 보고 그 시인의 고독을 폄훼해서는 안 되겠지. 그래, 허허, 그렇다 치더라도 젊은 녀석이 상을 주는 족족 사양하는 법 없이 넙죽넙죽 잘도 받긴 하더구먼. 허허, 그럴 때는 외국 시인들처럼 한두 개쯤 슬쩍 보이콧하는 것도 오히려 더 성가를 높이는 데는 효과적일 텐데 말이야. 허허허……."

노시인은 교활해 보이는 웃음 끝에 한마디 더 덧붙였다.

"아무튼 어쨌든 간에 그 친군 그 친구 나름대로 성공을 한 셈이니까 티만 잡으려 들지 말고 배울 점은 배워야겠지. 자, 한잔씩 쭉 들자구."

좌중에서 노시인의 제자들이 건배를 하며 축수를 외쳤다. 그 방에는 문단의 원로와 중견이 몇 명 자리잡고 있었지만 그 외의 대부분은 노시인의 남녀 제자들이었다. 문제는 제자들의 수는 많지만 특출한 자는 거의 없다는 사실이었다. 그러다 보니 그들은 패거리를 이루는 경향이 있었다. 재능 있는 자를 추천하는 것은 모든 예술가의 보람이고 기쁨이리라. 그러나 별로 재주도 없는 제자들을 거두면서 그들에게 때때로 작은 발표지면이라도 주선해 주어야 한다는 건 노시인에겐 하나의 고충일 수도 있었다. 그래도 그는 이제껏 큰 무리 없이 그 고역을 해온 셈이었다. 노시인은 대학의 문창과에서 정년을 맞을 때까지 30여 년 동안 후진을 양성했고 현재도 명예교수이며 퇴직 후에는 문화센터에서 20여 년을 가르치다가 몇 년 전에야 그만두었다. 수많은 제자가 배출되어 어중이떠중이까지도 걸핏하면 그의 이름을 들먹였다.

그의 제자들의 말을 들어 보면, 처음에는 별로 매력이 없는데 지긋한 성품에 끌려 오래도록 계속 스승으로 모시게 된다는 거였다. 사실 그는 자신의 제자들을 잘났든 못났든 축출하지 않고 지속적으로 보살폈다. 여기저기 데뷔도 많이 시켜 주었다. 익히 알려져 있는 점이지만, 대학교수 시절엔 신춘문예나 문예지 심사위원으로서 이왕이면 제자들을 많이 뽑았고, 문화센터에서는 빨간 펜으로 단어 하나까지 모두 고쳐 줄 정도로 자상스러웠다고 한다. 합평작 중에 시상이나 제재가 제법 괜찮아 보이면 당선하기에 알맞은 작품을 만들기 위해 수십 번씩 지적해 주며 개작을 하게 했다. 그러다 보니 정작 등단은 했는데 후속작을 제대로 못 쓰는 반풍수 시인이 많았다. 제자란 보통 스승을 닮기도 하는 법인데 이상하게도 남북문제를 다루는 제자는 거의 없었다. 스승만의 고유 영역이라 경이원지하는지도 몰랐다.

여기서 밝혀두지만 나는 노시인을 무작정 비판할 생각은 추호도 없다. 단신으로 월남한 몸이니만큼 얼마나 외로웠겠는가. 그래서 그런지 주위에 사람을 많이 모으려고 애를 쓰는 것도 사실이었다. 노시인 자신 또한 선배들을 잘 대접한 것으로 알려져 있다. 삭막한 정글 같은 서울에서 성공해 살아가려면 비빌 언덕이나 어떤 인간적 세력도 필요했을지 모른다. 인지상정으로서 충분히 이해할 수 있는 일이다. 다만 그런 패거리주의로 인해 신선하게 생동해야 할 문학판이 동맥경화증을 일으키고, 문학 자체도 모르는 새 치졸한 장난질로 변질될 우려가 있다는 게 문제라면 문제였다.

약간 원숭이 같은 얼굴이 술기로 인해 불콰해진 노시인은 옆에 붙어 앉은 젊은 여류시인의 손을 잡더니 조물락거리기 시작했다. 여류시인은 가만히 있었다. 월남할 당시 하반신에 총상을 입은 노시인은 보행하는 데 불편은 없었지만 성불구라는 소문이 떠돌았다. 재혼하는 여자마다 도망치는 이유를 여기다 결부시키며 낄낄거리는 작자도 있었다. 아무튼 우리 노시인의 연애관은 좀 특이했다. 남녀가 서로 신체를 매만지거나 키스를 하거나 빨아대는 것 등도 플라토닉한 사랑 속에 포함시켰다. 그런 애무를 통해 정신적 사랑이 더욱 촉발된다는 거였다. 섹스, 즉 성기가 교합되기 전까지 는 어떤 육체적인 접촉도 정신적인 애정으로 신비로운 연금술적 전환이 가능하다는 이론을 내세웠다. 좀 억지스런 구석이 있었지 만, 육욕이 넘쳐나는 짐승 같은 세태에 일침을 가하는 노벨상 후보 계관시인의 '연금술적 연애론'으로서 각광을 받기도 했다. 80년대 에 참여문학이 한창일 때 노시인은 진보진영에 붙어 서서 데모에 도 참여하고 시국 문학강연도 자주 나다녔다. 그의 비판자들의 얘 기를 들어 보면, 그 당시 문인들이 청계천변이나 구로공단 노동자 들을 상대로 강연을 하고 나면 뒤풀이를 가지게 되는데 그런 장소 에서도 순수한 사랑을 운위하며 얼굴이 해쓱한 여공들의 몸을 요 즘 관점으로 보아 성추행 수준으로 더듬어댔다는 것이다. 하긴 그 시절엔 남자든 여자든 혁명을 위해 일신을 내던지는 것을 순교자 적인 정신으로 마다치 않았다고 하니, 나 같은 일개 애송이로서는 무슨 요지경속이었는지 모를 노릇이긴 했다.

과거의 여인들은 어떠했든 우리 노시인의 현재 부인은 아직 도 망가지 않고 있었다. 역시 노시인보다 훨씬 젊은 50대의 여인이었 는데, 이번에는 아마 노시인도 과거를 교훈 삼아 미색보다는 후덕 한 편을 택한 모양이었다. 이름이 좀 나면 간이 풍선처럼 커지던 전처들을 반면교사 삼아 이번 부인에겐 절대로 시를 가르치거나 문학에 대해 논하지 않는다는 소문이었다.

영웅호색이라 하니 노시인이 여류의 손을 조물락거리든 볼에 뽀뽀를 하든 상관할 바 없는지도 모른다. 아무튼 우리 시대에 포용성은 성공의 큰 요소임을 확인할 수 있다. 좀 수가 틀리면 연락을 끊고 마는 내 성격부터 고치는 게 옳을지도 모른다. 내가 노시인을 만나게 된 경위는 이렇다. 신춘문예 당선 후 시상식장에 나는 홀로 갔었다. 뭐 친구도 별로 없지만 '식장'에 우르르 몰려가서 사진을 찍어대는 것은 삼가고 싶었다. 다른 부문 당선자들은 가족들이 준 꽃다발을 들고 웃으며 사진을 찍었다. 좀 후회가 되기도 했다. 보기가 딱했던지 심사를 맡았던 선생이 시 부문 당선자의 꽃다발을 잠시 빌려서 내게 주고는 함께 사진을 찍었다. 뒤풀이 때 그 선생은 내게 전화번호를 하나 적어 주면서, 매주 문학회가 열리니 가서 인사도 드리고 문우도 사귀라고 말했다. 자신은 힘이 없어서 그러니 그런 데라도 가서 인맥을 쌓아두는 것도 비루해 보이긴 하지만 필요하다고 충고했다.

나는 별로 가고 싶지 않았지만 그 선생이 노시인에게 소개말을 해둔다니 그냥 무시할 수도 없는 노릇이라 일단 한 번 전화를 넣었다. 그랬더니 의외로 아주 친절한 것이었다. 내가 그 주에 못 나갔더니 손수 전화를 걸어 안부를 물었다. 황송한 마음이 안 들 수가 없었다. 직접 겪어보지 않은 경우엔 그까짓 것 하고 쉽게 말할 수도 있겠지만 막상 당하고 보니 그렇지가 않았다. 누구든 같은 입장이 되면 그런 쪽으로 흐르게 되니 큰소리치기보다는 조심하는 게 낫다. 아무튼 그렇게 해서 참석케 되었던 것이었다. 그런데 알고 보니 노시인은 나뿐 아니라 누구에게든 그렇게 친절했다. 특히 첫 손님에겐 아주 친밀한 느낌이 들게 행동했다. 그리하여 포섭되는 것이다. 나는 일단 예의만 한번 갖춘 다음엔 잊어버릴 심산이었다. 패거리의 일개 부품이 되는 건 내 생리에는 안 맞는 것 같았다. 오늘도 연락을 받았지만 안 오려다가, 승용차 안에서 조 대리와 홍 찍사가 노닥거리는 꼴을 보노라니 이렇게 언제까지나 궁핍한 무명으로 살 것인가 자괴감이 들기도 하고, 문학적으로 성공은 어떻해야 될지 초조감 같은 것도 들어 충동적으로 발길을 옮겨 오게 된 셈이었다. 그런 놈들에게 심리적으로 시달리다 보니 한편으론 같은 업을 짊어지고 가는 사람들이 문득 그립기도 했었다.

노시인은 성공했다고 자부하고 있었다. 그러나 과연 문학적으로 진정한 성공은 어떤 것일까? 하는 생각이 들었다. 사람마다 가치관이 다르므로 내 주관으로 노시인이 이루어 놓은 성공에 대해 가타부타할 필요는 없을 터였다. 적어도 세속의 성공학적 관점에서 보면 노시인은 좋든 나쁘든 꾸준히 작품을 쓰고 있으며, 사회에 영향력을 미치는 명사이고, 인간관계 또한 풍부하니 성공인이라 할 만했다. 소수의 비판자는 어디에나 있게 마련이다. 그런 사람의 말을 다 듣다가는 가치 있는 아무런 일도 못할 것이다. 참새처럼 짹짹거리기만 할 게 아니라 유의미한 결과를 풍부히 만들어내는 것이 더 필요하다!—그렇게 생각하고 활동하며 계속 성공적으로 나가다 보면 누구든 성공이나 성공적인 상태에 친숙해져 사회 현상 등에 대해 긍정적으로 생각케 되고, 부정적인 것은 제물에 멀리하게 되는 게 인간의 심리이고 현실상이다. 안 그러려고 깐엔 바락바락 애를 써봐도, 평범한 보통 사람이든 아주 지적인 사람이든, 그렇게 자연히 되고 만다. 그렇지 않은 사람은 아마도 특이한 영웅호걸이거나 혁명아일 것이다. 누가 뭐래든, 세상이 뒤집어져 수백만 명이 죽든 간에, 자기 자신에게 좋기만 하다면 결단코 나쁜 점은 안 보고 자기 성공의 테두리 내에서 만족하며 살고 생각하게 되는 게 인간이란 존재의 벌레 같은 면이 아닌가? 그런 생각이 들었다.

그곳은 내가 오래 앉아 있을 자리는 아니었다. 일어나서 거실로 나왔다. 고풍스럽고 값비싸 보이는 진열장이 눈에 띄기에 다가서서 슬쩍 들여다보았다. 유리창 안에서는 수많은 상패와 기념적인 모뉴망들이 늘어서서 갖가지 빛을 발하고 있었다. 맨 앞쪽에 놓인 왕관 꼴의 크리스탈 패가 돋보였다. 문구와 날짜로 보아 노시인의 제자들이 금일 스승의 팔순을 맞아 축수하고 감사하기 위해 드린 모양이었다. 그런데 특히 눈길을 끄는 것은 패 상단 중앙에 붙박이로 장식된 금빛 메달이었다. 그것은 바로 노벨문학상의 금메달을 쏙 빼닮았는데, 노벨 대신 우리 노시인의 후덕한 원숭이 같은 옆얼굴이 노벨처럼 턱을 살짝 내민 포즈로 섬세히 돋을새김 돼 있었다. 원숭이라곤 해도 사실을 묘사하고자 할 뿐 결코 비하의 뜻은 없다. 오히려 그 옆얼굴은 태양이나 금화金貨와도 같은 고귀한 광휘 속에서 인간을 넘어선 위엄을 던져 주고 있었다. 그러고 보니 아까 방에서 진짜 순금이니 뭐니 하는 얘길 들은 듯싶었다. 크리스탈 속의 금글자에도 '올해엔 꼭 노벨문학상을 수상하심을 미리 앙축하옵니다'라는 구절이 들어 있었다. 문구보다는 메달 속의 옆얼굴 자체가 그런 소망을 한층 간절히 응축해 기원하고 있는 모습이었다.

정원 입구의 널찍한 마당 한쪽에서는 비교적 젊은 축들이 모닥불을 피워 놓고 둘러앉아 술을 마시며 떠들어대고 있었다. 대개 신인들이거나 데뷔한 지 오래된 무명의 시인과 작가, 그리고 노시인의 제자로서 아직도 지망생 딱지를 떼지 못한 중년이나 노인네 등이었다. 바람은 별로 없었지만 간혹 한번씩 불어와 불꽃을 흔들었다.

정원 바로 안쪽에도 한 패가 더 모여 있었다. 그들은 비록 여기 와서 술을 마시긴 해도 순응적이기보다는 반골적인 면이 있는 인사들이었다. 각자 살아가는 형편이나 나름의 세계관에 따라 문단의 현상을 비판하거나 비난하기도 하고 입에서 나오는 대로 불평불만을 토해 놓기도 했다. 문제는 그 소리가 안방에 앉아 고담준론을 나누는 분들의 귀에까지는 전혀 들리지 않는다는 점이었다. 하긴 또 그런 맛에 그러고들 앉았는지는 모르겠지만 말이다. 매번 말했지만 취중의 객소리와 현실에서 실행하기란 차원이 다른 것이다. 그렇기에 내일 술이 깨면 거의 잊혀지거나 오히려 머릿속에 몇 마디 남아 있다면 스스로 부끄러워지는 게 아니겠는가.

"아니, 그걸 몰랐다니 도대체 말이 되기나 해? 온 세상 사람뿐만 아니라 초딩이나 삼척동자도 다 알고 있는 4대강 사업인데 말이야! 그래도 딴엔 한국의 주요 작가라고 눈에 핏발을 세우는 사람들이 그걸 전혀 눈치채지도 못했다고? 하하하!"

"모를 수도 있지 뭘 그래. 그리고 순수한 마음으로 아름다운 강을 표현하려고 했다잖아. 만약 시켜 주면 넌 안 하겠니? 난 하겠다, 씨펄. 내가 화나는 건 그게 아냐. 그럼 뭐냐? 왜 그렇게 유명짜하게 잘나가고 그 짓을 안 해도 충분히 먹고 사는 부자들에게 왜 또 그런 엄청난 돈을 몰아주어 부익부 빈익빈을 심화시키고 자빠졌느냐 하는 거야. 배가 고파 글을 쓰려도 쓸 수 없는 무명들이 얼마나 많은데 말이야. 아무튼 승리자들만 다 몰아 처먹는 좆같은 세상이라니까!"

아마도 한국관광공사가 대형 출판사에 의뢰해서 유명한 인기작가 4명으로 하여금 4대강을 홍보할 에세이 시리즈를 출간하는 사업에 수억 원을 지원키로 한 사실을 두고 하는 얘기인 모양이었다. 출판사와 작가들은 정부의 4대강 사업과 무관한 내용이라고 밝혔지만, 4대강 관광 홍보에 기를 쓰고 있는 관광공사로부터 거액의 지원금을 받기로 한데다 출간 예정인 4편 모두 4대강을 소재로 한 것인지라 논란이 많이 일었다. 정부기관이 수필 한 작품당 1억 5천만 원을 지원하는 것은 통상적인 지원금을 훌쩍 뛰어넘는 수준이었다. 문화관광부가 선정하는 우수학술도서는 편당 구입 지원금이 1천만 원이며 우수교양도서는 편당 5백만 원에 불과했다. 한편 해당 출판사와 작가들의 해명과 달리 한국관광공사에서는 그 지원금이 4대강 주변 관광 홍보와 관련된 사실을 부인하지 않았다. 관광공사 관계자는 그 출판 지원이 4대강의 관광 활성화를 위한 스토

리텔링 개발 차원에서 문화부 주관 하에 이뤄지는 것이라고 밝혔던 것이다. 그런데도 한국을 대표한다는 유명짜한 작가님들은 꿀 먹은 벙어리처럼 별 말이 없었으므로 참새들의 입방아에 오르내리고 있었다.

"자기들이 아무리 몰랐다고 쳐도 말이지, 4대강 사업이 어거지로 엉터리로 막 마무리된 시점에 4대강을 문학적으로 잘 묘사한 책이 나오면 자동적으로 정부 측의 선전이 된다는 걸 왜 모르냔 말이야! 아니 그래 정부의 나팔수 놈들이 얼마나 간교한 줄도 모르고 그동안 그렇게 대단한 걸작품들을 써 오셨어? 아, 저 신음하면서 죽어가고 있는 강을 두고 아름답다느니 뭐니 하고 온갖 지랄선전을 해댈 줄 몰라서 지금 어린애에게도 안 먹힐 변명이나 늘어놓고 계시느냐구? 응?"

"왜 나한테 눈알을 부라리고 지랄이야!"

"너도 기회가 오면 한다며? 나쁜 자식 같으니라구!"

"얌마, 침 좀 튀기지 마. 흥분만 하면 다 지사가 되냐? 나라면 아마 심사숙고를 한 뒤에 거절했겠지. 차라리 금액이 좀 적었다면 그분들도 그렇게까지 눈이 멀진 않았을 텐데 말씀이야. 풍부한 경험과 식견과 연락망을 바탕으로 차근차근 검토해 본 연후에 충분히 상황을 간파했을 법한데 말야."

"너 머저리냐? 오히려 액수가 비상식적으로 많다면 한번쯤 검토를 해보는 게 상식이고 양식이고 양심 아니겠니? 그저 간단히 작가의 촉각이라고나 할까. 니미럴, 차라리 콩나물 대가리를 잘 못 그린다고 말하는 작곡가가 덜 유치하겠다! 그런 대단한 양반님네들이 신춘문예니 무슨 주요 문학상들의 심사는 또 다 도맡아서 하고 있으니 희망이 아주 찬란한 대한민국 문학판이지. 히히히……."

다른 한쪽에서는 증오와 싸움을 통해 점점 더 친밀해지고 있다는 두 남녀가 한창 논쟁을 벌이는 중이었다.

"내가 꾹꾹 참다가 지금에야 얘기지만 말이야, 이제 적어도 문학판에서만은 페미니즘 운운하는 소리는 그만 좀 나불거렸으면 좋겠어. 요샌 남녀평등을 넘어 여자들이 온통 판을 치고 있지 않느냔 말이야. 옛날엔 여류들이 불이익을 당했으니까 마침내 복수한다는 재미도 없는 우스개는 그만 집어쳐!"

"내가 언제 그런 소릴 했어? 실력 때문에 그런 걸 어떡하라구 그래, 응? 억울하면 좋은 글 쓰면 되지롱."

"약 올리지 마. 나 진짜 진지해. 요즘 여자들이 쓴 시나 소설이나 인간의 소리가 아니라 무슨 비닐종이 같은 것들이 바스락거리는 것 같아. 바시락부스럭보스락버스럭비스럭뽀시락…… 조금씩 다른 것 같지만 결국엔 생명의 소리가 아니라 모조 비닐들이 유행의 포즈를 취하며 재잘대는 수다에 지나지 않아. 그런 비닐 소리가 한국문학판을 온통 다 차지하고 있다고! 그러니 남자 놈들도 그걸 따라서 계집애 같은 흰소리나 하고 말야."

"시대에 필요한 것이 선택받는 것뿐이니까 불평하지만 말고 그걸 좀 파악하려 노력해라, 이 멍충아!"

"진짜 필요해서 그랬으면 좋겠다. 사실 여자들이 판을 치고 있지만, 솔직히 자기 목소리나 실력으로 그런 건 아니잖아. 비전도 그렇고. 실력을 가진 남자에게 빌붙어서 아양을 떨며 정신을 매매하고 심지어는 몸까지 매춘해서 성공의 사다리를 기어 올라가려는, 올라간 여자들이 없다고 할 수 있을까."

"그런 소릴! 너 진짜 그러다가 맞을래?"

"매 맞는 남자도 많은 현실이잖아."

"맞는 여자도 많아."

"내 말은, 페미니즘이고 뭐고 다 좋은데, 여성 문인들이 여성들의 진정한 권리를 위해서 글을 쓰는 게 아니고 자기들의 성공만을 위해, 그저 어떻게든 성공하기 위해 기를 쓰고 거짓된 비닐종이 소리 내기도 마다하지 않는 거야. 니 말마따나 아직도 가정에서 비인간적인 대접을 받고 또 세상 밑바닥에서 짐승처럼 고생하는 여성들이 많은데 그들의 삶의 향상에 대한 열성적인 글이 어디 있느냐 말야? 물론 진실한 여성 문인도 가뭄에 싹 나듯이 있긴 있지. 하지만 대개가 글줄이나 쓰는 지년들의 영달을 위한 짓거리일 뿐이라서 씁쓸하단 얘기일 뿐이야."

"너 지금 시샘하는 거야. 그렇게 지껄이지만 말고 좋은 글을 써봐. 요 맹추야, 성공하는 게 뭐가 나빠?"

"옳은 성공을 해야지, 저질스런 작태로 사람들을 타락시켜서는 안 된다는 얘기야. 여성의 섬세한 감각이 다른 분야, 예를 들어 서비스업 같은 데서는 나름대로 빛을 발할지 모르지만 문학에서는 마이너스 요소일 수 있어. 특히 요즘처럼 문학을 하나의 소명이 아니라 서비스업이라고 생각하고 너도나도 독자들의 구미에 맞추어 출세하려는 계집년들이 많을 때는 말이야. 어떨 때는 몸 파는 창녀들보다 추하다는 생각이 들어."

"이 형편없는 자식!"

외침과 함께 짝 하고 빰따귀를 올려붙이는 소리가 났다. 일렁거리는 모닥불빛을 받은 두 남녀의 얼굴이 일그러지고 있었다. 그러나 별로 크게 상관하는 사람은 없었다. 그 증오 어린 눈빛 속에서 이질적인 감정이 익어 간다는 것을 알고 있기 때문일까.

"야, 너희들끼리 진정한 남녀평등을 한번 이루어 봐."

농담을 던지며 껄껄 웃어대는 사람도 있었다.

그게 단순히 시기심에서 나온 헛소린지 실제로 어떤 여성들이 문학적인 성공을 위해 육신 따윈 똥자루처럼 여기고 던지는 사례가 있는지 없는지는 잘 모를 노릇이었다. 요즘엔 여성들이 문학판에서 왕성하게 활동하다 보니 도리어 못난 남자가 출세하기 위해 유명한 여류에게 아첨을 떨고 자기의 정신이나 육신을 바진다는 개그 같은 얘기는 가끔 들은 적이 있었다. 아무튼 문학을 초장부터 명예나 돈벌이의 수단으로 여기고 온갖 인간 부류가 몰려들다 보니 유치찬란한 요지경속이 된 것만은 틀림없었다.

"아줌마, 아니 사모님! 여기 쐬주하고 수육 좀 더 갖다 주세요!"

누군지 술 취한 김에 소리 지르고 있었지만 그런 식으로 해서는 국물도 없었다. 저택의 안주인인 팽 여사는 마당이나 정원을 이리 저리 유유히 걸어 다니며 술자리를 살펴보고 있었는데, 누구든 자기를 여왕폐하 정도로 존숭해 준다면 온갖 진귀한 안주를 넘치게 갖다 주었지만 잘난 문학 담론에 빠진 나머지 조금이라도 무시하는 낌새를 보이면 퉁박을 주기도 하고 그 자의 앞에 놓인 안주를 딴 데로 멀찍이 옮겨놓아 버리기도 했다. 그렇다고 뭐 특별히 존경해 주길 바라는 건 아니고 그러는 '척' 해주는 걸 더 좋아했다. 신참자들이 짐짓 사모님이랍시고 진짜로 깍듯이 대우를 하려 들면 피하면서 습관처럼 코웃음을 쳤다. 설령 진실이 아니더라도 '그런 척'을 실감나게 잘하면 후한 점수를 받았다. 팽 여사는 일시적인 변덕으로 그런다기보다는 아예 그런 풍조를 바이러스처럼 퍼뜨려서 저택의 모든 방문객들의 의식 속에 감염시키려고 시도하는 듯이 보였다. 간혹 진실파 문인이 나서서 그런 허위를 비판하기라도 하면 그녀는 의외로 표독스러워져서 온갖 수단 방법을 동원하여 괴롭히기 때문에 결국엔 추방되는 꼴을 당하곤 했다. 그런 팽 여사의 주위엔 항상 홍춘식 씨가 마치 방자나 호위대장처럼 따르고 있었다.

홍춘식은 노시인이 문화센터에서 가르친 제1기생 제자인데 투박한 인상과는 달리 아주 고분고분하고 아첨에도 능숙했다. 아첨을 전혀 아첨 같지 않게 하는 게 그의 장기였다. 시 창작반에 입문한 후 10여 년이 지나서야 겨우 억지 춘향이 격으로 노시인의 추천에 힘입어 등단했다고 하니 별로 시재는 아니었던 모양이었다. 그러나 그 후로 그의 노력은 가일층 심화되었다. 일편단심으로 노시인을 사부님으로서 극진히 시봉하는 한편 신임을 얻어 저택에 들어가 살게 된 뒤로는 집안의 온갖 잡다한 일을 다 맡아 해내면서 또한 '대학파'를 견제하는 '문화센터파'의 만형으로서의 역할도 잘 수행해낸다는 중론이었다. 어떤 사람은 홍춘식의 포부가 엄청나서 어디까지 가닿고 있는지 모른다고 말하기도 했다. 노시인 휘하 문파의 세력을 활용해 시인으로서 문명을 얻는 것이 전부가 아니라는 얘기였다. 노시인에겐 친자식은 없고 느지막하게 입양한 수양딸이 하나 있었는데 어떤 수단을 썼는지 콧대 높은 그 아가씨를 후렸다는 소문이 돌았다. 만약 결혼에 골인하게 된다면 남이 뭐라 하든 말든 홍춘식으로서는 여러 가지로 인생에서 대단한 성공을 하게 되는 셈이었다.

문제는 홍이 그러는 건 자유인데 그로 인해 다른 문인들이 팽 여사의 무시를 당하게 된다는 사실이었다. 그녀는 홍의 속셈이라도 간파했는지 시인이 아니라 천박한 하인이나 머슴처럼 깔보고 부려먹었다. 그의 위에 군림해 능멸함으로써 모든 잘난 척하는 문인들 위에 군림해 능멸하는 공상을 하며 속으로 낄깔거리는지도 몰랐다. 그렇더라도 홍의 '~척하는' 재주는 기가 찰 정도로 간교해서 꽤나 능청스런 팽 여사마저도 스스로 완전히 여왕폐하라는 허구 속에 빠져 현실을 잊게 만든다는 것이었다. 아직도 현실감각이 조금쯤은 남아 있는 노시인도 팽 여사의 몽상에 대해서는 눈을 감아 주는가 보았다. 즉, 한쪽 귀로 수많은 제자들의 말을 듣고 다른 쪽 귀로는 팽 여사의 소곤거리는 말을 듣게 될 경우 우리 노시인은 제자들을 좀 희생하고서라도 부인의 환상을 보호해 준다는 공론이었다. 수년 전에 대소동을 일으키고 도망간 노시인의 전 부인에겐 사실 애부가 있었는데 그게 제자 중 한 명이었다는 소문도 돌았다. 문재文才는 평범하고 야심은 높던 그 사내는 여우같은 일면을 감추고 있던 사모의 힘을 이용해 문단에 등장한 뒤 분탕질을 일삼다가 탄로가 나자 함께 사라져 버렸다. 과묵한 성격이라 표현을 안 해서 그렇지 노시인의 가슴엔 아픈 상처일 터였다.

"얘, 춘식아! 술이나 넙죽넙죽 받아 마시지 말고 이리 와서 장작이나 좀 더 패 놓거라이!"

여왕폐하의 명령을 받고 달려가는 시인 아닌 하인을 바라보다가 나는 추위를 느끼며 별채의 사랑방으로 들어갔다.

사랑이라고는 하지만 내 하숙방보다 적어도 세 배는 더 넓어 보이는 따뜻한 방. 삼면 벽이 책장으로 단장된 그곳에서는 뜻밖에 삼국지 논쟁이 한창 벌어지고 있었다.

"무엇보다도 우선 나는 재미가 없다는 거야. 중고생 때부터 어른들이고 신문이고 학교에서도 읽고 감상문을 써 오라는데 괜히 고생만 하고 포기했어. 내가 잘못됐나 싶어 몇 번이나 이를 악물고 억지로 재시도를 했지만 도저히 세 권째를 넘기기가 힘들었거든. 노이로제가 걸릴 지경이었다니까. 나중에 교정을 볼 기회가 생겨 일삼아 돈을 받고 겨우 읽긴 했으나 노가다 하듯이 힘들기는 마찬가지였지. 재미있는 사람만 읽으면 되지 왜 모두 다 읽으라고 강권하는 분위기를 사회적으로 조성하느냔 말이야!"

"재미보다는 의미를 찾기 위해서 수십 번씩 읽는 마니아도 있으니까. 현재 우리 사회 자체가 남북 대치 상황을 빼고라도 거의 약육 강식의 전쟁판이니까 지겹더라도 읽고 삶의 지혜를 찾아보라는 것이지 뭐."

"무슨 의미와 지혜를? 삼국지는 대권을 잡기 위해 온갖 권모술 수와 중상모략을 다해 전쟁하는 이야기일 뿐인걸. 목적을 위해서 는 인면수심도 사양치 말라는 야비한 처세술일 뿐이야. 그런 책을 감수성 예민한 청소년들에게 꼭 읽어야 할 고전인 양 소개하는 것이 과연 괜찮은 일일까? 요즘 정치가들이 속임수와 중상모략에 능한 기회주의자인 것은 삼국지를 읽고 배워서 그런가?"

"아까도 말했지만 우리 시대는 전쟁의 시대야. 삼국지가 치사스 럽지만 오늘날의 사회 현실을 비추어 볼 수 있는 거울이 될 수도 있거든."

"그래서 비인간적인 처세술을 배우라구? 진실과 정의와는 애당 초 거리가 먼 야심가들을 영웅으로 치켜세우고 사람을 속여 궁지 에 몰아넣는 기술을 오늘날의 성공철학으로 수용하라고?"

"선과 악이 모두 스승이라고 하신 공자님 말씀은, 악도 선한 눈 으로 바라보면 반면교사로 배울 것이 있다는 뜻이겠지."

"악행이 선행보다 더 판을 치고, 악행을 저지르더라도 일단 성공 만 하면 칭송받는 요즘 세상에서도 과연 그런 가르침이 효과가 있을까? 실상은 역사를 빙자한 일개 통속물인데도 중화중심주의 와 모화주의에 세뇌되어 고전으로 떠받드는 삼국지보다는 차라리 황당무계한 무협지가 더 인간적이고 박진감이 넘쳐."

논쟁자들은 목이 마른지 일단 말을 끊고 막걸리 한 사발씩을 시원하게 들이켰다. 그들이 자꾸 토막나는 메밀묵을 젓가락으로 집으려고 애쓰는 사이에 그동안 경청하던 자가 말했다.

"아무튼 지금 수십 종의 삼국지가 시중에 나와 있지만 사실상 두 대형작가가 각각 평역이나 완역했다고 하는 역본이 용호상박하는 형국인데 말이야. 그런데 과연 그 두 소설쟁이가 한문을 얼마나 공부했기에 고문을 직접 번역할 정도라는 거지?"

"한 구절 한 구절 일일이 정식으로 번역했다기보다는, 기존 국내 번역본들이나 중국 조선족 역자들이 번역한 것을 저본으로 삼아 윤문하면서 원문을 조금씩 대조해 보았다는 게 아닐까요? 헤헤."

"그렇다면 번역이 아니라 베낀 것이 아닌가? 자네 그 말 증명할 수 있나, 응? 그렇다면 참 염치도 좋은 작자들이로군."

"베꼈다기보다 윤문이라 표현하는 것이 더 부드럽지 않을까 싶네요, 헤헤헤."

"자기들 실력으로 원문을 읽고 번역이나 평역을 했다니까 그러는 것 아닌가!"

"글쎄요, 그건 제가 잘 모르겠네요. 헤헤, 오역이 많다고 하긴 하더라구요. 평역한 것은 지가 꼴리는 대로 평역인지 뭔지 내리갈긴 부분도 아마 많겠지요, 헤헤. 내일 한번 전화를 해서 물어 볼까요?"

진짜 메밀묵의 맛을 천천히 음미하고 난 논객이 말했다.

"평역 삼국지의 경우는 출간한 이후 지금까지 2천만 부 가량

팔렸다니까 대충 계산해도 소설쟁이가 번역으로 수백억 원은 번 셈이겠군. 그 외에도 수호지니 열국지니 뭐니 계속 평역이란 이름으로 같은 작업을 하던데 대체 왜 그러는 거야? 자기가 현재 살고 있는 나라의 현실에 대해서는 곡필을 일삼는 주제에, 중국은 대국이라서 가볍게 필봉을 휘둘러도 춘추필법으로 공명정대하게 평역할 수 있다는 거야 뭐야? 논술시험에 좋다느니 뭐니 하면서 출판사에서도 수시로 광고를 해대니까 무슨 보약이나 영양제처럼 꼭 안 먹으면 큰 탈이라도 날 듯이 학생과 부모들에게 착각을 불러일으키잖느냐 말야. 체질에 안 맞은 사람에겐 독이 될 수 있는데도 말이야. 그렇거나 말거나 출판사측은 돈만 많이 벌면 장땡이라는 뻔뻔스런 짓거리를 계속하니 참 말세야. 이 땅의 지성과 양심을 대표한다고 자화자찬하는 출판사들이 말이지."

"그 두 소설쟁이가 진보와 보수진영을 각각 대표한 적도 있지만 닮은 구석도 많은 것 같아. 사석에서는 서로 호형호제하며 소설쟁이 아니랄까봐 노가리도 청산유수로 까면서 말술을 퍼마신다더군. 관우 장비의 흉내라도 내는 건지, 허허, 고급 주루에 올라앉아서 내려다보면 자기들이 유비나 제갈공명이라도 되는 줄 착각할 수도 있겠지."

"아무튼 문학계, 출판계, 서점계 할 것 없이 권모술수와 승자독식의 아수라가 판을 치니 삼국지보다 더 요지경이긴 해. 유비가 비육지탄을 했다지만…… 뱃살에 기름이 잔뜩 끼어서야 좋은 글이 나오겠나. 그러니 어떤 베스트셀러 제조 작가는 감성이 싱싱한 신인을 서브작가란 이름으로 고용하여 단물을 우려먹기도 하고, 어떤 작자는 제자를 모아 키운다 어쩐다 하면서 그들의 지성과 생기를 흡혈귀마냥 빨아먹고 내버리기도 한다잖아."

"독자들의 의식 수준이 높은 문화 선진국에서는 온 국민이 떼거리로 몇몇 베스트셀러에만 달려들지는 않는다잖아. 1백만 부짜리 옆에는 십만 부, 1만 부, 하다못해 몇천 부, 몇백 부의 개성 있는 스테디셀러가 진열되어 소수의 독자를 기다린다지. 그건 뿌리가 깊은 참된 교양교육이 만들어 놓은 다양한 독자층 덕분이라. 독자들은 요란스런 광고에 현혹되지 않고 자기 나름의 독특한 취향과 판단에 따라서 책을 선택해 계속 읽는 것이지. 그런데 우리는 몇몇 승자들만의 독식이야. 그러니 출판업자들도 일단 베스트 텐 순위권 안에 올려 놓기 위해 뻔뻔스레 사재기를 하고, 몇백만 원씩 진열비를 지불하곤 대형서점 통로에다 책을 벽돌처럼 잔뜩 쌓아올려 놓기도 하고, 인터넷 서점의 베스트 순위를 조작하려고 마구 광분하는 것 아니겠어? 하하, 이래서야 도대체 문화라고 할 수 있겠나…… 선진국처럼 도서관에서 양서를 다양하게 의무적으로 구입하게 되면 좀 숨통이 트일 텐데, 쓸데없는 데다 혈세를 일부러 낭비하는 짓거리나 하고 앉았으니 어쩌리. 아, 그런 평범한 세상이 그리워. 너도나도 특별한 것만 찾는 정신병자들의 세상 말고 말이야."

술은 꽃을 피운다. 절망도 희망으로 변한다. 그러나 현실에서는 그런 교체가 쉽게 일어나지 않는다. 현실의 부조리를 비판하는 사람도 자기가 승리자의 입장이 되면 대부분의 판단력은 거품이 되어 스러져 버리곤 한다. 만일 그렇게도 욕을 퍼붓던 유명한 문예지에서 막상 청탁이 오면 자기의식을 변화시켜서라도 쓰지 않을 사람이 몇 명이나 될 것이며, 대형 출판사에서 출간 제의가 오면 거부할 사람이 몇 명이나 있을까.

정신을 사용해서 하는 문학판이라 해도 속보다는 겉에 붙은 상표 값이 독판을 치는 현실은 어쩔 도리가 없다. 무슨 힘으로 금성철벽 같은 자본주의 세상을 바꾼단 말인가. 무명, 즉 브랜드 가치가 0점일 경우 제아무리 내용이 좋더라도 빛을 못 보고 사장되는 불행을 감수해야 한다. 그리고 저 멀리 깜박거리는 희망의 등대를 향해 헤엄쳐 나가야 한다? 어떤 유명짜한 글쟁이는 제 골방(그런 자들은 수십 억, 아니 수백 억의 재산을 쌓아두고 있기에 골방이라 하기도 미안하지만)에서 마스터베이션하듯 지질거린 낙서 같은 글을 모아 1년에 한 권꼴로 정기적으로 묶어 책을 낸다. 그의 고정독자가 30만 명이 넘으므로 일단 출간되면 내용이야 어떻든 최소한 3억 원의 인세가 보장되는 셈이다. 고정독자들은 마치 마약 중독자처럼 그의 상표가 붙은 책을 사게 되는데 내용이 찌질하더라도 소장함으로써 심리적 안정감을 얻는다니 그 또한 1만여 원의 가치는 있지 아니한가? 한마디로 간단히 말해 잘 팔리는 책도 나쁠 수가 있고, 좋은 책도 안 팔릴 수 있다. 이것이 현실인데 어쩌겠는가. 자본주의 세상에서 모든 상품이 그런 식으로 생산 판매되는데 어찌 책만 뭐가 잘났다고 예외가 되겠는가 말이다. 애꿎은 독자를 탓하지 말고 좋은 수를 찾아볼 수밖에 없다. 성공하려면 시덥잖은 자기의식

따윈 버리고 책을 사보는 독자들의 구미에 맞춰 아양을 떠는 것이
바람직할지도 모른다.

나는 눈길을 돌리다가 창 옆에 자리잡은 널따란 책상 위에 컴퓨
터가 켜져 있는 것을 보고 그쪽으로 다가갔다. 술 취한 현란한 오프
라인이 온라인보다 더 현실성을 가진 것 같지도 않았다. 오히려
신선한 느낌마저 들었다. 앞서 누군가 사용하다가 그냥 나간 듯
화면엔 어떤 카페의 게시물이 떠 있었다.

늙다리 문청의 몽상

샤워를 하고 집을 나섰다. 뭐 일부러 한 건 아니고 어제 땀을 많이
흘렸으므로.^^ 아무튼 짐짓 눈처럼 순수한 마음으로 원고봉투를 들
고 걸어갔다.

투고도 처음 할 때는 손에 땀이 날 만큼 설레었던 것이지만, 너무
오래도록 하고 미역국을 자주 많이 먹다 보니 이제 지겹다. 그동안
내버린 우편료는 얼마이며 발품을 판 것은 그 얼마였던가! 그래도
이제껏 초심을 버리지 않고 간직하려 애쓴 편이라 할 수 있다. 순수한
설렘과 꿈을 근래까지도 지속시켜 왔으니까. 그러나 아, 이제는 지겹
고 역겹다. 당선 소식이 오리라고 바라는 마음도 거의 없다. 그래도
기회가 아까워 습관적으로 투고를 계속한다.

요즘은 우송하는 경우는 없고, 싹수가 조금이라도 있다고 생각되
는 것을 직접 가져다 준다. 거리 구경도 하고 편집실 분위기도 살펴보
고 분실의 위험으로부터 못난 자식을 보호하자는 취지이다. 하하,

못난 자식 제가 챙겨 주지 않으면 누가 챙겨 주것시유.^^ 그리고 지방에 사는 사람은 이렇게 해보려 해도 못하는 꿈일 수도 있을 테니까.

오늘은 문학탈출사와 개판문학사에 갔었다. 원고를 들고 집을 나서면 나는 투고할 매체에 이미 당선되었다고 상상하면서 걷고 보고 생각한다. 대충 기분을 내는 정도가 아니고 아주 디테일한 부분까지 자세히 상상해 보려고 애를 쓴다. 각각의 매체는 일정한 성격을 가지고 있고, 그곳에 근무하거나 그곳을 통해 데뷔한 사람은 그 성격을 일정 정도 수용할 테니까. 그 성격이란 게 명백한 게 아니므로 자의성을 배제할 순 없다. 다만 부정적인 요소는 최소화하고 바람직한 면만 바라보려고 한다. 어쨌거나 나는 상상적인 면에서는 한 명의 희망적인 시인이 되어 있는 셈이다.

내가 이런 짓을 시작한 건 너무 자꾸 미역국을 먹다 보니 억울하고 암담했고 재미가 없었기 때문이다. 남이 무시하는 이 아까운 시간, 내 나름으로 나에게 유익하게 해보자 하는 취지였었다. '남이 데뷔시켜 주는 그때 가시 힐 깃이 아니라 지금 이 순산 내가 해보고 싶은 것을 투고하러 가는 날이나마 스스로 한번 해보자!' 하는 꿈심이었지 뭐*.*

그런데 문예지에만 성격이 있는 것이 아니라 개인에게도 성격이 있다. 성격이 강력하고 재능 있는 사람은 이런 이상스런 짓을 하지도 않을뿐더러 데뷔한 매체의 성격 따위도 배제하고 자기 고유의 개성미를 지향할 뿐일 것이다. 부럽다! 나는 재능이 부족하다 보니 이런 짓거리를 할 기회나마 있는 셈인데 웃어야 할지 울어야 할지 모를 일이다.

뭐 궁극적으로는 누구든 내부의 개성이 외물을 극복해야 진정한 예술가로서 살 수 있을 것이다. 그리고 실제로 데뷔란 것을 했을 때는 그러한 외물의 성격 이미지는 허깨비가 되어 사라질지 모른다.

개판문학 편집실에 들어갈 때는 나의 내부에 문학적 개판 정신이 제대로 구비되어 있는지 점검했다. 그곳은 20대 초부터 투고한 적이 있으므로 감회가 되살아났다. 문학을 한번 개판해 보자! 그때의 순정과 열정을 되새기고 그때의 오류와 착각을 던져 버리면서, 눈송이가 하나둘 떨어지는 거리를 천천히 걸어가니 붉은 벽돌 건물이 나왔다. 원고를 건네주고 덤덤한 기분으로 나오게 되겠지 하고 편집실로 들어갔더니만 여직원이 "직접 가져오셨군요. 먼 길인데……" 하면서 원고를 접수한 다음 잠시 기다리라고 하더니 9주년 기념호인 이번 달치 잡지를 봉투에 넣어 주었다. 어쨌든 조금은 흐뭇했다. 그게 모종의 선전술이라 하더라도, 내가 이미 닳아먹을 대로 뻔뻔스런 만큼 그 선물을 기꺼이 받지 않을 이유가 없었다.@·@

되돌아올 때는 투고하고 가는 길이 아니라 청탁받은 작품을 가져다주고 가는 길이라고 생각했다. 그리고 내 작품이 실린 잡지를 받아들고 가는 길이라고 속으로 상상하며 슬쩍 미소를 지어 보았다. 히히히. 그리고 까짓것 이왕 하는 짓, 한발 더 나가 원고료도 받았다고 생각했지롱.ㅎ 그래서 술을 한번 디립따 퍼마셔야 되겠다고 결정했다. 헤헤, 웃기죵? 아아, 슬퍼라.ㅠㅠ

어쩌면 지금 이곳에서 술을 마시고 있는 누군가가 써놓은 건지도 몰랐다. 아무튼 문학청년의 의식에서 성공학적 마인드를 보는 듯해 짐짓 쓴웃음이 났다. 짓궂은 댓글이라도 하나 달아 볼까 하는 참인데 구석자리에서 누군가 고함을 질렀다.

"야, 이 시발 간나새끼야! 왜 죄 많은 나를 욕하는 거냐? 너는 얼마나 잘났다고, 글도 안 쓰고 맨날 술이나 마시면서 빈둥거리는 놈팽이 같은 주제에 말이야. 진실? 순수? 왜 시를 버리고 통속소설을 써대냐구? 흥! 처자식이 굶어 죽는데도 그런 소리가 나올까? 난 그래도 딴짓은 안하고 어떻든 글을 써서 처자식을 먹여 살리고 애들 학교도 보냈어. 그런데 왜 죄인 취급을 하냔 말이야. 나 하루에 열두 시간씩 컴퓨터 앞에 앉아 자판을 두드려. 치질이 걸릴 지경이라구. 1천 매짜리 장편 하나 써봐야 5백만 원이야. 글이 안 나오더라도 붙어 앉아 끙끙거린다구. 그런데 왜 노동이 말 그대로 노동으로 대접받지 못하고 순수니 통속이니 그러는 거야? 내가 뭘 잘못했냐구, 이 새끼야!"

피라도 토하는 듯한 절규였다. 실제로 두견새의 울음소리 같기도 했다. 헝클어진 머리는 반백이었고 눈은 붉게 충혈되어 있었다. 그는 노시인의 제자인데 통속소설을 쓰든 어쨌든 평소에는 더없이 순하고 겸손한 사람이었으나 술에 취하게 되면 험하게 변했다. 물론 누가 먼저 건드리지 않으면 술을 마실수록 더 말이 없어졌다.

"형이 잘못했다고 나무라는 게 아니고, 그 아까운 재능을 타락시키는 게 안타까워서 그러는 거야."

"타락이라구? 나는 너 같은 놈들이 타락했다고 생각한다. 글도 안 쓰고 뭔 입으로만 진실이고 순수 타령이야! 그래가지고 어떤 시가 나오겠냐구. 씨발, 머리에 피도 덜 마른 신삥이들이 좀 인기를 얻는다 싶으면 문학 강의를 한다느니 대학 교수를 한다느니 나서서 지랄들이야. 지도 아직 한참 쓰고 배워야 할 판에 남을 가르친다니, 씨발 황무지보다 따뜻한 온실 속이 좋다 그거지? 그러니 생활 체험이 아닌 공상 속에서 더듬거린 글을 지딴엔 꽤나 자랑스럽게 내갈기고 있지. 그런 가짜새끼들이 더 행세를 하는 세상! 아, 나는 모르겠다."

"형, 그렇게 써대면서도 돈은 조금밖에 못 벌고 몸만 자꾸 축나잖아. 기침도 자꾸 하고. 담배라도 좀 끊어."

"아, 돈이란 무엇인가? 야, 콜록, 내가 대필을 해보니까 말야, 돈을 많이 주면 글이 훨씬 좋아지거든. 돈이 그렇게 시켜. 대필을 할 때면 나는 돈을 통해 그 사람의 종이 되지. 돈을 무시할 순 없어."

그는 기침을 하다가 멎지 않자 괴로운지 술상 위에 푹 엎어져 버렸다.

나는 소변도 마렵고 해서 바깥으로 나갔다. 정원으로 가서 볼일을 보고 돌아 나오는데 향촌 선생이 우두커니 서서 밤하늘의 달을 쳐다보고 있었다.

"선생님, 추운데 안으로 들어가시지요."

"아닐세, 여기가 더 시원하구먼."

향촌 선생은 저택 주인장과 동갑의 친구였으나 노쇠하고 궁색해서 노시인보다 훨씬 더 늙어 보였다. 그는 주인장과는 상반된 길을 걸어왔다. 그는 어떤 형식도 다 내용을 구속하는 것이라 하여 진실한 내용 이외엔 모두 의도적으로 무시하며 시를 썼다. 군사독재가 엄혹하던 시절에 형식은 압제의 비유로 풍자되었다. 그러나 형식은 필요한 법인지라, 포악한 허위의 정권 앞에서 절규하던 시인은 자학적으로 헐벗은 채 자신의 맨살에 생채기를 낼 수밖에 없었다. 천성적 감각으로 풀뿌리 민중의 정한을 묘파하던 시인은 결국 군사정권의 앞잡이들에 의해 폭행당하고 반강제로 입을 봉쇄당한 뒤론 폭음의 세월을 보내며 점점 피폐해졌다. 선생 자신은 가난과 병고에 시달리는 신세가 되고, 자애롭던 부인은 치매에 걸려 요양원에 수용돼 있었다.

문득 향촌 선생이 물었다.

"저 달이 무엇처럼 보이나?"

나는 밤하늘을 쳐다보았다. 둥근 달이 떠 있었다. 고래로 무수한 시인들이 벗 삼아 절구를 노래한 저 은은한 천상의 땅. 갑자기 하숙집을 나간 토끼 녀석이 떠올랐다. 어느 길목을 헤매다가 계수나무를 타고 올라가 달 속에서 방아 찧는 옥토끼라도 되었을까?

"저 달이 은덩이, 아니 금덩이라면 좋겠네. 흠, 흐흐, 내가 여기 뭐 좋아서 온 줄 아나? 저 음충스런 구충 놈이 돈이나 좀 빌려준다고 해서 와 보았더니 아직껏 일언반구도 없네 그려."

구충이란 저택의 주인을 뜻했다. 젊은 시절엔 마음에 안 들면 어떤 청탁도 마다했다는 향촌 선생이었다. 그런데 지금은 심신이 피폐해져 시도 쓸 수가 없는가 보았다. 술에 대취하면 목숨과도 같은 절규를 토해내지만 어디 이 반지레한 기름이 흐르는 세상에서 알아나 주겠는가. 달이 금덩이로 보인다는 늙은 시인…… 문득 따스한 방에서 몽상을 얘기하고 있을 노벨상 후보 시인이 떠오르고, 뒤이어 아까 거실에서 본 크리스탈 상패 속의 순금 메달이 밤하늘의 달에 오버랩되었다.

갑자기 안채 쪽이 떠들썩하더니 사람들이 우르르 몰려나왔다. 실컷 마시고 떠든 포만감을 즐기며 이제 귀가하려는가 보았다. 좀 더 마시고 싶은 치들도 차를 갖고 온 사람이 가게 되자 지하철역까지라도 편승하기 위해 재빨리 엉덩이를 털고 일어섰다. 뚱보 평론가도 개기름이 번들거리는 얼굴에 웃음을 지으며 나왔다. 노시인은 흐뭇한 미소로 객들을 배웅했다.

문예지 주간이 작별 인사를 하자 노시인은 그의 어깨를 두드리면서 말하는 것이었다.

"그래, 이번에는 꼭 되도록 손을 써볼 테니까 걱정 말어. 장호 씨만 회유하면 통과가 확실하니까, 그 전에 예술원 회원으로서 예행연습이나 좀 해줘. 그것두 필요해, 하하핫……."

아아, 나는 문학인으로서 어떻게 살아야 할지, 저택을 향해 걸어 올라올 때보다 더 막막해지는 느낌이었다.

황금충黃金蟲 바이러스

　강선호 씨는 새벽이면 일어나 백지 위의 점을 보며 주문을 외다가 일터로 나갔다. 그는 막노동을 했다. 고향에서 농업고교를 다녔다는데 특별한 기술은 없는 모양이었다. 여느 젊은이처럼 도회지로 나가지도 않고 홀어머니와 함께 농사를 짓다가 때가 되어 입대, 거기서 사고를 당한 후 낙향하지 않고 여기저기 떠돌았다고 했다. 왠지 고향으로는 발길이 돌려지지 않았단다. 그 사이에 매부가 사업한답시고 나대다가 고향의 집과 몇 마지기의 농토마저 다 팔아먹은 모양이었다. 안 그래도 지병이 있던 어머니는 화병으로 세상을 떴다고 했다.

　그는 처음 짐작처럼 붙임성이 좋은 성격은 아니었지만 술이라도 한잔 나눌 때 내가 궁금해 하면 자신의 신상을 조금씩 언급하는 것이었다. 그는 얼마 후부터 커튼을 반쯤 걷어두고 다녔다. 매일 내 방을 질러 다니면서 자기 방만 가려두기가 미안스러운지도 몰랐다.

하기 싫은 교정 일을 억지로 할 때면 나는 간혹 강선호 씨를 생각했다. 어디인지 모를 작업장에서 막노동을 하며 헐떡거리고 있을 그를 떠올리면 반성이 되면서 진도가 좀 나갔다. 그러나 정신적인 노가다이기도 한지라 한동안 지나면 또 답답해졌다. 그는 어떻게 그렇게 오랜 세월 동안 힘겨운 노동을 해올 수 있었을까? 그러고 보면 나는 꽤 불성실한 인간이었다. 싫은 일을 지겨워하면서도 막상 하고 싶은 일을 향해 과감히 노력해 나가지 않는 자신이 이상하게 여겨질 정도였다. 책상 앞에 억지로 붙어 앉아 인내심을 시험하다가 점심을 먹으러 집 밖으로 나갔다.

대문 옆 나무 밑에 검은 개가 매여 있었다. 몸통이 검고 눈썹과 발목 부근만 흰 진돗개 잡종이었다. 검둥이는 나를 보자 일어서며 꼬리를 치려 하다가 내가 무심하자 기분이 상한 듯 노려보았다. 나도 어릴 때는 개를 무척이나 좋아하여 심지어 개하고 같이 나가서 살라는 핀잔까지 들은 사람이었다. 그런데 한번은 밥 먹는 개를 쓰다듬다가 손을 심하게 물린 후로는 어쩐지 두렵고 싫어졌다. 나이가 들어 예전의 상처나 유감이 다 스러져 버렸는데도 나는 여전히 개를 싫어하고 두려워했다. 느닷없이 깨물어 버릴 것 같아 속으로 떨었다. 그러다 보니 가만히 있던 개가 실제로 다가와서 물려고 으르렁거리는 경우도 많았다. 그래서 생후 석 달 이내의 아주 작고 귀여운 강아지밖에 가까이 할 수가 없었다. 그런 놈이라 하더라도 만일 이빨을 드러내고 물려고 하면 당장 외면해 버렸다. 나는 검둥이를 두려워했다. 특히 주위에 아무도 없는 밤에 마주치면 오금이 저리곤 했다.

동화 속의 마귀할멈같이 생긴 꼬부랑 할머니가 끓이는, 맛은 기묘하게 좋은 칼국수를 한 그릇 시켜 먹고, 어슬렁어슬렁 근처의 우체국으로 가서 고객 조회용 컴퓨터 앞에서 5분쯤 보내다가 다시 하숙집으로 돌아갔다. 너무 무료한 나머지 검둥개 앞에 쪼그려 앉아 녀석의 낯짝을 들여다보았다. 놈은 다시 일어서서 혀를 내밀고 다가오려다가 목줄 때문에 더 이상 근접할 수 없자 쪼그려 앉아 나를 가만히 이상스럽다는 표정으로 마주보았다. 눈이 냉정해 보이는데 흰 눈썹마저 얼핏 흰자위 같아 더 두려웠다. 개를 그토록 좋아하던 어린 시절을 회상하며 스스럼없이 손을 가져가 쓰다듬어 볼까 어쩔까 몇 번이나 망설였다. 하지만 손을 대는 순간 물리고 말리라는 망상이 부풀어 올라 시도하지 못했다.

피 장군과 검둥이는 친구처럼 잘 통했다. 그러고 보니 녀석의 눈이 피 장군의 눈을 닮은 듯도 했다. 문득 왠지 모르지만 강선호 씨가 떠올랐다. 그도 무엇인가 두려운 기억이나 존재로 인해 속으로 떨고 있는 게 아닐까 하는 생각이 들었다. 그는 처음보다 심하지는 않아도 간간이 이상스런 잠꼬대를 하고 있었다. "장군님! 장군님!" 하고 잔뜩 질린 목소리로 외치기도 했다. 그 미지의 장군이 혹시 피 장군은 아닐까? 나는 신고식 때부터 희미한 의구심을 품었었지만 아직 어떤 점을 확인하거나 무슨 실마리를 잡지는 못했다.

나는 그만 일어서서 방으로 들어갔다. 푸른 커튼 저쪽 동숙인의 방은 여전히 깔끔했다. 그는 담배를 피우지도 않았다. 저녁에 귀가 하면 꼭 한번씩 걸레질을 했다. 나는 커튼 앞으로 걸어가서 일종의 동경과 호기심을 갖고 들여다보았다. 그러다가 슬금슬금 걸어 들 어가서 책상 위쪽 벽에 걸린 액자 앞에 섰다. 곧고 무성한 나무 위 티끌 한 점 없이 푸른 천공에 태양이 찬란하게 빛나는 사진이었 다. 액자 아래쪽에 붙여둔 백지엔 강선호 씨의 자필인 듯한 글이 씌어 있었다.

* 나는 하늘처럼 텅 빈 마음으로 현재의 욕심에 얽매이지 않고 순리대로 살아간다.
* 해님의 지고지순한 이타심을 본받아 이웃을 도우고, 마음속의 추악과 증오를 불태워 빛으로 승화시킨다.
* 나무처럼 땅바닥에 머물지 않고 성장하되, 뿌리박은 땅의 현실 을 무시하지 않는다.

백지 하단 귀퉁이에 작은 글씨로 '신선神仙 지망생 강선호'라고 서명이 되어 있었다. 나는 히죽 웃고 말았다.
책상 위에 놓인 다이어리 위에 귤 몇 개가 얹혀 있었다. 나는 귤을 집어 하나 까먹을까 흑심을 내다가 옆으로 굴러두고 다이어 리의 표지를 슬쩍 들쳐 보았다. 표지에도 '신선 지망생'이라고 적 혀 있었던 것이다. 신년 계획표가 나오고 스케줄 등이 단정한 필체로 적혀 있었다. 정성이 많이 들어간 글씨였다. 그 뒤의 몇 장엔 강선호 씨 자신의 삶에 대한 단상들이 자유롭게 적혔다. 지난번 술자리에서 들은 적도 있는 터였고 또 그보다는 남의 생활 기록을 더 훔쳐보기가 민망해서 덮으려다가 한 장을 더 넘겨 보았다. 희미하게 비치는 뒷면의 글씨는 어딘지 좀 달라 보였던 것이다. 앞의 글들이 검은 볼펜으로 또박또박 쓰인 데 비해, 그건 푸른색 잉크로 필체엔 신경을 쓰지 않고 좀 어지럽게 씌어 있었다. 만년필로 쓴 것이었다.

……꿈은 그렇게 생생한데 깨고 나면 희미해져서 제대로 기억할 수가 없다. 그렇지만 뭔지 흔적이 남아 기분은 무척 나쁘다. 악몽을 꾸고 괴상한 잠꼬대를 한다니 미안스럽다. 심하지 않다고 하지만 사실은 심한 모양이다. 다 잊고 마음을 비우고자 하는데 쉽지 않은 일이다. 마음은 왜 내 뜻대로 되지 않을까. 그를 본 순간 나는 동요되었다. 묵은 기억과 감정이 내 안에서 꿈틀거렸다. 이것이 악몽을 꾸게 하는 것이다. 하지만 져서는 안 된다. 장애물을 넘고 정신을 정화해 해님의 에너지를 받아들일 수 있는 상태가 되어야 해! 그러지 못하면 자포자기하고 만다.

그와 나 사이에 어떤 일이 있었던 건 분명하다. 그러나 떠올려 보려 하면 컴컴한 길을 걷는 것 같다. 무슨 일. 무슨 일이었던가? 피종태 장군. 강원도. 그러니까 군대에서 내가 다친 일과 연관이 있을 거다. 그에게 머리를 맞았을까. 아니다. 근거도 없이 추측을 해서는 안 된다.

꿈속에 그가 나타나 무서운 괴물로 변해 쫓아온다. 아니, 그인 것 같다. 그의 얼굴은 시시각각 변하고 때로는 눈이 없어서 확언할 수가 없지만, 내 기분은 이미 그가 누군지를 짐작하고 있다. 내가 한 말과 그의 말은 까맣게 다 잊어 버렸다. 나는 그에게 떠밀려서 깊은 낭떠러지나 좁은 암굴 속으로 떨어진다. 그를 보기 전엔 그런 악몽을 꾼 적이 없다. 악몽과 내 머릿속에 떠도는 토막난 기억은 어떤 관련이 있는 것 같다. 하지만 기억은 흐릿하고 앞뒤 맥락을 잡기 어렵다. 정상적인 두뇌의 기억이라도 세월에 풍화돼 변한다는데, 지금 내 기억을 믿을 순 없다. 이런 기억을 남에게 얘기할 수도 없다. 무기물인 이 종이 위에다 늘어놓아 보자. 그러면 혹시 조각을 모아 깨진 거울을 맞출 길이 열릴까?

아마도 그는 무엇인가 알고 있는 것도 같다. 느낌이다. 그날 그가 동요하고 있음을 난 느꼈다. 무언가 알고 있으면서 숨기고 있는 듯싶다. 내가 모르는 사실을 그가 알고 있다는 생각이 들면 난 물 밑을 걸어가는 것처럼 답답하다. 그런데 나는 왜 당당하지 못하고 더듬거렸을까? 지레 겁을 집어먹어야 했던 이유는? 어쩐지 언짢고 마음속에 공포심이 생겨 심신이 마비되었던 이유는 대체 뭐란 말인가? 나로서는 막막할 뿐이다. 그에게 한번 물어 볼까도 싶었지만, 가까이 가기만 해도 나는 굳어서 머릿속이 하얗게 비어 버리고 만다.

내가 꺼벙해서 그럴까. 하기야 그러니까 이런 것 아닌가. 그때나 지금이나 고지식하고 어벙하단 얘기를 남들에게 듣고 있으니 말이다. 그래서 두드려맞고 완전히 멍청이가 된 건지도 모른다. 차라리 깡그리 잊어 버렸으면 좋겠다. 똑똑한 사람이 되어 쉽사리 다 떠올리든지. 이런 흐리마리한 상태가 싫다. 사실을 다 알고, 그가 내게 어떤 행위를 저질렀는지 명확해진 뒤에도 나는 어차피 그걸 다 잊고 용서해야 할 것이다.

우선 잠꼬대라도 좀 안했으면 싶다. 악몽에 시달리는 건 내 몫이지만 옆사람에게까지 피해를 주긴 싫다. 오, 해님이여, 도우소서.

강선호 씨의 기록은 거기서 그쳐 있었다. 나는 노트를 덮고 귤을 올려놓은 뒤 내 방으로 돌아왔다. 지낸 지 얼마 되지는 않았지만, 강선호 씨는 겉으론 자신의 말처럼 꺼벙하고 좀 고지식한 면이 보여도 나는 그의 내심이 타고난 그대로 정직하고 강직한 점을 지녔음을 짐작했다. 요즘은 그렇지 않을 테지만 강선호 씨가 군대에 복무할 무렵인 1980년대 후반엔 그런 점이 결점이나 약점으로 작용할 소지가 다분했을 터이다. 지식을 지닌 대학생 출신이든 무지렁이 농군이었든, 그런 성품을 지닌 사람이 그 시기에 군대에서 겪고 당한 숱한 사건과 때로는 상상도 못할 사고들을 우리는 쉬이 접할 수 있다. 강선호 씨는 요즘에도 일부러 그러는 게 아니라 진정으로, 남뿐만 아니라 자기 자신이 곤혹스러울 경우를 당할 그런 지경에도, 좀 지나치다 싶은 생각이 들 정도로 솔직하게 직언을 하곤 했다. 만일 세 명 이상이 둘러앉은 식탁 같은 데서 그런 일이 생기면 사람들은 웃어대거나 흘겨보며 화를 내고 만다.

내 머릿속에는 불현듯 한 장의 가상의 그림이 그려졌다. 그것은 내가 인지와 상상을 동원해 세밀히 그린 게 아니라 강선호 씨의 다이어리를 읽고 나서 불시에 제멋대로 떠오른 것이기에 조잡스러워 그림이라 칭하긴 민망한 한 장면이었다. 넓은 연병장. 준장으로 진급해 번쩍거리는 별을 견장에 단 '그'(여기서는 피 장군)는 연대의 장사병들이 도열한 앞에서 한껏 의기양양히 어깨에 힘을 넣는다. 그는 으쓱거리며 연설을 시작한다.

"제군들, 함께 이 감격을 나누고 싶습니다! 민족을 도탄지경에서 건져낸 위대한 오일륙 혁명 과업 이래 본관은 일신을 국가 수호에 바쳐 왔습니다. 그 후 위대한 영도자의 지휘 아래 대한민국은 일취월장 발전했습니다. 그분은 진정한 민족의 태양이었습니다. 그이의 영전엔 찬란한 태양의 계급장을 추서해야 할 것입니다! 오늘날 본관이 입은 이 영광의 별빛은 그저 그 태양 빛을 반사하는 데 불과하리라고 여기는 바입니다."

피 장군은 흥분에 겨워 말을 멈추고 잠시 숨을 고른다. 그때 후열로부터 이상스런 한 목소리가 들려온다.

"연대장님! 부디 과거의 미망에서 깨어나십시오. 그건 혁명이 아니라 쿠데타였습니다. 그 위대한 태양은 독재자였습니다. 대한민국의 발전 때문에 고향과 그 속에서 숨 쉬던 인정이 죽어 갔습니다. 연대장님, 별은 나라에서 달아 준 것이니 결코 태양에 바치지 마십시오. 그리고 개인에게 달아 준 것이 아닌 만큼 너무 우쭐대진 마십시오. 그건 단지 상징일 뿐입니다. 저 하늘에 반짝이는 별이 진정한 우리의 소망입니다!"

피 장군은 분노를 짓씹으며 고함을 지른다.

"저거 저 새끼가! 너 이리 나와! 빨리! 자, 다시 한번 지껄여 봐!"

"밤하늘에 반짝이는 별이 우리의 소망입⋯⋯."

"이거 이 새끼가 완전히 돌았구먼!"

피 장군은 붉으락푸르락하며 술냄새를 풍기고 씩씩대면서 주먹을 쳐들어 불순한 병사를 마구 후려친다. 그것도 모자라 군홧발로 짓밟다가 급기야는 머리를 잡아 바닥에 찧어대며 범처럼 으르렁거린다⋯⋯.

나는 머리를 흔들었다. 피 장군이 좀 다혈질이긴 해도 그 정도로 악질적인 인간은 아니었으리라고 생각되었기 때문이었다. 그리고 또 부하가 아무리 자신이 숭배하는 대상을 모욕했다고 할지언정 장군으로 입신한 좋은 마당에서 그런 어처구니없는 불상사를 저질러 자기의 앞길을 망칠 멍청이로는 여겨지지 않았기 때문이기도 했다.

밤에 강선호 씨가 들어오자 나는 좀 계면쩍었다. 그가 들고 온 봉지에서 귤을 한 줌 꺼내 건넬 때는 이미 먹었다고 말하고 싶었다. 받는 손이 부끄러웠다. 강선호 씨는 웃는 얼굴이었다. 그의 고민을 알고 있는 내겐 그 미소가 무척 힘든, 귀한 것으로 느껴졌다. 바로 자기 자신에게.

"일은 잘 되세요?"

"네."

"힘드시죠?"

"힘들더라도 일이 계속 있으면 좋죠."

"잘 돼야 할 텐데요……."

"난 그래도 낫죠 뭐. 눈사태를 만나 곤죽 된 사람들 보니 정말 딱하데요. 마음이 빠져나가 버린 것 같데요."

"그러게요. 정든 것을 다 잃고."

"요즘도 내 잠꼬대 심한가요? 송구스러워서……."

나는 많이 나아졌다고 대답했다.

나는 그에게 술을 한잔 하시겠느냐고 물어 보았다. 어쩐지 빚을 진 기분이 들었던 것이다. 지난번 술자리에 대한 답례의 의미도 있었다. 그가 좋다고 해 나는 나가서 소주와 골뱅이 통조림을 사들고 그의 방으로 갔다. 내가 성급히 캔 뚜껑을 따다가 손잡이를 떼어 버리자 그는 낡은 맥가이버 칼을 꺼내 요령 좋게 땄다. 손이 크고 여기저기 흉터가 있었다. 소주를 주고받을 때 작고 흰 내 손과 대비되었다. 내가 술을 짤끔짤끔 나눠 자주 마시는 데 비해 강선호 씨는 단번에 쭉 비우고는 한동안은 지긋이 잊었다.

현실관이나 정치 사회적 운동 등에 대해 그는 나보다 진보적인 입장이었다. 그의 생활 체험으로부터 이뤄져 나온 것이 느껴지는 만큼 나는 반대하지 않았다. 그는 내가 지닌 보수적일 만큼 온건한 세계관에 대해 논박하진 않고 유심히 지켜보면서 눈 속 깊숙이 의구심의 그늘을 드리웠다. 술병 하나를 비우고 새것을 딸 무렵 그는 취해서 내게 도전적으로 질문을 던졌다.

"형씨는 진정 아무런 편견도 없단 말인가요?"

"네?"

"한쪽으로 치우치지 않고 곧기만 한 길을 걸어가는 게 가능한가 말이에요."

"전 그런 생각도, 그런 말을 한 적도 없는걸요."

강선호 씨는 곤혹스런 표정을 지었다.

"무슨 일인가를 하려면, 두 길 중에 한 길을 택해 걸어가야 하는 게 아닐까요?"

"하필이면 갈래길이군요."

"어디서고 그건 나타나니까요."

"진보나 보수의 길을 말씀하시는 건가요?"

"아니, 자기가 옳다고 믿는 길이요. 그래서 나는 걸어가는데, 어떤 사람은 그게 옳지 않다고 하거든요."

"그 사람은 그 길이 옳다고 믿으니까 그렇겠죠."

"아니요, 옳다고 생각하지 않으면서도 가는 사람도 많이 있더라고요."

나는 말문이 막혔다. 정치적인 경향 문제를 떠나, 당장 눈앞의 생업에 있어서 나는 수년 동안 별로 좋거나 옳다고 믿지 않는 일을 단지 좀 익숙하다는 변명으로 붙들고 낑낑거렸다. 이에 비해 강선호 씨는 힘들지만 사회에 필요한 정직한 노동을 하루하루 해나가며 자신이 믿는 옳은 세상을 꿈꾸고 있었다. 그가 바라는 세상은 과연 어떤 것일까? 문득 나는 액자가 걸린 벽을 바라보다가 입을 열었다.

"저기, 대통령이라고 쓰였는데 혹시 그게 장래 목표인가요?"

강선호 씨는 겸연쩍어하며 헛웃음을 터뜨렸다.

"꿈꾸는 건 나쁠 게 없잖아요 뭐. 하지만 꼭 말해야 한다면, 현재와 같은 그런 대통령은 아니에요. 만일 시켜 준대도 내가 그걸 해낼 수가 있겠어요? 결국 내 꿈속에 있는 대통령일 뿐이죠."

"재미있군요. 좀 더 현실적인 목표를 세워 보면 어떨까요?"

"현실적으로 올수록 내가 될 가능성이 있는 건 오히려 더 적어요. 학력이나 경력이나 시험을 패스해야 하니까. 그래도 대통령은 선거로 뽑으니까 조금 가능성이라도 있죠."

우리는 함께 웃었다. 나는 한잔 들이켜고 나서 나의 군복무 체험담을 꺼내었다. 나는 방위병 출신이어서 우쭐댈 만하거나 별스레 재미난 체험은 없었다. 오히려 그 시절을 생각하면 한 독종 고참에게 당한 쓰라린 기억들만 떠올라서 생이 그만 비관적인 색깔을 띠고 만다.

"그자는 첫 순간부터 나를 싫어했는데 자기가 싫어하는 그 자체를 무슨 사회적 기준처럼 생각했어요. 그리고 나 스스로 죄수처럼 생각 들도록 계속 구박을 했지요. 그래야 압제하기 쉬울 테니까요. 마음에 드는 신참이라도 감정의 색깔만 다르달 뿐 지배하고 부리는 근본 방식은 같았어요. 그 단초도 별다른 게 아니었어요. 내가 어떤 당의 어떤 후보를 찍지 않았다는 거였지요. 나는 둘 다 식상해서 투표를 하지 않았는데도요. 그것도 입대 전 일인데. 그는 반동 새끼라고 욕하며 내 결점에 눈을 밝혀 괴롭혔어요. 계집애라고 놀리며 희롱할 땐 치를 떨었지요. 그는 선천적으로 타고난 우람한 체격과 외향적인 성격을 기준으로 삼아 나를 모멸하고 심한 기합을 가했어요. 한번은 이상스런 질문을 내놓고선 대답을 제대로 않고 노려본다고 컴컴한 창고로 끌고 가 짐승처럼 폭행을 했지요. 난 아무런 저항도 못하고요. 그때 기억은 머릿속에 각인이 되어 한낮에도 악몽을 꾸는 듯할 때가 있답니다. 그러면 저는 속으로 소리를 지르고 말아요. 마치 꿈속에서 가위눌림 당하듯이……."

강선호 씨는 아까부터 나를 물끄러미 바라보고 있었다. 얘기가 끝나는 순간 그의 시선이 조금 아래로 내리더니 그대로 아무 말 없이 가만히 있었다. 때때로 뭘 질문하면 그는 정신이 나간 듯이 멍하니 한 곳을 바라보는 적이 있는데 그런 눈길하고도 또 달랐다. 골똘히 생각에 잠긴 모습이었다. 나는 사실 내 얘기를 통해 강선호 씨에게 간접적으로나마 위안을 주고 싶었다. 그리고 자연스레 심연에 잠긴 기억을 떠올리도록 작은 계기를 제공하고픈 바람도 품었었다.

"참 안됐군요. 정말 안 좋은 일을 당했어요."

이윽고 그는 연민 어린 어조로 중얼거렸다.

"강 선생님께 털어놓고 나니 속이 좀 풀리는군요. 역시 군대에서 당한 일이 있잖아요. 우린 동지네요."

"난 잘 기억이 안 나요. 속이 풀릴 일도 없고요."

"피종태 장군도 잘 모르세요?"

그는 잠시 멍하니 있었다. 그러더니 머리를 흔들며 말했다.

"얼굴을 겨우 알아볼 수는 있지만…… 다른 건 다 흐릿해요. 많이 변했으니까요. 내 사고와 그이를 연관시킬 아무런 단서도 없어요. 아, 이제 그만 자야지 내일 또 일 나가지요. 나쁜 기억이 떠오르면 뽑아서 강물 속에 던져 버리세요."

나는 인사를 하고 나왔다. 밤이 깊자 그는 길지 않게 잠꼬대를 하다가 잠잠해졌다.

다음날 강선호 씨는 밤늦게 돌아왔다. 나는 기지개를 켜고 나서, 아까 전화가 왔었다고 알려 주었다. 그는 그 사람을 만났노라고 대답했다. 그러고는 들고 있던 검은 봉지를 바닥에 내려놓으려다가 통로 외엔 변변히 앉을 자리가 없음을 알고는 "괜찮으면 간단히 목 좀 추기시죠." 하고 자기 방으로 들어갔다. 나는 볼펜을 놓고 건너갔다. 그는 방바닥에다 캔맥주 세 개와 오징어를 꺼내 놓았다. 아마 지난 밤의 소주에 대한 답례인 성싶었다. 남에게 조금만 빚을 져도 꼭 갚아야 하는 그런 사람이 있는 법이다.

내 방(방이라기보다 영역이라는 편이 낫겠지만)과 달리 그의 방은 정리 정돈이 잘 되어 작은 대로 호젓한 운치가 있었다. 꼭 맥주 때문만은 아니지만 어쩐지 그에게 호감이 가고 또 그의 삶이 궁금해져서인지 다시 한번 새로이 방을 둘러보게 되었다. 이불은 반듯하게 착착 개였으며, 벽 한구석에 붙여 놓은 작은 책상 위엔 책

몇 권이 가지런히 꽂혔을 뿐이었다. 그 외엔 한쪽 벽에 걸린 작은 액자와 수수한 옷가지 몇 벌이 전부였다.

강선호 씨는 전작이 좀 있는지 광대뼈 밑이 발그레했다. 나이가 마흔 후반 정도 돼 보이는데 어딘지 소년 같은 데가 남은 얼굴이었다. 그는 캔을 내 앞으로 밀어 놓은 다음 하나를 따서 홀짝 마셨다. 그는 내 나이를 묻지 않았다. 면대하자마자 나이부터 묻는 인간들의 뻔뻔스러움도 없었을 뿐더러 연상임을 내세워 모종의 주도권을 쥐려는 멍청한 기도도 없었다. 적어도 열 살은 아래인 내 쪽에서 자진해 '강 선생님'이라고 부르자 그는 손을 내저으며 "에구, 그냥 강형이라고 부르세요. 그게 훨씬 편해요. 객지에서 10년 정도 차이면 맞잽이죠 뭐." 하고 웃었다.

"그런데 무슨 일을 하세요? 글 쓰세요?"

나는 교정 업무에 대해 간단히 설명했다.

"햐, 그거 재미있겠네요!"

나는 속으로 쓴웃음을 삼키면서도 기분이 나쁘지는 않았다. 한때는 재미있기도 했던 것이다. 내가 제대로 설명하기도 전에 왠지 인쇄소나 제본소부터 지레 떠올리고는 "그거 힘들지요? 책 먼지 속에서 폐병이 들기도 한다던데 말이죠." 하고 너스레를 떠는 자들을 자주 보았기 때문인지 몰랐다. 하긴 먼지 속에서 폐가 썩는 것보다 따지고 보면 나을 것도 없는 노릇이긴 했지만 말이다.

강선호 씨는 책상 서랍을 열더니 작은 상자를 꺼내 그 속에서 만년필을 내 보였다. 문구 업체에 다니는 친구에게서 얻은 것인데 자기는 쓸 기회가 없으니 나더러 가지라는 뜻이었다. 나는 고마움을 표한 뒤 만년필은 사양했다. 나 또한 만년필을 쓸 기회는 거의 없었다. 그걸 받는다 하더라도 역시 서랍 속에서 잠들 터이기 때문이었다. 그럴 바에야 원래 선물 받은 사람이 기념으로 간직하는 편이 옳지 않겠는가 싶었다.

"혹시 오늘 전화하신 분이 그 친구분이신 건가요?"

나는 맥주를 한 모금 마시고 나서 싱겁게 물어 보았다.

"맞아요. 잘 맞추시네. 저녁 내내 그이하고 함께 보냈지요."

"친한 친구신가 봐요?"

"공부동무예요. 그이가 저를 진리의 길로 인도했지요."

"종교모임에 나가시는 모양이네요."

그러자 그는 머리를 흔들었다.

"아니, 종교가 아니에요. 새로운 진리를 찾아 함께 공부하는 거지요. 소개해 드리고 싶어요."

"제게요? 어떤 건데요?"

그는 좀 흥분된 기색이었다.

"종교처럼 천국이나 내세를 약속하진 않아요. 살아가면서 자기가 노력하여 뜻을 이루고 더 나아가면 신선이 될 수도 있지요."

"인간이 말인가요? 대단하군요."

그는 내 눈을 지그시 바라보았다. 진정을 확인하려는 것 같았다. 나는 내 눈 속에 농담기나 의혹의 빛을 담지 않았다. 나는 그의 눈에서 어떤 의혹의 기미를 보는 기분이 들었는데, 혹시 그건 그의 무의식 속에 깊숙이 숨은 의혹이 아닐까 하는 생각이 잠시 들기도 했다. 하지만 내가 잘못 짚었을 수도 있었다. 그의 말은 차츰 열기를 띠었다.

"그래요. 진리예요. 하늘엔 해님이 있는데 인간들은 옛날부터 우러러보며 그 뜻을 배우려 하고 그 에너지를 받아들이려 했다지요. 인간은 진보하여 이제 하늘과 땅 사이의 태양 같은 존재가 되어야 하는데, 물질적으로는 이미 풍부해도 정신적으로는 타락해서 원시인보다 캄캄하다는 거예요. 이제 사람은 땅에 붙잡혀 있지 말고 마치 푸른 나무처럼 하늘을 향해 자라 올라가야만 합니다."

"영적 성장을 말씀하시는 건가요?"

"네. 나는 초보라서 모든 걸 자세히는 다 몰라요. 일단 초라하고 추악한 자기 자신의 마음을 내버리고 하늘과 해님의 빛과 에너지를 받아들이는 능력을 기르는 겁니다."

강선호 씨는 히죽 미소를 지었다. 좀 겸연쩍은 듯해 보였다.

"도움이 되나요?"

"네. 정신적으로 안정을 주어요. 살아나가기가 힘겨울 때 희망을 주니까요."

"정말로 신선이 되리라고 믿으세요?"

강선호 씨는 5초 가량 가만히 허공을 쳐다보고 있더니 입을 열었다.

"글쎄요. 나도 꼭 신선이 되겠다고 바라지는 않아요. 흐, 40년 동안 빠락빠락 살고도 이 꼴인데 뭘⋯⋯ 그저 좀 맑은 마음으로 살고 싶을 뿐이죠."

강선호 씨는 생각에 잠긴 상태로 술을 들어 천천히 다 마셨다.

"사는 게 정말로 힘들 때는 매제가 팔아먹은 고향의 집과 농토가 눈앞에 떠오르는 거예요. 만약 그런 일만 없었다면 고향땅에서 향 긋한 흙과 풀냄새를 맡으며, 설령 뼈빠지게 살더라도 여기 서울보 다는 백배 행복하지 않았을까 하는 생각이 들면 그만 화병이 날 만큼 미치겠어요."

"매형이 그랬다고 하지 않았던가요? 아 참, 제가 착각했나 보군 요. 아무튼 누이동생네는 지금 어떻게 사세요?"

"먹고 살 만큼은 되는가 봐요."

"그 과거사를 한번 얘기해 보시지 그러셨어요."

그러자 강선호 씨는 고개를 푹 숙였다.

"형편이 좋아지면 집과 논을 사주겠다고 매제가 약속을 하긴 했었지요. 하지만 그 뒤로 집안 생계를 책임진 건 누이였고 매제는 알짜 없는 허풍선이 같은 짓만 했어요. 누이가 인테리어 기술을 배워 뼈골이 빠지게 일한 덕분에 집도 한 채 사고 제법 괜찮아졌지 요."

"그래, 좀 도와주던가요?"

"허헛, 사람의 욕심이란 끝이 없잖아요. 잘살면 좀 더 잘살게 되고 싶어지는가 봐요. 여기서 누이동생을 질책하고 싶진 않아요. 사실 누이가 책임질 일은 없죠. 인간의 욕심은 제쳐두고라도 실제 로 돈이 들어가는 구멍은 자꾸 생겨나게 마련인 세상이고, 또 구멍 이란 만들려면 만들기 나름이니까요. 애들 교육도 가능하면 남못

잖게 많이 투자해서 잘 시키고 싶으니까, 그러다 보면 옛날에 나에게 한 약속 같은 건 떠올릴 여유가 없었겠죠."

"그래도 너무하네요."

"이 세상이 사람을 그렇게 만드는 것 같아요. 원래는 착한 누이였어요. 세파에 시달리면서 고생하다 보니 저도 모르게 세상이 시키는 대로 따라가는가 봐요. 본심은 사라지고 탐욕에 눈이 먼 꼴이죠. 도깨비불에라도 홀렸던지 괜스레 쌍꺼풀 수술을 해서 원래 예쁘던 눈까지 흉하게 망쳐 놓았더군요. 냉장고도 새것으로 바꾸고 집도 더 큰 아파트로 옮기더니 나중엔 자가용까지 하나 뽑아서는 매제가 뽐내며 몰고 다니더군요. 그걸 보곤 울컥했죠. 물론 내가 못난 탓이겠지만, 나는 비가 새는 지하방에서 끙끙대며 사는데 저런다 싶으니……."

"매제한테 좀 따지지 그랬어요?"

"에둘러 한번 말을 꺼냈더니 과거지사는 왜 들춰서 분란을 일으키려느냐고 나무라더군요. 흐흐, 그러더니 그동안 부모님의 제사 지내 준 걸 언급했어요. 그 고마움을 나도 모르는 건 아니에요. 돈으로 따질 수 없을 만큼 고맙죠. 난 말문이 막혀 벙어리처럼 앉아 있었지요. 아, 만일 그런 일만 없었다면 어머니도 고향에서 힘들지만 살아 계실 텐데……."

"사람들은 좀 살만해지면 왜 그렇게 마음이 메마르는지, 원."

"결혼이라도 해서 가정을 이루면 될 텐데 혼자 사니까 궁색하지 않냐고, 왜 그렇게 사느냐고 매제가 나서서 공박하더군요. 내가 하기 싫어서 안 했나요, 겨우겨우 살다 보니까 못한 거지 뭐. 허허, 그러더니 형편에 맞춰 절약하며 사는 것을 쩨쩨하다고 비웃으면서, 그런 마인드이니 그 꼴로 사는 거라고 충고하는 거였어요. 아, 그때 만약 손에 칼이 있으면 콱 찔러 죽이고 총이 있다면 그 나불대는 주둥이를 쏴버리고 싶더라구요."

"억울한 사람이 갈수록 많아지는 세상이지요. 인간들이 진짜 황금충이라도 돼 가는 것 같아요. 자본주의 사회에서는 자기가 알든 모르든 사람들이 어쩔 수 없이 황금의 벌레가 되는 듯싶어요."

그는 석고상처럼 창백한 얼굴로 앉아 천천히 말했다.

"인간이 벌레라고 하진 않겠어요. 욕심이라는 벌레의 병균에 감염된 것일 뿐일 테니까."

"고향엔 가보셨어요?"

"향긋한 흙내음이 그리워도 가보진 못했어요. 고향의 그 집과 농토가 있었다면 아마 내 인생도 많이 달라졌겠죠. 적어도 이렇게 도시에서 일하는 기계가 되어 헐떡거리며 살진 않을 거라는 그런 공상이 떠오르면 너무 안타까워요."

"언제라도 가보시지 그러세요?"

"이런 꼴로 어떻게 갈 엄두가 나겠어요. 고향도 많이 변했다더군요. 그 땅도 산업용지로 지정되어 공장이 들어선대요. 땅값이 아주 많이 올랐다고 하더군요."

"씁쓸하시겠네요."

"그랬지요. 온갖 공상이 꼬리에 꼬리를 물고 떠오르면 미치겠더군요. 사실은 나도 한 마리의 황금벌레에 지나지 않았어요. 내 마음 속에 엄청난 탐욕과 증오심이 감춰져 있다는 걸 알게 되었지요. 화가 나기도 했죠. 내가 왜 이럴까. 왜 남들의 잘못으로 인해 내가 이렇게 악독하게 변해야 하는가? 안 그랬으면 그런 추한 마음을 모른 채 살았을 텐데. 다른 어떤 미운 사람 때문에 내 속의 나쁜 점이 드러나자 산불이 퍼지듯이 더욱더 증오심이 불어나 죽이고 싶더군요. 그러나 그래봤자 내 마음만 더 추악해지고, 증오의 독기에 의해 몸만 자꾸 망가지고…… 또 누이는 얼마나 마음고생이 심하겠어요. 그리고 매제란 작자도 허풍선이라서 그렇지 원래 악한 사람은 아니었으니까요. 그래서 큰맘 먹고 다 잊기로 했어요. 그런데 그게 마치 솥뚜껑을 닫은 것처럼 한층 더 속이 부글부글 끓어대는 거예요. 죽든지 죽이든지 하는 극단적인 생각 때문에 밤 잠을 이루기가 힘들었죠."

"이제 그만하세요. 어쩌겠어요, 어쨌든 앞날이 더 중요하잖아 요."

"네, 저도 알아요. 그런데 마음이 안 따라 주고 계속 엇나가더군 요. 그래서 종교에도 귀의해 보고 못하던 술과 담배도 마시고 그랬 어요. 하지만 억울하고 증오하는 상태로만 나가다가는 내가 먼저 죽게 되어 못 견디겠더군요. 그래서 어찌어찌 하다 보니 여기까지 오게 됐어요. 내 힘이나 의지만으로는 도저히 안 되었지요. 죽이고 싶지만 한편으로는 부질없는 일, 내 속에 또아리를 틀고 들어앉은 증오심. 그래서 차라리 나를 죽이기로 했지요. 용광로 속에서 불순물을 불태우듯 이글거리는 태양 속에서 내 마음을 태워 버리고, 하늘의 무심청정과 계속 성장해 올라가는 나무의 마음을 배워서……."

"요즘 힐링 열풍이 불고 있는데, 스스로 힐링을 하시는군요."

"뭐, 저도 하긴 유명하신 멘토 님들이 쓴 책을 좀 읽어 봤지요. 괴롭고 막막하고 때론 절망스럽다 보니깐요. 하지만 책을 읽는 그때만 잠시 위안을 받을 뿐 별로 큰 소용이 없었어요."

"좋은 얘기만 줄줄이 늘어놓으니까요. 책을 쓴 사람 자신이 막상 어려운 문제나 인생고에 맞닥뜨렸을 때 자기 말대로 실행할 수 있을지는 의문이지요. 실상 현실에서 차분히 검증된 게 아니라, 힐링 열풍을 타고 의도적으로 제작한 일종의 이상향에 기댄 기획 상품이라는 비판도 많더군요."

"네? 아무튼 솜털 같은 명상의 둥우리에서 나와 냉랭한 현실 세상과 마주치면…… 내 속에 깊이 또아리를 튼 뱀…… 분노와 억울함과 살의가 또다시 마음을 사로잡아 버려서…… 그런 좋은 말씀들을 활용할 만한 여유가 없더란 말입니다. 그래서 자기 문제를 스스로 고민하는 분들과 함께 모여 공부하며…… 내 속의 더러움을 똑바로 보고 근원에서 변화시켜…… 우리 모두가 사는 세상도 좀 아름답게 꽃피워 보려고……."

그는 말을 맺지 않았다. 침묵이 흘렀다. 나는 맥주를 한 모금 마셨다.

"지금은 누가 제사를 지내세요?"

"제가 간단히 지내죠 뭐. 부모님껜 죄송스럽지만…… 형편이 이런데 어쩌겠어요."

"어서 좋은 분을 만나 결혼을 하셔야 할 텐데요. 그런데 형편이 그런데 제사를 꼭 챙겨서 지내야 할까요?"

"제사는 소중하지요. 다만, 제가 이런 저런 일을 겪다 보니까 제사의 어떤 점 중에는 사람을 얽매는 무기가 숨어 있는 것 같더군요. 몇 년 동안은 내가 누이 집에 가서 제사를 지냈는데, 답답한 일 앞에서도 큰소리 한번 못 내고 별수 없이 고분고분하게 되더군요. 조상을 공경하는 마음은 아름답지만, 신명이 어쩌느니 하면서 그걸 무기로 삼아 사람에게 어떤 통제를 하려는 수단은 싫었어요."

"우리 사회 전체에 그런 제사 분위기가 있는 것 아닐까요? 요즘 보면 얼마나 많은 사람들이 허무맹랑하고 억울한 일들을 당하는지요. 그런데도 자기 탓이려니 하고 죄의식을 갖곤 하죠. 사회 자체가 그런 것을 허용하지 않는 구조를 이뤄야 할 텐데……."

"얼마 전에 지하철을 타러 가는데 어떤 여자가 플랫폼을 이리저리 왔다갔다하면서 '그건 내 재산이야. 내 돈인데 왜 가져가' 하고 자꾸 뇌까리더군요. 그 꼴을 보니 얼마나 안타깝던지…… 그러면서 한편으론 수백수천억 원의 국민 세금으로 사복을 채우는 높은 분네들을 보면…… 내가 고작 몇 억도 안 될 것을 두고 누이를 너무 괴롭혔던가 싶어 자책감이 들기도 하고……."

"그뿐인가요. 돈 때문에 부모 자식이 서로 죽이는 게 아무것도 아닌 세상이 되어 버렸잖아요. 엊그제 뉴스를 보니 종중의 재산

문제로 집안사람들끼리 서로 패를 갈라 싸우다가 광분하여 살인까지 벌어졌더군요. 돈을 놓고 싸우든 여자를 두고 싸우든, 죽은 사람은 계산상으로 따져도 추풍낙엽보다 더 못한 영수증을 받은 셈이죠 뭘."

"돈과 마음 중에서 선택하는 건가 봐요. 돈만 있으면 다 되는 세상이니까 마음은 만신창이가 되더라도 돈을 택하는 거죠. 마음공부를 한다는 종교단체에서도 돈이 없으면 사람 취급을 하지 않더라구요. 혹시 개굴개굴교에 대해 들어 보았어요?"

"마음속의 굴을 열고 열어서 승천한다고 선전하는 사이비 종교 말인가요?"

"네, 삼촌을 뵈러 그 소굴에 한번 갔댔어요. 산속에 거대하고 화려한 궁전 같은 건물들이 늘어서 있더군요. 그게 다 신도들의 헌금과 노력봉사로 이루어진 것이래요. 삼촌은 스무 해 전부터 거기 빠져 젊어 고생해서 번 돈을 그곳에 다 털어넣고 굴에서 수도를 했다는데, 지금은 늙어서 쓸모가 없으니 청소부 일 따월 하고 지내더군요. 그런데도 집과 가족을 버린 채 아직도 승천할 때를 기다리고 있었어요. 인터넷을 보면 수많은 사람들이 피해를 입었다는데 여전히 번창하고 있거든요."

"교주가 수완가라더군요. 교인들의 피를 빨아서 한편으론 개굴대학교나 개굴병원 등을 세워 이미지 관리를 하고 말이죠. 얼마 전엔 한 여신도가 성폭행당하고 반항하다 맞아 죽은 일이 있었는데도 단순사고로 흐지부지 처리되고 말았잖아요. 그 교주는 자신이 성공했다고 생각하겠지만 얼마나 많은 사람들이 그 때문에 곤경을 당했을까요. 과연 그걸 신화적인 성공이니 뭐니 하며 선전해도 되는 걸까요?"

"우리가 아무리 욕을 해도 일단 성공한 사람들, 특히 돈이나 권력이나 명예를 얻은 사람들과 그 주위 사람들은 아무렇지도 않은가 봐요. 실제로 우리 아버지 같은 농투성이는 죽은 뒤 제사상 신위에 '학생부군'이라고 쓰지만, 대통령이나 국회의원이니 재벌이니 하는 훌륭한 분네들은 무슨 악독한 짓을 했든 세세생생 그 자손들에 의해 칭송되고 신위에도 자랑스럽게 쓰이겠죠. 그러니 안 그러겠어요. 아, 내일 또 일찍 일하러 나가야 해서 이만 실례할게요."

강선호 씨는 엎드려서 방바닥을 치우기 시작했다. 큰 희망도 없이 세파에 시달하고 살면서도 낙망의 빛을 감춘 채 묵묵히 내일을 준비하는 그가 문득 황소처럼 느껴졌다.

강남땅 엘레지

요란스런 오토바이 소리에 잠이 깨었다. 목이 말라서 밖으로 나
갔다. 조간신문이 독한 잉크 냄새를 실은 채 창문으로 날아들었다.
폭음한 다음날은 신문에서 풍기는 냄새가 역겹다. 안마당까지 오
토바이를 타고 들어와 배달해 주는 수고도 귀찮다. 번거로운 세상
에 대한 거부감인지. 주전자의 물을 따라 마신 뒤 도로 들어가 누우
려다가 신문을 집어 들고 응접실 소파에 걸터앉았다.

신문지엔 굵직한 뿔과 다리를 가진 괴상한 곤충 같은 활자들이
노린내를 풍기며 기어다니고 있다. 지하철 파업. 노사간 협상 진행
중에 경찰 긴급 투입. 역구내 농성 기관사들 연행됨. 노조측 예정보
다 일찍 태업 결행……

그 와중에 새우처럼 고초를 당하는 시민들의 모습이 일부분만
찍혀 실려 있다. 눈앞에 뿌옇고 매캐한 연기가 솟아오르는 듯한

느낌이다. 신문을 들여다보는 사이 잡초 속에서 언뜻언뜻 드러나는 파충류의 몸뚱이같이 어젯밤의 기억이 뇌리에 떠올랐다.

땅거미가 내릴 무렵 논술 지도에 필요한 책을 사려고 교보문고에 들렀다가 별로 마땅한 게 없는 바람에 대충 한 권 골라 들고 돌아 나와 번잡한 거리를 빠져나가는데 웬 사내가 앞을 턱 막더니 싱긋빙긋 웃으며 반가이 인사를 했다. 누군지 알 수 없었으나 복잡한 와중에 궁금하기도 하여 마주 웃어 주자 그는 손을 쓱 내밀었다. 그것을 잡는 대신 정색하고 살펴보는 사이에 30대 중반쯤 돼 보이는 그는 하하 하고 구김살 없이 웃었다. 겉으로 속내가 드러나지 않는 멀쑥한 얼굴, 흰색 바탕에 푸르무레한 줄무늬가 진 셔츠 위에 외투를 걸친 그는 점잖고도 정다운 목소리로 "어디선가 뵌 적이 있는 것 같지요. 낯이 몹시 익어요. 혹시…… 아 이럴 게 아니라 우리 저기 가서 목이나 축이면서 얘기할까요. 몹시 춥죠? 자……." 하면서 옷소매를 잡고 길가의 술집으로 이끌었다.

자리를 잡자 그는 생맥주보다는 병맥주가 위생적이고 또한 양보다 질이 중요하지 않겠느냐며 앙증맞게 생긴 버드와이저 세 병을 주문한 다음 돈 걱정은 제쳐두라면서 제법 비싼 안주를 시켰다. 첫잔으로 목을 축이고 나서부터 그는 연못 속에 들어간 물고기처럼 여유롭게 자신의 혀를 헤엄쳐 놀게 했다. 멀끔한 얼굴에 줄곧 미소를 띤 채 말줄을 잇다가 모호하거나 미심쩍은 대목에서는 꼬리를 흔들며 미끌미끌 빠져나갔다.

"하하, 미국에서는 맥주 중에서 이것을 가장 많이 마십니다. 한

국산은, 하하, 애국심을 발동시켜 봐도 특유의 향기가 없고 밍밍해서 노굿이더군요. 자아, 쭉 드세요. 날아갈 듯 상쾌해야 술맛이죠. 카아, 좋군…… 김형이라고 하셨죠? 그런데 말이죠, 사실은 난 김형을 오늘 처음 봅니다. 속여서 화나십니까? 그렇지만 언짢아하지는 마세요. 놀릴 생각은 아니었으니까요. 하하하, 오히려 재미있는 일 아니겠습니까. 자, 쭉 들고 브라보!…… 아까 형씨를 척 보자마자 얘기가 통하겠다 싶었습니다. 열흘 전에 귀국했는데 여기저기 돌아다녀 봐도 그게 그거고 해서, 그저 진실한 분을 만나 얘기나 나누고 싶어 슬슬 나왔거던요. 의외로 재미가 적어요. 고국에 대한 나의 느낌을 객관적인 입장에서 솔직히 말씀드리자면 유치하고 답답해요. 그리고 불안감을 지워 버릴 수가 없답니다. 생동감 있고 솔직한 삶의 미래지향적인 정서가 부족해요. 미국인들은 그렇지 않습니다. 우선 자기네가 살만큼 해놓고 찧고 까불어도 까불고 엄살을 떨어도 떨지요. 나 그곳에서 자리잡느라고 고생 꽤나 했습니다. 모든 불평과 불만과 그리고 에너지를 목표라는 하나의 포인트에다 집중시키고 매진했지요. 맨손에 성실성 하나 달랑 가진 상태로는 한국에선 말라죽고 말 거예요. 후후…… 한잔 쭉 드시죠. 김형은 어떻습니까, 살만합니까? 나하고 비슷한 연배인 것 같은데, 약간 늙어 보이네요. 하하하…… 아니, 뭐라고요! 서른 전이라고요? 그것 참, 다섯 살이나 차이가 나는군. 흐음……."

그는 쓴웃음을 입술 사이에 문 채 맥주를 마시고는 분홍색 과일 속살을 와삭와삭 씹었다. 주인 여자를 상대로 미국에서의 사업에 대해 이것저것 늘어놓던 그는 별 반응이 없자 머리카락과 옷깃을 가다듬곤 그만 나가자고 한 다음 화장실로 들어가더니 한 요강의 오줌을 뽑아낼 만한 시간 동안 나오지 않았다. 마지못해 내가 술값 계산을 하고 나와 정류장 쪽으로 걸을 때 뒤쫓아온 그는 갑작스런 설사 때문에 잠시 지체하는 사이에 그렇게 홀연 종적을 감추다니 매정스럽다고 탄식한 다음 자신에게도 고국에서 한턱 낼 기회를 주지 않으면 눈물이 날 일이라고 얘기했다. 스러져 가는 노을을 바라보다가 그의 뒤를 따라 골목길을 헤적인 끝에 결국 어느 살롱으로 들어갔다.

진분홍빛 조명이 의식을 몽롱케 하는 룸에서 그는 호기를 부려 아가씨를 불렀다. 희극적이게도 잘 웃는 키 큰 말라깽이와 근엄한 표정의 뚱보 아가씨가 와 앉았다. 그러나 그의 입장에서는 비극적이었던지 그는 쓴 입맛을 다시더니 몇 잔 술에 알딸딸해져 취기를 과장하면서 제 짝은 놔두고 말라깽이 아가씨의 손목을 슬슬 매만지는가 하면 자신의 외국 이력을 엉이야벙이야 늘어놓았다. 말라깽이 아가씨는 그가 붙잡으려는 손으로 자꾸 안주를 집어 씹으며 소리 없이 웃었고 뚱보 아가씨는 팔짱을 끼고 다리를 꼬아 근엄한 표정을 더했다. 문득 그는 조용히 일어서더니 잠깐 실례한다고 말하고는 허허 웃으며 룸을 나갔다. 막간을 이용해 담배를 한 대 물고 불을 붙이는데 별스런 생각이 들었다.

'묘한 기분이군. 쏩쓸하고 좀 슬프기도 해. 마치 묘지에 온 것 같아. 일곱 살 무렵부터 술을 입에 대보긴 했지만 그건 익살이고 해학이고 삶의 맛보기였지 그 어린 놈이 어찌 이런 곳에서 술을 마실 생각이나 했겠는가 말야. 더구나 낯선 누이들을 깔보고 앉아서 말씀야. 인간이란 무엇이고 인생이란 대체 무엇인가? 이건 삶이 아니야. 자유도 아니야. 쳇, 친구놈들 따라 강남 가듯 몇 번 들렀을 뿐이지만…… 그런 것을 경험하지 않으면 왜 어린애라고 빈정거리는지 몰라. 이렇게 능청스레 앉아 허세를 인정하는 게 성장이란 말인가.'

말라깽이 아가씨가 나갔다 들어서며 웃음을 지워 버린 얼굴로 말했다.

"동행께서 안 오실 것 같군요. 아까 밖으로 나갔대요."

뚱보 아가씨가 비웃음으로 비로소 얼굴을 펴며 입을 열었다.

"아마 그럴 거야. 아까부터 느낌이 이상하더라니까. 이 아저씨가 술값 바가지 쓰신 거지 뭐."

술값이 없다고 말하기는 미안하고 쑥스럽고 좁은 동굴 속에 들어가는 느낌이었다. 성의를 다해 자초지종을 이야기하고 내일까지 믿어 달라고 부탁하는데, 지배인이 콧구멍을 벌룽거리며 너무 통속적인 연극을 한다고 대꾸했을 때는 마치 구덩이 속에 파묻히는 듯한 기분이었다. 그런 상태에서 한동안 설교를 들은 뒤 그의 선심으로 2만 원과 함께 시계와 주민등록증을 볼모로 잡히고 밖으로 나오자 텅 빈 주머니만큼 외롭고 목이 몹시 말랐다. 친구에게 전화를 걸어 내일 춘천으로 바람이나 쐬러 가겠다고 말하고는 터덜터덜 걸었었다.

작은 주전자에 물을 받아 끓였다. 뜨거운 물에 친구가 준 꿀을 타서 마시고 싶었다. 가스레인지의 불을 끄자 고요해지면서 김이 더 짙게 마치 물안개처럼 피어올랐다. 유해물질이 날아가라고 뚜껑을 열어 놓은 것이지만, 부드럽게 피어오르는 김을 보고 있노라니 작은 호수에라도 온 것 같다. 친구 녀석에게 어제 당한 일을 이야기하면 누가 속인 게 아니라 스스로 속았다고 핀잔줄 것이다. 말하자면 속은 게 아니라는 말이다. 그런 일이 있었을 뿐…….

뜨거운 물에 아카시아 꿀을 타서 천천히 마셨다. 순하고 향긋한 내음이 친구 녀석의 심성을 느끼게 했다. 그럼 벌을 속인 것이 아니라 벌이 스스로 속은 것이냐고 물으면, 녀석은 허허 웃고 나서 속인 게 아니라 빼앗은 것이라고 천연스레 말하곤 했다.

세수를 한 뒤 어제 사온 책을 살펴보았다. 우선 아이들보다는 때가 더 끼었음을 전제하고 조심스럽게 접근했다. 한 달 전부터 오 선배의 소개로 일주일에 한 번 논술이란 걸 가르치게 되었다. 어린애로부터는 이미 벗어난 열한두 살 된 아이들의 글은 글재주가 있다고 하더라도 솔직하지 않으면 삼류작가의 글이나 다를 바 없다. 반면에 자기의 생각이나 느낌이 솔직하게 표현되어 있으면 대문호의 글에 뒤지지 않는 감동을 불러일으키기도 한다. 압구정동에 거주하고 있는 그 애들의 글에는 대체로 가난으로 인한 슬픔이나 아픔은 나타나지 않으며 만일의 경우에도 상대적인 비교로 인한 한숨일 뿐 진한 눈물은 흘리지 않는다. 그러나 그 애들에게도 나름의 슬픔이나 아픔 혹은 기쁨과 행복과 짜증은 있고 또한 그들의 눈으로 보는 꽃나무와 벌레와 하늘빛이 있으니…… 그것을 솔직하게 표현하는 것이 곧 글재주가 아닐까 싶었다.

11시 시보를 들으며 가방을 챙기고 옷을 갈아입었다. 지하철이 파업이니 태업이니 어수선하니 일개 무명작가로서는 긴장을 하고 좀 서둘러야 하리라. 주머니에 손을 넣어 보니 동전 몇 개가 잡혔다. 그나마 남아 있는 것만 해도 대견스럽긴 했다. 이 옷 저 옷의 주머니를 바삐 뒤져 보았으나 지폐라곤 한 장도 없었다. 한숨이 나왔다. 마지막 토요일이니 몇 푼 안 되나마 강의료가 나오긴 할 터였다. 겨우 백원짜리 동전 한 개를 더 찾아서 넣고 나가려다가 카드까지 챙겨 넣고 하숙방을 나섰다. 겨울답지 않게 푸근한 날씨였다.

지하철역까지는 걸어서 10분도 채 안 걸리지만 세상모를 일이므로 서두르는 게 맘 편할 것 같았다. 버스가 있긴 해도 중간에 정체되면 빼도 박도 못하므로 지하철을 활용하곤 했다. 이것저것 구경하면서 거리를 걷는 것도 궁핍한 무명작가에겐 하나의 재미가 된다. 막바로 내려가지 않고 후암동 시장 길로 돌아서 가면 삭막한 기운을 좀 피할 수도 있었다. 만화에나 나올 법하게 서민적인 시장의 길가에는 추억 꽃집, 방글방글 분식, 과일 노점상, 빠르다 사진관, 고향 통닭집…… 따위가 늘어서 있다. 꽃집 아가씨는 한번 슬금 바라다볼 만큼 예쁘장하고, 빵모자를 쓴 과일점 할아버지는 익살맞으면서도 좀 도도하고, 통닭집 아저씨는 거무번질한 얼굴로 항상 웃음 지으며 뛰어다녔다.

하지만 저 위쪽 어디쯤엔 빈민들의 쪽방촌이 숨어 있었다.

지하철 승강장엔 전에 없이 많은 사람들이 기다림 속에 괴로운 표정으로 모여 있었다. 지옥이 따로 있을까. 마음에 안 들어 괴로운 것도 지옥이지. 사람이 간사스러워서 제가 배부르면 남이 굶어죽어도 웃음 나오고 제 몸이 더우면 추운 바깥에서 불 넣는 놈도 욕하게 된다지만, 높은 자리에 앉은 분들은 대체 심보가 어떨까. 엄마 등에 업힌 젖먹이 어린것 하나가 상기된 얼굴로 울어나 보고 죽자는 듯 발악을 하고 있었다. 그래도 절실한 희망인 지하철은 달려올 줄 모른다. 얼굴이 누렇게 뜬 엄마는 방도를 찾지 못한 채 아이의 입을 연속적으로 움켜쥐었다가 놓았다가 하며 을러댈 뿐이었다. 어린것은 제물에 늘어져 썩은 늪 속의 물고기처럼 입을 뻐끔뻐끔하며 딸꾹질을 하다가 체념한 듯 가만히 눈을 감았다. 연방 손부채질을 하면서 목을 빼고 기다리고 있던 중년 신사 하나가 신경질적으로 지껄였다.

"씹도 못할 놈의 세상! 도대체 어떤 놈의 정승이 뭣한다고 이 바쁜 때에 벌집은 쑤셔가지고 이 지랄이람! 그러니까 호로놈의 벌떼 독침에 두 손 놓고 당하는 건 결국 누구냔 말씀이야? 아, 떠나버리고 싶구나, 씹도 못하는 놈의 세상!"

배낭을 멘 울긋불긋한 차림의 남녀 젊은이 몇이 킥킥거렸다.

사람들의 기다림이 굳은 떡조각같이 되었을 때 거대한 뱀 같은 지하철이 씨근벌떡거리며 들어왔다. 그것의 하부가 내뿜는 지독한 냄새를 묵묵히 견뎌내며 사람들은 총총히 그것의 뱃속으로 들어갔다. 그렇다고 마음이 좀 트인 건 아니었다. 사람이 가득한 내부는 가스통이나 다름없었다. 성냥갑 속의 성냥개비 모양으로 빽빽이 들어찬 사람들은 각자 자신의 숨결을 조심하면서 차라리 박제라도 되려는 듯 육감을 죽이고 부동자세를 유지했다. 그러지 않으면 자폭할지도 모른다는 위기감과 고통과 인내로 인해 사람들의 눈엔 광기와 함께 슬픈 빛이 어렸다. 어린애가 발악을 하며 곧 숨이 넘어 갈 듯 울어젖혔다. 그러나 사람들은 아무도 그쪽으로 고개를 돌리지 않았다. 전동차는 천천히 달렸고 역에 닿으면 좀처럼 출발할 줄 몰랐다.

이윽고 전철은 한강을 가로질러 압구정동으로 향하고 있었다. 시야가 트이면서 출입문에 붙여 놓은 종이쪽지가 거무칙칙한 강물을 배경으로 또렷이 드러났다.

'생계비에도 못 미치는 임금 인상 웬 말이냐! 사람다운 근무조건 위해 우리 모두 투쟁하자!'

그것은 마치 강물 위를 둥둥 떠 가는 것 같았다.

전동차에서 내리자 머리가 어질어질하고 속이 메슥거렸다. 계단에 웅크리고 앉은 팔 잘린 구걸꾼을 스쳐서 지상으로 올라가 길바닥에다 금붕어가 든 어항을 늘어놓고 파는 노파를 보며 지나 학원으로 들어갔다. 날씨가 푸근하긴 해도 겨울인데 저러고 있을까.

교무실로 들어서자 영어를 가르치는 뚱뚱한 미국인 녀석이 웬일로 꾸뻑 목례를 했다. 녀석은 된장찌개 백반을 앞에 놓곤 숟가락을 들고 있었다. 비위가 좀 상했으나 일단 답례는 했다. 희번드르르한 낯짝에 눈은 개개풀린 놈이 꼬부랑말이나 씨부렁거려 아이들 입을 변화시키며 사는 건 제 편에서 보면 애국적인 노릇이기도 할 테고 또한 수요에 따라 공급했을 뿐이니 문제는 오히려 이쪽에 있다고 치더라도 아무에게나 통하리라 하고 그 잘난 말을 툭툭 내던지는 데는 나날이 감정이 나빠졌다. 제놈이 무식하지 않고 정말 제 나라 말은 제대로 가르치려 한다면 남의 나라에 온 이상 새로운 말도 제대로 익히려고 노력하리라. 그래서 그동안 스스로 좀 어린애 같다고 생각하면서도 일부러 녀석을 업신여겼고 두어 번 꼬부랑말로 뭘 물어 왔을 때는 투박한 사투리로 퉁겨 주었다.

녀석의 허여멀건 낯짝이 어젯밤에 바가지를 씌우고 내뺀 작자를 떠올려 기분이 상했다. 녀석은 숟가락으로 밥을 떠 넣고 찌개를 떠서 후후 불어 조심스럽게 넣고는 젓가락으로 서툴게 김치와 호박나물을 집어 입속에 넣은 다음 우물우물 쩝쩝 씹어 삼켰다. 그 모양을 잠시 보고 있자 어쩐지 기특하고 꼴같잖은 동시에 좀 측은한 느낌까지 들었다. 강아지가 두루미의 음식을 먹는 것 같고 두루미가 접시 위의 음식을 먹는 것 같아서 그러했긴 해도 꼭 그런 것만은 아니었다. 나이프와 포크를 들고 양식을 쩝쩝 먹는 작은 나라의 사람들을 보고 코 큰 흰 인간들이 이런 느낌을 갖지 않을까 하는 생각이 들기도 했기 때문이었다. 녀석은 서툰 젓가락질을 부끄러워하지도 않고 천천히 먹고 있었다. 속으로 생각했다.

'그래, 살기 위해 적응하려고 노력하며 먹고 있구나. 밥을 먹는 그 마음에 무슨 사악함이 있겠니. 너를 미워하는 게 아니라 너희들의 잘못된 자만심을 싫어하는 것이니 고깝게 여기지 말고 많이 드시라구. 너 같은 떨거지 하나 붙잡고 옥신각신해 봐야 무슨 소용이 있을까. 너희의 정치가와 군대가 이곳에 주둔해 있고, 우리 아이들은 너보다 더욱 너희네 말을 사랑하지 않을 수 없는 처지에 놓여 있는데 말야. 어떤 작자가 말하기를 너희 나라 사람들은 제가 살만큼 해놓고 지랄발광을 해도 한다고 충고하더군. 그러니 너희와 대화를 해야 하는 우리는 혈서를 쓰고 대들어도 모자랄 지경인데 말야. 여보게, 대체 어떻게 하면 좋겠나? 밥만 처먹지 말고 좋은 말씀도 좀 해보라구……'

의자에서 일어나 교실로 들어가니 아이들이 중병아리 새끼들처럼 옹기종기 모여앉아 잡담에 여념이 없었다. 개중엔 영어회화 반에 든 아이들도 있어서 어린 나이에 벌써 혀가 비비꼬이고 있었다. 수업을 하다 보면 전시간이나 전전시간에 내가 아이들에게 늘어놓았던 말이 떠올라 낯이 뜨거워지곤 했다. 물론 아이들은 별로 새겨듣지 않지만.

'솔직하게 자신의 느낌과 생각을 표현하세요. 거짓되게 감동하려 하거나 반성하지 마세요. 무식한 사람은 자신의 느낌이나 생각을 제대로 헤아리지 못해요.'

아이들은 무식함을 아주 싫어하므로 생각과 느낌을 찾기 시작한다. 그러나 쉬운 일이 아니므로 곧 포기하고 만들어진 틀 속에 자신을 집어넣고 만다.

'찾으려고 하면 물고기처럼 숨어 버리니 억지로 찾아내려고 하

지는 마세요. 가슴과 머리 속에 떠오르는 것을 부끄러워하거나 겁먹지 말고 표현하세요.'

아이들은 힘겨워하거나 시시해 한다. 끝말잇기 놀이나 해요! 논리적으로 글을 잘 쓰게 해주세요! 꾸밈말이 많이 들어가고 비유가 멋져야 좋은 글이라고 했다구요! 어니스트 이즈 폴!…….

토요일은 평일에 비해 아이들이 더 분방스러워지는가 보았다. 후반엔 집에서 읽어 온 글에 대해 설명한 다음 끝말잇기를 하다가 다음 시간을 기약하며 밖으로 나왔다. 허기가 지며 귓속이 윙윙거렸다. 빨리 나가 해장국이나 한 그릇 먹어야겠다고 생각하며 교무실로 들어서니 원장 자리가 비어 있었다. 그냥 나갈까 하다가 유선생이라고 불리는 아가씨가 있기에 물어 보니 좀 전에 유치부 아이 하나가 다쳐 병원에 데려갔다고 대꾸했다. 현금을 받아서 가는 간편함이 사라진 아쉬움을 털어내며 문을 밀고 나서자 진눈깨비가 질금질금 내리고 있었다. 돈을 찾아 우산부터 사야겠다고 생각하며 가까운 은행으로 겅둥겅둥 뛰었다. 정문은 굳게 닫혔고 자동화 코너를 이용해야 했다.

둔중한 유리문을 밀고 들어서니 현금 자동 지급기가 '이 은밀한 곳에서 우리 서로 아름다운 거래를 해요.' 하고 푸른 눈을 깜박거리며 말한다. 카드를 밀어넣자 '저의 입술에 키스부터 해주세요.' 하고 미소 짓는다. 이빨을 부딪치게 되자 '좀 서투시군요. 천천히 하세요. 달아나지 않을 테니까요. 자, 이제 제 젖꼭지를 애무할 차례예요.'라고 속삭인다. 그 과정을 치르자 그녀—그 자동기계—는 갑자기 신중해지며 '저를 사랑하시고 나면 얼마를 주실 거예요. 호호.' 하면서 앞가슴을 가린다. 금액을 누르자 그것은 재빨리 속옷을 벗고 드러누우며 이불을 덮어쓴다. 어둠 속에서의 한순간은 감미로우면서도 조바심이 난다. 사정이 가까워진다. 그런데 갑자기 그녀의 몸이 냉랭해지며 싸늘한 말이 튀어나온다. '번지수를 잘못 찾았군요. 여긴 당신이 올 데가 아니에요.' 그녀는 확 떠밀고는 일어나 옷을 차려입는다.

자세히는 모르겠지만 아마도 자기네 은행의 카드가 아니므로 오후엔 거래가 안 된다는 얘기인 모양이었다. 힘에 겹도록 무거운 유리문을 밀고 나와 바로 옆의 은행으로 갔으나 마찬가지로 핀잔만 받고 말았다. 주머니에 손을 넣으니 휴대폰이 잡히지 않았다. 어이쿠! 나는 내 머리를 손바닥으로 쳤다. 평소에 늘 현대생활에 필수적인 것들을 잘 챙겨 모셔야 하는데, 대충 무시하다 보니 느닷없이 뒤통수를 맞는 경우를 당하곤 했다. 옆쪽에서 자동기계를 붙들고 애무하고 있는 여자에게 시간을 물으니 샐쭉한 표정으로 세 시 반쯤 되었다고 뇌까리곤 고개를 돌려 버렸다.

유리문을 밀어젖히고 나와서 진눈깨비를 맞으며 거래 은행을 찾아 걸었다. 승용차가 빗물이 잘박하게 고인 갓길을 부드럽게 지나가길래 설마 여기까지 튀어오진 않겠지 하는데 철벅 소리가 나더니 시커먼 물로 바지를 다 버려놓곤 내달렸다. 다행히 옷 색깔이 진회색이어서 생각만큼 꼴사나워 보이진 않지만, 남이 보지 못할 뿐이지 이미 속옷까지 더러워진 게 사실이었다. '마음만은 깨끗해야지.' 하고 걸어가지만 승용차를 따라가 붙잡고 깨끗이 해놓으라고 요구하는 것만큼이나 턱없는 노릇이었다.

'돈을 찾아 우산을 사서 쓰고 음식점으로 들어가 뜨끈한 해장국을 먹으며 옷을 말린 다음 탈탈 털고 친구 찾아 호젓한 여행을 해야지. 인간의 몸이 새물내 나는 옷처럼 청결한 건 아니니까 뭐, 쳇쳇.'

중얼거리노라니 마음이 좀 가벼워졌다. 그런데 아무리 가도 거래 은행은 나타나지 않았다. 분명히 근처에 하나쯤은 있어야 하는데 말이다.

'개똥도 필요할 때면 안 보이는 건가. 흠, 분명히 있어야 한다고 생각하는 건 잘못이지. 아마 돈을 찾아 적잖은 액수를 술집에 갖다 줘야 한다는 점 때문에 엉겁결에 강박적으로 된 모양인데 그래서야 간판 하나라도 제대로 보일 리가 없지. 사실을 외면하지 말고 솔직하게 바라보며 행동하라구. 어린아이들에게 괜히 헛된 것 가르치려 말구.'

자책하며 되걸어 올라가니 승용차에게 물벼락을 맞은 곳에 은행이 쇠살문을 내린 채 있었다. 희한하게도 안쪽에서는 불을 밝혀놓고 서너 명의 직원이 앉아 일을 했다. 마음이 밝아졌다. 그런데 이리저리 살펴봐도 다른 은행에는 다 마련돼 있는 별도의 자동화 코너가 보이지 않았다. 도깨비가 감춰 버렸나. 상체를 수그린 채 쇠살문 사이로 안쪽을 바라보면서 유리문을 두드렸으나 아무런 반응이 없었다. 마치 원숭이가 된 기분이었다. 한참만에야 담배를 입에 문 한 사내가 돌아보더니 손을 크게 흔들어 허공에다 가위표를 긋고 다시 등을 돌려 버렸다. 환각을 보고 있는 게 아닐까 하는 생각마저 들었다.

허기진 데다 갈증이 심해져 아무 소리도 낼 수가 없었다. 열이 오른 몸에 구질구질한 찬비가 내려 덮여 숨구멍이 모두 막힐 지경이었다. 참고 달래던 갈증은 낙망으로 인해 점증되어 순간적으로 광기가 일며 팔뚝이라도 깨물어서 붉디붉은 즙액을 빨아먹고 싶었다. 슬쩍 팔뚝을 입으로 가져가 힘껏 깨물자 의외로 미끌 빠져나가며 짠맛과 빗물의 냄새와 허무감만 입가에 남겨놓았다.

어떻게 할까. 걸음을 옮겨놓으면서 생각해 보았다. 학원으로 다시 갈까? 그러나 그건 아무래도 점잖은 행동이 아닐 것 같았다. 그저 답답해서 해본 생각일 뿐. 가까운 데 있으니 답답함을 달래볼 요량으로…… 그렇게 되고 보니 거래 은행을 여러 곳 만들어 두지 않은 것이 큰 잘못을 저지른 듯 여겨졌다. 실수이기보다 죄. 사실상 돈에 대해 그렇게 가벼이 생각한 건 죄인지 몰랐다. 지엄한 권력을 가진 돈을 감히 무시하다니 말이다. 불온분자는 시퍼런 서슬의 맛을 보여 줘야 한다—가판대 앞에서 머릿기름을 바르고 양복을 말끔히 차려입은 사내가 꺼내 들고 있는 지폐가 그렇게 말하는 성싶었다.

어묵국 냄새가 구수히 풍겨왔다. 대꼬챙이에 끼여 익고 있는 누르스름한 어묵들은 불시에 선남선녀의 입속으로 들어가 씹히는 신세가 되면서도 돈이 없는 사람에겐 일종의 물격을 지니고서 범접을 못하게 했다. 암울하고 서글프고 후회막심했다. 어젯밤에 그런 머저리 짓만 하지 않았더라도 이런 일은 없을 텐데. 주머니 속에 손을 넣어 보니 동전 서너 개가 잡혔다. 일단 요기를 하고 어찌해 보자며 다가가서 그중 큰 놈을 집어 들고 조금씩 베어 먹으면서 국물을 후룩후룩 마셨다. 그러는 사이에 바로 맞은편에 보이는 대형 백화점엔 틀림없이 공용 인출기가 설치되었으리라는 생각이 번쩍 들어 저절로 배가 불렀다. 5백원짜리와 백원짜리 동전을 합쳐 8백원을 가벼운 마음으로 건네주자 누르퉁퉁하고 눈이 작은 아줌마가 천원이라고 말했다. 찰랑 내려앉는 가슴을 추스르며 "잔돈이 이것뿐이라서……" 했더니 아줌마는 웃는 얼굴로 "거슬러 드릴 테니까 주세요."라고 무심히 대꾸했다. 솔직하게 사실을 밝힐까 하다가 이미 거짓말을 한 입이라 "수표뿐이라서……"라고 중얼거렸더니 "글쎄 주시라니깐요!" 하며 그녀는 얼굴의 웃음기를 싹 지워 버렸다. 난감했다. 왜 좀 일찍 코앞에 있는 만물 백화점을 떠올리지 못했을까! 생각할수록 나 자신의 멍청함에 화가 나는 김에 어묵 한 꼬치를 더 들고 씹어 먹었다. 그러고는 사실을 밝혔다. 아줌마를 비롯해 선남선녀들은 마치 미친 사람을 만난 듯이 눈들이 둥그레져서 쳐다보았다.

"일이 이렇게 되었으니 믿어 주시든지 정 못 믿겠다면 이 가방을 담보로 나를 보내 주신다면 10분 이내에 꼭 돌아와서 계산을 할게요. 그리고 오늘같이 구질구질한 날엔 해장국을 한 그릇 먹어야 제 성격에 맞겠지만 경우가 경우인 만큼 여기 와서 오뎅을 서너

개 더 먹고 합해서 지불하겠습니다. 대신 가방은 잘 보관하셔야
됩니다. 괜찮겠습니까?"

그렇게 말하면서도 2백원 때문에 가방을 차압하진 않겠지 하는
희망을 가져 보았다. 아줌마는 나무 주걱으로 떡볶이를 휘저으며
태연스레 말했다.

"그렇게 하세요. 난 원래 이런 짓을 하진 않지만 말씀을 하시니
까 가방은 잘 맡아둘게요. 오뎅 하나 팔아서 얼마 남는다고……."

아줌마의 말을 뒤로 하고 지하도를 향해 걸었다. 묘한 느낌이
들었다. 생각지 않은 일로 계속 부대끼다 보니 정신이 착란된 모양
인가. 깊은 산골짜기에서 호랑이에게 뒷덜미를 물린 것 같기도 하
고 도깨비에게 홀린 것 같기도 했다. 빌딩이 쓰러져 오는 듯싶고
자동차들이 마치 날아다니는 듯싶은데, 전혀 현실감이 없고 그저
스크린의 한 장면을 보는 것만 같았다.

지하도 계단을 내려가자 구걸꾼이 같은 자세로 웅크려 있었다.
그의 한쪽 팔은 팔꿈치께에서 잘려나가 버렸는데 아문 끝부분이
마치 어린애가 서툴게 깎은 팽이의 아래쪽과도 같았다. 저렇게 꼼
짝 않고 앉아 있는 것도 결코 쉬운 일이 아니리라. 지하도의 한쪽
통로로 빠지니 백화점으로 바로 들어간다. 별천지인 양 포근했다.
사람이 북적거리는데도 불쾌와는 상관이 없었다. 궁핍한 기미라곤
엿보이지 않는 얼굴들이 뽐내지 않고 제각기 여유로운 거동으로
풍요의 동산으로 모여들어 개성과 취향에 맞는 산물을 줍기 위해
거닐고 있었다. 풍만하고 매끈한 몸매의 여인네들이 입은 옷은 마

치 실내복처럼 편안해 보였다. 그러나 돈이 없는 사람에겐 이곳도 황무지나 다름없이 느껴질 터였다.

시계 바늘은 4시 20분을 가리키고 있어서 마치 외팔을 늘어뜨린 것 같았다. 위층으로 올라가서 현금 지급기가 있는 곳으로 한발 한발 다가섰다. 세 대가 설치돼 있었다. 맨 안쪽 기계에 카드를 넣고 '돈을 꼭 좀 찾아야 합니다. 부탁합니다.' 하고 속으로 뇌며 정중히 용건을 밝혔다. 비밀을 가르쳐 주고 거래 액수를 아뢴 다음 부디 기분 상하는 일이 없도록 조심하며 숙연히 기다렸다. 조목조목 차근차근 조회와 검토를 하는가 싶더니 이윽고 결과를 통지했다.

'당신의 청구 건은 처리 불가능하오. 시간이 늦었으니 내일 다시 오시오. 그렇잖으면 우리 그룹으로 옮겨 오시든지. 그렇게만 하신다면 언제고 신속 정확히 처리해 드리지요, 허허허.'

앞이 아득해짐과 동시에 낙망보다는 더욱 울화가 바글바글 끓어올랐다. 살펴보니 그것의 이마엔 ㄱ은행의 표식이 붙어 있고 다른 두 대도 마찬가지였다. 공용도 아니거니와 은행에 설치된 것과 사용 조건도 같았다. 아, 정녕 흘레도 못 붙을 놈의! 이런 공공장소엔 공용을 갖다 놓아야 옳지 않는가 말이다!

그러나저러나 활로 없는 마음은 바글바글 끓으며 비명도 못 지르고 말라붙어 버리는가 보았다. 거기선 울화의 씨앗에 따라 작은 악마가 생겨나기도 할 성싶었다. 옆쪽에서 지폐를 찾아 세고 있는 여인이 부러운 나머지 살그머니 다가가 목덜미를 깨물어 버리고는 걸어나갔다(몽상 속에서). 신용거래라도 되는 카드라면 무슨 수라도 내볼 텐데, 발급할 당시 그런 기능은 만들어두지 않았다.

무일푼의 궁핍한 상태로 어정거린다는 건 하늘도 안 보이는 무덤 속에 갇힌 것과 다름없었다. 돈을 잔뜩 짊어진 사람이 황량한 광야로 내쫓겨 걸어간다면 혹시 이렇게 답답하고 외로운 심정이 되지 않을까 싶다. 아무것도 뜻대로 할 수 없는 무능, 자해할 수밖에 없는 갈증, 모든 것으로부터 차단되고 소외되고 외면당하는 허기. 가슴은 차라리 잡초 무성한 마음의 무덤이 된다…….

지갑이 두둑한 만큼 풍요로운 선남선녀의 가슴에는 어떤 아름다운 고기가 뛰놀까. 그 고기는 지기의 자유와 풍요를 찬양하며 마음껏 헤엄을 치는 듯싶다. 저 고기에게도 고충은 있을 거야. 자위해보려 해도 소용없고 자괴감만 심해질 뿐…….

정문을 통해 휘청휘청 밖으로 나갔다. 아무도 쫓아내지 않았지만 쫓겨나온 기분이었다. 머리가 띵했다. 밖으로 나왔다고 나아진 건 없었다. 궂은비가 질금질금 내리고, 차가운 냉기는 나약한 것들을 죄다 뭉크러뜨릴 듯했다. 이 좁고도 넓은 데서 이제 어디로 가야 오아시스를 찾을 수 있을까. 시계 바늘은 4시 반을 가리킨 채 답답한 모양을 취하고 있었다. 시계탑 아래엔 야한 차림새의 소녀와 사내애들이 모여 서서 재잘거리고 깔깔대었다. 청바지를 입은 소녀의 드러난 배꼽이 웃음 따라 육감적으로 움직거렸다. 자유는 행복, 삶은 자유라고 노래하는 듯했다. 그러나 쇳가루 한 점 없는 빈털터리로서는 차를 타거나 전화를 걸거나 비닐우산을 사거나 우유 한 통으로 목을 축이거나 담배 한 대를 피우거나 길을 건너

가방을 찾으러 가거나 그리운 벗을 만나러 갈 수도 없었다. 다만 궂은비를 맞으며 어디론가 걸어가야만 할 뿐. 마음은 점차 다급해지는데 몸은 갈수록 나자빠지려 해서 차라리 뱅글 돌아 버리고 싶었다. 목적지라도 확실해야 발을 떼어놓을 터인데…….

막연한 대로 신사동 쪽으로 길을 잡고 걸어가며 슈퍼마켓이나 편의점이나 영화관이나 여행사나 대형 빌딩 등 일견 소비적이고 사람이 많이 드나드는 곳을 기웃거려 보았다. 신사동엔 한 번밖에 가본 적이 없지만 그곳이 일러서 새모래밭이든 신사들이 많이 사는 동네든 혹은 잡놈들이 흥청거리는 곳이든 어쨌거나 거래 은행을 한 군데 더 찾기 이해서는 딴 지역으로 가야 할 판이었다.

참으로 야릇하다 못해 기가 차다 못해 귀신이 곡을 할 노릇이었다. 찾지 않을 땐 아무데서나 뻔질나게 띄어 도리어 눈꼴이 실 정도이던 우라질놈의 돈 기계가 기를 쓰고 찾자니 슈퍼마켓이고 편의점이고 제법 꼴을 갖춘 백화점이고 씨가 마른 것이다. 몸속의 생명이 기진해 버린 듯하였다. 겨우 한 편의점에서 발견하여 너무 기꺼운 나머지 말은 못하고 손으로 돈 기계를 가리키자 복스럽게 생긴 아가씨가 생글생글 웃으며 맑은 목소리로 말했다.

"네, 그런데 지금은 문제가 생겨 중지예요. 죄송합니다."

가슴이 턱 받치더니 불현듯 눈물이 돋아났다. 돌아 나오려는데 복성스런 아가씨가 부르더니 수건을 건네며 간단없이 생글생글 웃으면서 좀 닦고 가라고 권했다. 벽에 걸린 거울까지 가리키기에 목례를 하고 다가가서 슬쩍 비춰 보니 물에 빠졌다가 나온 중병아

리가 무색할 지경이었다. 더군다나 왼쪽 가슴 윗부분에 검은 잉크
가 밴 셔츠를 그냥 입고 나왔었는데 그것이 빗물에 풀려 마치 먹구
름처럼 번져 있다. 흘러내리는 빗물이나 대충 찍어낼 참인데 카운
터에서 예의 상냥한 목소리가 울려왔다.

"저, 혹시 아저씨는 어떤 종교를 믿으세요?"

"아무 종교도 믿지 않는데요."

"아저씨는 지금 너무 측은하고 외로워 보여요. 제가 포근하고
행복한 품으로 안내해 드리고 싶어요."

"아가씨가 저를 가슴에 안아 주시겠다고요? 아니 그 예쁜 가슴
에다 입술을 대도 된다고요? 그럴 수는 없습니다! 절대로 안 될
일이고말고요. 제가 아무리 '뭣도 못할 녀석들'이라고 좀 막된 욕설
을 뇌까렸긴 해도, 그리고 여기가 아무리 천하의 개명된 압구정동
이라 하더라도, 어떻게 처음 보는 사이에 엉터리 유행가 가사 같은
짓을 할 수 있겠습니까. 안 될 일입니다!"

"아니, 무슨 말씀이세요?"

"그럼 사랑에 관한 말씀이 아니던가요?"

"아이 참, 그게 아니라 하나님의 신성한 사랑을 말한 거예요.
아저씨처럼 평범하고 초라한 사람도 하나님은 포근하고 행복되이
감싸 안아 주셔요. 그분의 품안에서는 세상의 모든 괴로움과 슬픔
이 사라지고 즐겁고 풍요롭고 행복해지지요. 하나님 안에서는 못
이룰 게 없어요. 참으로 바라는 일이라면 모두 이루어진답니다.
그러니까 아저씨도 이제부턴 교회에 다니세요, 네?"

"아가씨가 그분에게 부탁해서 저 돈 기계나 좀 작동하게 해주슈."

"그건 안 된다니까요, 지금은. 자꾸 농담하시지 마세요."

그때 하얀 스웨터와 하얀 바지를 입은 피부가 허연 사내가 들어오더니 아가씨의 말을 듣고는 이맛살을 찌푸러뜨렸다. 아가씨는 상냥한 목소리로 인사하며 다시금 생글생글 미소짓기 시작했다. 밖으로 나와 터덜터덜 걸었다.

'그렇지. 어린 날엔 푸르런 하늘을 보면서 마음과 똑같이 웃을 수 있었지. 그땐 이렇게 말했어. 하느님아, 빨리 어른이 되게 해도 고. 하누님 새끼야, 와 내 동무를 데리갔노. 거기는 답답하고 어지러울낀데……'

가도 가도 답답하고 어지럽기만 했다. 길은 냉혹한 괴물이거나 그것이 사는 골짜기로 느껴졌다. 넋과 몸의 정기를 모두 빨려 버리고 주검처럼 되어 기계적으로 터벅터벅 걸었다. 하늘은 때묻은 수의에 가렸고 구저분한 비가 엄습하듯 내렸다.

푸른 하늘이 예사롭던 옛날에 한 아이가 검정 고무신을 한 짝만 신은 채 아득한 자갈길을 걷고 있었다. 아이는 처음엔 고운 자갈돌을 찾아 딛기 위해 천천히 걷고 이어서 맨발 쪽에 힘을 주지 않기 위해 절뚝거리며 걷더니 이윽고는 아예 한 발을 들고 깡충깡충 뛴다. 한동안 그러고는 지쳤는지 길섶에 털썩 주저앉아 신발을 바꿔 신더니 일어나서 다시 또 자갈을 골라 딛고 절뚝거리고 외발로 깡충깡충 뛰기를 반복한다. 어느덧 아이는 그 짓에 재미라도 느낀 양 몰두하여 천천히 걷기와 절뚝거리기와 뛰기를 적당한 사이를 두고 자유롭게 섞어서 그것 모두를 자신의 걸음으로 삼으며 길을 헤어 나가는 것이었다. 그러는 중에도 아이는 모양 좋은 돌을 주워 옷에 문지르기도 하고 들꽃 위에 앉은 벌레를 관찰하기도 하고 길 쪽으로 고개 숙인 나락을 훑어 앞이빨로 톡톡 까먹기도 하고 하늘을 쳐다보며 새소리를 따라 동요를 부르기도 하고 풀피리를 만들어 불기도 하고 개울가에 엎드려 물을 들이켜곤 세수를 하기도 했다. 그 아이는 괴로움에 주눅들지 않았고 슬픔에 찌들지 않았으며 외로움을 강요당하지도 않았다. 아이의 발은 발갛게 부풀어 있었으나 마을이 가까워질수록 그 얼굴엔 생기로운 미소가 번졌…….

요란한 경적 소리에 추억에서 깨어나 얼른 비켜섰다. 그러나 이미 늦었다. 코뿔소처럼 우악스레 생긴 오토바이가 옆구리를 세게 치곤 그대로 내빼 버렸다. 빗길 바닥에 나자빠졌다. 일어나서 씻을 만한 곳을 찾아 절뚝대다가 어느 커다란 교회 앞에 닿았다. 대단한 위용으로 버텨 선 것이 일개 교회라기보다 일국의 공회당 같았다. 아직 사물이 뚜렷이 보이는데 꼭대기의 대형 십자가에 붉은 빛을 밝혀 교회임을 명백히 현시하고 있다. 십자가는 꺼무레한 구름장을 배경으로 진한 핏빛을 비추며 사위를 굽어본다. 문득 시 쓰는 선배의 말이 떠올랐다. 한밤중에 남산에 올라 서울 시내를 내려다보니 십자가가 총총한 게 마치 공동묘지처럼 으스스하더군. 만일 그렇다면 대형 십자가가 우뚝 버티고 선 이곳은 무엇처럼 느껴질까?

뭐 눈엔 뭐만 보인다고 큰 회당을 보니 혹시 출금기가 설치돼 있을지도 모른다는 생각이 들어 들어가려 하니 수위가 제지했다.

"어디 뭣하러 가요?"

"진창에 미끄러져 손을 좀 씻으려구요."

"저쪽으로 가보시오. 유치원 놀이터에 수도가 있을 테니까."

"그런데 혹시 여기 금전 지급기 같은 것 없나요?"

"농담하는 거요? 여기 그런 게 뭣하러 있겠소!"

하긴 그렇겠군. 여긴 선남선녀들이 지갑을 갖고 들어와 헌금하고 청허한 마음으로 나가는 데니까.

"혹시 근처에 그런 것 있는 데가 없을까요. 아신다면 부디 좀 가르쳐 주세요."

"저리 쭉 가보시오. 십자로에 은행도 있고 편의점에서 본 것도 같으니까. 더 이상 나를 피곤하게 하지 말고 얼른얼른 떠나 주시오."

그는 짜증을 주체하지 못해 얼굴을 찌푸렸다. 정말 피곤하시겠군요. 한곳에 꼼짝 못하고 붙박혀 있는 것도 방황하는 것만큼이나 쉬운 노릇이 아니겠지요. 그런데 그곳엔 정말 그놈의 돈을 뽑아내는 귀여운 악마 새끼가 있던가요? 초라한 꼬락서니라고 무시하지 말고 진리를 말씀해 주세요. 그래야 불쌍한 양이 헤매지 않고 생명의 길을 찾을 수 있지요. 사거리에 은행이 있고 편의점이 있으면 뭣합니까. 정작 찾는 게 있어야지요. 그러나 또 혹시 있을지도 모르겠군요. 제발 이쯤에서 이 지긋지긋한 희극이 막을 내린다면 좋겠습니다. 아저씨 얘기를 들으니 희망이 좀 생기기도 하는군요.

돌아서서 나오는데 문득 '저 사람도 헌금을 할까 어쩔까.' 하는 별쭝맞은 생각이 들었다. 십일조 규약에 의해 내야겠지만 그것도 좀 이상하군. 일테면 저기 중국집에서 일하는 저 사람은 돈을 내지 않고 짜장면을 먹지 않겠느냐 말야. 흠, 좀 다른 경우인가? 헌데 목사나 신부 같은 성직자는 낼까 내지 않을까? 그들은 순결한 정신으로 고귀한 말씀을 전하는 사람들이니까 돈 따위로 마음을 괴롭혀서는 물론 안 되겠지. 그래, 속인들이 돈에 얽매여 고통당하는 것만 해도 큰 환란이고 그들을 구제하는 것은 대역사일 텐데 말씀이야.

눈앞에 거래 은행의 자그마한 출장소가 보였다. 잇따라 대형 편의점도 나타난다. 거래 은행을 향해 혀를 쪽 내밀며 지나쳐 편의점 앞으로 가며 카드를 꺼낸다. 그런데 나온 건 카드가 아니라 어디선가 받아 넣은 카드만한 크기의 '싸게싸게 대출' 광고 쪽지였다. 외투 주머니와 바지의 앞뒤 주머니를 모두 뒤져 봐도 흔적이 없다. 다시 셔츠 주머니를 살펴보니 단추가 떨어져나간 자리에 실밥만 마치 귀신의 털오라기마냥 늘어져 있었다. 주머니 덮개가 있기 때문에 뭐건 좀체 빠지는 일이 없으므로 단추는 거의 사용하지 않는다. 고가품 옷은 어떤지 모르지만 중저가 옷은 단추가 감꽃 지듯 쉽게 덜어지는 일이 잦으므로 웬만하면 고이 두고 모시는 것이다.

이모저모 추찰해 보니 우선 마음에 짚이는 건 오토바이에 받혀 넘어졌던 길바닥이었다. 옆구리에 아직도 남은 통증을 누르며 총총걸음으로 되돌아갔다.

행인들의 발과 다리가 교차하며 팬터마임을 하는 길바닥에서 허리를 구부린 채 숨은그림 찾듯 샅샅이 훑었다. 헛것이 어른거리고 헛땀이 줄줄 흘러내려 신발 코를 적셨다.

'대체 어느 곳에 떨어져 있는 것일까?'

생글생글 웃던 아가씨의 편의점에서 거울을 볼 때 셔츠 주머니에 든 것을 분명히 확인한 기억이 있으므로 그 이후의 행적을 되짚어 보건대 달리 혐의를 둘 만한 데는 없었다.

'누가 주워가 버렸을까?'

조바심을 달래면서 등잔 밑이 어둡다는 속담을 떠올리며 널브러진 벽돌 조각이나 라면 봉지 따위를 들추어보고 있을 때 코가 새까만 갈색 치와와 한 마리가 양품점에서 뛰어나오더니 엉덩춤을 추며 맴돌면서 혼자 노닥거렸다.

'아, 저 녀석이 입에 카드를 물고 있다!'

카드는 녀석의 입에 시달려 양귀퉁이가 구겨져 버린 상태였다. 그래도 눈앞에 보니 반가워 손바닥을 모아 덥석 끌어안고 싶은 심정이었다. 허나 우선 치와와 녀석에게 사의를 표하거나 양해부터 구해 놓고 볼 일이었다. 오요요 하며 손을 내미니 녀석은 서투른 엉덩춤을 멈추고 서서 퉁방울눈에 호기심을 담고 바라보면서도 다가오진 않았다. '뭔데 오라는 거야. 수상스런 작자잖아?' 하는 투다. 어미가 새끼인지 새끼가 어미인지 분간이 안 되는 손바닥만 한 저 종족에겐 정녕코 시건방진 핏줄이 흐르고 있음에 틀림없었다. 감정을 누른 채 앉은걸음으로 슬슬 다가가자 녀석은 살살 뒷걸음질을 쳤다. 맛도 없는 뻣뻣한 카드짝을 뭐가 좋아 물고 있는지 모를 일이었다. 동전이라도 있다면 과자를 사서 꼬여볼 텐데 아쉬웠다. '야!' 하고 소리치면 '캉!' 하고 건방지게 대꾸하며 카드를 놓칠까 싶어 시험했더니 녀석은 '다 알고 있다구. 당신처럼 이상스런 인간하곤 아예 상대를 않고 말지.' 하는 듯한 새치름한 표정을 짓곤 돌아서서 쫄래쫄래 어딜 가는지 걸어가는 것이었다. "야 이 새끼야, 그것 내놔!" 하며 따라가니 녀석은 속도를 높였다. 발소리를 죽이고 속보로 쫓아가니 어찌 알았는지 녀석은 귀를 세우고 달리기 시작했다. 다급한 마음에 겅둥겅둥 따라 뛰었다. 어질어질하고 옆구리마저 결려 왔다. 놈의 뒷다리를 붙잡아 패대기라도 치고 싶은데 마음과 달리 간격은 점점 벌어져 갔다. 놈은 쥐새끼같이 요리 살짝 조리 살짝 잘도 내빼며 유희라도 하듯 고개를 까딱거렸다. 저딴 플라스틱이 무슨 소용 되길래 저토록 집요하게 물고 내빼는 걸까? 백화점에서 신용카드로 뭘 사본 경험이라도 있는 놈일까? 녀석은 조그마한 점이 되더니 어느 골목으로 사라져 버렸다.

추적을 포기하고 허탈한 심정으로 터벅터벅 걸어 내려갔다. 교회 첨탑에 박힌 시계 바늘이 사지를 쭉 뻗은 시체처럼 6시를 가리키고 있었다. 그건 모든 게 끝났음을 선고하는 신호기인 양 보였다. 십자가는 빛이 더욱 붉어져 마치 고통받다 죽은 그리스도의 피 냄새라도 풍기는 듯했다.

휘청휘청 걸어 사거리로 가서 섰다. 씽씽 내달리는 자동차들의 물결을 바라보고 있으니 머리가 빙글빙글 돌았다. 어느 쪽 길로 걸어야 시원한 물을 마시며 숨이라도 좀 쉴 만한 오아시스에 가 닿을 수 있을까.

파란 신호등을 보고 발을 내딛는 순간 무릎이 푹 꺾이며 아스팔트로 꼬꾸라졌다. 바닥에 닿기 전의 찰나가 까마득하게 느껴졌다.

사소한 뉴스

성공학 전도사로 자처하는 대머리 사내는 여일하게 지내고 있었다. 그는 "아이 캔! 나는 성공한다!" 하고 늘 중얼거렸다. 그러나 무엇을 성공하는지는 잘 알 수가 없었다. 매주 로또 복권을 사서 장지갑 속에다 고이 모셔두고는 "일등에 당첨된다, 이미 일등으로 당첨되었다! 백억 원이 눈앞에 환히 보인다!" 하고 외친 뒤 제물에 흥분해서 그 운명적인 순간 옆에 있던 하숙생을 끌고 나가 쌈짓돈으로 축하주를 사기도 했다.

대머리 사내는 하숙생들에게 피에로라고 불리고 그렇게 취급당했다. 하숙생들의 호기심 어린 질문에도 불구하고 그는 자기 신상에 관해 밝히지 않고 너털웃음으로 넘겼다. 나이를 물으면 한 살이라고 짓궂은 표정으로 대꾸했다. 어떤 때는 마흔쯤으로 보이다가 맥이 빠졌을 경우엔 쉰 살이 넘은 것으로도 보였다. 경망스런 가수 지망생이 반말을 하거나 실없는 소리를 지껄이며 짓궂게 굴어도 그는 깔깔거리고 받아넘길 뿐만 아니라 농지거리를 마주 던지면서 함께 놀았다. 그러다 보니 그는 본의 아니게 넉살좋은 아래층 하숙생들의 노리개 같은 존재가 되었던 것이다. 같은 별종이고 괴짜라도 그의 수제자인 괴청년이 부담스런 존재였다면 대머리 사내는 오히려 생활의 어떤 무게를 들어 주었다고나 할까. 그는 맏딸의 어린 아들내미와 친해져서 함께 놀며 아기자기하게 정담을 나누곤 했다. 마치 또래 동무와도 같아 보였다. 꼬마는 아저씨의 큰 코를 잘 잡아채었다. 그럴 때 그가 비명 소리를 내며 호들갑 떠는 모습은 그 꼬마둥이보다도 더 어려 보였다. 꼬마는 어른들을 흉내 내어 대머리 사내에게 '박형!' 하고 부르기도 했다. 외출했다가 거나해서 들어온 날이면 그는 외투 주머니 속에서 깨엿이나 장난감 또는 조그마한 그림책 같은 것을 꺼내어 식탁 위에 얹어 놓았다.

젊은 여주인은 대머리 사내를 약간 가볍게 대하긴 했지만 우스꽝스러운 인간으로 무시하지는 않았다. 오히려 첫날의 수작에 기인한 경계심이 가시자 차츰 재미스러워 하고, 어떤 문제가 있으면 문의를 하기도 했다. 그는 세상살이에 관해 엉뚱하면서도 어떤 일종의 상식적인 문제에는 밝은 바도 있었던 것이다. 그러면 그는 마치 자기 일처럼 진지하게 생각해서 대답했다.

그는 다른 하숙인들에 비해 본다면 어느 정도 여주인을 숭배하고 있었다. 하숙생이 된 첫 무렵에는 모종의 애정을 품고 수작을 걸기도 했지만, 양동 여인숙에 다녀온 뒤로 언젠가부터는 그런

혹심을 포기하고 기사도 정신으로 플라토닉하게 숭배하기만 했다. 대신 여자에 대한 연정은 미스 양에게로 돌려 나름 작업을 걸고 있는 모양이었다.

어느 이슥한 밤, 나는 정원에서 대머리 사내와 미스 양을 보았다. 미스 양은 팔짱을 낀 채 하늘의 달을 쳐다보고 있었고 대머리 사내는 그녀의 뒤에 엉거주춤 서 있었다. 혹시 또 인류애가 발동해 미래의 찬란한 성공을 추구하라고 설교라도 하고 있는 걸까? 구름 속에 갇혔던 반달이 나타나 은은한 빛을 뿌렸다. 그런데 대머리 사내의 손엔 예쁜 꽃다발이 들려 있었다. 나는 귀를 세웠다.

"당신을 사랑해요."

"헛소리 좀 마세요."

"정말이오. 난 오직 당신만을 위해 한평생을 걸겠어요. 그러니 나와 함께 행복의 길을 걸어갑시다. 당신의 과거나 현재가 어떻다 하더라도 상관없어요. 회개하고 마음을 씻는다면 순결해질 수 있어요. 저기, 저기, 우리 앞에 놓인 미래가 보이는군요. 우리 아들딸 낳아 키우면서 오순도순 한번 잘살아 보자구요."

미스 양은 코웃음을 치는 것으로 모자라 깔깔 웃어댔다.

"풍경 한번 좋구나."

뒤돌아본 대머리 사내는 언제 나타났는지 빙글빙글 웃고 선 피장군의 부관 엄씨를 발견하곤 시치미를 떼며 쭈뼛거렸다.

"같잖은 짓 집어치고 나이값이나 제대루 하슈. 큰 봉변 한번 당하지 않으려거든 말요."

엄씨는 씹어뱉듯이 지껄이곤 어둠 속으로 사라졌다. 새침하게 기침을 뱉은 미스 양이 쪼르르 뒤따라갔다. 대머리 사내는 어깨를 축 내려뜨리고 구름 속으로 갇혀 드는 반달을 올려다보며 한숨을 내쉬었다. 나는 천천히 다가가서 그의 어깨에 손을 올리곤 부드럽게 어루만졌다. 언젠가 낭패를 당해 고심참담해 있을 때 문득 다가왔던 어느 따스한 손의 위무가 떠올랐기 때문이었다.

"내가 이상한 짓을 한 거요?"

그가 물었다.

"그 여자를 사랑하세요?"

"그래, 그런 것 같아."

"언제부터 그렇게 됐죠?"

"어느 날부터 갑자기……."

"동정심이 애정으로 바뀐 건가요?"

"아직도 동정하지. 그런데 애정과 뒤섞인 것 같군."

"그 여자 소문이 별로 좋지 않던데요?"

"소문 같은 건 상관없소. 나의 애정으로 부활할 수 있을 테니까."

"순정은 존중하지만, 그게 과연 현실에서 이런 예쁜 꽃을 피울 수 있을까요?"

나는 꽃다발을 가리켰다.

"내가 성공해서 여건을 조성해야지. 아이 캔!"

"그녀는 이미 가 버렸는걸요."

"나의 염력에 이끌려 돌아올 거요. 아무튼 그 여인을 갱생시켜 행복하게 해주고 싶어요. 그게 내 꿈이라오. 설령 이루어지지 않고 말더라도 상관없어요. 이건 이것대로 가치가 있는 거니까."

나는 더 이상 반론을 꺼내지 않았다. 그의 순정을 씁쓸하게 하고 싶지는 않았기 때문이었다.

겨울의 끝머리였지만 바람은 점점 차가워졌다. 희끗희끗한 눈송이들이 느린 속도로 바람을 타고 음표를 수놓으며 쓸쓸한 곡조를 지어내고 있었다.

대머리 사내는 감기에 걸려 쿨룩거리면서 이불을 둘러쓰고 삼각형의 반지하방에 누워 지냈다. 그는 다친 팔이 풀리지 않아서 수저도 제대로 들지 못했다. 입맛도 별로 없는 모양이었다. 맏딸은 생강차를 끓여 주거나 물을 뜨겁게 끓여 찜질을 할 수 있도록 해주었다. 어깨뿐만 아니라 팔꿈치 관절도 어떻게 되었는지 제대로 펼 수 없었던 것이다. 어쩌다 다쳤는지 묻는 맏딸에게 그는 술이 많이 취해 개천 바닥에 굴러 떨어졌는데 물이 말라서 옷은 버리지 않았다고 얘기했다. 그러나 얼굴에도 멍이 든 걸 보면 누구에게 맞은 게 아닌가 하고 짐작되었다.

낮에 귤을 몇 개 들고 간 안주인은 대머리 사내가 끙끙거리며 어깨에 파스를 갈아붙이고 있는 모습을 보자 도와주려 했다. 그는 사양하려 했으나 여인은 흘러내리는 머리카락을 걷어 올리고는 파스를 펴서 재빠르게 붙인 다음 손등으로 슥슥 문질렀다.

"지금도 많이 아파요?"

"아니, 훨씬 낫군요."

"술을 조금씩만 드셔요."

대머리 사내는 귤을 까고 앉은 여인을 물끄러미 바라보았다. 눈을 내리떠서 속눈썹이 그늘을 드리운 안주인의 옆모습은 무척 아름다웠다(이 장면은 나중에 그가 얘기해 준 것이다). 여인이 귤을 건네주었다. 그는 눈길은 그대로 둔 채 여인의 손을 가만히 붙잡았다. 여인은 놀라서 눈을 들고 그를 쳐다보았다. 그는 여인의 그윽한 눈동자에 자신의 눈을 준 채 손에 힘을 더해 꼭 쥐었다. 여인의 정감적인 얼굴이 창백하게 굳었다. 두 사람의 눈은 서로 바라보며 미동도 하지 않았다. 그의 눈은 투명한 열정의 빛을 띤 채 안타까워했다. 여인의 눈 속에도 번뇌가 깃들어 생경한 빛이 명멸하고 있었다. 한 순간 여인은 크게 열린 눈에 짙은 그늘을 드리워서 빛을 감추며 고개를 숙여 버렸다. 그는 깊은 한숨을 내쉬고는 무거운 음성으로 말했다.

"실례했소. 고마운 마음이 가슴속에 넘쳐서 그만……."

"고마운 마음은 뭘……."

여인은 가만히 손을 빼내더니 일어나서 나갔다.

이튿날도 그는 점심을 거른 채 계속 방구석에 누워 있었다. 일요일이라 한낮에도 제법 시끄럽더니만 점심 식사를 마친 후엔 한두명씩 외출하여 이윽고는 아주 고요해졌다. 잠시 뒤엔 맏딸마저 아이를 데리고 나갔다.

어떤 비명 소리를 듣고 그가 선잠을 깬 것은 그로부터 한 시간쯤

후였다(이 부분도 목격자 자신이 나중에 묘사해서 들려 주었다). 먼 곳에서 난 듯싶기도 하고 가까운 데서 들려온 성싶기도 했다. 다시 한번 숨넘어가는 듯한 비명이 들리다가 곧 그쳤다. 대머리 사내는 일어나서 밖으로 나갔다. 마룻장이 삐걱거리는 소리뿐 다른 아무 소리도 들려오지 않았다. 그러나 얼마 후 무엇인지 와르르 굴러 떨어지는 소리가 이층으로부터 요란하게 들려왔다. 그는 급히 달려갔다. 계단을 올라간 그는 바짝 긴장되었다. 바로 옆방에서 여자의 신음 소리가 억눌린 채 새어나오고 있었던 것이다. 상냥스런 둘째딸이 쓰는 방이었다. 그가 허둥거리는 사이, 바로 그의 수제자가 홀연히 나타나더니 급히 방문을 잡아당겼다. 그러나 삐걱거리기만 할 뿐 열리지 않았다. 신음 소리는 계속 새어 나왔다. 그의 제자, 즉 괴청년은 창호지를 찢고 문살을 잡아 흔들었다. 낡았긴 했으나 부러져 나오지는 않았다. 청년은 발로 세차게 차고 어깨로 마구 부딪쳤다. 이윽고 걸쇠가 빠져나가면서 문이 열렸다. 그 순간 검은 점퍼를 걸친 육중한 몸이 튀어나오면서 청년을 떠밀었다. 청년은 엉덩방아를 찧곤 계단에 붙어선 굵은 기둥에 머리와 팔을 거세게 부딪쳤다. 괴한은 검은 천으로 복면을 하고 있었다. 청년은 애를 썼으나 쉽게 일어설 수가 없었다. 괴한은 안쪽으로 들어가려다가 곧 방향을 바꿔 계단을 뛰어 내려갔다. 괴한은 한쪽이 버그러져 풀려 내리려는 복면을 양손으로 한사코 붙잡고 있었다. 계단을 내려가 현관문을 열고 나가는 괴한의 한쪽 눈가에서 한순간 햇빛을 받은 금테가 반짝 빛났다. 청년이 비틀거리며 겨우 일어섰을 때 괴한은 이미 대문을 열어젖히고 빠져나가 버렸다.

청년은 신음하고 있는 아가씨의 방으로 들어갔다. 아가씨는 두 손을 위로 올려 묶인 채 옆으로 누워 있었는데, 블라우스의 단추가 뜯기고 가슴이 다 드러난 상태였다. 발치에는 화장품이며 악세사리 따위가 너절하게 흩어져 있었다. 청년은 손을 풀어 주고 입을 막은 수건 뭉치를 빼준 뒤 어찌 된 일이냐고 물었다. 아가씨는 훌쩍거리며, 외출하려고 방문을 열고 막 나서려는데 괴한이 들이닥쳐 쓰러뜨리고는 손을 묶어 꼼짝할 수가 없었다고 말했다.

여러모로 보아 집안 사정에 밝은 자의 소행 같으니 괴한의 말소리라든가 특징을 기억해 보라는 청년의 말에, 아가씨는 너무 놀라서 제대로 살펴볼 수가 없었으며, 괴한은 말을 한마디도 하지 않았다고 대답했다. 청년은 금테 안경 사내의 방이 어딘지 물어 본 뒤 그곳으로 갔다. 누가 있느냐고 소리친 다음 아무런 대꾸도 없자 그는 금테 안경 사내의 방문을 슬쩍 밀었다. 그런데 딸랑거리는 방울 소리와 함께 문이 열렸다. 그러나 방안에는 아무도 없었다. 깨끗하게 청소가 되어 있었다.

청년은 절뚝거리며 아래로 내려갔다. 그제야 그는 얼굴을 몹시 찡그리며 신음 소리를 냈다. 그는 마룻바닥을 눈여겨보았다. 신발 자국이 희미하게 나 있었다. 그는 마당을 지나 대문 밖으로 나갔다. 인적은 없고 토끼만한 강아지 한 마리만 걸어다니고 있었다.

"저놈에게 물어 볼 수야 없는 노릇이지."

청년은 방으로 들어가 누웠다. 잠시 후에 아가씨가 들어오더니,

사람들이 알면 못살 것 같으니 좀 전의 일은 없었던 듯이 아무에게
도 말하지 말아 달라고 부탁했다. 자기는 언니에게도 말하지 않을
작정이라는 것이었다. 청년은 눈을 감은 채 그렇게 하겠노라고 언
약했다.

"치한은 주위 사람이 분명하니 조심하슈."

청년의 말에 아가씨는 떨면서 고개를 끄덕거리고는 고맙다는
말을 남기고 나갔다.

다음날 아침, 주방에서 대머리 사내는 금테 안경 사내를 비웃음
이 담긴 눈으로 지켜보았다. 그러나 금테 안경 사내의 얼굴은 마치
살가죽으로 만든 가면과도 같았다. 대머리 사내의 비웃음에 대한
금테 안경 사내의 감정은 그 살가죽 아래의 본얼굴에는 나타나
있는지도 몰랐다. 그 본얼굴은 웃고 있을까. 가면은 아무런 변화
없이 무표정했다. 혹시 무한경쟁의 비정한 세계에서 살아내기 위
한 철저한 자기개발 혹은 극기가 변질되어 저런 양상을 나타내는
것은 아닐까.

아무튼 그 사건으로 인하여 그동안 맹숭맹숭했던 두 남녀, 즉
괴청년과 둘째딸 사이에 어떤 감정의 연결이 생기게 되었는가 보
았다. 원래부터 서로 통하는 데가 있었는데 어떤 선입견에 의해
벽을 만들어두고 있다가 그게 무너지자 급격히 가까워졌는지도
몰랐다. 괴청년은 무슨 일을 하는지 몰라도 번지레하게 신사처럼
차려입고는 아가씨에게 보석 같은 것을 선물하곤 했다. 어쨌거나
두 청춘남녀는 연인 관계로 발전했고, 대머리 사내는 자신의 실연

을 잊은 채 흐뭇해 했다. 그들은 집안에서 다정히 속살거릴 뿐만 아니라 데이트를 나가 자정이 넘어서야 귀가하는 적도 많았으므로 맏딸이 걱정을 하기조차 했다. 그러면 둘째딸은 "나쁜 점만 보지 마. 그이에게도 멋진 점이 있어. 시니컬하면서도 자기 고집은 부리지 않고 내 말을 다 들어 주는 걸 보면 정말 멋져. 손가락이 두 개 없으면 어때. 그래도 저 잘난 척만 하면서 사실은 제일 못난 형부보다는 나으니까."라고 대꾸해서 자매간에 언쟁이 벌어지기도 했다.

그러던 어느 날이었다. 웃으며 출근했던 둘째딸이 밤늦게 창백한 낯빛으로 훌쩍거리며 들어왔다. 사랑싸움이겠거니 했는데 그게 아니었다.

다음날 아침, 식탁에서 우리는 텔레비전 화면을 통해 문제의 괴청년을 볼 수 있었다. 뉴스 진행자에 따르면, 그는 그동안 주로 부잣집만 골라 강도 행각을 벌여 왔는데 그 와중에 살인까지 저질러 경찰의 수배를 받다가 검거됐다는 것이었다. 일당이 세 명인데 살인은 괴청년의 소행인 모양이었다. 그로써 한동안 세간의 부유층을 불안에 떨게 하던 강도 살해 사건은 일단락이 된 셈이었다.

경찰관의 완력에 눌려 상체가 구부려져서 예전처럼 키가 작아진 청년의 창백한 옆얼굴을 우리는 볼 수 있었다. 그는 고개를 수그리지도 않았다. 오히려 취재기자의 입을 통해 우리는 청년이 자신의 죄를 뉘우치지 않고 웃으며 "내가 감옥에 가더라도 내일 아침엔 나에 대한 기사가 신문에 나오겠죠. 그걸 보고 싶소. 내 못난 사진이 권력자들의 잘난 사진 옆에 찍혀 있는 것을 보면 사형을 당해도 썩 괴롭지는 않겠죠."라고 지껄였다는 사실을 알 수가 있었다.

매일 무수한 강력사건이 발생하는 서울에서 그것은 그저 눈살을 살짝 찡그리게 한 일과성 사건이었을 터이다. 그러나 오동나무 하숙집은 큰 충격파에 휩싸여 며칠 동안 술렁거렸다. 더구나 마음에 일생일대의 큰 상처를 입은 사람도 있었다. 여기서 둘째딸은 언급하지 않겠다. 그녀보다 더 충격을 받은 사람은 바로 성공학자인 대머리 사내였다. 촉망하던 수제자가 살인자라는 사실을 확인한 그는 깊은 낙담과 실의로 인해 탄식하며 거의 사흘 동안 밥을 먹지 못했다. 그것은 아무래도 피에로의 일과성 연기는 아닌 듯싶었다.

그는 홀로 소주잔을 기울이며, 자신이 설파하던 성공철학에 대해 자문자답하면서 갈등과 회의 속으로 빠져들었다. 설령 남들은 비웃었을지언정 본인은 제자에게 그만큼 큰 기대를 걸고 있었던 모양이었다.

무언극

한 며칠 뜸하더니 다시금 강풍을 동반한 폭설이 쏟아지기 시작했다. 마지막 눈이라고 예보는 떠들고 있었지만 믿는 사람은 없었다. 피해를 당한 사람들은 하루아침에 심성이 얄궂게 변해 하늘과 땅을 욕했다.

피 장군은 강선호 씨를 좋아하지 않는 눈치였다. 다른 건 접어두고라도 우선 성격이 서로 달랐다. 대조적인 성격이 서로 보완해 어울리는 경우도 있다고 하나 그건 입장과 처지가 적절히 뒷받침을 해줄 때의 이야기리라. 내성적인 강선호 씨는 외향적인 피 장군에 비해 나이나 사회적 신분 따위가 모두 다 낮았으므로 그의 내면이 어떻든 간에 일단 저평가되어 일종의 괄시 내지 무시를 받았다. 거기다가 강선호 씨가 붙임성이나 쾌활함이 부족하고 간혹 분위기에 안 맞게 진실한 소리를 해 분위기를 얼려 놓는 장면을 직접 목격하기도 했으므로 피 장군은 이맛살을 찌푸렸다. 때로는 아무 까닭도 없이 적의 어린 눈으로 가만히 노려보며 축 처진 볼을 파르르 떨었다. 그럴 뿐 뭐라고 지적을 하진 않았다. 하숙생 중 가장 연장자에 대한 대우인지 기피 인물에 대한 냉담함인지 아리송했다.

나는 은근히 그들을 눈여겨보았다. 강선호 씨의 노트에서 '그'라고 지칭되고 여전히 한 인간의 악몽 속에 나타나는 존재. 피 장군은 강선호 씨가 잊어버린 어떤 사실을 알고 있는 것일까? 그가 강선호를 알고 있으면서도 신고식 때 분명히 확인하지 않은 채 슬쩍 넘겨 버린 건 뭘 의미하는가? 뭔가를 속에 감춰두고 있다는 얘기가 아닌가. 그런데도 그는 짐짓 무심과 냉담을 가장한 눈빛으로 본심을 속이고 있는 것일까? 피 장군 같은 성격으로서는 그런 가장을 하기도 고역이리라는 데 생각이 미치자 나는 그를 바로 보기가 민망스러웠다. 그 자신이 그토록 욕하던 5.18 주역의 속에 야욕을 품은 냉엄한 뱀눈, 사리사욕으로 배를 잔뜩 채우면서도 정의를 가장하며 웃던 눈, 수천억 원을 숨겨두고도 빈털터리라고 잡아떼던 뻔뻔스런 그 눈을 피 장군 스스로 닮아가고 있었으니 말이다.

사실 언제부턴가 피 장군은 좀 능청을 떠는 듯싶었다. 눈에 빙글 빙글 웃음을 띠고 코를 벌름거리며 입술을 짓궂게 일그러뜨렸다. 그런 채로 자신의 본심을 우롱하고 타인들의 진지한 행동을 위악적으로 가치 절하하는 것이었다. 아마도 그게 좀 더 편했던가 보았다. 한번은 그런 빙글거리는 표정으로 갑자기 강선호 씨에게 다가가 "그래, 자넨 아무런 잘못도 없이 착하기만 한 사람인가? 응,

그래서 행복하셔?" 하고 이죽거렸다. 강선호 씨는 깜짝 놀라 그를 바라보다가 고개를 숙였다. 피 장군은 그런 식으로 원래부터 자신이 짓궂은 사람인 양 능청스레 굴다가도 한순간 센티멘틀하게 우수에 잠겨 '늙은 군인의 노래'를 흥얼거렸다.

두 사람은 간혹 마주치면 물끄러미 한동안 서로 바라보기만 할 뿐 말을 나누지는 않았다. 강선호 씨의 눈에 어린 모종의 의문에 대해, 피 장군은 이제 자기는 완전히 삶의 뒤안길로 사라져 가는 핍박받은 노인네로서 더 이상 아무런 기억도 회상에 대한 책임도 없다는 응답을 짓무른 눈에 담았다. 그런데 때때로 피 장군의 그런 눈에 불현듯이 차가운 증오의 그림자가 어리는 적이 있었다. 대체 무엇일까. 강선호 씨는 영문을 모르겠다는 표정이면서도 움찔 놀랐다. 저 까닭 모를 증오는 어디에 뿌리를 내리고 있는 걸까. 지난날을 되짚어 보건대, 그동안 피 장군은 수없이 많은 군대 얘기를 늘어놓으면서도 퇴역 전후에 대해서는 굳이 누가 궁금증을 표해도 상세한 대답을 피하곤 했었다.

꽤 오래 전 강선호 씨가 아직 입주하기 전에 그는 술에 대취해서 "세 놈 때문에 내 인생 조졌다."라고 넋두리를 했었다. 5.17 쿠데타의 주역들에 대한 맹렬한 욕설로 미루어 보아 그 우두머리가 한 명이라는 건 확실했다. 피 장군은 그를 애시당초부터 혐오했단다. 그리고 재산을 말아먹은 사위가 그 한 명인 것 같았다. 또 다른 한 명에 대해서는 일언반구도 없었기에 짐작조차 할 수 없었다. 나는 피 장군의 눈을 바라보면서 혹시 그 한 명이 강선호 씨가 아닐까 하고 엉뚱한 공상을 해보았다. 피 장군과 신군부의 실세 사이에 알력이나 묵은 원한이 있다. 혹 그들의 거사를 역모라고 비판했는지도 모른다. 그럴 가능성은 충분했다. 그들은 피 장군을 눈엣가시로 여긴다. 마침 강선호 사병의 사고가 터진다. 그게 피 장군 자신의 짓이든 간접적으로 연계된 것이든 상관없다. 실세는 사건을 크게 확대해서 피 장군을 옭아 넣어 결국 반강제로 전역시켜 버린다. 이건 사실이 아닐 수도 있었다. 그러나 의구심이 너무 강했기에 그런 추측도 하게 되었다.

피 장군의 눈에 서린 증오의 빛은 오래 계속되지는 않았다. 떠오를 때와 같이 홀연히 사라졌다. 만약 사실이 그렇다 해도 강선호 씨의 잘못은 아니지 않겠는가.

일요일이 왔지만 피 장군과 강선호 씨는 밖에 나가지 않고 방구석에 박혀 있었다. 눈이 줄기차게 내리고 있었다. 점심때엔 유 여사가 칼국수를 끓여 주어 집에 남은 몇 사람끼리 오붓이 먹었다. 피 장군은 신경통으로 계속 신음을 흘렸다. 칼국수를 반쯤 남기고 일어선 피 장군은 찬장에서 술병을 꺼내 들고 나갔다. 우리가 응접실로 갔을 때 그는 눈송이를 바라보며 자작하고 있었다.

우리는 맞은편에 앉아서 묵묵히 티브이를 보았다. 사건 사고들의 연속…… 강선호 씨는 정원으로 난 문을 열고 나가 하늘을 쳐다보며 오래도록 우두커니 서 있었다. 왠지 쓸쓸해 보였다. 눈 밟는 소리와 멀리서 들려오는 차 소리뿐 집안은 고적했다.

술병을 비운 피 장군이 비틀거리며 일어서더니 유리문을 열고 밖으로 나갔다. 두 사람은 나란히 선 채 한동안 눈발을 바라볼 뿐이었다. 그런데 갑자기 피 장군이 팔을 들어 손가락으로 허공을 콕콕 찍으면서 뭐라고 말을 했다. 강선호 씨가 고개를 돌렸다. 피 장군은 머리를 흔들기도 하고 끄덕거리기도 하면서 말을 이었다. 강선호 씨의 옆얼굴이 창백해지며 놀란 표정을 띤 채 굳었다. 눈발이 한층 거세어지고 유리창이 더 흐려졌다. 한 편의 무언극이나 그림자극을 보는 느낌이었다. 피 장군이 주먹을 쥐더니 자기 가슴을 탁탁 쳤다. 강선호 씨의 고개가 숙여졌다. 피 장군이 눈발 속으로 뛰어나갔다. 그는 고개를 쳐들고 얼굴에 눈을 맞으며 고함을 질렀다. 그러더니 땅바닥에 주저앉아 허탈하게 웃어댔다. 강선호 씨는 다가가서 피 장군의 눈을 쳐다보았다.

"장군님, 혹시 저를 기억하십니까?"

"뭐라구?"

두 사람의 눈이 마주쳤다. 침묵이 오래도록 감돌았다. 거센 눈발이 그들의 굳은 얼굴을 스쳐 갔다. 이윽고 피 장군의 입이 비틀리며 열렸다.

"그래, 강원도 ☆부대에서 복무했다고 했지? 하지만 아무리 명석한 지휘관이라도 그 많은 병사들을 어찌 다 기억할 수가 있겠나. 자네, 거기서 머릴 다쳤다고 했나?"

"네. 요즘 악몽에 시달려 괴롭습니다. 꿈에 연대장님께서 자꾸 나타나시는 바람에……."

"흠, 그래서 본관이 귀관이 당한 그 사고의 주요 인물이라고 생각하는 건가? 그래, 아무것도 기억하지 못한단 말인가?"

"어렴풋하기만 해서 이게 더 미칠 지경입니다. 장군님께 덮어씌우거나 책임을 전가하려는 게 아니라, 기억을 떠올려 정리하고 해방되려는 것이니, 제발 옛일을 더듬어서 하나라도 알려 주시기를 부탁드립니다."

피 장군의 얼굴은 어느새 능글능글한 미소를 띄웠다.

"흠, 꼭 과거사 규명하자는 놈들이나 비슷한 소릴 하는군. 허지만 나도 다 가물가물해. 나이 들고 보니 본래대로 회상하거나 추억할 수 있는 일이 없어. 추억이란 늙은 사람을 희롱하는 것이거든. 그러니 어차피 지난 일, 전부 싹 잊어버리고 새롭게 살게. 무슨 일이 있었든, 그 누구든 제대로 기억할 순 없을 거야. 기억이란 가지고 놀아야지 그것에 매달려서는 자기도 남도 속이게 되는 괴상한 카멜레온이거든. 누군지 모르나, 아마 그 사람도 기억 속에서 괴로워하고 있을지 누가 알겠나. 그리고 군문에서 있었던 일을 사감으로만 다룰 수도 없는 거야…… 자, 이제 그만 치우고 끝내자구."

강선호 씨는 얼굴이 창백했다. 그는 미심쩍은 표정으로 의문의 말을 계속 꺼냈으나 피 장군은 이미 일어서고 있었다. 한순간 엄 부관이 피 장군을 향해 눈을 껌뻑거렸다. 그건 이를테면 '손 좀 볼까요?' 하는 뜻이었다. 그는 전에도 하숙생들 중 피 장군에게 대들거나 제 마음에 들지 않은 사람을 불러내어 다치지 않을 정도로 폭행하며 엄포를 놓은 전력이 있었다. 피 장군은 머리를 흔들었다. 엄은 구시렁구시렁 혼자 욕을 씨불거렸다.

얼마 후 방으로 들어간 강선호 씨는 주문을 외는지 이따금 중얼중얼하는 소리가 들려왔다. 아마 정신을 통일해 악몽과 잠꼬대로부터 벗어나기 위해서 그러는가 보았다.

그 후로 피 장군은 침체된 나날을 보내고 있었다. 고질병인 신경통에다가 허리까지 불편해 운신이 여의찮았다. 염색을 할 기운을 잃어 성성한 백발이 다 드러나자 늙은이 티가 완연했다.

엄 부관조차도 바쁜 일이 있는지 코빼기를 잘 보이지 않았다. 사실상 엄 부관은 그동안 알게 모르게 피 장군의 공상에 부채질을 하여 노인이 나이를 잊고 엉뚱한 해프닝을 벌이는 데 일조를 한 점이 있었다.

어느 날 나는 세면실에 들어서다가 피 장군이 벽거울 앞에 구부정히 선 채 틀니를 닦고 있는 모습을 보았다. 그는 입 속에서 빼낸 인생의 오랜 보조물을 한 손에 들고 칫솔로 천천히 문질렀다. 홀쭉해진 그의 입과 허연 모조 치아는 서로 마주보며 피 장군에 대한 비밀스럽고 희극적인 어떤 대화를 나누는 듯도 싶었다. 그는 칫솔질을 멈추더니 거울을 바라보고 입을 쩍 벌렸다. 한동안 그러고 있다가 입을 다물고 복화술이라도 부리듯 우물우물하며 고개를 살살 끄덕거리기도 하고 슬슬 흔들기도 했다. 누군가가 자기를 지켜보는 줄도 모르고. 세월이 많이 흘러 그가 이 세상을 떠난 후, 나는 이 땅에 아직 살면서 저 모습을 과연 어떻게 어떤 의미를 부여하며 회상하게 될까? 문득 그런 상념이 머리를 스쳤다. 그가 틀니를 다시 입속에 끼우고 쩍쩍 저작 연습을 하는 것을 보며 나는 자리를 피했다.

그 즈음 나는 피 장군이나 강선호 씨를 보노라면 심정이 쓰라렸다. 피 장군이 침체한 데 비해 강선호 씨는 좀 조급해 하는 모습이었다. 두 사람 다 처한 현실 상황이 윤택하거나 여유롭지 못했기 때문에 그들이 당한 봉변들은 그대로 심대한 타격이 되었던 것이다. 피 장군도 그랬지만 특히 강선호 씨는 믿었던 것들로부터 배반당해 무척 혼란스럽고 허했다. 그는 엄씨에게 구타당해 눈두덩이 시퍼레졌다(그 사실을 은근히 자랑삼는 부관을 바라보던 피 장군은, 성치도 않은 사람을 저렇게 만들 수 있느냐며 의외로 엄하게 질책하는 것이었다). 그런데다 하청 건설업체가 느닷없이 부도가 나는 바람에 급료마저 체불당해 강선호 씨는 막막하고 불안스런 기색이 역력했다. 어딘지 위태로운 인상을 풍겼다. 그러다 보니 이제 피 장군으로부터 과거의 사고에 대해 듣고 마음을 청소해 악몽으로부터 벗어나서 밝은 미래의 이상을 향해 정진한다는 희망은 그야말로 사치스런 환상이라고 여길 판국이었다. 까딱하면 피 장군에게 하숙비를 구걸해야 할지도 모를 노릇이었다. 그래도 그는 고향의 흙내음과도 같은 자신의 본성을 잃지는 않고 있었다.

어느 날 밤늦게 강선호 씨는 어떤 사람을 하나 데리고 왔다. 머리와 수염이 텁수룩하고 꾀죄죄한 입성이었으며 잿빛에 가까운 눈을 가진 사내였다. 한쪽 다리를 절룩거려서 보니 의족이었다. 그가 나를 바라보는 순간 왠지 나는 냉랭한 기운에 으스스했다. 그의 온몸에서 냉기가 풍기는 듯했다. 반면 강선호 씨는 웬일인지 그 길던 머리와 수염을 싹 깎아 버린 단정한 모습이라서 몰라볼 지경이었다.

강선호 씨가 귤을 몇 개 주며 미안하다고 속삭였다. 안방에서 흘러나오는 여인의 신음 소리를 들은 그는 무슨 일이 있었냐고 물었다. 맏딸과 남편이 싸운 전말을 들려 주자 놀란 표정으로 걱정스러워했다. 그 작자는 한동안 어디로 갔던지 보이지 않다가 갑자기 나타나 또 한바탕 전부터 마당에서 벌이던 짓을 반복했던 것이었다.

강선호 씨의 간곡한 만류에도 불구하고 그의 손님은 술을 한잔 더 마셔야겠다고 고집을 세웠다. 서로 격의 없는 친구간인가 보았는데 너무나 대조적인 성격이었다. 그 손님의 말투에서도 냉기가 풀풀 풍겼다. 나는 눈을 감고 누워서 그 사람의 얘기를 들으며 '일체를 부정하는 자'를 곰곰이 생각해 보았다.

"너 뭐가 그리 좋단 말이냐. 난 모조리 다 싫은데. 그러면서 왜 사느냐고? 흥! 난 죽는 것까지도 부정한다. 그러므로 이 험난한 세상을 살고 있는 거야. 이 새끼야, 너 엄살 부리며 징징 짜지 마. 넌 머리가 반쯤 망하고 난 다리가 하나 사라진 것뿐이야. 그 순간을 어찌 기억할 수 있겠어? 꽝 소리와 함께 정신도 잃어버렸는걸. 아니, 그건 환청이지. 소리를 들었을 리가 있나. 넌 그 순간을 기억하지 못해서 징징거리는데 오히려 난 기억을 못하는 게 더 나아. 기억한다면 두고두고 아쉽고 괴로울 거야. 난 내 다리와 함께 고통도 부정하는 거야."

"그러니 넌 기쁨도 부정할 것 아냐? 그 속이 얼마나 황량하겠니. 마음을 좀 돌려 먹을 순 없어? 아직도 기회는 있어. 내일 나와 함께 어디 좀 가보자."

"어딜? 오랜만에 우연스레 만나 보니 너 꽤 이상하게 변했다. 짜식! 고향을 잊고 사니까 그 모양이지. 아까 그 데모하는 데는 왜 끌고 간 거야, 응? 시끄러운 세상에 너도 일조하겠다는 거냐. 우습다, 이 새끼들아! 진보니 보수니 떠들지만 그런 건 없는 거야. 어디에 뭐가 있냐? 발전은 어떤 것이고 후퇴는 어떤 거냐? 결국 돌고 돌든지 말든지 같은 게 아니냐 말야. 내게 있어 발전이 어디 있고 후퇴는 어디 있겠냐구? 이 새끼들아, 내가 내 일신이 고달파서 이런 소릴 지껄이는 줄 아냐? 나 이미 다 버렸어. 다만 사실을 말할 뿐이야. 그건 너희들이 욕심이 많아서 그럴 뿐이란 말이다! 진보니 보수니 그런 게 있다고 해도 결국 너희들의 이익에 따라서 소리치는 것이란 말야. 그냥 저절로 흘러가게 좀 내버려둬. 저절로 가는 것까지 못 가게 붙들고 늘어지는 새끼들이나, 억지로 제멋대로 끌고 가려고 발광치는 놈들이나, 일단 너희들 자신을 한번 깊숙이 부정해 보란 말이야!"

그렇게 술주정을 늘어놓던 끝에 한번 소리친 손님은 바닥에 쓰러져서 코를 드렁드렁 골며 이 세상을 잊어 갔다. 나는 생각했다.

'마치 부정의 화신 같군. 흠, 부정한 일에 대해선 당연히 부정해야지. 부정한 일에 대해서까지 긍정하는 것은 나쁘겠지만, 무조건 부정하는 건 좀 병적이군 그래. 그래서 냉기가 풍겼는가 봐. 하긴

부정한 일에 대해서도 부정하지 않고 엉거주춤 긍정하는 자들이 많아서 탈인 세상이니 뭐.'

강선호 씨가 노크를 하곤 내 공간으로 건너왔다. 내가 일어나 앉자 외투 주머니에서 캔을 꺼내 놓았다. 내가 캔을 들어 마시자 그도 입을 축였다. 잠시 침묵이 흘렀다. 막차 지나가는 소리가 어렴풋이 들려왔다.

"미안해요. 저 친구가 저렇게 괴팍스럽게 굴지만 속은 착해요. 원래는 메뚜기도 못 죽이는 놈이었어요. 세상에 얼마나 당했으면 저렇게 변했는지……."

"아 네, 이발하니까 훤해 보입니다. 혹시 선을 본다든지 무슨 좋은 일이라도 있으세요?"

"아니, 그냥 좀 답답해서 깎아 버렸어요."

"삿갓은요?"

"그것도 버렸어요."

"큰 변화로군요. 그런데 꽤 늦으셨네요?"

"오늘 공부모임에 갔다가 나와서 대학로에서 열린 촛불집회에 참석한 끝에 조금 마셨어요."

"아까 뉴스에도 잠깐 나오던데 많이 모였더군요."

"네, 굉장했어요."

"광화문에도 많더군요."

"그랬나요."

"서로 옳다고 외쳐대니 뭐라고 해야 할지 모르겠어요. 대학로

쪽이 옳은 건가요, 광화문이 옳은 건가요?"

내가 물었다. 그는 의심쩍다는 눈빛으로 나를 흘끔 보았다.

"몰라요. 단지 나 같은 입장에서는 어쨌든 낡은 건 고치든지 바꾸든지 해서 희망을 갖고 미래를 바라볼 수 있는 사회로 변하는 게 옳고 좋지요."

"서로 따로 모여서 소리 지른다면 골만 깊어지지 않을까요?"

"모르죠. 난 보수니 진보니 그런 건 잘 몰라요. 파당도 아니고. 하지만 티브이 화면만 보는 것과 거기 직접 참여해 보는 것과는 많이 다르더라고요. 소리만 지르는 게 아니라 각성도 하게 돼요. 그러니까 의식이 한쪽으로 굳어진다기보다, 마음이 열린다고나 할까요. 굳은 안쪽 벽이 허물어지고요. 광화문이든 시청앞이든 폭력적이지 않다면 모임은 뜻이 있다고 봐요. 소리 지르다가 이해도 하게 되니까요."

"이해하면 좋죠. 그런데 보통은 상대방을 비방하고 상징물을 불태우고 하는 동안에 더 골수에 맺히는 것 같던데. 강 선생님은 안 그런가 보죠?"

"그럴지도 몰라요, 하하."

"대학로에 참석한 사실을 알면 아마 장군님이 쫓아낼걸요."

"아니, 왜요? 하하, 그렇기야 할까요."

강선호 씨는 눈을 둥그렇게 떴다.

"세상이 자기가 몰라볼 정도로, 아니, 자기를 몰라볼 지경으로 변하는 걸 바라지 않으니까요."

강선호 씨는 방바닥을 내려다보며 침묵을 지켰다.

"그런데 참, 군대에서 다친 후유증은 없는가요? 아무튼 그때나 지금이나 문제라니까. 멀쩡하던 사람이 하루 아침에 죽어 나오기도 하는 곳이니 말예요."

"내가 멍청해서 그랬지요. 지나간 일 기억도 잘 안 나고. 이미 잊었어요."

은근히 기다려 보았으나 그는 더 꺼내지 않았다.

"강원도에서 복무하셨으면 꽤 힘드셨겠네요. 피종태 준장도 강원도에서 오래 근무했다더군요. 피 장군 성격을 보면 부하들 고생이 심했을 것 같아요."

강선호 씨는 남은 맥주를 한꺼번에 들이켜고 나서 캔을 움켜쥐어 구기며 고개를 천천히 좌우로 흔들었다. 어쩐지 부정하는 게 아니라 긍정하는 몸짓으로 느껴졌다. 그는 더 이상 입을 열지 않았다. 나는 맥주를 마시며 어물거리다가 끝내 속에 담아두지 못하고 말했다.

"그런데, 어젯밤에 잠꼬대를 좀 하시더군요."

"그랬어요? 뭐라고 하던가요? 헛소리가 심하진 않았나요?"

그는 깜짝 놀라서 어쩔 줄 몰라 했다.

"아니, 그냥 좀 중얼거리다가 말았어요, 하하."

"그랬어요? 미안해요, 하하. 이제부턴 안 그럴게요."

그는 자기 공간으로 돌아갔다. 불을 끄고 누웠으나 쉬 잠이 들지 않았다. 그의 잠꼬대하던 소리가 귀에 쟁쟁했다. 어서 빨리 그의 상처가 치유되어 평화롭게 살기를 바랐다. 옆쪽의 부정적인 괴인은 악몽을 꾸며 가위눌림이라도 당하는지 고통스레 신음을 내지르는 한편 기묘하게 빠르고 어린애 같은 목소리로 애걸을 하고 있었다. 그러다가 심하게 욕설을 퍼붓기도 했다. 뜻을 잘 알아들을 순 없었으나 나는 짙은 어둠 속에서 소름이 쭉 끼쳤다. 또 그런 잠꼬대를 들을까 봐 조바심이 났다. 그럴수록 잠은 오지 않았다. 얼마 후에 그는 숨을 깊이 쉬더니 잠잠해졌다. 귀에 거슬리지 않을 만큼 작게 코고는 소리도 들렸다. 아, 인간이 타의에 의해 자신의 인생을 격변당하지 않고 살 시간은 언제 올 것인가, 하고 나는 잠꼬대처럼 중얼거렸다.

보혁 간의 갈등은 연일 심화 확산되고 있는 모양이었다. 광화문과 시청 앞 광장 등지에서 주말이면 촛불 집회가 열렸다. 어느 토요일 오후, 드디어 피 장군마저 군복 차림으로 엄 부관을 대동하고 '나라를 걱정하는 건전한 보수들의 모임'이라는 집회에 참석하게 되었다.

그날은 마침 3층의 '발칙한 년놈들'도 무슨 행사를 준비하는지 아침나절부터 창턱에 '일제 미제 앞잡이들의 죄악상을 밝혀내자!' '독재자의 기념관 건립을 반대한다!'라고 붉게 쓴 플래카드를 걸어 놓더니 하숙집 앞의 한길 가에 나가 서서 행인들에게 유인물을 나눠 주며 서명 운동을 벌였다. 피 장군은 집회 참가 준비에 들떠 그런 사실을 모른 채 있다가 외출할 때에야 알아차리고는 치를 떨었다. 그는 분노를 억누르느라 떨리는 목소리로 "오냐, 이놈들 나중에 보자!" 하고 씹어뱉고는 황급히 대문을 나섰다.

저녁 8시가 좀 지나 술과 어떤 열기에 얼근히 취해 들어온 피 장군은 3층에 불이 밝혀져 있고 여전히 플래카드가 펄럭거리는 것을 쳐다보고는, 들고 온 태극기를 흔들며 "내 기필코 저것을 걷어내고 이것을 저 봉우리에 꽂으리!" 하고 비장한 어조로 맹세했다. 그는 엄 부관에게 뭔가 속삭이고는 방으로 들어가 엽총을 들고 나왔다. 반쯤 열린 창을 통해 젊은 남녀들의 노랫소리가 흘러나왔다.

"저 미친 년놈들이 술 처마시고 지랄하는 모양이다. 본관이 기선을 제압하면 엄 중대장이 귀신같이 적들을 결박한 뒤 서명 문건을 압수하고 프랑카드를 걷어내 작전을 마무리하라! 일단 유사시엔 단호히 반딧불 1호를 실시한다. 알았나?"

"옛, 사단장님! 충성!"

피 장군의 히명과 거의 동시에, 노끈과 작은 플라스틱 통을 들고 섰던 엄 부관이 빈손을 귀 위에 갖다 붙였다. 피 장군은 정원 쪽에서 난 작은 문으로 들어가 상체를 바짝 수그린 채 어두컴컴한 계단을 통해 위층으로 올라갔다. 엄 부관이 곧 뒤따랐다. 얼마 후 위에서 여자의 비명소리가 터져 나왔다. 아마 피 장군이 적진 진입에 성공하여 적에게 총구를 들이대고 으르렁거리는 모양이었다.

"이 반동 간나 새끼들! 조금이라도 반항하면 즉각 발포하겠다. 목숨이 아깝거든 꼼짝 말라!"

젊은이들은 고분고분하지 않았다. 그들은 겁 없고 냉정한 목소리 혹은 열기에 찬 목소리로 괴이쩍은 행패에 대해 항변하고 있었다. 피 장군의 분기탱천한 발광에 가까운 목소리가 압도적으로 울려 나왔다.

"아가리들 닥쳐! 여기가 어떤 곳이고 이 나라가 누구에 의해 어떻게 이만큼이나 살만해진 줄 알아? 네딴놈들이 이 따위로 적당 소굴을 틀고 앉아 나라를 뒤집어엎도록 결코 좌시하지 않으련다! 모두 얽어서 군사재판에 회부하겠다. 중대장, 당장 실시해!"

뒤이어 일대 소동이 벌어졌다. 우당퉁탕 드잡이하는 소리와 기물이 부서지고 깨지는 요란스런 소음이 났다. 씩씩거리는 숨결과 고함소리, 비명과 욕설이 뒤섞였다. "부관, 반딧불 1호 작전을!" 하고 외치는 피 장군의 음성은 비장스럽기조차 했다. 엄 부관의 쥐어짜는 듯한 기괴한 악다구니가 연이어 들려왔다. 얼마 후엔 다른 소리는 서서히 잦아들고 그의 악쓰는 울부짖음만이 창문을 통해 나와 검은 허공으로 퍼져 갔다. 대문께에서 검둥이가 컹컹 짖어 댔다. 주인의 위급 상황을 간파했는지 점점 맹렬히 날뛰었다. 아마 목줄을 풀어 놓는다면 당장 달려 올라가서 적을 갈가리 물어뜯을 기세였다.

그때에야 나는 올라가 보고 깜짝 놀랐다. 난장판이 된 사무실 한 구석에 피 장군과 그의 부관이 양다리를 앞으로 쭉 뻗은 채 퍼질러 앉아 있었는데, 그들은 두 손과 발목을 바로 아까 엄 부관이 들고 있던 노끈으로 꽁꽁 묶여서 저항할 길이 없었다. 엄 부관은 입술이 찢어져 피를 흘리고 피 장군은 허리를 다쳤는지 묶인 손으로 두드리며 끙끙 앓았다. 기력이 쇠한 나머지 적들을 노려보며 씩씩거리기만 했다. 총과 플라스틱 통은 빼앗겨 한쪽 구석에 놓였다. 한켠에 몰려 서 있던 젊은 남녀 가운데서 흰 셔츠 차림의 키가 크고 눈이 빛을 내는 스물대여섯쯤 된 사내가 입을 열었다.

"어쩌시겠어요? 살상용 총으로 사람을 위협하고 휘발유를 뿌려 방화를 획책했으니 경찰에 신고하면 어찌 될지는 짐작하시지요? 거기다 기물 파손까지 했으니 간단히 끝나진 않을 겁니다. 그렇게 할까요, 아니면 다시는 이런 불상사를 일으키지 않겠다고 약속하고 어르신 이름으로 서약서를 쓰시겠습니까? 저희들이 가당찮은 피해를 당한 이상 법에 맡길 수도 있지만, 한지붕 밑에 사는 처지에 꼭 그러고 싶진 않습니다. 법이 개재되면 쌍방이 귀찮을 테고요."

"흥, 네놈들 음흉스레 한 짓이 있으니 제 발이 저린 거지. 내가 낱낱이 까발릴 테니까. 흐흐……."

"무엇보다 저희들은 법에 인간을 종속시키고 싶지 않을 따름이니 오해하진 마십시오."

"결국 협상을 하자는 건데, 그렇다면 내걸어 놓은 프랑카드부터 걷어내. 그리고 앞으로 이상스럽고 불온한 감정을 부추기는 노래를 불러대지 말고 말야."

"플래카드는 철거할 수 없습니다. 노래는 자중하겠습니다."

"새파란 애들, 그 당시 생겨나지도 않은 너희들이 뭘 안다고 까부는 거니?"

"그럼 이 시대를 살고 있다고 다 알고 다 옳게 사시는 건가요?"

"좋아, 신고를 하든 마음대로 해. 나도 볼장 다 본 인간이야. 내 이 치욕을 꼭 갚고 말겠다!"

젊은 사내는 피 장군을 내려다보고는 눈살을 찌푸리며 수화기를 집어 들었다. 그 순간 엄 부관이 상관의 귀로 재빨리 입을 가져가더니 속삭였다.

"일단 협상하시지요. 서에 가봤자 좋을 일 하나 없으니까요. 승패는 병가지상사, 후일을 위해 와신상담하시지요."

부관의 고언은 상당히 깊은 호소를 담고 있었으므로 피 장군은 괴로운 심사를 누르고 결국 서약서를 썼다. 그런 뒤 비감 어린 목소리로 애국가를 부르며 절룩절룩 퇴각을 했다.

다음날은 흐리던 하늘이 모처럼 개고 햇볕이 반짝 났다.

피 장군은 늦은 아침에 잠옷 바람으로 우거지상을 지은 채 식탁에 앉아 몇 숟갈 떴다. 허리를 제대로 펴지 못하고 연신 끙끙거렸다. 그런데 유 여사는 아무 내색도 하진 않았으나 이상스럽게도 마음이 유쾌해진 듯한 표정이었다.

그때 강선호 씨와 그의 부정적인 친구가 들어와서 앉았다. 손님은 피 장군에게 인사도 하지 않았고, 그의 권위도 한 그릇 식사에 대한 감사도 부정하였으므로 피 장군은 마땅찮아서 눈살을 찌푸렸다. 유 여사는 아무 말 없이 상냥한 손길로 얼큰한 동탯국을 듬뿍 떠서 주었으며 손님이 더 청하자 기꺼이 대접했다. 손님은 그것만큼은 차마 부정하지 못했는지 감격스런 기색이었다. 피 장군은 손님의 의족을 내려다보곤 이마에 주름살을 잔뜩 모은 채 응접실로 나가고, 식사를 끝낸 강선호 씨들도 응접실로 옮겨 앉아 티브이를 보았다.

한 시간쯤 지났을 무렵, 현관문이 함부로 열리는가 싶더니 한 사내가 응접실을 스쳐 안방 문을 스스럼없이 열고 안으로 들어갔다. 머리엔 포마드를 잔뜩 발랐고 눈은 음침했으며 지나치게 붉은 입술은 삐뚜름한 미소를 짓고 있었다. 그의 어깨는 개폼을 잡은 듯 흔들거렸다. 그는 바로 맏딸의 남편이었다. 둘 다 처음 보는 모양이었건만 강선호 씨는 놀란 토끼처럼 눈이 커졌고 그의 부정적인 친구는 냉정히 쏘아보았다.

잠시 후 안방이 소란스러워졌다. 사내가 무례하게 막말을 내뱉는 데 반해 여인은 의외로 차분했으며 연방 기침소리를 냈다. 사내는 병든 아내를 동정하긴커녕 비웃었다. 피 장군은 가만히 앉아 있었다. 피 장군의 평소 성미로 보아 도무지 믿을 수 없는 노릇이었다. 안방의 사내는 계속 욕설을 내뱉고 있었다. 그래도 별 반응이 없자 그는 문을 걷어차고 밖으로 나왔다. 그는 언제부턴지 외부에 나가 살면서 한 번씩 찾아와 집안을 어지럽히곤 했다. 방문객은 피 장군 앞에 버텨 서서 거만스럽게 딱딱거렸다.

"장인 영감님, 그래 별을 달았다는 분이 변변한 집 한 채도 없이 이 꼴로 사시다니 부끄럽지도 않으세요?"

"그건 네가 말아먹었잖니."

피 장군이 목청을 낮추며 대꾸했다.

"그래요, 그건 인정해요. 하지만 그렇더라도 마찬가지예요. 세상에 어떤 장군이 집 한 채밖에 마련치 못할 정도로 어수룩하대요, 네?"

"사람마다 다른 거야. 그리고 그건 네가 할 소리가 아냐."

"어쨌든 딱 천만원만 좀 마련해 주세요."

"그런 돈이 어디 있니. 너도 잘 알다시피……."

"사위자식이 많은 것도 아닌데 이렇게 홀대를 하다니, 내 참 서러워서."

"어쨌든 유감이구나."

유 여사가 차를 가지고 왔다.

"이것 들면서 조용히 얘기하게나."

"장모님도 저런 분 만나서 고생이 많구먼요. 장군님의 마나님께서 이렇게 산다면 누가 믿겠어요."

"그만 해라. 아, 이게 무슨 죗값인지……."

피 장군의 두툼한 입술이 떨렸다.

"흥, 쩔리시는 모양이군요."

"그만두라니까!"

"따님 교육을 잘 시키신 덕택에 고생하는 사람도 있으니까 좀 괴로워도 조용하시죠."

"아! 사람 자식이 아니라 원수로구만. 살기 싫으면 그만둬, 당장 그만두라니까! 개새끼 같으니라구……."

"영락없이 삼류 배우시로구먼요. 나 꺼질 테니 진정하슈."

사내는 냉소를 흘리며 씨부리고는 문을 거칠게 열고 걸어 나가 버렸다.

"신이시여, 이 피종태란 인간이 세상을 그토록 모질게 살았단 말이오이까! 오, 군신이시여, 부디 보살피소서! 소장은 다만 군인으로서 충실히 살려고 했을 따름이오이다."

피 장군이 비통스럽게 탄식을 토해냈다.

"아, 과거를 되돌릴 수만 있다면…… 만약 그렇다면 다르게 살고 싶구나! 하지만 그건 불가능한 노릇이지. 아, 내 인생도 막을 내릴 때가 다 된 모양이야. 여보, 기분이 왜 이렇게 지랄같이 삭막할까. 여보, 내가 그렇게 나쁜 놈이었나? 아, 지난 일들이 죄다 안개에 싸인 듯이 희미하군. 그래, 물론 나쁜 놈이었겠지?"

유 여사는 아무런 대꾸도 없었다. 그때 의족을 단 손님이 입속으로 중얼거렸다.

"그 정도론 부족하지요. 좀 더 부정 정신을 밀고 나가 보시오. 그럼 안개가 걷히고 죄악이, 인간이란 존재가 지닌 죄악이 보일 거요. 흐흐흐……."

나지막한 그 소리가 얼마나 냉랭했던지 옆에 앉았던 강선호 씨조차 흠칫 떨었다. 얼마 후 그는 친구를 데리고 밖으로 나갔다. 허름하고 부정적인 사내는 마당을 걸으면서 옆에 선 친구에게 뭐라고 뇌까리며 한쪽 목발을 들어 하늘을 자꾸 찔러댔다.

그로부터 사흘 뒤 강선호 씨는 피 장군의 하숙집을 떠났다. 그

날이 하숙 만기일이기도 했으나 앞으로의 생활에 대해 심사숙고하는 데 그 정도 시일이 걸렸던 셈이었다. 그는 고달픈 객지 생활을 청산하고 친구와 함께 고향으로 간다는 뜻을 밝혔다. 좀 씁쓸해 하는 한편, 그는 새로운 농사법으로 자신과 고향의 미래를 개척해 나갈 꿈에 들떠 있기도 했다. 땅은 농지은행에서 빌리기로 한 모양이었다.

그 전날 밤 작별 술자리에서, 나는 은근히 그 눈 내리던 날 창문 밖에서 피 장군이 무슨 얘기를 했는지 물어 보았다. 강선호 씨는 의외로 상세히 설명을 해주지 않았다. 다만, 그가 피 장군의 부대에 있을 당시 머리를 다치는 불상사를 당하긴 했으나 그건 장군의 개인적인 악감에 의해서가 아니라 당시 속했던 특수한 집단 속에서 일어났던 공적인 사고였던 모양이라고 추려서 얘기했을 뿐이었다. 그의 목소리는 담담했다. 어떤 분노나 복수심의 편린도 보이지 않았다. 도리어 의문이 풀려 속시원해 하는 기색마저 느껴졌다. 그의 눈 속에 비친 빛이 문득 내겐 캄캄한 밤에 빛나는 별처럼 보였다.

그날도 눈이 내렸다. 처음에 들어올 때보다 좀 초췌한 얼굴로 떠나는 하숙생을 바라보는 피 장군의 흐물흐물한 노안에 한 가닥 염려와 연민의 빛이 어리는 듯했다.

오동나무 밑의 타임캡슐

　매서운 바람이 사방을 휩쓸고 불어대는데 하늘 높이 걸린 구름 조각은 얼어붙은 양 움직이지 않았다.

　뒷마당 정원에 알몸으로 서서 부대끼는 나무들은 구슬피 신음하는 듯했다. 꽃과 풀은 말라 비틀어져 억울하게 죽은 소녀의 유령처럼 떨고, 개구리와 지렁이는 얼어붙은 땅속에 박혀 숨소리도 내지 않는 모양이었다. 날이 저물수록 하숙집은 한층 을씨년스런 모습으로 움츠러들고, 그 안에 사는 사람들은 모르겠지만 아마도 음산한 단말마를 내지르며 쓰러져 가고 있는 성싶었다.

　어느 날 밤의 식탁에서 가수 지망생이 좀 들뜬 목소리로 뉴스를 전하고 있었다.

　"햐, 거 참 신기한 일도 다 있지 뭐유! 아까 학원을 마치고설랑 볼일이 있어서 이태원 쪽으로 내려가는데 말이유, 아 거기서 미스 양을 떡 만나지 않았겠어유! 사람이 많아서 아는 척하기가 좀 쑥스러웠지만서두, 뭐 어떻수. 그런 데서 만나니까 더 반갑더구먼유. 미스 양은 흰 이빨을 드러내고 웃는 흑인 병사와 함께 팔짱을 끼고 걸어가고 있었는데, 보니까 빨간 모자와 옷에 구두까지 완전히 빨간 게 꼭 빨간 귀신 같더구먼유. 입주댕이는 원래도 쥐 잡아 먹은 고양이 같았잖았어유?"

대머리 사내는 혼자 한숨을 내쉬었다. 그는 한동안 고민하다가 마음을 끊었지만 미스 양의 근황이 밝혀지자 괴로운 기색이었다.

그는 그 즈음 성공학 전도사 일에도 부지런을 떨지 않았다. 하지만 팔던 책을 불태워 버리거나 하지는 않고 홀로 음미하며 조용히 '아이 캔' 하고 주문을 외었다. 그렇긴 해도 사람이 좀 변한 건 사실이었다. 다른 사람에게 기묘한 미래의 이상향을 설파하여 눈총을 받는 대신 현실에서 힘겨운 삶을 지탱해 줄 어떤 희망을 찾아내 보려고 애를 쓰는 기색이었다. 어쨌든 하루하루 고해를 헤쳐 나가야 하고 그러자면 또 다른 꿈이나 몽상이 필요한 상황이 아니었을까.

두어 달 전쯤 두 대머리 사내가 한 여인을 사이에 두고 소동을 벌이다가 다쳐 손에 붕대를 감은 채 오동나무 아래에서 만났던 것처럼 그 이후에도 간혹 둘이 마주칠 때가 있었다. 하지만 이젠 그때처럼 시시껄렁한 얘기조차도 나누지 않았다. 맏딸의 남편은 성공학 전도사가 일개 피에로임을 간파하곤 비웃을 뿐만 아니라 천대하기도 했다. 자기 자신은 더 천박하게 살면서도 말이다. 그는 아내를 사랑하지도 않고 구박하면서도, 막상 그녀가 헤어지자고 말하고 나서자 거머리처럼 끈덕지고 징그러운 태도로 들러붙고 있었다. 그리고 피에로 사내가 자기 아내에게 일종의 연민을 느끼며 플라토닉한 감정을 조금이라도 보일라치면 대놓고 질투를 하는 것이었다.

하루는 맏딸이 파를 썰다가 칼에 손을 베어 피를 철철 흘린 적이 있었다. 많이 베었는지 입에서 신음을 흘릴 정도였다. 대머리 사내는 절뚝걸음으로 지하방으로 달려가서 약과 솜과 반창고 따위를 가져왔다. 그리고 응급처치를 하기 시작했다. 얼마 전에 자기가 아플 때 맏딸이 간호해 주고 파스를 발라 주던 일이 떠올랐는지 정성을 다했다. 그때 맏딸의 남편 되는 작자가 나타났다. 그러고는 여자가 칠칠맞아서 칼질도 제대로 못한다고 뇌까리면서 대머리 사내를 밀쳐내더니 그가 묶어 놓았던 붕대와 반창고를 잡아 떼내어 버리는 것이었다.

그런 일이 있은 후 하숙생과 여주인은 한결 정중하면서도 세심하게 서로를 대하였다. 그들의 마음속 금선이 어떠한 한계에서 어떠한 음색과 음조로 울리며 또한 생활의 갈피에서 어떤 희비애락을 느끼고 어떤 미묘한 감정을 느끼고 있는지 혹은 없는지 알 순 없는 일이었다. 그러나 그러한 모든 감정의 금선은 (설령 있다 하더라도) 하루아침에 바람 앞의 눈가루 꼴이 될 형편이었다.

결국 하숙집을 비워 주어야 하게 되었던 것이었다. 원래는 세를 좀 올려 주기로 하고 내달에 계약을 갱신하기로 얘기가 되어 가는 듯했는데, 무슨 영문인지 갑자기 코앞에 와서 한사코 비워 달라고 채근한다는 것이었다. 그 집의 실제 주인은 거대 종교단체인데, 아무리 사정을 해도 양보하지 않고 대리인을 통해 밀어붙이는 중이라는 얘기였다. 건물을 헐어 버리고 새 건물을 세울 작정이라고 했다.

나중에 대리인이 와서 봄까지는 살아도 좋노라고 선심 쓰듯 말했지만, 그땐 이미 맏딸도 마음이 정해진 뒤였다. 그녀는 하숙생들에게 사정을 얘기하고, 가능한 대로 기한 내에 더욱 좋은 집을 찾아 옮겨가 달라고 부탁했다. 가수 지망생은 벌써 떠났고, 다른 사람들도 새로운 둥지를 찾아내어 하나 둘씩 떠나고 있었다.

하숙집 건물은 이제 해골이나 말라빠진 곤충의 허물같이 을씨년스런 모습으로 서 있었다. 그토록 소란을 떨어대며 살던 하숙생들은 유행가에도 나오듯 인생길의 나그네였던가. 정원의 무성하던 침엽수도 제 빛을 잃었고 오동나무는 말라비틀어진 몇 잎만 가지에 걸려 떨고 있었다.

오전에 맏딸이 일을 보러 나가고 나면 빈집엔 피에로라고 불리던 대머리 사내와 나만 남았다. 피 장군과 맏딸 가족 역시 이제는 자기 둥지가 아니게 된 집을 하루 빨리 떠나야 할 입장이었다. 그동안 하숙비라고 여러 사람에게 받아서 모으긴 했지만 실상은 월세로 많은 액수를 종교단체 측에 갖다 바쳤기 때문에 남은 건 대단찮은 모양이었다.

대머리 사내는 수도자같이 폐가의 한구석에 움치고 있다가 오후에는 새 거처를 구하러 밖으로 나다녔으나 늘 허탕을 치고 돌아왔다. 그는 몸이 편치 않아 제대로 활동하지 못해서 생계비도 여의치가 않았다. 돈도 돈이지만, 행색이 그러한 탓에 자꾸 거부당하는 듯싶었다. 맏딸이 걱정을 하면 그는 그러한 문제점에 대해서는 초연히 웃고 말았다. 그런 웃음은 폐허가 되어 가는 그 집에서는 서글프고도 묘한 친화를 이루며 구석구석 퍼져 스몄다.

어느 날 새우깡을 안주 삼아 소주를 마시고 있던 피에로 사내가 부르기에 반지하방으로 들어가서 그와 대작을 하게 되었다.

그가 말했다.

"문득 여기 처음 오던 때가 떠오르는군. 아마 눈이 펄펄 내렸었던가?"

"아마 그랬었죠. 혹시 그때 제게 '농담을 통해 진담에 이르는 기법'을 가르쳐 주겠다고 하셨던 건 기억나세요?"

"허허, 그건 마음에 달린 것 아니겠소. 아니면 머릿속에다 기름칠을 좀 하든가 말요."

"성공철학은 언제부터 입문하게 되셨어요?"

"음, 20년이 넘었지 싶군. 처음에는 이 비틀린 다리를 한번 성공학적으로 치료해 보려고 시작했었지. 왜, 형씨도 한번 해보실라우?"

"성공학이란 게 미국에서 나왔잖아요. 그게 우리 실정에 맞을까요? 신토불이란 말이 유행했었지만, 심천불이란 말도 나와야 한다고 생각하는데……."

"심천불이?"

"몸과 땅이 하나로 조화를 이루는 게 좋다면, 하늘과 마음도 상생 관계를 이루어야 하지 않을까요?"

"하늘이야 원래 하나로 통해 있는걸 뭐."

"그렇다곤 해도 정신적으로 변질되고 예속된 게 많으니까요. 아무튼 너무 무리하면 정신건강에도 해로울 것 같아요."

"성공철학 말이오?"

"네. 성공학이든 자기개발이든, 한국에서만 유독 무비판적이고 맹종적으로 광풍이 불고 있지, 외국에서는 이미 비판적인 시각이 나오고 있어요. 현실을 무시하고 몽상에 빠져 인생을 오히려 망치게 한다는 거죠. 그리고 성공학이든 자기개발이든 그게 인간을 행복하게 만들어 주어야 할 텐데 도리어 인간의 자아를 괴롭히고 변질시킨다는 거예요. 한번 가만히 생각해 보세요. 정녕 그런 점이 있었는지 없었는지 말예요."

"흠!"

피에로 사내는 술잔을 들어 홀짝 마시고는 말했다.

"흠! 그럼 자기를 개발해서 성공하는 게 아무런 의미도 없고 나쁘기만 하단 말인가?"

"아니, 물론 계발은 해야죠. 하지만 그 방법이 문제란 말입니다. 음악을 듣거나 한 줄의 시를 읽고 감성을 가꾸는 것, 나를 벗어나 남과 더불어 잘 사는 방법을 배우는 것, 자기의 상처를 바로 보는 것, 부정부패한 사회에 대한 비판력을 키우는 것 등이 다 자기를 계발하는 일 아닐까요?"

"성공학에도 미덕은 있다구. 겸손과 베풀기와 감사하기를 강조하지. 아이 캔."

그는 좀 맥빠진 소리로 중얼거렸다.

"무엇이든 좋은 면은 있죠. 다만 그걸 살리지 못하는 게 문제일 뿐이지요. 한국사회의 특성상 자기와 자기 가족만 잘 살기 위해 광분하는 꼴이 아닌가요? 그렇게 하다가는 무한경쟁만 반복하다가 진정한 행복도 느껴보지 못한 채 고장나고 마는 것 아니냔 말예요. 그건 자기개발이 아니라 자기파괴라고 말할 만한 현상이 아닐까요?"

"파괴하면서 개발하는 거니까 뭐."

"하꼬방이란 작가를 아시죠? '성공의 무인등대'란 책을 써서 수백만 부나 팔린 사람이잖아요. 그가 원래는 시인이었어요. 이른바 크게 성공한 케이스인데, 정작 본인은 인간의 심성을 맑히는 글을 쓰지 못하고 그런 잡문을 쓴 것을 자책한다고 하더군요. 성공학이나 자기개발이란 게 자아를 성숙시키는 게 아니라 훼손시키고 변질시킨다는 걸 그의 내면 깊숙이 숨은 시인의 마음이 느낀 거겠죠."

"모든 사람이 다 시인은 아니니까."

그는 또 술을 홀짝 마셨다.

"물론 그렇죠. 그런데 하꼬방 씨의 책은 그나마 일말의 진실성은 까뭉개 버리지 않고 쥐 눈곱만큼이나마 남겨두고 있는 편이에요.

그에 비해 훨씬 더 야비하게 성공하기만을 강조하는 소위 대기업체 출신 성공학 강사들이 쓴 책을 보셨는지 모르겠지만요…… 그들은 한국적인 자기개발학이란 미명 하에 아무런 부끄러움도 죄의식도 모른 채 자기가 최고라고 떠벌리며 희희낙락하고 있잖아요. 시인의 발의 때만도 못한 저급한 의식을 고급스럽다고 자부하면서 말이죠. 한국의 일반 시민들의 의식이 과연 그 정도로 몰염치할까요? 저는 안 그렇다고 생각해요. 다만 유행의 물결에 휩쓸려 속아 넘어가는 것뿐이라구요."

"흠."

피에로 사내는 나의 흥분에 동조하지 않고 상념에 잠겨 있다가 노트에서 백지를 한 장 천천히 찢어내더니 거기에다 볼펜으로 한참 동안 뭔지 또박또박 적었다. 다 적은 후 내게 건네기에 읽어 보니 이런 내용이었다.

아이 캔! 아, 나는 잘 모르겠다. 과연 이런 성공철학의 방법이 옳은지 어떤지를.

강산이 두 번 세 번 바뀔 동안 골몰하고 애써 시도해 왔지만 늘 같은 실정이다. 어쩌면 한물 간 방법에 내가 매달려 있는지도 모르겠다. 소위 말해 패러다임이 바뀐 건지도…… 그러나 요즘 유행하는 '자기개발'의 방식에는 왠지 정이 가지 않는다. 자기를 개발하는 것은 필요하며 나 또한 결코 반대하지 않는다. 그러나 너무 지나치게 자기를 몰아세운 나머지 인간이 인간성을 잃고 비정해지는 건 바람직해 보이지 않는다. 그렇게 경쟁적으로 자기를 개발하다 보면 그 끝이 과연 있을까? 어디까지 개발해야 자기가 한 송이 꽃으로 피어날 것인지 생각해 보아야만 자기개발이란 것도 가치가 있지 않을까 싶다.

하지만 나는 모르겠다. 이 순간 어떻게 살아야 옳을지를. 사실 나도 어떻게 보면 현실에 정면으로 맞부닥칠 힘이 모자라다 보니 몽상 속에서 행복한 미래를 꿈꾸었던 것인지도 모른다.

마치 로봇처럼 무정하게 변해 끝도 모른 채 자기를 개발해 나가는 사람들을 보면 무서운 생각이 든다. 그들도 좋아서 그러지는 않을 것이다. 세상만사가 변하듯이 언젠가 시대가 변하면 다른 방법이 등장할지도 모른다. 나는 모르겠다. 먼 어느 시대에 누군가 이 쪽지를 읽고, 과연 현재의 성공 방법이 옳은지 판단해 주길 바랄 뿐……

피에로 사내는 소주병을 들어 쭉 들이켜고는 빈 병 속에다 그 쪽지를 접어 넣었다. 그러고는 비틀거리며 일어나더니 소주병을 들고 나가 마당을 질러서 오동나무 쪽으로 절뚝절뚝 걸어갔다. 그는 쓰러질 듯하다가 겨우 몸을 가누어 쭈그려 앉더니 맨손과 꽃삽으로 한참 동안 오동나무 밑의 땅을 긁어 파곤 거기에다 소주병을 묻었다. 무슨 타임캡슐이기나 한 듯이. 나는 웃음이 나오는 걸 참았다.

마침내 작별의 날이 왔다. 피 장군 일가가 이사를 하던 날, 피에로 사내는 옷을 제대로 차려입고 나와서는 이것저것 굳이 무거운 짐만 골라 화물차에 싣고 난 다음 맏딸을 가만히 지켜보았다. 맏딸과 유 여사는 운전석 옆자리에 붙어 앉았다. 혼자 짐칸에 올라선 피 장군이 손을 흔들며 말했다.

"잘들 가세. 좋은 데 가서 성공하고 살게나!"

차가 떠나자 피에로 사내는 한참이나 쳐다보고 있더니 돌아서서 절룩절룩 걸음을 옮겼다. 차가운 하늘엔 토끼를 닮은 흰 구름이 한 점 떠가고 있었다.

"허허, 넌 어떻게 거기 뛰어 올라갔니? 사다리도 없는데, 허허……."

피에로 사내는 혼잣소리로 중얼거렸다. 찬바람이 휘몰아 불자 하늘의 구름도 땅의 나그네들도 떠밀리듯 걸음을 재촉했다.

이 삭 줍 기

성공학-자기개발 광풍은 신흥 사이비 종교와 유사한 점이 있는 성싶다. 진정한 자기계발은 실행하지 않고 자기개발서의 로봇처럼 본다. 허구한 날 자기개발서만 보면서 현실의 삶을 유예하며, 그것은 공상과 몽상을 하는 데 필요한 도구의 일종으로 변질된다. 자기개발 서적을 구입해 읽으며 열심히 실천하는 사람이나, 그런 책을 직접 써대고 강연하는 사람이나 겉으로는 번지레해 보여도 속으로는 그다지 편안한 것 같지는 않다는 게 문제이다.

요즘 관심을 끌고 있는 '힐링'은 어떤가? 아무리 유명하고 학식 높은 멘토들의 '말씀'일지라도 일시적인 위안을 줄 뿐, 각 개인의 내면에 깊숙이 깃든 본질적인 상처를 치유해 주진 못한다는 비판이 나오고 있다. 자신의 상처를 직시하고 사랑으로 쓰다듬으면서 대화해야만 상혼은 비로소 꽃으로 피어나지 않을까?

　한국 성공학의 원조는 5.16 쿠데타 이후 진행되는 제3공화국의 경제개발 정책으로부터 움이 튼다. 군인들이 '성공'한 것이다. 그 후 삼성, 엘지 등 대기업의 사원 연수원이 자기개발의 텃밭이 되었으며 뒤이어 전국민의 생활 속으로 퍼져 들게 된다.

　성공의 의미가 유동적이듯 이른바 '성공학'은 정립되어 있지 않다. 책은 해마다 화장만 조금씩 바꾸고는 쏟아져 나오는데 이에 대한 진지한 성찰이나 비평은 전무한 실정이다. 시중에 번역되어 나온 서적들은 미국과 일본의 것이 절대다수를 차지한다. 일본의 책은 종교색을 배제한 채 아이디어의 산출과 적용을 지향하는 면이 강한 데 비해, 미국식 성공학은 기독교의 교리를 배경으로 해 인간의 의식과 감정까지 개조하려는 의욕을 보이는 경우가 많다.

　실패를 거듭한 범상한 사람들의 허약해진 자아는 갈림길에서 시름에 잠길 수도 있을 터이다. 자신의 의식을 저당잡히고 성공이라는 것을 해야 하는지, 다른 방도는 없는지 모색해 봐야 하는데, 그럴 여유가 많지 않다는 데 문제가 있다. 이는 한국의 사회구조와 이곳에서의 삶의 양상과 무관하지 않을 터이다. 사실상 한국인은 조선 말기 이후 지금껏 고유의 성공 철학을 가꾸어서 생활에 적용할 기회가 없었다고 얘기할 수도 있다. 나라의 정치, 경제, 사회, 문화가 일본과 미국에 예속되어 온 마당에 일개 처세술이 고유하기를 바라긴 어렵다.

성공학 서적들은 개인의 내적 변화와 초인적 노력에 초점을 맞출 뿐 사회구조의 변혁에 대해서는 함구한다. 하기야 미국 같은 곳에서는 그럴 만한지도 모른다. 그러나 한국사회에서는 잘못된 구조 하나를 개선하는 게 만인의 성공과 성취에 훨씬 더 도움이 될 수가 있다.

성공하지 말자는 얘기는 아니다. 진정한 성공이 무엇인지 찾아보자는 것일 뿐. 성공하는 방법이 설령 아무리 좋더라도, 성공하는 사람보다 실패하는 자가 더 많다면 그 방법은 심각하게 재고해 보아야 하지 않을까? 우리의 풍토와 심성에 맞는 성취학이 필요하며 그것을 탐구해 보는 것도 긴요한 일이지만, 이 소설에서는 우선 현상을 객관적으로 짚어 보고 참다운 삶을 위해 지양해야 할 바가 무엇인지, 하나의 물음을 던지는 것으로 만족하려 한다. 적어도 성공광인成功狂人이 되진 말아야 하지 않을까?

2013년 여름
김영권